YANKI

MARTIN MILLAR

arvo
Yayınları

YANKI
MARTIN MILLAR

Genel Yayın Yönetmeni: Volkan DOĞAN
Editör: Hülya DAYAN
Çevirmen: Fatma AKKOYUN
Kapak Tasarım & Mizanpaj: Tuğba ATEŞ

ISBN: 978 - 605 - 4537 - 52 -5
Yayınevi Sertifika No: 21101

ARVO YAYINLARI
1717 Sk. No: 147 / A
Karşıyaka – İZMİR
Tel: 0 232 323 41 88
www.arvobasimyayin.com

Baskı: Arvo Basım Yayın
Meriç Mah. 5646 Sk. No: 2/2
Çamdibi – İZMİR
İnternetten Satış: www.kitapduragi.com

® arvo yayınları
copyright © Martin Millar 2007
1. Baskı Temmuz 2012

YANKI

MARTIN MILLAR

arvo
Yayınları

1

Kalix kaybolmuştu. Yorgun ve sinirliydi. Dikkati dağılmış, kaybolmuştu. Yağmur yağıyordu. Geçici ev olarak kullandığı boş depoyu arayarak, soğuk sokaklardan aşağıya doğru sessizce yürüdü. Ama bütün sokaklar aynı görünüyordu. Bu da onun umutsuzluğa kapılmasına neden oluyordu.

Soğuk yağmur, kalçalarına kadar inen kalın, uzun ve nemli saçlarını kısa bir sürede sırılsıklam etti. Kalix sıskaydı, hatta bir kamış kadar ince! On yedi yıllık varlığını gösterecek bir gram eti yoktu. İştahı olmayan bir kurttu. Ailesi bu durumdan nasıl da nefret ederdi! Kalix geçen sene, kurt insanların Lordu olan babasına saldırmadan önce annesi, yemek yemesi için ona sürekli ısrar ederdi; hatta yalvarırdı. Şimdi annesinin, Kalix'in zayıf iştahından, öfkesinden, bağımlılıklarından ya da deliliğinden başka endişelenecek daha çok şeyi vardı.

Kalix'in hiç kesilmemiş saçları kalçalarından aşağıya doğru iniyordu. Yağmur, onun saçlarını başının çevresinde yassılaştırmıştı, arasından kulakları görünüyordu. Kulakları bütünüyle hiçbir zaman normal olmamıştı. Şu andaki insan halindeyken bile! Kulakları her daim kurt kulağına benzerdi.

Durdu ve havayı kokladı. Avcılar yakında mıydı? Tam olarak anlayamadı. Sezgileri bulanıklaşmıştı. Hızlandı. Eğer avcılar şimdi onu zayıf olduğu bu anda yakalarlarsa öldürebilirlerdi.

Kalix ölmenin nasıl bir duygu olduğunu merak etti. 'İyi,' diye düşündü. 'Terk edilmiş bir depoda yaşayıp, bağımlılık ihtiyacını gidermek için para dilenmekten daha iyi.' Ama babasını öldürmeyi başarmış olmayı dilerdi. Eğer onu öldürebilseydi, kendisi de memnun bir şekilde ölebilirdi.

Eğer ölseydi yalnız ölecekti. Kalix MacRinnalch hep yalnızdı. Hiç arkadaşı yoktu. İki erkek kardeşi, bir kız kardeşi ve bir sürü kuzeni vardı. Hepsi de kurt insanlardı, ama hiçbiri arkadaşı değildi. Babasından nefret ettiği kadar erkek kardeşlerinden de nefret ediyordu. Kız kardeşi Büyücüye gelince, hayır, ondan nefret etmiyordu. Hatta ona saygı duyuyordu. Eğer Büyücü ona cesaret vermiş olsaydı, onu sevebilirdi bile. Ama Büyücü çok uzun zaman önce aileden uzaklaşmıştı. Kendisinden yaşça çok küçük olan ve henüz çocukken bile bela kaynağı olarak ün salan kız kardeşi Kalix için ayıracak zamanı yoktu. Kalix'i kötülüklerden koruyan kolyeyi Büyücü vermişti. Kolye boynundayken Kalix fark edilemezdi. Aile üyeleri tarafından, babasına saldırdıktan sonra İskoçya'daki evine geri dönme cezası için kovalanırken, bu kolye sayesinde rahat bir şekilde Londra sokaklarında onlardan gizlenebiliyordu. Gümüş mermilerle onu öldürmek isteyen avcıların dikkatinden uzaktı. Bütün tacizlerden uzaktı. Durum böyle iken iyiydi. Ama Kalix çaresiz olduğu bir zamanda para bulmak için o kolyeyi satmıştı. Ve şimdi düşmanları ona yaklaşıyordu.

Kalix eski püskü montunu sıkıca ince bedenine çekti. Ürperdi. Henüz beş yaşındayken karın üzerinde çıplak bir halde koşabilirdi ve soğuğu asla hissetmezdi. Fakat direncini kaybetmişti artık. Şu anda depoda olmak isterdi. Orası boş bir yerdi, içinde konforlu olan hiçbir şey yoktu, ama yine de onun sığınağıydı. O sığınağa ulaştığı zaman istediği kadar afyon ruhu içip rüyalara dalabilirdi. Afyon ruhu bugünlerde çok fazla insan tarafından bilinmiyordu. Hatta neredeyse tükenmiş olduğu bile söylenebilirdi. Ama Kalix gibi yozlaşmış birkaç kurt insan için hâlâ elde edilebilir bir şeydi. Kalix'in ailesi için bu ayrıca bir utanç kaynağıydı.

Köşe başından ayak sesleri geliyordu. Kalix bunların avcılar olmadığını bildiği halde gerildi. Gece yarısı evlerine doğru yürüyen iki genç adamdı. Bu iki adam Kalix'i görür görmez ona doğru yöneldiler. Kalix yolunu değiştirmeye çalışsa da hızlı adımlarla onun önüne geçtiler.

"Hey, sıska kız!" dedi adamlardan biri ve hemen ardından arkadaşı ile gülmeye başladı. Kalix ise onlara iğrenerek bakıyordu.

"Kendi işinize bakın!" diye çıkıştı.

Kalix'in boşa harcayacak zamanı yoktu. Yorgunluktan bayılmadan önce sığınağını bulmalıydı. Hırladı. İnsan suretindeyken bile Kalix'in hırlaması oldukça korkunçtu. Öyle ürkütücü bir kurt hırlaması vardı ki, böylesine ince bir bedenden çıkması imkânsız gibi görünüyordu. Genç adamlar bu sesin yırtıcılığından ürkerek bir tarafa sıçradılar. Kalix de hızlı bir şekilde aralarından geçerken, arkasından bakakaldılar.

"Garip!" diye mırıldandılar daha sonra ve kendi yollarına devam ettiler.

2

İngiltere'de, moda endüstrisindeki atmış yılından sonra Büyücü kurt kız Thrix, İskoç aksanından nerdeyse kurtulmuştu. Sadece kızgın olduğu zaman, sesi yükseldiğinde bu aksanı belli oluyordu. Thrix umursamaz birisiydi. Bu durum ailesi için rahatsız ediciydi. Fakat kendisi oldukça memnundu. İskoçya'nın uzak ve vahşi yabanıllarındaki kalesinin topraklarında gezinen babası Thane'yi ve onun sahip olduğu düşünceleri aklına getirdikçe Thrix'in dudakları hâlâ tiksintiyle büzülüyordu.

Bir kurt kız olan Thrix, yönetici MacRinnalch ailesinin bir üyesi olmaktan rahatsızlık duymuyordu. Ama kendi türünden olanlarla da arkadaşlık etmeyi sevmiyordu. Çünkü kendi türünden olanlar her zaman için sorun demekti. Amcalarının kötü niyetleri, annesinin gizli planları, erkek kardeşlerinin entrikaları Thrix'in uzak durduğu şeylerdi. MacRinnalch Kabilesi'nin kurt insanları, Thrix'i kendi haline bıraktıkları sürece birbirlerini parçalayabilirlerdi.

Thrix, İskoç kurt insanlarının içinde eşsiz olandı. Sarışındı. Güzeldi. Bir moda evinin sahibiydi, güçlü bir büyücüydü. Hiçbir kurt insan bu kadarını iddia edemezdi. Göz alıcı sarı saçları onu her zaman kabilesinin geri kalanından ayırmak için tek başına yeterli olmuştu. O da bunun farkındaydı, dolayısıyla kibirleniyordu.

Thrix'in masasının yan tarafındaki duvarı devasa bir ayna kaplıyordu. Şu anda telefonla konuşurken bu aynadaki kendi yansımasını inceliyordu.

"Cassandra, Portekiz'de ne yapıyorsun? Çekim için sana burada ihtiyacım olduğunu biliyorsun."

Telefondaki manken, dolambaçlı bir hikâyeyi kaçırılmış uçaklarla ve güvenilmez fotoğrafçılarla ilişkilendirirken

Thrix onu dinliyordu.

"Peki, Cassandra!" diye araya girdi. "Kötü şeyler olmuş. Şimdi Londra'ya geri dön. Biletin havaalanında seni bekliyor olacak."

Thrix telefonu kapattı. Mankenler! Thrix mankenlerin organize olamayan bir insan grubu olduklarını düşünmesine rağmen onları seviyordu. Ama kıyafetleri sevdiği kadar değil tabii ki! Büyücü kurt kız, ailesine gizemli bir hava katan kıyafetlere gerçekten bayılıyordu.

Masasının üzerindeki mesaja baktı. Annesi aramıştı. Neden? Kızının ziyaretini bekliyordu muhakkak. Thrix daha altı ay önce MacRinnalch kabilesindeydi ve annesi onun, yılda bir kereden fazla kabileyi ziyaret etmeyeceğini biliyordu.

Büyücü kurt duvarda asılı olan aynada kendisini incelemeye devam etti. Otuzlarında görünüyordu, belki bir ya da iki yaş daha genç! Aslında neredeyse seksen yaşına gelmişti. Onun genç görünümü, büyünün yarattığı bir sonuç değildi. MacRinnalchlar uzun ömürlüydü. Ayrıca seksen yaş da bir kurt insan için hâlâ genç bir yaştı. Thrix hayatından zevk alıyordu. Moda evinin ünü gittikçe artıyordu. Eğer her şey planladığı gibi giderse, bir gün Avrupa moda sahnesinin öncülerinden biri olabilirdi.

Annesi ne istiyordu? Thrix iç çekti. İstediği kadar kendini kabileden uzaklaştırmaya çalışırsa çalışsın, Kurtların Hanımefendisi Verasa, onun gittiğini hiçbir zaman kabullenmeyecekti. Thrix'in aklından sıkıntılı bir düşünce geçti. Annesi, Kalix'i sormak için arıyor olabilir miydi? Verasa'nın Kalix hakkında konuşmak için telefonu elinden düşürmediği zamanlar oluyordu.

Thane'e karşı o vahşi saldırıyı gerçekleştirmeden önce bile ailenin en genç üyesi olan Kalix için hayat kolay olmamıştı. Thrix bunlara da aldırış etmiyordu. Kalix doğmadan uzun süre önce MacRinnalch kalesinden ayrılmıştı. Zaten Thane ve kurtların Hanımefendisi'nin ilk çocuklarının ardından neredeyse 150 yıl sonra başka bir çocuğa daha sahip olma istekleri de ayrı bir muammaydı. Ama yine de Thrix, kardeşi Kalix'e karşı bir sempati duyuyordu. İskoç Kalesinde hayat kolay değildi. Özellikle de genç bir kız için.

Kalix'in başı ailesi ile dertte olmamalıydı. Çünkü Thrix, onu bütün dünyadan saklayan bir kolye vermişken bu, muhtemel değildi. Hatta kurt insana dönüştüğünde ve kokusu daha da ayırt edilebilir olduğunda bile. Bu kolye ile ilk fırsatta Kalix'i görünmez hale gelecek ve güvende olacaktı.

Asistan, Thrix'in beklemekte olduğu telefonun hazır olduğunu bildirdi. Telefondaki kişi çok yakında gerçekleşecek olan çekimler için Thrix'in listeye yazmakta hevesli olduğu çok modern bir fotoğrafçıydı. Konuşma hoparlörüne bastı ve olabildiğince ikna edici olabilmek için hazırlandı. Tam konuşmasına başlayacaktı ki, kapı aniden açıldı. Beklenmedik bir durumdu bu. Çünkü asistanı Ann, ona bildirilmeden rahatsız edilmesine izin vermeyecek kadar uzmandı doğrusu.

"Ölmeye hazır ol, lanet büyücü!"

Gelen Ateş Kraliçesi idi. Gözlerinin çevresinde alevler yanıp sönüyordu. "Ateş Kraliçesi'ni çok kızdırdın, seni hain kurt! Seni ateşin üzerinde kızartacağım ve sonra bin yıllık işkence çekeceğin cehennemin en derin çukurlarına göndereceğim."

Thrix iç çekerek telefonun diğer ucundakine, "Seni sonra arayacağım," dedi ve telefonu kapattı.

3

Kalix titriyordu. Afyon ruhunu içmesinin üzerinden uzun zaman geçmişti. Bu utanç verici bağımlılık çok güçlüydü. Soluklanmak için durdu. Yağmur şiddetini artırıyordu. Kendine gelmek için kafasını salladı ve daha sonra hızlandı. Nihayet içinde olduğu sokağı tanıdı. Depodan uzakta değildi. En sondaki köşeyi dönerken durdu. Yakınında birileri vardı. Avcılar! Varlıklarını sezdikten saniyeler sonra Kalix, siyah giyinmiş iki büyük figürle karşı karşıya geldi. Kaçacak gücü olmadığı için ona doğru yaklaşmakta olan figürlerin karşısında öylece kalakaldı.

Sokak lambasının ışığı burnundaki halkanın üzerinde ışıldıyordu. Normalinden bir boy büyük olan ve sol burun deliğinde oldukça göze çarpan, altın bir halkaydı bu.

Avcılar ona doğru eğilirlerken, iri cüsseleri ışığı engelliyordu.

"Eğer senin baban kurt adamların Kabile Reisi ise ve sen de küçük bir kurt kızsan…"

"İğrenç ve uyuşturucu bağımlısı bir kurt kız!"

"Onu kızdırmanın ve kendini sürdürmenin bir yararı yok!"

İki adamdan en iri olanı montunun diplerinden bir silah çıkardı.

"Senin buralarda dolaşman aptallık!"

"Ben aptalım," diye mırıldandı Kalix.

"İnan bana kurt yavrusu, sen ölmeyi gerçekten hak ediyorsun."

"Biliyorum."

"Öldüğünde hiç kimse seni özlemeyecek!"

Kalix sessiz bir şekilde, "Evet, bu doğru," dedi. Gerçekten öyleydi. Ölmeyi hak ediyordu ve evet, hiç kimse onu özlemeyecekti.

Avcılar, dünyada on yedi yıl geçirmiş olan ve gittiğini öğrendiği zaman üzülecek tek bir arkadaşı bile olmayan bu sıska, hırpani ve titreyen figürü nefretle süzüyorlardı. Kalix ise ayaklarındaki paramparça olmuş ve şimdi simsiyah gökyüzünden dökülmekte olan yağmur damlalarının içine dolduğu botlarına baktı.

"Kavga ettikleri zaman daha çok hoşuma gidiyor," dedi diğer avcı. Silahını çekmişti. "Hadi öyle yapalım."

Kalix bakışlarını botlarından ayırdı ve daha iri olan adamın yüzüne baktı. Hemen ardından da oldukça yumuşak bir sesle konuşmaya başladı.

"Seni öldüreceğim."

Avcılar gülmeye başladı.

"Bizi öldürecek misin? Nasıl? Kurt insana dönüşerek mi?"

"Dönüşemezsin. Dolunay yok ki, budala!" dedi diğer avcı, bulutların arasından görünmekte olan hilal şeklindeki ayı gösteriyordu.

Avcıların ikisi de gümüş mermilerini genç kızın kalbine doğru ateşlemek için hazırlayarak silahlarını kaldırdılar. Kalix, 'Her zaman olduğu gibi,' diye düşündü. 'Ölmek ne hoş olurdu! Bu kasvetli Londra sokağında her şeye bir son vermek!' Ama yapamazdı işte! Avcılar silahlarını kaldırırlarken, saniyeler içinde o aciz ve yeni yetme kaçak halinden, Britanya'nın bir ucundan diğer ucuna kadar bütün avcıları öldürmüş, babasına karşı bir saldırı gerçekleştirdikten sonra tıkıldığı kodesin kapılarını parçalamış olan vahşi ve hayvani bir kurt insana dönüştü. Avcılar tetiği çekmeye vakit bulamadan, sadece kurt kıza özgü hem tanrının vergisi bir armağan hem de bir lanet olan vahşiliği tarafından parçalanarak lime lime edildiler.

Her şey dakikalar içinde olup bitmişti. Kalix korkunç bir uluma sesi çıkardı, sonra tekrardan insana dönüştü. Dönüşüme uğrarken titredi. Soğukkanlılıkla ayağının altındaki katliama baktı. Yağmur kanı temizlemeye başlamıştı bile.

"Benim dolunaya ihtiyacım yok," diye mırıldandı. "Ben kurt insanların yönetici ailesindenim." Titremeye son vermek için derin bir nefes aldı ve daha sonra karşısına çıkan ilk dar yola saparak karanlıkta yürümeye başladı.

4

Kalix her zaman başka birisi olmayı dilerdi. Doğduktan sonra gerçek ailesi tarafından MacRinnalch kabilesinin insafına bırakarak terk edildiğine dair bir fantezisi vardı. Ya bu şekildeydi ya da bebekken çalınmış ve Thane'e satılmıştı. En sevdiği fantezisi de gizli bir aşkın çocuğu olduğuydu. Tercihen Runawayslerden birinin, hatta Joan Jett'in.

'Herkesin bildiği kadarıyla Joan Jett bir kurt insan olmasa da benim annem olabilirdi,' diye düşünürdü Kalix bazen.

Kalix'in göçebe hali, onun çok az eşyası olduğu anlamına geliyordu. Bütün eşyası hırpani kıyafetleri, kasetleri, eski bir kasetçalar, pillerini ve afyon ruhunu taşımak için kullandığı bir çantaydı. Kıyafetleri hayır kurumlarından geliyordu. Botları delik deşik olmuştu, montu ise yıpranmıştı. Kirliydi.

Kalix birkaç yıldır afyon ruhu kullanıyordu. Afyon ruhu, alkolde çözülebilen bir afyon çeşidiydi. Onu ilk olarak, sürekli MacRinnalch Kalesi'nde görünen, ilginç karakterli biri olan ve otantik, muhteşem eşyalar satan Tüccar MacDoig'den almıştı. Bu tüccar, normalinden çok daha uzun süre yaşamış ve bu zamanda çok az sayıda insanın gittiği yerlere gitmişti. Bunların yanı sıra değişik güçleri de olan bir adamdı. Kendini çaresiz hissedenlere acılarını dindirmek amacıyla sattığı afyon ruhunu, gitmiş olduğu bu yerlerin birinde keşfetmişti. Kurtların Hanımefendisi olan Kalix'in annesi, eğer bu tüccarın en küçük kızına ne sattığını öğrenseydi, MacDoig'i öldürebilirdi. Afyon ruhu ucuz değildi. Kalix bu ihtiyacını karşılayabilmek için çalmayı öğrenmişti. Londra'ya geldiğinden beri, güneyde babasının işlerini yürüten genç MacDoig'den bu sıvıyı alıyordu. Artık kolyesine sahip olmaması da bu yüzdendi. Afyon ruhu alabilmek için onu genç MacDoig'e vermişti.

Kalix'in kasetçalarına gelince, sadece iki tane kaseti vardı. Her ikisi de *Runaways* adlı gruba aitti. İlk albümleri, *Eponim* ve *Live in japan*. Bu iki albüm o doğmadan önce yapılmış olmasına rağmen Kalix Runaways'i çok seviyordu. Bu gruba ait bir resmi gazeteden kesmişti. Hatta bir keresinde, genç bir adam bu resme zarar vermeye çalıştığı için Kalix onun elini o kadar sert ısırmıştı ki, adam koluna dikiş attırmak için hastaneye gitmek zorunda kalmıştı. Kalix insan haliyle bile yırtıcı bir rakipti. Kurt insana dönüştüğünde ise anormal bir güce sahip oluyordu. Savaş çılgınlığı üzerine çöktüğünde de öldürücü derecede vahşileşebiliyordu.

Kalix bir keresinde *Runaways* hakkında bilgi toplamak için internet kafeye gitmişti. Ama çok az bilgi bulabilmişti. Çünkü grup hakkında fazla bir şey yazılmamıştı. Zaten mevcut bilgileri de güç bela okuyabilmişti. MacRinnalch kurt insanları, kural olarak iyi eğitim almış olsalar da Kalix'in tuhaf geçmişi onu hemen hemen cahil bırakmıştı.

Anlayabildiği cümlelerden, grubun iyi bir başarı yakalayamamış olduğunu anlamıştı. Kalix bu durum karşısında çok şaşırmıştı. Kızmıştı da. Dünyayı daha fazla küçümsemeye başlamıştı.

Kalix'in yatağı, bir yığından oluşan eski torbalardı. Terk edilmiş depo nemliydi ve kemiklerini donduracak kadar soğuktu. Geceleri sırf kalın kürkünden sıcaklık alabilmek için bazen kurt insana dönüşürdü. Safkan bir MacRinnalch kurt insanı olan Kalix, bunu istediği zaman yapabilirdi. Ama artık kendisini koruyan kolyesi olmadığı için bu oldukça tehlikeliydi. Kurt insana dönüşmek onun sezilmesini daha da kolaylaştırabiliyordu.

Günlerdir bir şey yememişti. Aslında bu iyi bir şeydi. Yemek yemeyi sevmiyordu. Burada ona yemek yemesi gerektiğini söyleyecek hiç kimse yoktu. Bir daha hiç yemeyebilirdi. Hiç kimse de onu bu konuda zorlayamazdı. Bu güzel düşüncenin desteğiyle küçük kurt kız kendini torbaların altına gömdü ve Gawain'in hayaliyle uykuya daldı.

Gawain kurt adamların en yakışıklısıydı ve bir zamanlar Kalix'in sevgilisiydi. On dördüncü yaş gününde MacRinnalch Kalesi'nde onun yatağına sokulmuştu. Zaten ondan sonra da ilişkileri başlamıştı. Gawain kovulmadan önce neredeyse bir yıl kadar deli gibi sevişmişlerdi. Kalix onu yeniden görmek için can atıyordu. Ama onun bir daha geri dönmeyeceğini de çok biliyordu.

5

Olağanüstü güzelliği olan, Babylon ölüm tanrıçaları ve Asyalı bir süper model arasında bir yerde yaşayan Ateş Kraliçesi, gözlerinden ateşler çıkarak, Thrix'in masasına doğru ilerledi.

"Korkunç ve dehşet verici işkenceler çekmeye hazır ol, seni hain kurt!"

Thrix kaşını kaldırdı.

"Tam olarak problem nedir, Malveria?"

Ateş tanrıçası en dipteki krallığına doğru uzandı ve bir çift yüksek topuklu kırmızı ayakkabıyı alarak Thrix'in masasına koydu. "Bana sattığın bu ayakkabılar..." diye bağırdı Ateş Kraliçesi. "Topukları kırıldı! Bir gün tören kılıcıyla volkanın tepesine doğru yürüyordum, kurbanım hazırdı ve önüme eğilmişti. Muhteşem görünüyordum. Ama neden sonra topalladım ve ayakkabıları ayağına tam uymamış bir hizmetçi kız gibi yere düştüm."

Thrix dudaklarını büzdü.

"Yani Malveria, açıkça görünüyor ki bunlar sadece özel geceler için tasarlanmış ayakkabılar. Bir moda tasarımının, volkanın tepesindeki bir kurban ritüelinde dayanmasını bekleyemezsin. Seni daha önce doğru zamanda doğru ayakkabı seçimi yapman konusunda uyarmıştım."

Ateş Kraliçesi öfkeden deliye döndü. Thrix'e daha önce ölümcül dünyada hiç duyulmamış beddualar etti.

"Yılın en önemli kurban töreninde sönük, ama makul bir ayakkabı giymemi mi bekliyorsun? Sen nasıl bir moda danışmanısın?"

Thrix sakin bir şekilde, "Çok iyi bir danışmanım," diye cevap verdi. Büyücü, Ateş Kraliçesi'nin gerçek adını bilecek kadar onu iyi tanırdı. Dolayısıyla onun öfkesini sorun yapmazdı. Ateş elementlerinin bir ırkı olan Hiyastalar'nın kraliçesi Malveria son derece güçlüydü. Thrix kendi yeteneklerini kolay kolay ona karşı kullanamazdı. Ama öfkesi çabuk yatışırdı, özellikle de moda konusunda. Yeni ve şık bir elbise onu sakinleştirmek için yeterliydi.

Telsizin sesi duyuldu. Thrix'in sakin ve şık olan ve sadece duvardaki elbise örneklerinin biraz dağınık gösterdiği seçkin ofisinin dekoruna uyumlu olarak titizlikle tasarlanmış ince gümüş bir telsizdi bu.

"Annen telefonda!"

Thrix suratını astı.

"Affedersin, Malveria... Ne var anne? Kalix'mi? Hayır onu görmedim. Neden göreyim? Babam beni mi soruyor? Babam cehenneme gidebilir, hem de hemen... Kapatmam lazım müşterim var."

Thrix telefonu kapattıktan sonra Ateş Kraliçesi, "Aile problemleri mi?" diye sordu.

"Her zamanki gibi!"

Güzel Hiyasta anlayışlı biriydi.

"Ben benimkilerden uzun süre önce kurtuldum. Ne oldu? Küçük kurt kızın başı belada mı?"

"Evet, ama uzun sürmeyecek, yakında ondan kurtulacaklar."

"Annen senden ne istiyor?"

"Onu bulmamı sanırım," dedi gönülsüz bir şekilde.

"Bu çok rahatsız edici!" dedi Ateş Kraliçesi. "Annen senin, benim gibi muteber müşterilere mükemmel kıyafetler yapmakla meşgul olduğunu bilmiyor mu?"

"Annemin gözü hiçbir şeyi görmez."

"Ne kadar sinir bozucu!" dedi Malveria. "Kurt insanların Kraliyet ailesinin asil kızı olarak, herkese seni rahat bırakmalarını söyleyemiyor musun?"

Bu söz Thrix'i gülümsetti.

"Aslında biz Kraliyetten olduğumuzu beyan etmedik hiç. Yani, belki bir ya da iki kez. Onu da kendimizi soylu hissettiğimiz zamanlarda söylemişizdir. Yönetici aile demek daha doğru olur. Zaten bu da yeterince sorun kaynağı. Evet, Malveria şimdi senin ayakkabılara gelelim."

Malveria ellerini salladı. Yine her zamanki gibi oda yasemin kokusuyla doldu. Bu bir parfüm müydü yoksa Malveria'nın kendi kokusu mu, Thrix emin değildi.

"Boşver gitsin. Böyle önemsiz bir şey için güzel ve değerli bir moda tasarımcısını tehdit ettiğim için üzgünüm. Topuğumun kırılmasının verdiği utanç bir an aklımı başımdan aldı. Ama şimdi kendimdeyim."

Ateş elementleri kendi dünyalarında yaşamalarına ve insanların dünyasıyla çok az iletişim halinde olmalarına rağmen MacRinnalchların ezeli düşmanıydılar. Bir Hiyasta'nın bir MacRinnalch ile arkadaş olması müstesna bir durumdu. Ateş Kraliçesi buna rağmen Büyücü'yü çok seviyordu. Thrix'in yardımı olmasaydı, Kraliçe kendi dünyasındaki sosyal etkinliklere hâlâ çok kötü kıyafetlerle katılıyor olurdu. Ateş Kraliçesi, Thrix'ten önceki kıyafetlerini düşününce ürperdi.

6

Kalix karnında bir ağrıyla uyandı. Uzun süre bir şeyler yemediği zaman, bu hep olurdu. Bir yudum afyon ruhu içti. Daha sonra çantasından defterini buldu ve çıkardı. Kalix'in defteri onun için çok değerliydi. Yaptıklarını değil de düşüncelerini bu deftere yazardı.

Dünün notları: Babam Thane, Kurtların Efendisidir. Ondan nefret ediyorum.

En azından Kalix için anlamı buydu. Defterin içindekiler bir başkası için gelişi güzel karalanmış kelimeler ve şekilsiz harfler olarak görünürdü. Bir gün öncesi boştu ve bir gün sonrasında şöyle yazıyordu:

Erkek kardeşlerim birbirlerinden nefret ediyorlar. Ben ikisinden de nefret ediyorum.

Bir sonraki sayfada şöyle diyordu:

Gawain'i özledim.

Kalix defterine yeni bir giriş yaptı:

Runaways gürültünün kraliçesidir. Bugün iki avcı öldürdüm. Ya da dün!

Her bir kelimeyi tamamlaması uzun zamanını aldı. Çünkü baş belası olan harfleri tamamlamak için iyice odaklanması gerekiyordu. Aslında Kalix zekiydi. Ama hiçbir zaman öğrenim eksikliğini telafi etmemişti. On yedi yaşındaydı, ama eğitim açısından kendi yaşındaki kızların çok gerisindeydi.

Dışarıda hâlâ yağmur yağıyor ve damlalar çatıya düşmeye devam ediyordu. Kalix bunu umursamıyordu. Yorgundu. Midesi hâlâ ağrıyordu. Yeniden uykuya daldı. Öğlene doğru tekrar uyandığında afyonun etkisi geçmemişti. Sezgileri bulanıklaştığı için yalnız olmadığını anlaması biraz zaman aldı. Duncan Douglas MacPhee yanı başında duruyordu. Soğuk ve siyah gözlerini ona doğru dikmişti. Duncan, Kalix'in büyük abisi Sarapen için çalışıyordu. Zorbalığıyla ün yapmış, iri ve güçlü bir kurt insandı. Eski bir deri ceket giyiyordu. Uzun siyah saçlarını bir bandanayla arkaya doğru atmıştı. Kalix onu görünce telaşla ayağa kalktı ve kendini savunmaya hazırlandı.

Duncan sessizce onu süzdü. Önce Kalix'in sefil yatağına sonra da çevresindeki diğer eşyalara baktı. Çok geçmeden de ayağının dibindeki afyon ruhu şişesini gördü.

"İğrençsin, Kalix MacRinnalch! Thane'nin dördüncü çocuğusun, ama kurt insanların ayak takımına yakışan alışkanlıkların var."

"Sen bu ayak takımını iyi bilirsin," diye hırladı Kalix.

"Evet, bilirim," dedi Duncan. Tıpkı erkek kardeşi Fergus ve kız kardeşi Rhona gibi kötü bir üne sahipti. Douglas MacPheeler sağlam papuç değillerdi. Kalix endişeliydi. Gün ışığında ne o, ne de Duncan kurt insana dönüşemezdi. Duncan insan haliyle Kalix'ten kuşkusuz daha güçlüydü.

"Beni yalnız bırak!"

"Bırakamam," dedi Duncan. Onun İskoç aksanı Kalix'inkinden daha belirgin ve daha sertti.

"Büyük Konsey seni geri istiyor."

Kalix, "Yargılanmak için geri dönmeyeceğim!" dedi ve geriye doğru çekildi.

"Çoktan yargılandın ve suçlu bulundun. Şimdi cezanı vermek istiyorlar." Gözlerini Kalix'e dikmişti. "Kaleye hangi koşullarda gideceğin Sarapen'in umurunda bile değil! Hatta oraya gidip gitmemen bile umurunda değil!" Deri ceketinden uzun bir maket bıçağı çıkardıktan sonra, "Oraya sadece kalbin gidecek!" dedi.

"Seni öldüreceğim!" diye hırladı Kalix.

"Hiç sanmıyorum. Gün ışığında bunu yapamazsın. Kurt insana dönüşemezsen beni öldüremezsin!"

Duncan Douglas MacPhee ona doğru ilerledi. Kalix savunma pozisyonunu alarak hayatı için savaşmaya hazırlandı. Fakat birden deponun kapısı açıldı ve genç bir adam göründü.

"Burası posta ofisi mi?"

Duncan bu davetsiz misafire bakarak hırladı. Genç adam irkildi. Açıklama yapmaya çalışarak, "Müzik dergilerim bana ulaşmadı!" dedi.

Kalix şimşek hızıyla yerden bir taş aldı ve onu rakibine fırlattı. Duncan kafasına aldığı sert darbeyle yere yıkıldı. Ayağa kalkmaya çalışırken Kalix tarafından vahşice bir tekme yedi. Hemen ardından da çantasını ve montunu kaparak kapıya doğru koştu.

Kapıdaki genç adam şaşkınlıktan donakalmıştı. Ama elinde maket bıçağıyla hâlâ ayağa kalkmaya çalışan Duncan'i görünce o da Kalix gibi hızla kaçmaya başladı.

"Buraya gel!" diye bağırdı Daniel. Arabasını işaret ediyordu. Kalix arabaya binmek istemiyordu, ama Douglas MacPhee kapıdan görünmüştü bile. Daniel hemen arabanın kapısını açtı. Kalix içeriye atladı. Daniel'ın eski aracıyla mümkün olduğu kadar hızlı bir şekilde cani saldırganlardan kaçmaya başladılar.

Daniel ürkmüştü. On dokuz yaşında bir öğrenciydi; elinde maket bıçağı olan adamlarla karşılaşmaya da pek alışık değildi. Duncan'ı birkaç sokak geride bırakıncaya kadar Kalix ile ilgilenmedi. En sonunda arabayı durdurup ona baktığı zaman, yüz ifadesinin keskinliği karşısında sarsıldı. Kalix'in gözleri şimdiye kadar gördüğü en iri ve en siyah gözlerdi.

Aşırı solgun yüzünün aksine gözleri oldukça parlaktı. Vahşi güzelliğinde insanı etkileyen bir şeyler vardı. Yüzü kirliydi. Acınacak derecede zayıftı. Kalçalarına kadar uzanan saçları Daniel'ın şimdiye kadar gördüğü en uzun saçlardı. Gür ve kirliydi, birbirine dolanmıştı, hiç yıkanmamış gibiydi. Kızın bu görüntüsünün yarattığı etki gerçekten sarsıcıydı.

"Daha uzağa sür!"

"Sorun yok, onu çok geride bıraktık."

"Daha uzağa sür, kokumuzu hâlâ alıyordur."

Daniel şaşırdı ve biraz da kendini aşağılanmış hissetti.

"Kokumuzu mu? Hiç sanmıyorum!"

"Sür!" Kalix'in sesi yükselmişti.

Daniel arabayı çalıştırdı ve Kennington'daki evine doğru yol almaya başladı. Endüstri bölgesini geride bırakarak, Londra'nın güney doğusuna doğru sürdü. Kalix sessizce oturuyordu. Rahatlamaya başlamıştı. Ama bir yabancıyla konuşmak hiç içinden gelmiyordu. Yine de Daniel'ın sessiz kalmaya niyeti yoktu. Bütün bu olanlar şimdiye kadar başına gelen en ilginç şeylerdi. Şimdi korkusu azalmaya başlamışken olanları daha iyi düşünebiliyordu. Ev arkadaşı olan Moonglow'a bu gördüklerini anlatırken hayal etmeye başladı. Moonglow'un bundan etkilenmemesi mümkün değildi.

"O adam kimdi?"

"En büyük abim için çalışıyor."

"Seni ailenden ayırmaya mı çalışıyordu?" Daniel aslında hiç korkmadığını gösterecek rahat bir ses tonuyla konuşmaya çalışıyordu.

Kalix lafı hiç dolandırmadan cevap verdi:

"Kalbimi yerinden sökmeye çalışıyordu."

Bu cevap Daniel'ı ürküttü.

"Neden?" diye sordu bir süre sonra.

"Aile beni mahkûm etti."

Bir süre sessizce yol aldılar. Daniel konuşmayı sürdürecek başka bir şey bulamadı. Kızın söyledikleri mantıklı gelmiyordu. Zaten bir kadınla konuşmaya çalıştığı zamanlarda dili tutuluyordu. Heyecanın ve dehşetin ortasındayken bile Daniel kızdaki sıra dışı güzelliği fark etmekte gecikmemişti. Sıska, hırpani ve kirli olabilirdi. Biraz da deli gibiydi. Ama inkâr edilemez bir güzelliği vardı. Daniel onun gibisini sadece dergilerde görmüştü.

"Şey... Yaşadığım yere geldik," dedi Daniel. Kızı zorla eve davet ediyormuş gibi görünmek istemedi. Kızın bu düşünceye kapılma ihtimali onu utandırdı. Farkında olmadan ve her zaman yaptığı gibi utancını saklamak için uzun saçlarının yüzünü örtmesine izin verdi. "İçeri gelmek ister misin? Belki polisi aramak istersin?"

Ama Kalix gitmişti. Hızlı bir şekilde kapıyı açıp aşağıya inmişti. Sokağın içinde uzaklaşmaya başlamıştı bile.

7

MacRinnalch kurt insan kabilesinin lideri olan Thane'in ailesi oldukça varlıklıydı. Britanya'ın her yerinde arazileri vardı. Thane'in eşi, kurtların Hanımefendisi Verasa, İskoçya dağlıklarında ve adalarında topraklara, şehirde de hatırı sayılır ölçüde mal ve mülke sahipti. Londra Kennington'daki evi, köşk sayılabilecek büyüklükteydi. Verasa burada çok za-

23

man geçirirdi. Kocası Thane'e göre burada harcanan zaman oldukça fazlaydı. Ama onlar bir konu üzerinde hemfikir olmayalı uzun zaman olmuştu.

Verasa iki yüz elli yaşındaydı. Normal insanların yaşam koşullarına göre kırk sekizi geçmiş olacaktı. Kabilenin birçok kadın üyesi gibi koyu renkli saçları onun da omzuna dökülüyordu. Dik başlı kızı Kalix'in tersine Verasa, Edinburg ve Knightbridge salonlarının düzenli bir ziyaretçisiydi. Kıyafetleri şıktı. Yüz hatları çarpıcıydı. Ara sıra gittiği Kennington'un küçük, şık yerlerinde her zaman onun kim olabileceğini, gençken hangi filmde oynamış olabileceğini ve kocasının ne kadar zengin olduğunu merak eden birkaç kaçamak bakışın ilgi odağı olurdu.

Verasa dört yüz yıldır ailede olan kristal bir kadehten şarap içerken hizmetçilerden biri içeriye girdi.

"Oğlunuz, Hanımefendi."

"İçeri gönderin!"

Markus odaya girdi. Verasa'nın en küçük oğluydu. En gözdesiydi de. Kurt insanlara pek benzemeyen Markus, normalinden daha yuvarlak bir yüze sahipti. Elmacık kemiklerine doğru kurt insana benzerliği daha da azalıyordu. Saç rengi biraz açıktı, MacRinnalchlarda pek görülmeyen kestane rengindeydi. Biraz da kadınsıydı. Bu, onun zayıf olduğu anlamına gelmiyordu. Damarlarında MacRinnalch kanı dolaşan hiçbir kurt insan zayıf olamazdı. Hatta annesi için, babası Thane gibi güçlü ve zalim olan, içinde hiçbir şefkat beslemeyen büyük oğlu Sarapen'den daha cana yakın bir arkadaştı Markus. Edinburg'da yaşıyordu. Sık sık Londra'ya gelirdi. Annesini kucakladı. Annesi de ailesinin hiçbir üyesine göstermediği bir sıcaklıkla ona karşılık verdi.

"Kalix birkaç avcı öldürmüş!" dedi Markus.

"Guildlerden mi?"

"Hayır, sadece birkaç serseri. Önemi yok."

Verasa başını salladı. Bu tür avcılar bazen rahatsızlık sebebi olabiliyorlardı. Ama güçlü MacRinnalch kabilesi için nadiren bir sorun teşkil ediyorlardı.

"Ya Douglas MacPheeler?"

"Kalix dün Duncan'la karşılaşmış," dedi Markus. "Ama kaçmayı başarmış."

"Kaçmış mı? Ona zarar vermeye mi çalışıyordu?"

"Şüphesiz. Eğer birine zarar vermek istemiyorsan, arkasından Douglas MacPheeler'i göndermezsin."

Verasa başıyla onayladı. Duncan, Fergus ve Rhona üçlüsü kötülükleri ile ün salmışlardı. Kendi oğlu Sarapen'in böyle insanları işe alması Verasa'yı çileden çıkarıyordu. Markus'a ve kendisine şarap doldurdu. Bardağı oğluna uzatırken her zaman düşündüğü şeyi aklından geçirdi: En azından çocuklarından biri kendisini sevdiği için şanslıydı.

Verasa yumuşak bir İskoç aksanıyla, "Zavallı Kalix!" dedi.

"İtiraf etmeliyim ki, her zaman sıkıntılarımız oldu. Ama Kalix'in kalbinin yerinden sökülmesini görecek olmaktan nefret ediyorum."

Markus küçümseyici bir ses tonuyla konuştu. Kızdan nefret ediyordu ve bunu gizlemiyordu.

"Bunu hak etti. Ama Sarapen'in onu yakalamasına izin veremeyiz ya da onu öldürmesine. Büyükannemiz Dulupina, bizim yapamadığımızı onun yapmasını asla affetmeyecektir." Annesine baktı. "Onu yakalamak için daha çok çalışmalıyız," dedi.

Kurtların Hanımefendisi iç çekti.

"Keşke sadece yok olsaydı. Bir anne için, ceza amaçlı en küçük kızını geri getirtmesi hiç hoş değil, konsey bu konuda kararlı olsa bile."

Verasa, Markus'un saçlarını okşadı. O çok iyi bir çocuktu. Büyük oğlu Sarapen yerine, Markus'un Kabile Lideri olmasını sağlamak çok zor olacaktı. Ama Verasa istediğini başarma konusunda kendine güveniyordu. Çünkü çok uzun zamandan beri kurt kabilesinin dolambaçlı ve tehlikeli politik çekişmelerinde kendi yolunda başarılı bir şekilde ilerliyordu.

"Aklıma gelmişken..." dedi Markus kafasını kaldırarak. "Hakkında konuşmadığımız kuzenler konusuyla hâlâ ilgilenmedik."

Kurtların Hanımefendisi'nin yüz hatlarında bir hoşnutsuzluk ifadesi belirdi.

"Lütfen Markus! Kalix'i düşünürken, bir de kuzenleri düşünemem! En azından aynı günde değil! Emin ol, bu aile beni erkenden mezara yollayacak."

8

"Kalbini sökmek mi? Aman Tanrım!"

Moonglow şaşırmıştı. O kadar şaşırmıştı ki, Daniel'ın sırf onu etkilemek için bunları uyduruyor olabileceğini düşündü. Çünkü böyle bir şeyi ilk defa yapmıyordu. İlk tanıştıklarında Daniel, gitar çalabildiğini ve Hollywood'da filmler yapan bir ağabeyi olduğunu söylemişti ona. Sonradan bunların hiçbirinin doğru olmadığı anlaşıldı. Ayrıca Daniel'ın, herhangi birini, elinde maket bıçağı olan bir manyaktan kurtarması da pek olası bir durum değildi. Cesaretsizliğinden değil de, bunu yapmaya kudreti olmazdı. En son öğrenci barındayken, ikisi beraber sarhoş olduklarında Daniel, iri olan iki ragby oyuncusunu kızdırmıştı. Moonglow akıllıca araya girmeseydi onu yumruklayacaklardı. Daniel kavgacı bir tip değildi. Utangaçlığını yendiği zamanlarda da oldukça iyi bir arkadaştı. Eğer kitap ve günlük olmasaydı, Moonglow onun anlattığı hikâyenin tamamen bir saçmalık olduğunu düşünecekti.

Olağan dışı yapısıyla konusu geçen ve Daniel'a göre vahşi bir güzel olan kız, kitap ve günlüğünü plastik bir çantanın içinde Daniel'ın arabasında unutmuştu.

"Yaz mevsiminin çiçek perileri."

Bu, çiçeklerin üzerinde oturan peri resimlerinin olduğu bir çocuk kitabıydı. Eskiydi. Oldukça aşınmış ve yıpranmış görünüyordu. Kitap parmak izleriyle kirlenmişti ve sanki üzerinde bir köpek yürümüş gibi pati izleri vardı.

"Bunlar onun orada olduğunu kanıtlıyor," dedi Moonglow'un biraz kuşkulandığının farkında olan Daniel.

"Tam olarak değil!" dedi Moonglow. "Bunlar senin de olabilir."

"Çok komiksin! Ayrıca bu da var," diye devam etti Daniel. Yıpranmış bir defteri çantadan çıkarıyordu.

"Bu, günlük gibi bir şey!"

Defteri açtı ve ön sayfaları okumaya çalıştı.

"Okunaksız bir şey! Tek bir harfi bile doğru yazamamış. Sanırım, *benim annem Kurtların Hanımefendisi'dir*, diye bir şey yazıyor. *Babam...*" Bu kelimeyi çıkaramadı. "*Thin* gibi bir şey yazıyor!"

Hemen ardından ikisi de gülmeye başladı.

"Erkek kardeşim, kurt insanların tahtının varisidir."

"Bu kız çok fazla kurt adam hikâyesi okumuş," dedi Moonglow. Aslında ilgisini çekmişti. Başka dünyalarla alakalı şeyler her zaman Moonglow'un ilgisini çekerdi. Kurt adam hikâyelerini de son derece ilginç buluyordu.

"Yazık, doğru dürüst yazamıyor!" dedi Daniel. "El yazısı berbat!"

Daha sonra devamını okumaya çalıştı.

"Ben Mac... Kabile gibi bir şey yazıyor. *Kabilesinin dördüncüsüyüm."*

İkisi de bunun ne anlama geldiğini çözemedi. Daha fazla okuyacak zamanları da yoktu, yapılacak işleri vardı. Daniel ve Moonglow taşınmak için neredeyse bütün eşyalarını toplamışlardı. Daniel bir kamyonet kiralayacaktı ve gece olunca yeni dairelerine taşınacaklardı. Üniversitenin ilk yılında arkadaş olduktan sonra taşındıkları bu binada sekiz aydır kalıyorlardı. Kötü bir yer değildi, ama bir süredir kirayı vermemişlerdi ve veremeyeceklerdi. Bu yüzden bir gece yarısı eşyalarını toplayıp, kaçmanın en iyi çözüm olduğuna karar verdiler. Moonglow bu konuda oldukça kaygılıydı. Öfkeli bir ev sahibine yakalanma olasılığı canını sıkıyordu. Moonglow uzun siyah saçlıydı. Yüz hatları oldukça yumuşaktı. Astrolojiye sıkı bir inancı vardı. Kibardı. Öfkeli ev sahipleri konusunda deneyim sahibi değildi. Böyle birisiyle karşılaşırsa bunun çok tuhafına gideceğinden emindi.

9

Bir kış günü, öğlenin erken saatlerinde Kalix eczaneden ilaçlarını alırken hava soğumaya başlamıştı bile. Eczacı ona şüpheyle baktı. Kalix her zaman olduğu gibi güneş gözlüğü takıyordu. Bu cılız kış güneşinde, hatta Londra'nın karanlık gecelerinde bile. Güneş gözlükleri her zaman eczacıların şüphesini çekiyor gibi görünürdü ona. Tıpkı hırpani tişörtünü saklayamayan hırpani montu gibi! Belki de yeme bozukluğundan kaynaklanan bir hastalığı akla getiren sıska bedeni de şüphe uyandırıyor olabilirdi. Ancak reçetesi yasalara uygundu. Kurt insan kabilesi normal bir toplumun parçası olmasa bile onun tamamen dışında da değildi.

MacRinnalchların, İskoçya'da Edinburg Üniversitesi'nde tıp okuyan ve kendisi de kurt insan olan doktorları vardı. Kurt insanlar nadiren hastalanırlardı. Ama sık sık ilgilenilmesi gereken yaralanmalar olurdu ve onların eşsiz fizyolojilerini bilen birisinden tedavi almaları hayati bir öneme sahipti. Bazı insan ilaçlarının bir kurt insana çok kötü etkisi olabilirdi. Ayrıca İskoç kurt insanları doğalarındaki kurt taraflarını saklamak konusunda çok dikkatli oldukları için, kabilenin herhangi bir üyesinin normal bir doktor tarafından yakından muayene edilmesi uygun değildi.

Bu yüzden Kalix, İskoçya'da bir doktora gidiyordu. Bu doktor aracılığıyla ona kaygıları için diazepam yazan bir psikiyatriste yönlendirilmişti. Kalix, psikiyatristini sevmiyordu. Ama diazepamı seviyordu. İlaçları hazırlanırken huzursuz bir şekilde bekliyordu. En sonunda ilaçlar hazır olduğunda paketi kaptı ve hemen dışarı çıktı. İlaçlarını koymak için çantasını açar açmaz bir şeylerin kayıp olduğunu fark etti.

"Defterim nerede?"

Sesli bir şekilde küfretti. Defter, onun sahip olduğu çok az eşyadan biriydi ve onun için çok değerliydi. Duncan Dauglas Macphee'den kaçmadan önce defterini depodan aldığını hatırlıyordu. Nerede unutmuş olabileceğini hatırlamaya çalışıyordu ki, tanıdık bir koku aldı. Duncan yakınlardaydı. Kalix etrafı dolandı, araştırdı. Çok uzağa bakması gerekmedi. Duncan ve kız kardeşi Rhona, elli metreden fazla uzakta değillerdi. Hızla yaklaşıyorlardı. Kalix hayatını kurtarmak için kaçtı. Birçok insanı arkasında bırakarak, son sürat koşmaya başladı. Dauglas Macpheeler de onun arkasından koştular. Kurt insanlar, insan halindeyken bile doğaüstü güce ve hıza sahiptiler. Ama onlar Kalix kadar hızlı değillerdi. Kalix, takipçilerinin sadece iki metre ötesinde olan bir köşeyi döndü. Onlar bir sonraki sokağa ulaşana kadar arayı çoktan açmıştı. Çok geçmeden hızla gözden kayboldu.

"Çabuk ol!" diye bağırdı Duncan. "Bu hızla devam edemez!"

Duncan sıska kızın uzun süre koşmaya devam edebileceğinden şüpheliydi. Aylardır bir şey yememiş gibi görünüyordu ve MacRinnalch kabilesinin her üyesinin içinde doğuştan var olan enerji bile açlıktan ölmekte olan bir kurt insanı ömür boyu ayakta tutamazdı.

Kalix hayatını kurtarmak için kaçtı. Kolyesini sattığı güne lanet etti. Bu tam bir aptallıktı. Kolyesi varken hiç kimse onu fark edemezdi. Şimdi ise Dauglas MacPheeler gibi deneyimli avcılar için oldukça kolay bir avdı.

Kalix her zaman aptalca şeyler yapardı. Babasına saldırması aptallıktı. On dört yaşındayken Gawain'in yatağına girmesi aptallıktı. On üç yaşındayken dolaptaki viskisinin tamamını içmesi aptallıktı. Kalix bu durumu, bir İskoç kurt insanı olarak, mirasını keşfetmekte olduğunu söyleyip protesto etmişti. Ve sadece ne olacağını görmek için annesinin bütün ilaçlarını yemesi de bir aptallıktı. Acil mide yıkaması için hastaneye kaldırılan tek genç MacRinnalch kurt insanıydı. Bu da inanılmaz bir çılgınlıktı. Yaşanan her bir olayda da Kurtların Hanımefendisi onun bir aptal olduğunu belirtmişti. Bu utanç da hiçbir zaman tam olarak onu terk etmemişti.

Kalix birkaç sokak koştuktan sonra Dauglas MacPheeleri yeterince geride bıraktığına emin oldu. Kokusunu takip ediyor olabilirlerdi. Ama vahşi hayattaki gibi şehrin içinde onu kolay kolay takip edemezlerdi. Çünkü kokusunun uzun süre kalamayacağı kadar kirlilik vardı.

Kalix dar bir sokakta gözden kayboldu. Bir çitin üzerinden atlayıp, birkaç bahçenin içinden geçti. Bir başka sakin sokağı geçtikten sonra durdu ve havayı kokladı. Kurt insan kokusu yoktu. Kaçmayı başarmıştı. Yeniden kokladı. Bu defa tanıdığı başka bir koku vardı. Arabası ile onu depodan kaçıran genç adamın kokusuydu bu.

Kalix defterini hatırladı. Onu arabada bırakmış olabilir miydi? Genç kurt kız Daniel'ın kokusunu takip ederek sokakta hızlı hızlı yürümeye başladı. Dauglas MacPheelerden kaçmak onu zayıflatmıştı. Uzun süredir bir şey yememişti. Biraz afyon ruhu içebilmek için can atıyordu. Ama önce defterini kurtarmalıydı. Mutsuz hayatının her bir bölümü orada kayıtlıydı. Kalix'in defteri bazı yönlerden onun kendi varlığından daha gerçekti.

10

"Ev taşımaktan daha kötü bir şey olamaz!" dedi, tabakları, çatalları ve bıçakları uygunsuz bir karton kutuya koymaya çalışan Daniel. Moonglow onu başıyla onayladı. Bu zahmetli işi Daniel'den daha ağırbaşlı bir şekilde karşılamıştı, ama bu işi sevdiği söylenemezdi.

"Çok komik! Herkes ne kadar da meşgul!" dedi Daniel. Acaba onu kutuya mı koysa daha iyi sığardı, yoksa plastik çantaya mı, diye merak ederek ümitsizce bir kızartma tavasına bakıyordu. Belki de onu öylece kamyonete koyabilirdi. Nihayetinde bir kızartma tavasına ne zarar gelebilirdi ki?

"Colin sınava çalışması gerektiğini söyledi. Bu sence yeterli bir mazeret mi?"

Moonglow başını salladı. CD koleksiyonlarıyla uğraşıyordu. Onları kutulamak zor değildi, ama çok fazla CD vardı ve önce onları teker teker ayırıp, hepsini doğru kapaklara geri koymaya karar verdi. Fakat daha sonra bunun imkânsız olduğunun farkına vardı. Daniel'ın *Slayer* CD'lerinin kapaklarının hepsi kaybolmuş gibi görünüyordu ve kendisine ait olan *Kate Bush* setinin ilk diskinden de eser yoktu.

"Fark ettim de Jay ortalarda görünmüyor," dedi Daniel. İğneleyici bir şekilde konuşuyordu.

Moonglow hemen savunmaya geçti. "Stonehenge'i ziyaret etmesi gerekiyordu."

Jay, Moonglow'un erkek arkadaşıydı. Moonglow bilmiyormuş gibi görünse de Daniel onu çok kıskanıyordu.

"Sanki Stonehenge haftaya burada olmayacak."

"Şimdi gitmesi gerekiyordu. Burçlar öyle söylüyor."

Daniel alay etmeye başladı. "Çok güzel! Erkek arkadaşı astroloji sayesinde işten kaçıyor."

Daha sonra elindeki kutuyu gürültülü bir şekilde yere koydu.

"Hey, dikkatli ol! O kutuda tabaklar ve bardaklar var!"

Daniel, Jay konusunda her zaman huysuzdu ve sürekli imalı konuşuyordu. Moonglow bunun farkındaydı. Arkadaşı Caroline ona söylememiş olsa da Daniel alkolün etkisindeyken Moonglow'a aşkını itiraf etmişti. Zaten bunu söylemeseydi de Moonglow durumu çok iyi anlayabiliyordu. Çünkü her şey belliydi. On dokuz yaşındaki Daniel duygularını nasıl saklayacağını öğrenmemişti.

Kapı çaldı. Birden tedirgin oldular. Eğer ev sahipleri sürpriz bir ziyaret için geldiyse, kutuları açıklamak çok zor olacaktı. Daniel ön kapıya yaklaştı ve kapı deliğinden dışarıya baktı. Kalix'i görünce tereddüt etti. Daha sonra kapı tekrar çaldı. Bu defa kapıyı biraz araladı.

"Şey... Şu elinde büyük bıçak olan adam arkanda mı?"

Kalix soğuk bir şekilde, "Defterim sende!" dedi.

"Evet, içeriye gel!"

Kalix içeriye girdi. Daniel gelen ziyaretçiyi Moonglow'a tanıştırmak için girişimde bulundu.

"Bu..."

"Defterim nerede?" diye sordu Kalix.

Moonglow, Kalix'in görüntüsü karşısında irkildi. Çok zayıf ve hırpaniydi. Lime lime olmuş siyah pantolonu ve botları arasındaki açıklıktan ayak bilekleri iki beyaz çırpı gibi görünüyordu. Odada eşyalarını bulmak için gezinen büyük siyah gözleri çakmak çakmaktı. Normalden daha büyük olan altın hızması çok dikkat çekiciydi. Saçlarına gelince, kalçalarına kadar uzanıyordu. Moonglow böylesini en hırpani dilencide bile görmemişti.

"Sen şu kurt kız mısın?" diye sordu Moonglow.

Kalix şüpheli bir şekilde, "Ne?" diye sordu.

Moonglow bunun hiç de nazik bir tanışma olmayacağını fark etti.

"Yani şu kurt insan şiirini yazan kız demek istedim. Gerçekten de çok harika olduğunu düşünüyordum. *Benim annem bir kurt insan, benim babam bir kurt insan.* Ben de bir keresinde böyle bir şiir yazmıştım. Kafamda kurduğum bir... Şey..."

Moonglow, Kalix'in solgun bakışları karşısında birden sustu. Kalix, Daniel'a döndü.

"Nerede?"

Daniel içinde Kalix'in defterinin ve kitabının olduğu çantayı getirdi. Moonglow ise kızı sinirlendirdiğini düşünüyordu.

"Okuduğum için kızdın mı? Özür dilerim. Ama gerçekten iyi bir şiirdi."

"Kapat çeneni!" diye tersledi Kalix. "Kaybedecek vaktim yok!"

Böylesine sıska bir bedenden oldukça güçlü bir ses çıkmıştı. Moonglow bunun karşısında şok olmuştu. Tam uzlaşmacı bir cevap vermek üzereydi ki, kapı aniden açıldı ve korkunç iki yabancı içeriye daldı.

"Yakala Onu!" dedi Duncan Dauglas MacPhee.

11

Etrafı kıyafetlerle çevrili olduğunda Ateş Kraliçesi her zaman daha mutlu olurdu. Thrix'in ofisini ziyaret etmeye bayılırdı. Şimdi de Büyücü'ye olan kızgınlığını tamamen unutmuştu. Thrix'in yeni bahar kataloğu için hazırladığı çizimlerini zevkle incelerken, kendi dünyasını yöneten güçlü bir doğaüstü varlıktan ziyade, bir manken gibi görünüyordu. Thrix'in sadece kendisi için yapmaya söz verdiği gece elbisesinin taslaklarını incelerken, esmer yüz hatlarından bir gülümseme yayılıyordu.

"Bu elbise Düşes Gargamond'un kokteyl partisine kadar hazır olabilir mi?"

"Gelecek hafta mı? Malveria, benim bu kadar hızlı çalışamadığımı biliyorsun."

Malveria, Ateş Kraliçesi'nin kullandığı birçok isminden sadece birisiydi. En gizli isimlerinden biri değildi, ama hangi türden olursa olsun, çok az varlığın kullanmakta özgür olduğu bir isimdi. Bir kişinin ona "Malveria" ismiyle hitap edebilmesi için Ateş Kraliçesi ile oldukça samimi olması gerekiyordu.

Büyücü kurt kızla tanışmadan önce Ateş Elementlerinin Kraliçesi çok kötü giyinirdi. Gardrobu çarpıcıydı. Fakat ona hiç uymayan kaba saba elbiselerle doluydu. Malveria özel davetlerde Milan, Paris ya da Londra'nın podyumlarından satın alınmış gösterişli gece elbiseleriyle gelen, çok iyi giyinmiş alt dünya prensesleri tarafından gölgede bırakılmış bulurdu sürekli. Ateş Kraliçesi rakiplerinin onun arkasından güldüklerini biliyordu. Özellikle de Buz Krallığı'nın genç aristokratları bazen çok iğneleyici olabiliyorlardı. Komşu Hainusta topraklarından olan Malveria'nın büyük rakibi Prenses Kabachetka'ya gelince, onun ne kindar dedikodular yaymış olabileceğine dair söylenecek bir söz yoktu.

Thrix bütün bunları değiştirmişti. Şimdilerde Büyücü'nün giydirdiği Kraliçe Malveria, nasıl alış veriş yapacağını gerçekten iyi bilen bir ateş perisi olarak herkesi kendine hayran bırakıyordu. Özellikle muhteşem ayakkabı koleksiyonu çok kıskanılıyordu.

"Bir koleksiyonu oluşturmanın ne kadar zaman aldığını biliyor musun?" diye sordu Thrix.

Ateş Tanrıçası başını sallayarak, "Hayır," diye cevap verdi. Saçları uzun, siyah, ışıltılı ve çok iyi durumdaydı. Thrix'in daha önceden önerdiği Kansington'daki bir kuaför, kraliçenin saçlarıyla ilgileniyordu. Bu da Büyücüye minnettar olmak için bir başka nedendi.

"Aylarca sürüyor. Çizimlerle başlıyorum, tasarımcılarıma danışıyorum, kumaşların maliyetini hesaplıyorum, modelleri oluşturuyorum, modelleri kesim için gönderiyorum. Bunlar da sadece süreci harekete geçirebilmek için yapılıyor."

Ateş Tanrıçası kaşlarını çattı. Suratını asmamaya çalışıyordu.

"Üstelik…" diye devam etti Thrix. Altın sarısı saçlarını geriye doğru attı ve masanın üzerindeki kâğıt yığınını gösterdi. "Yetiştirmem gereken yüzlerce işim var ve hepsi de acil. Röportaj yapmam gereken insanlar var. Görevlendirmem gereken modeller ve yönlendirilmesi gereken bir tesisatçı var."

"Tesisatçı mı?" diye sordu Malveria. Şaşırmıştı. Bu dünyadaki hayatın nasıl olduğu hakkında çok az bilgisi vardı.

"Alt kattaki musluklar akıtıyor!"

"Ama bu işlerle ilgilenecek çalışanların vardır."

"Evet, var. Ama küçük elemanım geçen sefer yanlışlık yaptı. Diğeri de konferansta. Bu yüzden kendim ilgilenmek zorundayım."

Malveria başını sallayarak, "Bunların hepsi benim için çok gizemli. Eğer çalışanların işlerini yanlış yapıyorlarsa onları öldürüp yeni işçiler almalısın!" dedi.

"Evet, cazip bir öneri!" dedi Thrix. "Ama takım için büyük bir sorun olur. Üstelik çalışanlarım o kadar da kötü değil."

Sanki bir Moda İmparatorluğunu yönetmenin zorluğunu göstermek istiyormuş gibi, teçhizatçı gelmek için bu zamanı seçmişti. Thrix'in asistanı onun geldiğini haber verdi.

Thrix özür diler gibi, "Onu şimdi görmem lazım!" dedi.

"Eğer teçhizatçınızla olan randevunuzu kaçırırsanız, bunun sebep olduğu sorun hakkında hiçbir fikriniz olmaz."

Thrix'in teçhizatçıyla konuşması uzun sürdü. Bütün bu süreci hâlâ anlaşılmaz bulan Ateş Kraliçesi, sandalyesinde oturdu. Teçhizatçı, ekibini toplamak ve alt kattaki musluklara göz atmak için dışarı çıktıktan sonra, şaşkınlığını yeniden dile getirdi.

"Böyle sıkıcı bir konuda, bu kadar uzun konuşmaya katlanamazdım. Bence kölelerin bu işi senin için yapabilirlerdi."

"Onlara, 'İşçi' deniyor!" diye cevap verdi Thrix. "Ama patronun da elini kirli suya bulaştırmasını gerektiren zamanlar olabiliyor. Koleksiyonum nasıl tamamlanıyor sence? Sihirle mi?"

"Evet," dedi Ateş Kraliçesi. "Öyle yapmıyor musun?"

"Maalesef, hayır."

"Ahh!" diye tepki veren Malveria düşünceli görünüyordu. "Ama bütün bu güzel ayakkabılar... Onların hepsini büyüyle yaptın, değil mi?"

"Hayır. Onları insanlar yapıyor."

"Gerçekten mi? Hiç büyü yok mu? İnsanlar düşündüğümden daha da zeki olmalılar! Çünkü bu ayakkabılar çok güzel!"

Thrix, birkaç yeni kıyafet gösterme amacıyla Malveria'yı alt kattaki sergi odasına götürdü. Böyle önemli bir müşteriyi hayal kırıklığına uğratmak istemiyordu. Evet, özel bir şey yapmak için hiç zamanı yoktu, ama Ateş Kraliçesi için geceye damgasını vuracak bir elbiseyi düzenleyebilirdi. Thrix birkaç genç mankeni doğaçlama moda gösterisi için hazırlarken, Ateş Kraliçesi düşünceli düşünceli bekliyordu. Etrafının elbiselerle çevrili olması dikkatini bütünüyle çekmek için yeterliydi, ama belli ki kafasına bir düşünce takılmıştı.

"Thrix, senin dergilerinde okuduğum bir şeyi hatırlıyorum. Beni, neydi o kelime, abone ettirdiğinden beri çok mutlu olduğum *Vogue* dergisindeydi sanırım. Okuduğum o yazı, her zaman çok çalışan bir tasarımcı ile ilgiliydi. Daha önce hiç duymadığım bir ibare vardı orada. İş ahlakıydı sanırım."

"Evet?"

"Sanırım, senin cefasını çektiğin şey de bu." Bu düşünce Ateş Kraliçesi'ni eğlendirdi. "Çünkü gerçekten benim Muhteşem Büyücüm, bu işlerin çoğunu hızlandırmak için büyü gücünü kullanabilirdin. Mesela bir el hareketiyle akan musluğu tamir edebilirdin."

Büyücü ihtiyatlı görünüyordu.

"Ama sen gereken yerlerde büyü kullanmıyorsun. Bu, çalışmak zorunda olduğun için mi? Şu iş ahlakı denen şey yüzünden mi yani?"

"Fazladan çalışmanın hiçbir yanlış tarafı yok," dedi Thrix. Daha sonra da saçlarını arkaya doğru attı.

Ateş Kraliçesi güldü. Canı istediği zamanlarda kurnaz olabiliyordu. Thrix'in annesinin, genç kurt kıza, Thane'nin kızına yakışanın çok çalışmak olduğunu ve problemlerini çözmek için büyüye güvenmemesi gerektiğini söylediği eğlenceli bir anı getirdi gözlerinin önüne.

12

Kurtların Hanımefendisi ve Thane uzun bir süreden beri evliydiler. Dolayısıyla Verasa, kocasını her gün yanında görmek istediği o dönemi çoktan geride bırakmıştı. Sık sık güneye giderdi. Ayda üç gece kurt insana dönüşmek zorundaydı. Londra bunun için pek uygun bir yer değildi. Verasa gibi safkan MacRinnalch kurt insanı olan biri, istediği her gece dönüşüme uğrayabilirdi. Ama dolunayın olduğu ve onu çevreleyen iki gecede, başka seçenek yoktu. Değişim otomatik olarak gerçekleşirdi.

Verasa kontrolünü tam olarak kaybetmiyordu tabii ki. Bu, yakışıksız bir durum olurdu. Ama onun gibi güçlü ve disiplinli biri için bile kurt insana dönüştüğünde, geceleri sokaklarda dolaşma ve yiyecek için avlanma arzusu oldukça baştan çıkarıcıydı.

Bazı kurt insanlar tam da bunu yapıyordu. Kabile, kalabalık yerlerde onların kurt insana dönüşmelerini onaylamıyordu. Bu gibi günlerde, gerekmediği sürece insanları öldürmek kesinlikle yasaktı. Polis modern iletişim sistemleri ve her yere yayılmış olan medya sayesinde gizemli ölümlerin hemen peşine düşerdi. Daha da kötüsü bu, hayatlarını kurt insanları öldürmeye adamış ve kurtların da nefret ettikleri avcılar olan Avenaris Guildlerin dikkatini çekebilirdi. Varlıklı ve güçlü MacRinnalch kabilesi, polisten ya da Guildlerden korkmuyordu. Ama gereksiz yere dikkat çekmenin alemi yoktu. Verasa her zaman, "Modern dünyaya adapte olmalıyız," derdi. En son ne zaman birini öldürdüğünü kendisi de hatırlamıyordu. Ama üç yüz yılı geçmişti muhakkak.

Verasa ve genç oğlu Markus gümüş kadehlerinden şarap yudumlarlarken yaldızlı kanepeye karşılıklı oturdular. Anne ve oğul birbirlerine çok yakındılar. Kurt insan toplumunun standartlarına göre olmasa da, normal insanların standartlarına göre belki de fazlasıyla yakındılar.

"Zavallı Kalix!" diye iç çekti kurtların Hanımefendisi. "On yedi yaşındayken hayatını mahvetmeyi nasıl becerdi?"

"İki yüz elli yaşından sonra yeni bir çocuğa sahip olmanın akıllıca bir şey olmadığını düşünmedin hiçbir zaman!" dedi Markus.

"Evet, biraz geç bir yaştı. Ama bu, babanın fikriydi. Çocuk sahibi olmayı o istedi. O zaman sırf onunla tartışmayayım diye Argyll'deki mülkleri bana devretmeyi kabul etmişti. Şimdi geriye dönüp bakınca, bunun pek akıllıca olmadığını kabul ediyorum. Kalix bize berbat bir yük oldu."

"Sarapen'den önce onu biz bulmalıyız."

Büyük oğlunun bahsi geçince Kurtların Hanımefendisi'nin yüzü asıldı.

"Baban onu neden bu kadar çok destekliyor, anlayamıyorum!"

"Bu her zaman öyleydi," dedi Markus. Bu durumdan nefret eder gibi konuşuyordu.

"Buna gerçekten çok üzülüyorum. Sen her zaman daha iyi bir evlat oldun. Şarap?"

Markus kadehi aldı.

"Büyükanne Dulupina, babasına saldıran Kalix'in kanı için uluyor. Kalix'in kaleye geri getirtilmesi dışında hiçbir şey onu tatmin etmeyecektir."

Dulupina, Thane'in annesiydi. Kurtların Hanımefendisi olan Verasa rütbece ondan daha üstündü. Ama Dulupina kabile için çok önemliydi. Varlığı görmezlikten gelinemezdi. Yaşlıydı, saygıdeğerdi ve sözü dinlenirdi. Ayrıca Büyük Konsey'de de koltuk sahibiydi.

"Keşke Kalix konusu örtbas edilebilseydi!"

Kalix, Thane'e saldırmaktan suçlu bulunmuştu. Cezalandırılmayı beklemeden kaleden kaçmıştı. Kabilenin geleneklerine göre, şu an başka bir kurt insanın onu öldürmesi ve kalbini geri getirmesi yasaldı. Verasa, Sarapen'in tam da bunu yapmayı amaçladığını düşünüyordu. En azından Verasa'nın kendisi Kalix'i bulsaydı, onu kaleye geri getirebilir ve başka bir çözüm bulunana kadar onu hapsedebilirdi.

Markus'a döndü ve "Onu geri getirmelisin!" dedi.

13

Evine iki korkunç yabancı giren Moonglow korkudan duvarın dibine büzülmüştü. Bağıramayacak kadar çok korkmuştu. Duncan Dauglas MacPhee ve kız kardeşi Rhona onu önemsemediler ve Kalix'e doğru yöneldiler. Çok geçmeden Moonglow ve Daniel'ın daha önce görmedikleri türden bir vahşet oyunu başladı.

Rhona omzundaki hırlayan kurt dövmesini gösteren deri bir yelek giymişti. Güçlü görünüyordu. Zaten kurt insanlar, insan halleriyle bile her zaman güçlüydüler. Rhona, Kalix'i yakalamaya çalıştı. Kalix, Rhona'nın göğsüne bir tekme atınca Rhona masaya doğru savruldu. Moonglow'a göre, hiç kimse böyle bir tekme atamazdı. Bu olsa olsa Kung Fu filmlerinde olurdu, onun oturma odasında değil. Kalix daha sonra bunu tekrar yaptı. Duncan'ı, Moonglow'un dikkatle paketlediği tabakların olduğu kutulardan birinin üzerine gönderen bir tekme daha savurdu. Kutu büyük bir gürültüyle yere düştü.

Hemen ayağa kalkan Rhona, Kalix'in üzerine atladı. Kalix ona doğru döndü, ama yeterince hızlı davranamadı. Rhona onun kafasına bir yumruk attı. Genç kurt kız sendeleyerek yere düştü. Duncan kendine gelmişti artık. Kalix'i yakalamayı başardı. İkisi beraber masaya doğru gürültüyle yuvarlandılar. Kalix'in çantası, Moonglow gibi karşısındaki vahşetten ürkmüş olan Daniel'ın yanına düştü. Kalix kurtulmak için Duncan'ın bileklerini ısırdı. Elinden kurtulur kurtulmaz da ona sert bir kafa attı. Burnundan kanlar fışkırmaya başlayan Duncan geriye doğru sendeledi. Rhona saldırıya devam etmek için harekete geçti. Hiçbir şey yapamadan önce Kalix onun boğazına bir darbe vurdu. Rhone da mermiyle vurulmuş gibi yere düştü.

Kalix bir ara yere çöktü. Enerjisi çabuk tükeniyordu. Kendine gelmeye çalıştı, ama çok geçti. Dauglas MacPheeler vahşi bir aileydi. Burnundan akan kan Duncan'ı durdurmazdı. Kalix'in arkasına yaklaştı ve kolunun ön kısmıyla kafasına kuvvetlice vurdu. Kalix dizlerinin üzerine çöktü. Duncan onu tekmelemeye başladı. Sonra da montundan maket bıçağını çıkardı. Dehşete kapılan Daniel bağırmaya çalıştı, ama sesi çıkmadı. Moonglow ise şimdiye kadar hiç yapmadığı bir şey yaptı: Yaşayan bir varlığa şiddet uyguladı. Duncan Dauglas MacPhee elindeki maket bıçağıyla tam Kalix'e doğru eğilirken, Moonglow bir sandalye alarak, Duncan'ın arkasından saldırdı ve vurabildiği kadar sert bir şekilde kafasına vurdu. Aldığı sert darbe onu yere düşürdü. Uzun bir duraksamadan sonra Daniel, Moonglow'a baktı.

"Bunu yaptığına inanamıyorum!" dedi.

Kalix güçlükle ayağa kalktı. Yorgundu. Yaralıydı. Kavga için sarf ettiği çabadan dolayı titriyordu. Moonglow ve Daniel bir açıklama bekler gibi ona bakıyorlardı. Ama o hiçbir şey söylemedi. Moonglow, sıska bedeni, uzun kirli saçları ve inanılmaz kavga etme yetenekleriyle bu ilginç kızın kim olduğunu merak ediyordu.

"Bize olanları anlatmak ister misin?"

"Erkek kardeşimin kurt adamları peşimde!" diye cevap verdi Kalix.

Daniel ve Moonglow tekrar birbirlerine baktılar.

"Belki de bu Kurt Adam saçmalığını fazla abartıyorsun!" dedi Moonglow. Soğuk davranmamaya çalışıyordu.

Dışarıda ay doğmuştu. Doğduğu anda Duncan gözlerini açtı ve kurt insana dönüşmeye başladı.

"Yani insanlar bana, 'Hippi' der," diye devam etti Moonglow. "Hatta bu siyah kıyafetler ve siyah ojeler yüzünden bazıları bana, 'Emo' diyor. Biracık hippy ve emo sanırım. Ama şunu çok iyi biliyorum ki, fantezi dünyasında yaşamak iyi değildir."

Duncan kurda dönüşmüş, Moonglow'un arkasından, yerden kalkıyordu. Daniel arkadaşını uyarmaya çalıştı, ama konuşamayacak kadar şaşırmıştı.

"Ve problemler için sözüm ona, kurt adamları suçlamanın da bir yararı yok!" dedi Moonglow. Kırıcı olmak istemediğini göstermek için Kalix'e gülümsüyordu. İri bir kurt adam olan Duncan yürüyerek onun yanından geçerken, Moonglow çığlık atmada gecikmedi.

Gece çökmüştü. Dolayısıyla Kalix kurt insana dönüşebilirdi. Zaten bunu hemen yaptı. Kurt insana dönüştüğünde boyu değişmiyordu. Hâlâ iki bacağının üstünde yürüyordu, ama kabarık tüylü, hayvani ve vahşiydi. Tüyleri uzundu ve bedeni hâlâ insan bedenine benzese de yüzü tamamen hayvansıydı. Elleri de büyük tırnakları olan pençelerdi.

Yorgunluktan tükenmiş kemiklerine yeniden güç geldi. Bir kurt insan olarak, Duncan Dauglas MacPhee'den daha güçlüydü. Kurt insana dönüştüğü zaman Kalix hiç kimseden korkmuyordu. Onu bu kadar ürkütücü bir rakip yapan sadece gücü değildi. Savaş çılgınlığıydı. Bu, onu yırtıcı ve vahşi yapardı. Acıyı umursamazdı, tehlikeden korkmazdı. Kurt insana dönüşüp de savaş çılgınlığını hissettiği anda kendini kaybederdi. Onu ölümden başka hiçbir şey durduramazdı. Zaten şimdiye kadar da hiç kimse onu öldürmeye kadar yaklaşamamıştı.

Duncan'ın üzerine atladı ve onu alt etti. Duncan yenildiğini biliyordu. Vahşi rakibini mümkün olduğu kadar kendinden uzaklaştırarak hızla geri çekildi. Kalix'in dişlerini boynuna geçirmesine engel olmaya çalıştı. Kız kardeşi Rhona ise güç bela doğruldu. Ama erkek kardeşinin yenildiğini görünce kapıya doğru yöneldi. Dauglas MacPheeler yaralarından kanlar akıtarak kaçtılar.

Kalix durdu. Daniel ve Moonglow şaşkınlık ve korkuyla ona bakıyorlardı ve onları da öldürüp öldürmeyeceğini merak ediyorlardı.

"Sen gerçekten bir…"

Kalix titremeye başladı ve yavaş yavaş tekrar insana dönüştü. Kalix'in çantasının içindekiler yere saçılmıştı. Daniel onun eşyalarını toplamaya çalıştı.

"Bunu düşürdün!" dedi. Siyah renkli, eski moda bir şişeyi tutuyordu.

"Bana ver!" diye bağırdı Kalix ve çıldırmış gibi şişeyi Daniel'in elinden kaptı.

Moonglow yerden bir paket aldı ve etiketi okudu.

"Diazepam mı alıyorsun?"

Kalix kızgın bir ses tonuyla, "Her şeyi kurcalamayı bırakın!" dedi.

"Yani, bu biraz tuhaf!" dedi Moonglow. "Kurt kız... Antidepresanlar..."

"Burada yanlış bir şeye odaklanmıyor musun?" dedi Daniel. "Korkunç vahşeti hatırla!"

"Gitmem gerekiyor!" dedi Kalix. Ama gidemeyecek kadar bitkindi. Başı dönüyordu. Yavaş yavaş sandalyeye çöktü. Daniel ise tedirgindi.

"Daha fazla şiddet olacak mı? Ben gerçekten pek..."

"Geri gelmeyecekler!" diye cevap verdi Kalix. "En azından bu gece!"

Moonglow bu küçük, ince bedenli, hırpani kıyafetli, muhtemelen evsiz olan ve katiller tarafından takip edilen kurt kıza karşı merhamet duydu.

"Biraz yiyecek ister misin? Hiç etimiz yok. Ama poptartımız var."

Kalix bitkin bir şekilde ve olumsuzca başını salladı. Azıcık eşyasına sıkıca sarıldı ve başı öne doğru düştü. İstemese de yabancıların evinde uyuya kalmıştı.

14

MacRinnalchların haklarında konuşmadıkları kuzenleri onlar için utanç kaynağıydılar. Büyük bir ihtimalle her yerdeki kurt insanlar için bu böyleydi. Delicious'un dudağındaki piercing bile tek başına, halası Verasa'nın tüylerini ürpertmeye yetiyordu. Beauty'e gelince, boyalı pembe saçları aile için skandal olmuştu. Az daha pahalı olan özel okulundan bile kovulmasına neden oluyordu. Beauty ve Delicious ikizdiler. Birkaç yıl önce bir uçak kazasında ölen Thane'in en küçük kardeşi Marwis'in çocuklarıydılar. Marwis'in karısı da uzun yıllar önce öldüğü için çocuklar öksüz kalmışlardı. İkizler bu durumla cesur bir şekilde başa çıkmışlardı.

Birkaç yıl sonra neşeli, sarhoş, vücutlarını küçük yaşlarda kötüye kullanmaya başlayıp, o zamandan beri buna mutlulukla devam eden, uyuşturucu bağımlısı, yoz bir çift olarak Londra'ya gelmişlerdi. İskoçya'daki aile evini kazara yaktıktan sonra, kendilerine yeni meşgaleler aramanın zamanı geldiğine karar vermişlerdi ve bir çete kurup, ne kadar eğlenebileceklerini görmek için güneye taşınmışlardı. Şimdi yirmi iki yaşlarında olan ikizler, zamanlarının çoğunu Güney Londra'da, Camden'deki evlerinde alkolün etkisinden sersemleşmiş bir halde, müzik dinleyerek ve gitar çalarak geçiriyorlardı. MacRinnalch Kraliyeti'nin safkan üyeleri olmalarına rağmen, ikisi de gönüllü olarak kurt insana dönüşmeyeli yıllar olmuştu. Bunun nasıl yapıldığını yıllar önce unutmuşlardı. Ancak her dolunayda otomatik olarak meydana gelen dönüşümün tadını hâlâ çıkarıyorlardı. O zaman üç gece için iğrenç bir şekilde sarhoş olup, uluyarak ve gülerek sokaklarda dolaşıyorlardı.

Ailenin en büyük memnuniyetsizliği, ikiz kardeşlerin çok büyük kişisel gelirlerinin olmasıydı. Bu, babalarının mal ve mülklerinden kalan mirastı. Bunun verdiği güvenle İskoçya'ya geri taşınmayı açıkça reddetmişlerdi. Thane ve Verasa onları aile topraklarına geri çekmeye ne kadar uğraşırlarsa uğraşsınlar, onları kaçırmaktan başka bunu yapabilmenin bir yolu yoktu. Aile bunu düşünmüştü. Beauty ve

Delicious'un onlara verdiği utancın bu şekilde sürüp gitmesine izin verilemezdi.

Genç kurt insanların durumu Thane ve Verasa'ya biraz sıkıntı vermişti. Oysaki hâlâ geleneklerini sürdüren MacRinnalch kabilesinin pek çok üyesi vardı. Çoğu, aile topraklarında dürüst vatandaşlar olarak yaşayıp, ara sıra geyik avlamak için kurt insana dönüşüyorlardı. Topraklarında bir insanın öldürülmesi olası bir durumdu. Turistler dikkatsizlikleri ile ünlüydüler.

Kendisi de kalede yaşayan Verasa'nın küçük kardeşi Lucia, fırsat buldukça hâlâ kuzenleri savunuyordu. Verasa'ya birkaç defa, "En azından sadece sarhoşlar," demişti. "Şimdiye kadar hiç kimseye zarar vermediler."

Lucia, hakkında konuşulmayan kuzenlerin, Kalix gibi birini öldürecek kadar çılgın olmadıklarını kastediyordu. Verasa bunu kabullenmeyi reddediyordu. Beauty ve Delicious aile için utanç kaynağıydılar. Kurtların Hanımefendisi onların çocukken MacRinnalch Kalesine sık sık gelmiş olmalarından üzüntü duyuyordu. Verasa onların, küçük kızı Kalix'i kötü etkilemiş olabileceklerinden şüpheleniyordu her zaman.

15

Kalix sandalyede uyudu. Çok huzurlu görünüyordu. Ara sıra pek de duyulmayan birkaç kelime sayıklıyordu. Daniel ve Moonglow odanın uzak bir köşesinde ona bakıyorlardı. Hayret verici gücünü gördükten sonra, Kalix'e yaklaşma konusunda ihtiyatlı davranıyorlardı.

"Çok küçük görünüyor. Çok dokunaklı!" dedi Moonglow.

"Üstelik çok değil, daha biraz önce odanın çevresinde rakipleriyle kung fu yapıyordu."

Daniel ürperdi. Kalix'in şiddetli kavgası onu şaşırtmıştı. Rakibinin suratına attığı kafa oldukça vahşiceydi.

"Ben gerçekten başka bir kurt adamla karşılaşmak istemiyorum artık."

"İyi ki bu gece taşınıyoruz."

"Onun kalmasına izin verecek miyiz?" diye sordu Daniel.

"Tabii ki! Onu dışarı atamayız," dedi Moonglow.

Moonglow düşünceli birisiydi. Daniel onun bu özelliğini çok seviyordu. Bununla birlikte, onun şirin yüzünü, uzun siyah saçlarını ve çok çekici olan burnundaki küçük hızmayı... Bu, Kalix'in büyük hızmasından daha ketum bir mücevher örneğiydi. Daniel birçok konuda Moonglow'la hemfikir olmaya meyilli olsa da vahşi bir kurt kızın, en sevdiği sandalyesinde uyukluyor olmasından ister istemez tedirgin olmuştu.

"Aslında gitmesini söylesek... Sanki daha iyi olur!"

"Kesinlikle, hayır!" Moonglow kızdı. "Evsiz genç bir kurt insan olduğunu düşün ve diğer kurt insanlar seni öldürmeye çalışıyor. Bu senin hoşuna gider miydi?"

"Sanırım, bu durum diazepam kullanmama neden olurdu."

"Ben hâlâ bunun çok tuhaf olduğunu düşünüyorum," dedi Moonglow.

"Başka bir dünyadan gelen bir yaratıkla karşılaşmayı ve onun depresyon tedavisi görüyor olmasını hayal bile edemezdim."

"İlaçları nerden alıyor?" Daniel bunu gerçekten merak ediyordu. "Sence onların kurt insan olan bir psikologları mı var?"

Daniel bunu biraz düşündü, sonra neden kurt adamlar hakkında olağan bir durummuş gibi konuştuğunu merak etti.

Kalix yeniden sayıklamaya başladı, bu sefer biraz daha sesli.

"Gawain... O kovuldu!"

Sonra uyandı ve onlara şüpheyle baktı. Hiçbir kelime etmeden sandalyeden kalktı ve kapıya yöneldi.

"Gitmek zorunda değilsin," dedi Moonglow. Daha sonra dostça bir el uzattı ona. Kalix vahşi bir şekilde hırladı. Şaşkına uğrayan Moonglow geri adım atarken, kurt kız oradan ayrıldı.

"Kişisel mesafe konuları," dedi Daniel. "Sanırım, kurt insanlara özgü bir şey."

Moonglow kurt kızın kararını değiştirip, geri gelmesini umut ederek pencereden dışarıya, yağan yağmura baktı. Ama ondan eser yoktu. Çok fazla beklemeden Daniel ile eşyaları toplama işine geri döndü.

Kalix gecenin geri kalanını bir vadi yolunda geçirdi. Üşümüştü ve ıslanmıştı. Zaman akıp giderken, derin bir mutsuzluğa kapıldı. Mücadele içinde olduğu depresyon onu ele geçirdi. Biraz afyon ruhu içti. Tedariği neredeyse bitmişti. Daha fazla alacak yeterli parası da yoktu.

Afyon ruhu vücudundaki fiziksel acıyı azalttı, ama ıstırabını dindirmeye yetmedi. Diapezam haplarından bir tane daha aldı. Yeterli değildi hâlâ. Depresyon, tıpkı her zamanki gibi nefret ettiği, berbat bir kaygı hissine neden oluyordu. Kalix bu kaygıyı iyiden iyiye hissettiği zamanlarda çıldıracak gibi olurdu. Bu kaygıdan hiç kurtulamayacağını düşünürdü. En sonunda daha fazla dayanamayıp, çantasında taşıdığı küçük mutfak bıçağını aldı. Birkaç dakika koluna baktıktan sonra dirseğinin üst kısmına bir kesik attı. Kolundan kanlar akmaya başladı. Çok geçmeden kendini biraz daha iyi hissetti. Kendisi de nedenini gerçekten bilmiyordu, ama bu her zaman işe yarardı. Nihayet rahatlayarak uykuya dalmayı başardı.

Kötü rüyalar görerek aralıklarla uyudu. Ailesinin korkunç hayali ve Gawain'in üzücü hatıraları onu rahat bırakmıyordu.

Gawain, Kalix'in gördüğü her rüyada, "Seni daima seveceğim," diyordu.

Kalix gözyaşlarıyla uyandı. Çünkü bunun doğru olmadığını biliyordu. Gawain çok uzaklardaydı. Hiç kimse onun nerede olduğunu bilmiyordu.

Thane, onun Kalix ile olan ilişkisi yüzünden Gawain'yi sürgüne göndermişti. Thane'nin hoşuna gitmeyecek kadar küçük yaşta başlayan bir ilişkiydi onlarınki. Hangi koşulda olursa olsun, Thane onların birlikte olmalarına izin vermeyecekti zaten. Gawain, Thane'in kızıyla birlikte olabilecek uygun bir sınıftan değildi. Saygıdeğer bir kurt ailesinden geliyordu, ama öyle olsa da yeterince safkan değildi. Gawain'in dedelerinden biri tamamen insandı. Bu, aristokrat bir kurt kız için onu uygunsuz bir eş yapıyordu.

Gawain güçlüydü. Doğanın güçlerinden etkilenmeyen yetenekli bir avcıydı. Hiç kimseden korkmazdı. Kalix onunlayken kendisini her zaman güvende hissederdi. Fakat Gawain onu bırakmaya kolayca razı olmamış mıydı? Thane onu gönderdiğinde yeterince karşı gelmiş miydi? Kalix uyuşturucudan sersemlemiş haliyle, rahatsız bir şekilde kımıldandı. Ona ihtiyacı olduğu zaman, geri gelip onu kurtaramaz mıydı?

Annesi Verasa, Gawain'i unutması gerektiğini Kalix'e sürekli söyleyip durmuştu. Çünkü o, yani Gawain, Kalix'i çabucak unutmuştu. Ama Kalix onu unutamadı. Deliler gibi ona aşıktı ve hep öyle kalacaktı.

Kolundaki yara uzun süre kanadı. Kalix son zamanlarda kanının eskiden olduğu gibi çabuk pıhtılaşmadığını fark etmişti. Zayıf sağlığının bir belirtisi olarak düşünüyordu bunu. Umursamadı. Yattığı yerde kanının ölene kadar akmasını diledi.

16

Akşamın geç saatlerinde kurtların Hanımefendisi ve küçük oğlu, sanat galerisine doğru yürüyorlardı. Verasa iki yüz yılı aşkın bir sürede birikmiş çok güzel bir resim koleksiyonuna sahipti. Duvardaki boş bir alan Markus'un dikkatini çekti.

"Vermeer nerede?"

"Ulusal galeriye ödünç verdim."

Markus şaşırdı.

"Benim kurtların Hanımefendisi olmam, topluma karşı görev bilincim olmadığı anlamına gelmiyor. Modern bir dünyada yaşıyoruz. Hepimiz katkıda bulunmalıyız."

Markus resimlerle ilgilenmeyi bıraktı ve aile sorunlarına odaklandı.

"Eğer Kalix'i kaleye geri getirirsem sorun olacak. Çünkü çok dengesiz biri! Ya özgür kalıp, Thane'e yeniden saldırırsa?"

Kurtların Hanımefendisi neredeyse gülümseyecek gibi oldu.

"Bu çok talihsiz bir durum olurdu."

Thane'in yaraları ciddiydi. Verasa kabilenin diğer üyelerinin, Kalix'in alkolün etkisiyle babasını merdivenlerden aşağıya ittiğini bilmelerini istemişti. Olayın gün ışığında, her ikisi de insan halindeyken meydana geldiği sanılıyordu. Bu çok utanç vericiydi. Ama gerçek daha da kötüydü. Aslında Kalix, gece her ikisi de kurt insana dönüşmüşken babasını yenmişti. Eğer Sarapen ve iki adamı yardıma koşmamış olsaydı, babasını öldürmüş olacaktı. Böyle şok edici durumlar hiçbir zaman kabileden saklanamazdı. Thane'e saygı gösterilmeliydi. Ama eğer küçük kızının onu kavgada yendiği öğrenilirse ona hiç kimse saygı göstermezdi.

Thane yaşlı olmasına rağmen son derece güçlü bir kurt adamdı. Oğullarının hiçbiri onunla kavga etmekten hoşlanmazdı. Verasa, Kalix'in anormal gücünü açıklayacak herhangi bir kelime bulamıyordu. Kalix, Verasa'nın kurt insan halindeyken dolunay zamanında doğan tek çocuğuydu. Bu çok olağan dışıydı. Kurt anneler hemen hemen her zaman insan halindeyken doğururlardı. Verasa'nın o sırada kurt insan olmasının bir sonucu olarak, Kalix'in kendisi de kurt insan halinde doğmuştu. Bu yine de oldukça nadir gerçekleşen bir durumdu. Dolunayın altında bir kurt kadın tarafından doğrulan kurt kız! Belki de bu, onun gücüne katkı sağlamıştı. Ama Verasa bunun daha çok onun çılgınlığından kaynaklandığını düşünüyordu. Evet, Verasa bunun kendi ailesinden gelmediğine yemin ederdi.

Thane'in duygusuz oluşu, Verasa'nın çok uzun zaman

önce ondan uzaklaşmasına neden olmuştu. Aynı özellikleri büyük oğlu Sarapen'de de sezen kurtların Hanımefendisi, hiçbir zaman ona olması gerektiği kadar ısınamamıştı. Veraset zamanı geldiğinde Thane'in yerine küçük oğlu Markus'u geçirme konusunda hiç tereddüt duymuyordu. Kabilenin Liderliği seçimine hile karışmaması nadirdi. MacRinnalch Kabilesi'nin tarihi kirli olaylarla doluydu.

Kurtların Hanımefendisi'nin hazırladığı planlarını olgunluğa eriştirmesi uzun zaman alacaktı. Markus, Thane'nin yerine geçmeden önce Büyük Konseyde kazanılması gereken çok fazla oy vardı. Verasa'nın mümkün olduğu kadar birçok üyeyi kontrol altına alması gerekiyordu. Kontrolden çıkmış çılgın bir kızın Londra sokaklarında dolaşması hiç hoş görülemezdi.

"Bu akşam onu arayacağım," dedi Markus. "Onu buraya canlı getirmem gerçekten gerekli mi?"

"Daha iyi olur," diye cevap verdi Verasa.

17

Büyücü, Ateş Kraliçesi için yeni elbiseler hazırlayarak geç saatlere kadar çalıştı. Mankenler ikisinin önünde defile yaptı. Ateş Kraliçesi hoşuna giden bir şey görünce keyifle çığlık attı. Zaten genelde de böyle yapardı.

Thrix'in daimi mankenleri, onun sıra dışı müşterilerine alışmışlardı artık. Aldırış etmiyorlardı. Thrix onlara iyi para veriyordu ve nazik davranıyordu. Belki de birçok insana davrandığından daha nazikti. Büyücü sivri dilliydi ve sabırsız bir doğası vardı. Kendi işçilerine karşı sabrı nadiren taşardı. Ama bu endüstride özellikle Thrix MacRinnalch'ı sevmeyen insanlar vardı. Her yerde popüler olamayacak kadar zekiydi. Güzel ve hırslıydı.

Ailenin muazzam varlığından Thrix'e düşen pay, onu memnun edecek kadar fazla değildi. Ailenin parası genellikle Verasa'nın kontrolündeydi. Verasa da kızının moda endüstrisindeki hırslarını gerçekten hiç desteklememişti. Uzun bir süre için Thrix, iş ile ilgili olan faturalarını ödemekte zorluk çekmişti. Fakat son iki yılda bu durum değişmişti. İşletme artık kâr ediyordu. Ayrıca Malveria için yaptığı işten gelen ekstra gelir sayesinde artık hiç zorluk çekmiyordu. Kasabanın göbeğinde konforlu bir apartmanı vardı. Hatta geçenlerde de bir Mercedes'in parasını peşin ödemişti.

Thrix'in zenginliği, güzelliği ve giderek büyümekte olan başarısı, onun iyi bir ilişki kurabilmesi için fazlasıyla yeterliydi. Ama nedense Thrix, istediği gibi bir erkek arkadaş bulmayı başaramıyordu.

"Birini kaçırsan, olmaz mı?" diye bir öneride bulundu Ateş Kraliçesi.

"Eğer uzun süreli bir ilişki kurmak istiyorsam, bu olmaz," diye açıkladı Thrix. Ateş Kraliçesi gerçekten anlamıyordu. İnsanların dünyasıyla ilgili anlamadığı çok şey vardı. Doğanın muazzam elementlerinden birinin kraliçesi olarak dünyanın her yerinde Malveria'ya tapan insanlar vardı. Fakat Kraliçe onların desteğinden minnettar olsa da, aslında tesisat işlerinde olduğu kadar, insan ilişkilerinin normlarında da kafası oldukça karışıktı.

"Bir kurt insan olarak, başka bir kurt insanla çıkman gerekiyor, ama sen kendini kabileden uzaklaştırmaya çalıştığın için bu sana zor geliyor."

"Bu, durumu zorlaştırıyor," diye itiraf etti Büyücü. "Ama

beni akşam yemeğine çıkaracak ve sürekli kendisinden bahsederek sıkmayacak hoş bir insana razıyım."

Malveria başını salladı. Bunu anlayabiliyordu. Kendi krallığında bile, erkek ateş perileri hep kendilerinden bahsetmeye meyilli olurlardı. Nedimeleri de sürekli bundan şikâyet ederlerdi.

"Belki de insanların senin güzelliğinden gözü korkuyordur," dedi Ateş Kraliçesi. "Bu benim de başıma geliyor. Benim masalsı güzelliğim aşıkları her zaman titretmiştir. Ama elbette ben, arkadaşlığından hoşlandığım herhangi birini seçerim. Biliyorsun, geçen hafta bir ziyaretçim vardı. Yarı element. Ama biraz da Elf ya da muhtemelen peri olan çok yakışıklı bir adamdı. Muhteşem bir gülümsemesi vardı ve farklı dünyalardan birçok ilgi çekici hikâye biliyordu. Onunla tanışmak ister misin?"

Thrix, 'Hayır,' anlamında başını salladı. Görücü usulü randevuları hiçbir zaman iyi olmamıştı. Malveria'nın ilgisi, şimdiye kadar gördüğü en güzel gümüş renkli terliklere kayınca ve keyifle sandalyesinden fırlayınca sohbet sona erdi. Parmaklarının her birinde küçük kıvılcımlar oynaşıyordu. Thrix uyarıcı bakışlarla ona baktı. Alevlenerek mankenleri telaşa vermenin bir gereği yoktu. Üstelik kıyafetlerin zarar görme tehlikesi de vardı.

"Yüz çift istiyorum!" diye bağırdı Malveria.

"Sana dört tane verebilirim," dedi Thrix.

"Dört tanesi tatmin edici olacaktır!"

18

Kalix tehlikeli derecede zayıftı şimdi. İnsan halindeyken neredeyse hiçbir şey yemiyordu. Ama dolunayı saran üç gece boyunca kurt insana dönüştüğü zaman, istese de istemese de yiyordu ve bu, onu açlıktan ölmekten alıkoyuyordu.

Kalix kurt insana dönüştüğü zamanlarda hareketlerini kontrol edebilirdi. Mantıklı düşünme gücünü kaybetmezdi. Ama farklılıklar da vardı. Kurt insanken hayat hiçbir zaman bütünüyle aynı görünmezdi. Yemek problemi ortadan kaybolurdu ve Kurt Kalix her bir geceyi, bulabildiği bütün etleri yiyerek geçirirdi. Bazen sokaklardaki köpekleri yerdi. Bazen de kapılarını parçalayıp içeri girdiği kasap dükkânlarındaki etleri. Yeniden insana dönüştüğünde yediklerini hatırlar ve midesi bulanırdı. Kusabilirdi. Ama yiyeceği, sindirim sisteminden temizlemek için çok geç olurdu. Üç gecelik şölen hayatını devam ettirecek yeterli gücü verirdi ona. İçindeki kurt insan, Kalix'in ölmesine izin vermeyecek kadar güçlüydü.

Şimdi dolunay yaklaşıyordu. Kalix haftalardır doğru dürüst bir şey yememişti. Afyon ruhu, yatıştırıcılar ve sık sık aldığı bir kadeh alkolle ayakta duruyordu; gücü neredeyse tükenmişti.

Gün ışığı dar sokağa yayıldı. Kalix hâlâ kötü olayların etkisindeyken irkilerek uyandı. Bir el ansızın boğazını kavradı.

"Merhaba, benim küçük kardeşim!"

Markus! Uzun montu ve siyah renkli takımıyla her zamanki gibi güzel giyinmişti. Uzun, kıvırcık, kestane rengi saçları siyah bir kurdeleyle düzgün bir şekilde arkaya bağlanmıştı. Bir eliyle Kalix'i kavradı ve onu sokağın karşı tarafına fırlattı. Kalix karşıdaki duvara çarparak yere yığıldı.

Kalkmaya çalıştı, ama Markus çoktan onun üzerine çök-müştü. Sıska kıza tiksintiyle bakıyordu.

Kalix ile alay etmeye çalışarak, "Yalnız kurt kız için bir başka kötü gün daha!" dedi.

Kalix ayağa kalkmaya çalıştı. Fakat Markus bir ayağını onun göğsüne koyup bastırdı.

"Seni geri götürmeli miyim?" Sesli bir şekilde düşünü-yordu. "Hımm, sen ne düşünüyorsun, yalnız kurt kız?"

"Bana böyle hitap etme!" Kalix hırladı.

Markus ise gülüyordu.

"Neden? Senin hiç arkadaşın oldu mu?"

Markus küçümseyici bakışlarla gözlerinin içine baktı. Kalix de nefretle. Ama kardeşinin söyledikleri onu utandır-mıştı.

"Senin hayatta olup olmadığını umursayan tek bir kurt insan ya da normal bir insan var mı? Ya da seni kurtarmaya gelecek herhangi biri?"

Kalix bakışlarını kaçırmayı reddederek, inatla onun göz-lerine bakıyordu. Ama kardeşine verecek bir cevabı yoktu.

"Aile senin ölmeni istiyor. Avcılar senin ölmeni istiyor. Muhtemelen sen de ölmek istiyorsun. Neden hâlâ hayatta-sın, yalnız kurt kız?"

Markus, Kalix'in göğsüne şimdi daha şiddetli basıyordu. Kurt kız ise nefes almakta zorluk çekiyordu.

"Terbiyesiz aşığın bile seni umursamıyor."

Gawain'in adı geçince, Kalix öfkeye kapıldı. Kendisini kurtarmayı başardı, ama ayağa kalmaya çabalarken Markus ona bir yumruk attı. Tekrar yere düştü. Kardeşi ona hâlâ tik-sintiyle bakıyordu.

"Başımıza açtığın belanın farkında mısın? İğrençsin! Dauglas MacPheelerin senin kalbini yerinden sökmelerine neredeyse dua edeceğim. Eğer annem seni canlı getirmemi istemeseydi, emin ol, bunu kendim yapardım."

Dizlerinin üzerinde duran Kalix küçümseyici kahkahalar attı.

"Ve sen de her zaman annenin sana söylediği şeyleri yapmayı seversin, Markus."

Markus sinirlendi. Ona vahşice bir tekme savurdu. Kalix bayılıp yere düştü.

19

Daniel ve Moonglow kiralık kamyonetleriyle sokak boyunca ağır ağır ilerlediler. Moonglow yön gösteriyordu, Daniel de sürüyordu. Moonglow'un haritasını okumaya çalıştığı bir trafik ışığında durdular.

"Bugün bunlar gerçekten oldu mu?" diye sordu Daniel.

"Oldu!"

"Ürkütücü bir deneyimdi."

"Oldukça."

"Bunu iyi idare ettik," dedi Daniel. "Yani aklı başında olan kaç insan, bir kurt kıza pop-tart ikram eder ki?"

Bir kurt kızla tanışmak şaşırtıcı bir deneyim olsa da, bu konu üzerinde yeterince konuşmamışlardı. Çünkü gizlice toplanıp taşınmanın stresi, onlara bu konuda çok az konuşma fırsatı vermişti. Ev sahibine yakalanma düşüncesiyle iyice gerilen Daniel, kendini yeniden Moonglow'un büyük, kokulu mum koleksiyonunu eleştirirken bulmuştu. Sabahın dördünde birden, bu kadar çok muma sahip olması ona mantıksız görünmüştü.

"Kim bu kadar çok lavanta kokusuna ihtiyaç duyar ki?" diye yakındı.

"Ben ihtiyaç duyarım," dedi Moonglow. Birkaç mumun eleştirisini çekecek durumda değildi. "Dünyada cehennem deneyimini yaşamanın asıl sebebi, senin müzik koleksiyonun!"

Daniel'ın devasa bir CD koleksiyonu ile bir sürü eski kasetleri ve bantları vardı. Bunları dokuz yaşındayken toplamaya başlamıştı ve bu alışkanlığı hiç bırakmamıştı.

"En azından bir işe yarıyorlar."

"Bir *Slayer* albümünün üç farklı örneği çok gereksiz!" diye cevap verdi Moonglow.

"Üçünün de biraz farklı kapakları var," dedi Daniel kendini savunarak. Kamyonetin arkasından mumların olduğu kutuyu indirdi.

"Sırf Jay sevdiği için bu kadar çok mumun var," dedi. Moonglow'u suçlar gibiydi.

"Jay konusunda beni rahat bırakır mısın?"

Moonglow'un ruh hali Kalix'i hatırlayınca daha da kötüleşti. Onu bir daha hiç görmeyeceğini ve ona ne olduğunu hiç bilmeyeceğini düşünüyordu. Başına ne geldiğini, belirsiz şeyler tarafından takip edilerek sokaklarda koştuğunu düşünmek Moonglow'un canını sıkıyordu.

Eşyaları toplama işini bitirdiklerinde birbirleriyle çok az konuştular. Moonglow kendi başına yaşayacağı bir yer bulup bulmamayı düşünüyordu. Ama Daniel ile birlikte kalmayı seviyordu. O iyi bir ev arkadaşıydı. Komikti ve ilginçti. Ayrıca ev işleri konusunda da oldukça düşünceliydi. Yani bu, Moonglow'un fazlasıyla dağınık olmasına aldırmaması anlamına geliyordu. Çünkü kendisi de öyleydi. Her ikisi de bulaşıkların dağ gibi yığılmasına alışıktı. Bu onları hiç rahatsız etmezdi. Ev arkadaşı olarak birbirleriyle iyi anlaşıyorlardı. Daniel'ın onun erkek arkadaşını kıskanması tam bir şanssızlıktı.

Moonglow'un anladığı kadarıyla, Daniel'ın aslında hiç sevgilisi olmamıştı. Bu çok ilginçti. Winchester'de büyüyen Moonglow'un etrafı, saçını ilk defa siyaha boyattığı ve Goth Club'a gittiği on dört yaşından beri erkeklerle çevrelenmişti. Saç boyasının parasını annesi ödemişti. Kızının kendisini ifade etmesine izin vermesinin iyi bir şey olduğunu hissederek onuncu yaş gününde kulaklarını deldirmesine izin vermişti.

"Ne taraftan?" diye sordu Daniel.

"Bir dakika bekle!" dedi. Moonglow hâlâ haritayı inceliyordu.

"Bir dakika bekleyemem! Yeşil yanıyor! Bir sokak haritasını okuyamayacağını biliyordum."

"Eğer dikkatimi dağıtmazsan okuyabilirim." Moonglow sert bir karşılık verdi.

"Bak!" dedi Daniel.

"Sessiz ol!" dedi Moonglow, sesini yükselterek. "Neredeyse anladım!"

"Orada…"

"Susacak mısın?"

"Sokakta!" diye bağırdı Daniel. "Kurt kız!"

Moonglow en sonunda Daniel'ın ileriyi işaret ettiğini fark etti. Orada, bir ara sokağın girişinde, bir adam, genç kurt kızı yerde sürüklüyordu.

"Yardım etmeliyiz!" diye bağırdı Moonglow. Kamyonetin kapısını açtı. Bunu duyan adam onlara baktı. O sırada kendine gelen Kalix, adamın elinden kurtuldu ve koşmaya başladı. Az önce onu sürükleyen saldırgan da onun arkasından koştu. Ama şimdi çok az seçeneği olan Kalix, bir ayağını sıkıca yere sabitleyerek saldırganın midesine şiddetli bir tekme savurdu. Adam yere düştü.

"Bu tarafa!" diye bağırdı Moonglow.

Kalix onlara doğru koştu. Markus onu takip etmek için ayağa kalkıyordu. Kalix kamyonete ulaştığında Moonglow'un kucağına atladı. Moonglow kapıyı hızlı bir şekilde çarparak kapattı. Daniel'a da aracı çalıştırması için bağırdı. Vitesi çoktan almıştı zaten. Ama onlar yola koyulana kadar peşlerindeki adam kamyonete ulaştı ve cama vurdu. Cam kırılıp, parçaları üzerine saçılınca Moonglow nefesini tuttu. Daniel gaza bastı. Artık hangi yöne gidiyor olduklarını umursamadan hızla uzaklaştılar.

Kalix, Moonglow'un kucağından indi. Kamyonetin ön tarafında onun ince bedeni için çok yer vardı. Sabahın boş sokaklarında sessizlik içinde hızla yol aldılar.

"Pekâlâ…" dedi Daniel en sonunda. "Seni öldürmeye çalışan ağabeyinin adamlarından birisi daha mı?"

"Diğer ağabeyim," diye cevap verdi Kalix.

Daniel ve Moonglow bunu bir süre düşündüler.

Daniel en sonunda dayanamadı ve "Gerçekten kötü bir ailen var," dedi.

20

Yeni binalarına ulaştıklarında Kalix uykuya dalmıştı.

"Sürekli cani akrabaları tarafından takip edilen birisi için, uykuya çok fazla vakit harcıyor," dedi Daniel. O sırada Kalix'i içeriye taşıyorlardı.

"Belki de stres yüzündendir," dedi Moonglow. "Sınav zamanları ne kadar çok uyuduğumuzu hatırlamıyor musun?"

Kalix'i kanepeye yatırdılar. Sonra da eşyalarını indirmek için kamyonetin oraya gittiler.

Daniel birkaç defa tökezledikten sonra, "Sence onu uyandırmalı mıyız?" diye sordu. "O muazzam kurt gücüyle kamyoneti boşaltmamıza yardım edebilir."

Moonglow kanepelerinde uyumakta olan Kalix'e baktı. İnce, hırpani ve kirliydi. Burnunun çevresinde pıhtılaşmış kan vardı. Kolundaki kan ise daha fazlaydı.

"Kalpsiz olma!" dedi. "Onun dinlenmeye ihtiyacı var."

"Benim de!" diye homurdandı Daniel ve bir kutuyu daha taşımak için geri gitti. Bütün işi kendisinin yapıyor olduğunda karar kırmıştı. Ama aslında Moonlgow'dan daha fazlasını yapmamıştı.

Kalix uyanınca, Moonglow onun yaralarındaki kanı yıkamasına yardımcı oldu. Kurt kız şaşırtıcı bir şekilde ona karşı çıkmamıştı.

"Belki de bir duş almalısın," diye bir öneride bulundu Moonglow. Israrcı görünmemeye çalıştı. Ama Kalix'in gerçekten çok kötü koktuğunu farkındaydı. Kalix doğru dürüst yıkanmayalı uzun zaman olmuştu.

Kalix gitmesi gerektiğini hissediyordu. Burada güvende değildi. Ama zaten hiçbir yerde güvende değildi ki! Özlemle banyoya baktı. Beyaz ve temizdi. Sonra başıyla onayladı. Moonglow suyu hazırlarken Kalix de paçavralarını çıkardı. Moonglow onunla karşılaştığından beri ilk defa yüzünde gülümsemeye benzer bir şey belirdi. Moonglow şampuanını ve duş jellerini getirmek için kutuları karıştırmaya gitti. Aşağı katta Daniel nihayet son eşyaları da getiriyordu. Yüzü kıpkırmızı olmuştu. İngilizce birinci sınıf öğrencisi olarak çok fazla egzersiz yapmaya alışık değildi. Dersleri iki haftada bir defa, sabah saat dokuzda başlardı ve bu durumun onu uykudan çok fazla mahrum bıraktığını düşünürdü her zaman.

"Kız banyo yapıyor," dedi Moonglow. "Saçlarını yıkaması için ona yardım edeceğim."

"Yardım etmemi ister misin?"

"Sen mi? Burada bir terslik yok mu sence? Banyodaki çıplak bir kız!"

"O bir kurt kız!" dedi Daniel. "Böyle şeylere farklı bakıyor olabilir."

Moonglow, Daniel'a banyodan uzak durmasını söyledi.

"Ona, 'Vahşi Güzel,' diyordun. Bu, onu çıplak görmekten seni men ediyor. Artık masum değil. Bunun yerine bize biraz çay yap."

Daniel kendisine söyleneni yaparken Moonglow da banyoya döndü. Kalix'i halinden memnun, ağzına kadar sıcak suyla dolu küvette uzanmış bir şekilde buldu. Daniel yukarıya çayla geldiği zaman, Moonglow fazlasıyla zor olan Kalix'in saçlarını yıkama işine başlamıştı.

"Sanırım çok dolambaçlı bir dünyan var," dedi Moonglow. "En son ne zaman yıkandın."

Kalix hatırlayamadı. Gözlerini yumdu ve alnına dökülen şampuana karşı çıktı. Moonglow sanki bir çocuğu yıkıyormuş gibi hissediyordu.

"Kaç yaşındasın?"

"On yedi," diye cevap verdi Kalix.

"Ne zamandan beri kurt kızsın?"

Kalix kendini aşağılanmış gibi hissetti.

"Ne demek istiyorsun?"

"Yani ne zaman kurt insana dönüştün?"

Kalix hafif bir hırıltı çıkardı. Ama bu, Moonglow'un geri çekilmesi için yeterliydi.

"Yanlış bir şey mi söyledim?"

"Ben bir kurt insana dönüşmedim. Ben bir kurt insan olarak doğdum. Thane'in dördüncü çocuğuyum, MacRinnalch Kabilesi Kraliyet ailesinin safkan kurduyum."

"Özür dilerim," dedi Moonglow. "Kurt olman için ısırılman gerektiğini düşünmüştüm."

"Bu şekilde kurt insan yaratılabilir. Ama safkan bir kurdu ısırılmakla suçlamak tamamıyla bir aşağılamadır."

Kalix çıplakken kaburgaları açıkça görülebiliyordu. Gerçekten acınacak kadar zayıftı. Bu, Moonglow'un eğer çok sert yıkarsa kızın kırabileceğinden endişelenmesine neden oldu. Moonglow, Kalix'in saçlarına su tuttu. Saçları o kadar kalındı ki ve öyle dolaşmıştı ki birbirine! Parmaklarını arasında gezdirmesi neredeyse imkânsızdı.

"Sanırım, dolaşan yerlerin bazılarını kesmek zorunda kalacağız," dedi.

Kalix yeniden hırladı. Bu seferki daha korkutucuydu.

Moonglow endişeli bir şekilde, "Bu da mı aşağılayıcıydı?" diye sordu.

"Benim saçlarım hiç kesilmedi," dedi Kalix. Kibirli görünüyordu. "Ve hiç kimse saçlarıma makasla yaklaşamaz!"

"Özür dilerim."

"Her şey yolunda mı orada?" Kapının arkasında, oturur pozisyonda çayını içmekte olan Daniel onlara sesleniyordu.

"Yolunda," dedi Moonglow. "Biraz müzik açsana!" Kalix'in saçlarındaki şampuanı duruluyordu şimdi. "Saç kremi sürmemi ister misin? Bu daha sonra saçının taranmasını kolaylaştırabilir."

Kalix yine hırladı.

"Yine ne oldu?" Moonglow isyan ediyordu.

Kalix sinirli bir şekilde, "Saçlarımı taramayacaksın!" dedi.

"Saçlarını tarayacağımı söylemedim," diye itiraz etti Moonglow. "Kendin yapabilirsin. Ayrıca bana hırlamayı keser misin artık? Ben sadece sana yardım etmeye çalışıyorum."

Kalix şaşırmasına rağmen özür dilemedi.

"Ayrıca saçını taratmanın neresi bu kadar kötü, anlamadım!" diye devam etti Moonglow. Hâlâ gergindi. "Bu da safkan kurt olmakla alakalı bir şey mi?"

"Hayır," dedi Kalix. "Sadece sevmiyorum, o kadar!"

"Ben küçükken annem saçlarımı tarardı hep," dedi Moonglow. "Senin annen taramaz mıydı?"

"Hayır!"

Kalix'in saçlarını yıkama işi tamamlanınca Moonglow, Kalix'in hızmasını, toplanan pislik bir enfeksiyona yol açmış mı diye kontrol ederek nazikçe yıkadı. Yeterince sağlıklı görünüyordu. Hızması için iltifat ettiğinde Kalix'in hoşuna gitmişti. Bir süre sonra Kalix üzerinde Moonglow'un elbiselerinden biriyle alt kata indi. Temiz ve ferah görünüyordu. Sadece biraz solgundu. Bu da onun iri ve siyah gözlerini iyice belirginleştiriyordu. Şimdi elmacık kemiklerinin hatları açıkça görülebildiği için, Moonglow, Daniel'ın bu kurt kızı tanımlayışına hak verdi. Olağan dışı bir güzelliği vardı gerçekten. Ağzı genişti. Şimdi temiz ve dolaşık olmayan saçları şaşırtıcı derecede uzundu. Saçlarını kurulayıp tarayınca hacmi öyle bir artmıştı ki, vücudunun çevresinde kıvrılarak dönüyordu. Kendi uzun siyah saçları genellikle hayranlık uyandırmasına rağmen, Moonglow'u kıskandıran kocaman siyah bir yeleydi bu.

Kalix birden, "İçecek bir şeyleriniz var mı?" diye sordu.

"Biraz biramız var," dedi Daniel. Taşınma işini bitirdikten sonra ihtiyacı olacağını bildiği için birkaç kutu almıştı.

"Yiyecek bir şey ister misin?" diye sordu Moonglow.

"Hayır." Sadece bira istiyordu.

"Yemek yemelisin," dedi Moonglow. Ama Kalix ona hiçbir karşılık vermedi.

Duvarda aşırı derecede ısıveren bir gaz ocağı vardı. Kalix bira içerek ve ısınarak ocağın karşısına oturdu.

Moonglow ansızın, "Bizimle kalmak ister misin?" diye sordu.

Kalix şaşırmış bir şekilde ona baktı.

"Ne?"

"Yani bizimle yaşayabilirsin."

Kalix olumsuz bir şekilde başını salladı. "Kalamam. Bana bunu sorman büyük bir aptallık!"

21

Kapı zili çaldı. Kalix gerildi. Kavga etmeye ya da kaçmaya hazırlandı.

"Rahatla, pizza söyledik."

Daniel pizzanın parasını verdi ve onu yukarı getirdi. Birkaç saniye sonra hepsi birlikte kutuya baktılar.

"Bu büyük bir an!" dedi Moonglow. "Yeni dairemizde ilk ısmarladığımız pizza!"

Daniel ve Moonglow pizza bağımlısıydılar. Sağlıklı bir iştahları vardı. Yemek pişirmeyi sevmiyorlardı. Daniel pizzanın kutusunu açtı. Parmaklarıyla bir dilim kopardı ve onu ağzına attı.

Ağzı doluyken, "İyi!" dedi.

"Bu iyi bir işaret!" Konuşan Moonglow'du. Kahvaltı için ilk pizzalarını almaları, bu yeni yeri evleri gibi hissetmelerini sağlamıştı.

Taşındıkları için mutluydular. Küçük bir dükkânın üstünde olan bu döküntü daire, diğerinden daha iyi değildi aslında. Ama en azından hiç kimseye borçları yoktu.

"Neden kalamazsın?" diye sordu Moonglow.

Kalix bunun çok tehlikeli bir şey olduğunu söyledi, ama ayrıntıya girmedi.

"Akrabaların seni neden öldürmeye çalışıyorlar?" Daniel bunu gerçekten merak ediyordu.

"Bu MacRinnalchların özel meselesi!"

"Peki, barınacak bir yer veremez miyiz sana?"

"Hayır. Beni her yerde bulabilirler."

"Peki, şimdiye kadar nasıl hayatta kaldın?"

"Bir tılsımım vardı. Bir kolye! Kız kardeşim vermişti. Beni gizliyordu. Ama onu kaybettim. Şimdi saklanamam. Özellikle de kurt insana dönüştüğüm zaman!"

"Eğer sormamda bir sakınca yoksa..." dedi Moonglow, "... bu gece kurt insana nasıl dönüşebildin? Çünkü dolunay yok!"

Kalix sert bakışlarla ona baktı. "Safkan bir MacRinnalch kurdu herhangi bir ayın altında kurda dönüşebilir."

"Yaa! Bunu yapamayanlar var mı?"

Belli ki vardı. Kalix'e göre, İskoç kurt insanlarının çoğu, dönüşüm için dolunaya ihtiyaç duyardı. Kalix gibi safkan olmayanlar dolunaydan önceki gece, dolunayın olduğu gece ve ondan sonraki gece dönüşüme uğrayabilirlerdi.

"Bunlar kurt geceleridir. Ama benim kurt gecesine ihtiyacım yok. Ben bunu herhangi bir gece yapabilirim."

"Bütün kurt insanlar kung fu yapabiliyor mu?" diye sordu Daniel.

"Ne?"

"Senin şu adamlara savurduğun tekme... Nasıl böyle dövüşebiliyorsun? Kurt insanlara doğuştan gelen bir özellik mi bu?"

"Hayır. Onu bana büyük bir üstat öğretti."

"Kim?"

Ama bu başka kötü bir soru gibi gözüküyordu. Kalix bundan memnun olmamıştı. Herhangi bir konuda başka bir şey söylemeyi reddetti. Bu sorgulama karşısında önce suratını astı, daha sonra da Daniel ve Moonglow onu rahat bırakmak zorunda kalana kadar düşmanca bir tavır takındı. Giyinme zamanı gelince Kalix, Moonglow'un verdiği yeni bir siyah pantolonu ve pantolonun belinde durabilmesi için bir kemeri kabul etti. Kendisine oldukça büyük gelen bir süveter aldı. Ama lime lime olmuş montunu değiştirmeyi reddetti. Moonglow eski püskü monta bakarken, "Eskiden çok hoştu!" dedi Kalix.

"Bunu görebiliyorum. Bu kadar yıpranması çok üzücü!"

Moonglow montun içindeki etikete baktı.

"*Thrix Moda.*"

Kalix montu Moonglow'un elinden kaptı.

"Ver onu!"

Sıcak banyo ve geçici sığınak Kalix'i yumuşatmıştı. Ruh hali kötüleşiyordu. İki yabancının ona sorular sormasından ve eşyalarına dokunmasından rahatsız olmuştu. Burada, bu kadar uzun kalması büyük bir hataydı. Çantasını kaptı ve montunu giydi.

"Gidiyor musun?"

"Evet"

Kalix sessizice evden dışarıya çıktı.

"Bir, 'Hoşça kal' bile demeden mi?" dedi Daniel. "Ya da teşekkürler etmeden mi? Anlaşıldı, o, kibar bir türden değil."

Moonglow sataşmaya çalışarak, "Çok şirin doğrusu!" dedi. Daniel'ın bir kızı çekici bulduğunu söylemekten bile utandığını biliyordu.

Şimdi ikisi için de derse gitme zamanı gelmişti. Shakespeare'ın *Athenlerin Timon*'u adlı dersleri vardı.

"Ne kadar iyi bir oyun!" dedi Moonglow.

"Muhtemelen en iyi oyunlarından bir tanesi!" diye onayladı Daniel. "Derse gidecek misin?"

"Hayır. Çok yorgunum. Bütün gece taşınmakla uğraştık."

"Ben de senin gibi düşünüyorum," dedi Daniel.

Nevresimlerini buldular. Kendilerini yatağa fırlatıp, kıvrılarak akşama kadar uyuyacakları yeni yatak odalarına doğru yöneldiler. Daniel ve Moonglow yaklaşık bir yıldan beri birbirlerini tanıyorlardı. Üniversitenin ilk gününde her ikisi de kaybolmuş bir durumdayken tanışmışlardı. Daniel, Moonglow'dan hemen hoşlanmıştı. Ama bu konuda hiçbir şey yapamayacak kadar utangaçtı. Böylece arkadaş oldular. Sonra da ev arkadaşı. Bu iyiydi. Ama Daniel, Moonglow'un onu sadece arkadaş olarak görmesine üzülmekten kendini alamıyordu.

22

Kalix'i ele geçiremeyen Markus, başarısızlığını annesine açıklamak zorunda kaldı. Verasa, Markus'u çok fazla eleştirmezdi. Ama hayal kırıklığına uğradığı zaman, onun bunu fark etmesini sağlamakta ustaca davranırdı.

"Eğer iki genç insanın müdahalesi olmasaydı onu buraya getirebilecektim."

Bu iki gencin Kalix'i kurtarmaları çok ilginçti. Çünkü herkes onun hiç arkadaşı olmadığını biliyordu. Markus'a hoşnutsuzluğunu fark ettiren Verasa, oğlunu teselli etti.

"Kalix'i bu kadar kafana takma. Onu yeniden bulacağına eminim. Yarın Thrix'in giderken bana eşlik eder misin?"

"Thrix'le iyi geçinmediğimi biliyorsun," diye karşı çıktı Markus.

Verasa iç çekti. Çocuklarının birbirlerini sevmemesi bazen sabrını zorluyordu.

"Kızımı ziyaret etmeden Londra'dan ayrılamam."

Markus annesinin neden hâlâ bu zahmete katlandığını anlamıyordu.

"Kendisini kabileden uzaklaştırmak için elinden geleni yapıyor. Eğer bizi tanımak istemiyorsa, neden onu kendi haline bırakmıyoruz?"

"Birileri bu aileyi bir arada tutmalı, Markus. Baban bunu yapmaz. Bu yüzden ben yapmalıyım. Kendi kızımı göremediğimi kız kardeşim Lucia'ya itiraf etmenin utancını mı yaşamamı istiyorsun?"

"Sanırım, hayır. Ama ben oradayken Thrix büyülerinin herhangi birini denemese iyi olur. Şu Ateş Kraliçesi ile hâlâ arkadaş mı?"

Verasa'nın canı sıkılmış gibi görünüyordu. MacRinnalch kurt insanları arasında Hiyastalara karşı büyük bir hınç vardı. Büyü yapmada bu kadar usta olan bu kızın, birçok farklı yaratıkla tanışıklığı olması beklenebilirdi. Ama onlarla arkadaş olması için hiçbir neden yoktu. Verasa kızının, büyücülükte çok yetenekli olduğunu kanıtlamış olmasına hayıflanıyordu. Bir kurt insanda nadir görülen bir nitelikti bu ve bir kabile liderinin kızı için pek de uygun değildi.

"Bugün babanla konuşacağım."

"Thane nasıl?"

"Zayıf, ama yavaş yavaş iyileşiyor."

Markus, annesinin kendisini kandırdığına inanıyordu. Kalix'in vahşi saldırısından beri, Thane eskisi gibi olmamıştı hiç. Markus babasının iyileşebileceğini düşünmüyordu. Yaşlılığı ve yaraları günden güne onu tüketiyordu. Her dolunayda onu yeniden canlandıran bir güç kazanıyordu. Ama sonrasında daha da zayıflıyordu. Bu şekilde daha fazla devam edemezdi. Markus babasını sevmiyordu. Thane her zaman Sarapen'e daha yakın olmuştu. Markus hep dışlandığını hissetmişti. Kıskançtı. Onun bu özelliği büyük kardeşine olan nefretini körüklüyordu. Sarapen hep ona hükmetmeye çalışmıştı. Markus şimdi Verasa'nın yardımıyla, MacRinnalchların başı ve MacRinnalch kalesinin lordu olacaktı ve böylece Sarapen'den intikamını alacaktı.

İskoçya'daki kaleyi ve Edinburg Cherlotte Meydanı'ndaki görkemli kasaba evini sevse de, Markus Londra'nın düzenli bir ziyaretçisiydi. Kız arkadaşı Talixia burada yaşıyordu. Ona çok düşkündü. Son zamanlarda ona aşık olduğunun farkına varmıştı. Bu şaşırtıcıydı. Ona annesinin, kalenin sınırları içerisinde kalmasını tercih edeceği konuları anlatacak kadar yakındı. Örneğin verasete doğru yaklaşmakta olan kargaşayı.

Talixia onun kabile reisliğini gerçekten isteyip istemediğini merak ediyordu. Bu, hayatta zevk aldığı şeylere engel olacak bir pozisyon gibi görünüyordu. Markus resim yapmayı seviyordu. Bu konuda yeteneği de vardı. Üzerine düşerse bunu daha fazla geliştirebilirdi.

"Eğer kabile lideri olursan…" dedi Talixia, "resim yapmaya zamanın olacak mı? Operaya gitmeye vakit bulabilecek misin?"

Markus emin değildi. Belki de sanatla ilgilenen ilk kabile reisi olabilirdi. Bu aslında hoş bir düşünceydi. Markus'un mizah duygusu vardı. Bu da Markus'u, bütün hayatını hiç gülmeden geçirebilir gibi görünen suratsız Sarapen'den ayıran bir özellikti.

Markus'un da vahşi özellikleri vardı. Aile topraklarındaki geyikleri avlamayı öğrenmişti. Eti dişlerinin arasında parçalama duygusuna küçük yaşlarda alışmıştı. İçinde şiddet potansiyeli vardı. Kalix'le onun arasındaki kötü duyguya sebep olan da buydu. Kalix sekiz yaşındayken onun yatak odasından bir saat çalmıştı. Kalix'in sarayın içindeki eşyaları neden çaldığını açıklamak zordu. Sadece çalıyordu. Markus onu koruluklara doğru takip etti ve saatini geri aldı. Eğer Kalix kindarca Markus'a, "Süt çocuğu," diye seslenmeseydi olay büyümeyebilirdi. Bu, küçük Kalix'in düşünebildiği en iyi aşağılamaydı. Ne yazık ki Markus'un hassas bir noktasına dokunmuştu. Ona saldırdı. Kardeşinden çok daha küçük olmasına rağmen, Kalix onu hemen ısırdı. Markus vahşi bir şekilde karşılık verdi. Bu talihsiz olay, yaptıklarından hiç pişman olmayan Kalix'in, korulukta paralanmış ve kanlar içinde intikam için ulumasıyla son buldu.

Kalix bu olaydan sonra Markus'tan hep nefret etti. Büyüyüp güçlendikçe onunla kavga etmek için fırsat kolladı. En sonunda Kalix'in, Markus'a çılgınca saldırılarından bıkan Thane'in sabrı taştı ve onu vahşice dövdü. Bu da Kalix'in, kardeşinden daha çok nefret etmesine neden oldu.

23

Daniel ve Moonglow, King Koleji'nde İngilizce eğitimi görüyorlardı. Daniel sosyal çalışmalardan, Moonglow ise Sümer tarihinden yardımcı ders alıyordu. Üniversitenin ana bölümü, Londra'nın merkezinde, Strand'da idi. Moonglow taşınmanın ardından bir gün dinlendi ve ertesi gün erkenden derse gitti. Hâlâ bitkin olan Daniel ise ertesi sabah da dinlenmeye ihtiyacı olduğunu hissetti. Öğlene kadar dinlendikten sonra onunla buluşmak için öğrenci barına gitti. Moonglow geldiğinde çok heyecanlıydı. Diz üstü bilgisayarını havada salladı.

"Şuna bak!"

"Bu senin diz üstün!" dedi Daniel. "Daha önce görmüştüm."

Moonglow'un diz üstü bilgisayarı ailesinden hediyeydi. Ailesi oldukça varlıklıydı. Daniel'dan daha çok parası vardı. İnternete bağlandı ve Daniel'ın ilgisini bilgisayarın ekranına çekti.

"Şu siteye bak! Thrix Moda. Yükselmekte olan küçük bir moda evi. Ya da burada öyle diyor."

"Eee?"

"Görmüyor musun?"

"Bir çift ayakkabı için bu para çok fazla!" dedi Daniel.

"Bu…"

"Yani 500 sterlin mi? Bir çift ayakkabı için hem de! Bunlar şaka mı yapıyor?"

"Bunlar pahalı olanlar," dedi Moonglow. "Açıkçası ayakkabılar da çok hoş. Ama sen esas olayı kaçırıyorsun. Kalix'in montundaki etikete baktığım zamanı hatırla. *Thrix Moda* yazıyordu."

"Yani?"

"Yani, Thrix'e bak!"

Moonglow moda evinin sahibinin bir fotoğrafını büyüttü. Daniel çok etkilenmişti.

"Nasıl bir bebek ama!"

"Bilerek mi anlamazlıktan geliyorsun?" diye sordu Moonglow. "Bu kadının kesinlikle Kalix'le bir ilgisi var."

"Nerden Biliyorsun?"

"Sadece ona bak!"

Daniel ona baktı. Moonglow'un kastettiği şeyi görebildi. Moda tasarımcısı muhteşem sarı saçlarına rağmen, Kalix'e çok benziyordu. Aynı iri gözler, aynı hoş elmacık kemikleri, aynı geniş ağız! Ağzı Kalix'inki kadar geniş değildi gerçi. Ama bir benzerlik olduğu kesindi.

"Harika, değil mi?" dedi Moonglow.

Daniel, Moonglow'un neden bu kadar keyifli olduğundan pek emin değildi.

"Yani Thrix Moda'nın sahibinin, büyük bir olasılıkla kurt insanlarla bir ilgisi var. Eeee?"

"Gidip onu ziyaret edebiliriz. Kalix'in başının belada olduğunu söyleriz. Belki yardım eder. Kalix koruyucu tılsımı kız kardeşinden aldığını söylememiş miydi? Bu onun kardeşi olabilir. Ona yeni bir tılsım verebilir. Böylece Kalix yeniden gizlenebilir."

Daniel bunlardan huzursuz olmaya başlamıştı.

"Yavaş ol, Moonglow! Bu gerçekten iyi bir fikir mi? Kurt insanlarla tanışmak pek eğlenceli değildi. Hepsi vahşi kaçıklar! Çok sıradan bir olaymış gibi, o kadının ofisine gidip Kalix'in bir kurt kız olduğunu bildiğimizi ve akrabalarından birini aradığımızı söylemeyi istemiyorum. Bunu nasıl karşılayacak? Oldukça kötü! Bunu hayal edebiliyorum."

"Kalix'e yardım etmeliyiz."

"Hayır, etmemeliyiz."

"Onu bırakamayız!"

Daniel, Moonglow'a, kurt kızın onların yardımını istemediğini belirtti. Tam tersine teşekkür bile etmeden çıkıp gitmişti. Moonglow huzursuz olmaya başladı.

"Onu böyle nasıl bırakabilirsin?"

"Ben onu bırakmıyorum!"

"Bırakıyorsun!"

"Moonglow, benim bir maket bıçağıyla doğranmak veya bir kurt adam tarafından yenilmek istememem senin için bir şey ifade ediyor mu?"

"Elbette. Senin doğranmanı ya da yenmeni istemem. Seni çok özlerim."

"Gerçekten mi? Beni çok mu özlersin?"

"Tabii ki!"

Moonglow'un onu özleyeceğini söylemesi Daniel'ı mutlu etmişti. Onun kendisiyle ilgili iyi düşüncelerini bozmamak için, yanlış olduğunu düşünse de, planı kabul etti. Hemen sonra Moonglow'un arkadaşlarından biri olan Alicia adında bir kız yanlarına geldi.

Bilgisayarı görünce, "Neye bakıyorsunuz?" diye sordu.

"Ayakkabılar," dedi Daniel. "500 sterlinlik bir ayakkabı almak komik, değil mi?"

"Hayır," dedi Alicia. "Ayakkabılar bu kadar güzelse, değil tabii ki. Eğer param olsaydı alırdım."

Daniel'e sanki dünyadaki önemli şeyleri anlamayan biriymiş gibi baktı. Daniel bir anda kendi ezik hissetti. İşte, yine Moonglow'un arkadaşlarından birini etkilemeyi başaramamıştı. Bu hiç adil değildi. Onlara söylenecek doğru şeyin ne olduğunu kim bilebilirdi ki? Günün geç saatlerinde Moonglow'un erkek arkadaşı Jay, binaya gelip açıkça ve herkesin içinde onu dudaklarından öptüğünde, Daniel vahşi kurt adamlar tarafından parçalara ayrılmanın bundan daha kötü olamayacağını düşündü.

24

Thrix Moda'nın merkezi Londra'nın kalbinde, Soho'daki Werdaor Sokağı'ndaydı.

Sokağa bakan kapısı çok belirgin olmasa da Daniel ve Moonglow'un şu anda resepsiyon odasında oturduğu üçüncü ve dördüncü katlar Thrix Moda'ya aitti. Daniel gizliden gizliye kendini genç mankenlerle çevrili bulabilmeyi umuyordu. Ama hayal kırıklığına uğradı. Thrix'in ofisinde hiç manken yoktu. Fakat önlerinden geçen ve muhtemelen tasarımcı olan insanlar, Daniel'in kendisini, bu bol metal tutkunu öğrenci kıyafetlerinin içinde, paçavra gibi ve bayağı hissetmesine yetecek kadar çekiciydiler.

Moonglow ise her zaman giydiği siyah eteği ve siyah üstüyle daha da uygunsuz görünüyordu.

Thrix'in asistanı geldiğinde onlara sert bir şekilde, "Bu taraftan!" dedi.

Daniel ve Moonglow onu takip ettiler. Güzel bir tarzı olan ve pahalıca döşenmiş, içinde çok güzel bir kadının oturduğu ve girer girmez Daniel'in gözünü korkutan bir ofise geldiler.

Daniel bu kadınla yüz yüzeyken mantıklı tek bir kelime

bile edemeyeceğini biliyordu. Şu anda öğrenci barında olmayı diledi.

Thrix soğuk bakışlarla onları inceliyordu. "Pekâlâ," dedi en sonunda.

Daniel ve Moonglow orada sessizce durdular. Buradayken, kurt insanların konusunu açmak pek de kolay görünmüyordu.

Thrix sabırsızlanıyordu.

"Asistanıma önemli bir aile konusu hakkında benimle görüşmek istediğinizi söylemişsiniz. Evet, sizi dinliyorum!"

Moonglow her şeyi sırasıyla anlatmayı planlamıştı, ama aşina olmadığı bu ortam onu tedirgin etti. Kalix'in nerde olabileceği ile ilgili muhtemel bir soruya sebebiyet verecek sakin bir konuşmayla başlamak yerine, ailesi onu öldürmeden önce Kalix'in yardıma ihtiyacı olduğunu bir anda söyleyiverdi.

Thrix gözlerini kısarak, "Pardon?" dedi.

"Kalix, senin küçük kardeşin. Abisi onu öldürmeye ve kalbini yerinden sökmeye çalışıyor. Ona başka bir tılsım vermelisin."

"Neden bahsettiğini bilmiyorum."

"Evet, biliyorsun!" diye cevap verdi Moonglow. "Bunu söyleyebilirim."

'Maalesef söyleyebilir,' diye düşündü Büyücü. Thrix'in sezgileri çok kuvvetliydi. Karşısındakileri tekrar incelemeye başladı. Sonra öne doğru eğildi. Bir bardak şarap ısmarlarken oldukça soğuk bir konuşmaya başladı.

"Eğer benim aile işlerime karışırsanız, ölürsünüz," dedi ve sandalyesine geri yaslandı.

"Ehh!" dedi Daniel ve kapıya baktı.

"Ama şimdi gitmeniz ve bütün bunları unutmanız için size bir şans vereceğim," diye devam etti Thrix. Daha sakin konuşuyordu.

Daniel ellerini birbirine vurarak, "Peki," dedi. "Bu benim için yeterince iyi zaten. Biz şansımızı denedik." Moonglow'u kolundan tuttu ve hızlı bir şekilde geri çekilmeye başladı. Fakat Moonglow onu itti ve "Biz yardım etmek istiyoruz," diye ısrar etti.

" 'Ölürsünüz,' derken çok ciddiydim," dedi Thrix. Bu sefer en ufak bir duygu belirtisi yoktu. Moonglow bu kadının içinde güçlü bir kurt insan olduğundan oldukça emindi. Ama bu onu yıldırmayacaktı.

"Onu yıkadım. Kirliydi. Sıskaydı. Haftalardır hiçbir şey yememişti. Yaralıydı. Her yerinden kanlar akıyordu. Kıyafetleri lime limeydi. Depresyon ilaçları kullanıyordu. Ağabeyleri onun kalbini sökmeye çalışıyorlardı. Berbat bir haldeydi. Sen nasıl bir insansın ki, kardeşine yardım etmeye çalışan insanları öldürmekle tehdit ediyorsun?"

Daniel şaşkınlıkla Moonglow'a baktı. Thrix'in kızdığı çok belli oluyordu. Telsize konuştu.

"Telefon bağlamayın!"

25

MacRinnalchların kökenleriyle ilgili iki ayrı mitleri vardı. Hikâyenin bir tanesi, kurt insan kabilesinin iki bin yıl önce, Romalılar Britanya'yı kuşattıklarında Gâvur Rinnal tarafından başlatıldığını söylüyordu. Bu hikâyeye göre, Gâvur, İskoçya'nın en kuzeyine yaptıkları sefer sırasında, Cree'de Romalılarla savaşırken ağır yaralandıktan sonra tepelere doğru çekilmişti. Muzaffer Roma Ordusu bölgeyi tararken o bir mağaraya saklanmıştı. Mağarada saklanırken bir Pictish şifacı kadını tarafından ziyaret edilmişti. Ona hayatını kurtarabileceğini, fakat hayatının bir daha eskisi gibi olmayacağını söylemişti. Gâvur onun bu önerisini kabul etti. Kabilenin tamamı Cree savaşında yok olmuştu. Bunun intikamını almaya yemin etti. Şifacı kadın onun yaralarına bitkiler koydu ve bir büyü yaptı. Gâvur MacRinnalch uykuya daldı. Uyandığında kendini yeniden canlanmış hissetti. Bu sırada iki roma askeri mağaraya girdi. Gâvur onların üzerine atladı. Şaşkınlık içinde kendisini onların boğazlarını dişleriyle parçalarken buldu. Bir kurt insana dönüşmüştü. Gâvur tepelerdeki birçok düşmanını öldürdü. Bundan sonra daima kendi isteğiyle kurda benzer bir yaratığa dönüşmeye devam etti. MacRinnalch kabilesinin tamamı Gâvur MacRinnalch ve eşinden geliyordu.

Ama bir başka hikâye de, MacRinnalchların köken olarak, insanlar tarafından kurulan ilk şehirlerin yükseldiğinin görüldüğü aynı düzlüklerden, Sümer'den geldiğini söylüyordu. Doğaüstü güçlerin hâlâ dünyada dolaştığı zamanlarda birkaç tuhaf insan ve hayvanın karışmasından oluşmuş, Ur insanlarının içinden, tarih öncesinin pusularından çıkmışlardı. Kurt insanlar Ur'dan, batıya ve kuzeye geçerek Mezopotamya'ya yayılmışlardı. Çoğu Türkiye ve Doğu Fransa'ya yerleşmişlerdi. Ama bazıları en sonunda İngiliz kanalını geçerek İskoçya'nın ormanlarına ve dağlarına doğru göç ederek kuzeye doğru ilerlediler. Kurt insanlar yerleştikleri birçok yerde ölürken MacRinnalch kabilesi kuzeyde güçlü kaldı.

Hiç kimse bu hikâyelerin hangisinin -eğer birisi doğruysa tabi- doğru olduğunu bilmiyordu. Ancak şu kesinlikle doğruydu ki, MacRinnalchlar tarihteki atalarının izini dokuzuncu yüzyılın ikinci yarısında Viking istilacılarına karşı savaşan Büyük Gri Kurt'un kendisi, Avreg MacRinnalch'a kadar sürebildiler. Avreg, Colburn Koruluğu'nda gömülüydü ve palası MacRinnalch Kalesi'ndeki müzede korunuyordu.

26

Thrix karşısındaki genç çifti inceledi. Onun türünden etkilenen birçok insanla karşılaşmıştı. Bu ikisi kurt insanlarla ilişki kurarak hayatlarına biraz heyecan katmak isteyen diğerleri gibi miydiler? Daha da kötüsü, gerçekten kurt insana dönüşmeyi isteyen tipler olabilir miydiler? Thrix öyle olmamasını umdu. Bu tür insanların genelde kurt insanlar hakkında ilginç fikirleri olurdu: Ormanlarda dolaşmayla ilgili romantik fikirler ve buna benzer şeyler. Thrix'in ormanda dolaşmaya hiç merakı yoktu. Özellikle de doğayla iç içe değildi. Londra'da doğa hayatına nadiren girerdi. Bu, kozmopolit bir moda tasarımcısı için iyiydi.

Thrix bir keresinde onun kurt insan olduğunu açıklamakla tehdit eden bir adamı öldürmüştü. Övündüğü bir anı değildi bu. Çünkü daha en başında sırrını anlamasına izin vermesindeki dikkatsizliğini hatırlatıyordu. O zamandan beri çok dikkatli davranmıştı. Thrix'in bildiği kadarıyla onun kurt insan olduğunu bilen tek insan, asistanı Ann'di. Şimdi bu ikisi durumu kötüleşen kız kardeşi Kalix yüzünden varlığı için tehlike oluşturuyorlardı. Kalix Londra'ya geldiğinden beri Thrix bunun olacağından korkuyordu. Aslında Kalix'e tılsımı vermesinin sebebi buydu. Onu korumaktan çok, sıkıntıya sebep olmasını engellemek içindi. Büyücü bütün gayretini Moda İmparatorluğunu inşa edebilmek için harcıyordu ve küçük kardeşinin çılgınlığının ilgisini dağıtmasını istemiyordu.

"Onu yıkadın mı?"

"Evet. Çok kirli ve sıskaydı. Ayrıca..."

Thrix susmasını işaret etti.

"Sizi ilk defa görüyorum."

Thrix'in ruju, geniş ağzını ön plana çıkaran, parlak kırmızı rengindeydi. Bu, kurda dönüşecek olursa dişlerinin ne boyutta olabileceği konusunda Daniel'ı endişelendirdi. Dışarıda güneş çoktan batmaya başlamıştı bile. Gitmek için can atıyordu. Dolayısıyla gidişlerini hızlandırmaya çalıştı.

"Meşgul olduğunu görebiliyoruz. Bu yüzden yeni bir kolye alıp kendi yolumuza gitmemiz mümkün mü acaba?" Bütün problemleri çözmüş gibi memnuniyetle gülümsedi. Daniel'ın çekici bir gülümsemesi vardı. Büyücü bunu pek fark etmedi.

"Size hemen böyle bir kolye verebileceğimi mi düşünüyorsunuz? Kız kardeşimin varlığını gizleyecek bir kolye bulmak kolay mıydı sanıyorsunuz? Kolay değildi. Bu arada kolyeye ne olmuş?"

"Sanırım, kaybetmiş," dedi Moonglow.

"Bence sattı," dedi Thrix kızgınca. Bu konuşmayı yaptığına inanamıyordu. MacRinnalch kabilesinin bir üyesi için kurt insanların sorunlarını herhangi bir insanla tartışmak bir tabuydu. Masasından doğruldu. Daniel huzursuzluğuna rağmen, onun zarafetinden etkilenmişti. Thrix'in omuzlarından dökülen sarı saçlarının görüntüsü onu kurt insanların meseleleri konusunda biraz daha heveslendirmişti. Vahşi bir şekilde ısırma ve parçalama bölümünü çıkarınca, kurt kızlar inkâr edilemeyecek kadar çekiciydiler.

"Bu konuyu özel olarak düşüneceğim," dedi Thrix.

"Düşünecek zaman yok!" diye karşı çıktı Moonglow. "Kalix çok zayıf. Bir sonraki saldırıda kesin ölecektir."

Thrix, Moonglow'un gözlerinin içine baktı. Ona bu konunun tartışmaya açık olmadığını söyledi.

"Yardım etmek zorundasın!" dedi Moonglow ısrarlı bir şekilde. Büyücü sinirlenmiş görünüyordu. Biraz büyü kullanıp bu insanların hafızasını karıştırmanın iyi bir fikir olabileceğini düşünüyordu.

"Hiçbir şey yapmak zorunda değilim. Oldukça meşgulüm ve neyle uğraştığınız hakkında hiçbir fikriniz yok. Şimdi sizin için gitme zamanı!"

Moonglow buraya kadar ilerlemişti. Kolay kolay vazgeçmeye niyeti yoktu. Hiçbir korku belirtisi göstermemeye çalışarak kurt kızın yüzüne baktı.

"Kız kardeşine yardım etmelisin. Durumu çok kötü! Büyük bir belanın içinde! Sana güveniyor. Ona verdiğin montu saklıyor. Eğer ona yardım etmezsen her zaman kurt insanların zayıf, haysiyetsiz ve saygı duyulmayacak yaratıklar olduklarını düşüneceğim."

Thrix hayretle baktı. Bu, duymayı umduğu bir şey değildi. Yönetici MacRinnalch ailesinin hiçbir kurdu, ne kadar kontrollü ve insan toplumuyla ne kadar iç içe olursa olsun, bir insan tarafından yapılan böyle bir hakareti hoş göremezdi. Thrix bu kızı büyüyle öldürse miydi, yoksa tutup sokağa

fırlatmak için kendi gücünü mü kullansaydı, karar vereme-
di. Kararını veremeden önce birden kapı açıldı. Thrix hızla
döndü. Kızgındı. Çünkü rahatsız edilmemesini söylemişti.
Gelen Ateş Kraliçesi'ydi. İçeri girmeye karar verdiğinde onu
Ann bile durduramazdı.

"Büyücü!" diye bağırdı. "Terlikler bir felaketti! Bu sefer
bundan kurtulamazsın!"

Ateş Kraliçesi anlaşılmaz küfürler sıraladı, sonra da hıç-
kırarak ağlamaya başladı.

Daniel ne Moonglow bakakaldılar; çok şaşırmışlardı.

"Bunun gerçekten zamanı değil!" dedi Thrix.

"Herkes bana karşı!" diye hıçkırdı Ateş Kraliçesi. "Pren-
ses Kabahetka, bütün elementler, bütün moda tasarımcıları,
herkes… Bu hiç adil değil!" Gözlerinden yaşlar akıyordu.

"Bu koşullar altında bahar koleksiyonumu nasıl yetiştire-
bilirim ben?" dedi Thrix ve hayatını zorlaştırdığı için Kalix'e
lanet etti.

27

Sarapen MacRinnalch yanında Decembrius'la,
İnverness'den Londra'ya uçtu.

Decembrius Büyük Konseyin üyelerinden biri olan
Verasa'nın küçük kardeşi Lucia'nın oğluydu. Otuz yaşında-
ki Decembrius kurt insanların koşullarına göre gençti ve
yirmi bir yaşından daha büyük görünmüyordu. Kabilenin
bir sonraki varisinin yanında önemli işler yapıyor olmaktan

hoşnuttu.

Decembrius'da, Sarapen'in onu seçmesini sağlayan iyi bağlantıları ve zekâsından daha fazlası vardı. Genç yaştan itibaren öngörü güçlerinin olduğunu göstermişti. Ara sıra geleceği görebiliyordu. Bu güçler sınırlıydı, ama başka türlü bilinemeyecek şeyleri öğrenebilme özelliği vardı. Sarapen onu kendi çevresine henüz kabul etmemiş olsa da, bu güç onu Sarapen için yararlı yapmaya yeterliydi. Decembrius'da onu kızdıran şeyler vardı. Özellikle de dış görünüşü. Decembrius kızıl saçlıydı. Bundan hiç hoşnut değildi, ama tarz bir şekilde arka planda oluyordu. Uygunsuz zamanlarda güneş gözlüğü ve göze çarpan bir küpe takma gibi sinir bozucu bir eğilimi vardı. Sarapen MacRinnalch, kurt insanların en geleneksel olanıydı. Decembrius bu gençlere özgü gösterişinden vazgeçmediği sürece tam olarak kabul görmeyecekti. Decembrius, Sarapen'e hayrandı. Sarapen'in ona kendisini huzursuz hissettirdiğini belli etmemeye çalışıyordu. Bu iri kurt adam öyle bir güç aşkıyla yanıyordu ki, farklı hissetmek kolay değildi. En garip müşterilerle ilgilenmeye alışık hostesler bile onun varlığında bütünüyle rahat olamıyorlardı.

"Londra'ya varınca Kalix'in yerini kolayca bulmalısın," dedi Sarapen. "Dauglas MacPheeler izini kaybetmişler."

Sarapen'in niyeti, kız kardeşi Thrix'i ziyaret etmekti. Belki Kalix'in nerede olabileceği hakkında bir şeyler öğrenebilirdi. Sarapen bu karşılaşma için can atmıyordu. Kız kardeşini sevmiyordu ve yaşam tarzını onaylamıyordu.

"Benim şeyleri ziyaret etmemi ister misin?" Decembrius konunun çok hassas olduğunu hissederek duraksadı.

"Ailenin hakkında konuşmadığı kuzenleri mi?" dedi.

Sarapen onun için cümleyi tamamladı. Henüz kararını

vermemişti. Ziyareti kendisinin yapmasının daha iyi olacağını düşünüyordu. Ama ikizlerle yüz yüze geldiğinde, kendini kontrol edip edemeyeceğinden emin değildi. Eğer Sarapen kendisi karar verebilseydi, kabileyle ilişkileri tamamen kesilirdi. Bir daha da kabul edilmezlerdi. Ne yazık ki bu mümkün değildi. Gelenek bunu yasaklıyordu. Thane'in kardeşinin kızları oldukları için ilişkileri kesilemezdi. Onlar MacRinnalch kabilesinin en yüksek idari organı Büyük konseyin üyeleriydiler. En azından teknik olarak. Pratikte ise yıllardır konsey toplantısında bulunmamışlardı.

Decembrius, Thane'nin uzun zamanının kalmadığını hissediyordu. Bu, Sarapen'i endişelendiriyordu. O öldüğü zaman konsey yeni varisi seçmeliydi. Formalite gereği bu böyle olmalıydı. En büyük oğlu olarak Sarapen doğal varisti. Ama dikkatle ele alınması gereken bir durumdu bu. Başka bir kurt insan güç talebinde bulunabilirdi. Thane'in kardeşlerinden biri olan Tupan uzun zamandır etkili olmak için dolaplar çeviriyordu. Sarapen Londra'da alkolün verdiği hazlara dalmış iki potansiyel konsey oyunun peşinde değildi. Ama ya Tupan, ikizleri uyuşturucu ve parayla kandırmaya kalkarsa? Ziyaret edilmeliydiler. Belki de Decembrius'u göndermek daha iyi olacaktı.

Kalix'e gelince, adaletle yüzleşmek için geri getirilmeliydi. İnanması zordu, ama pozisyonu hiçbir zaman kabul etmemiş olsa da Kalix'e de Büyük Konsey'de bir koltuk yetkisi verilmişti. Thane'e saldırdığından beri Konseydeki yetkileri askıya alınmıştı. Suçlu ilan edilmişti. Kaleden kaçmamış olsaydı, çoktan cezalandırılmış olacaktı. Konsey onun geri getirilmesi için emir vermişti. Bu emir tam olarak ölümünü tasdik etmese de, eğer geri dönmeyi reddederse ailenin üyelerinin ona karşı aşırı önlemler alması için yeterli neden olarak yorumlanabilirdi. Bunun tarihsel örnekleri vardı.

Onu öldüren veya geri getiren ailenin herhangi bir üyesi Büyük Konsey'de itibar kazanacaktı. Büyükanne Dulupina, Kalix'in hâlâ özgür olmasına kızan tek kurt insan değildi. Konseyde oturan üç Baron da bu duruma çok kızıyordu. Onlar geleneklere bağlıydılar.

Sarapen kaşlarını çattı. Onun hakkı olan kabile liderliğine geçmesini kim inkâr edecek olursa onunla özel olarak ilgilenmeliydi. Mesela amcası Tupan. Gerekirse Sarapen onu öldürecekti ve Tupan'ın aşağılık kızı Dominil. Sarapen'in dudakları ufak bir gülümsemeyle titredi. Ondan, onun gibi beyaz saçlı, donuk ruhlu bir fahişeden kurtulmaya karşı çıkmayacaktı.

28

Kalix kütüphane kapandığında ne yapacağını bilmiyordu. Perilerin resimlerine bakmıştı. Sonra ansiklopedide *Runaways* müzik grubuyla ilgili bir şeyler bulmaya çalışmıştı. Ama hiçbir şey yok gibi görünüyordu. İçeriği doğru okuyup okumadığından emin değildi. Yardım istemeyecek kadar da utangaçtı. Şimdi ne yapmalıydı, merak ediyordu. Depoya geri dönebilmek isterdi. Ama Dauglas Macpheeler orada bekliyor olabilirlerdi. Muhtemelen kardeşleri Fergus da onlara katılmıştı. Üstelik o, kardeşlerinden daha da güçlüydü.

Belki de oraya gitmeliydi. Dauglas MacPheelerden korkmuyordu. Kavgada ölmek iyi olabilirdi. Ama depo çok uzaktaydı. Yolculuğu göze alamıyordu. Aslında hiçbir şeyi göze alamıyordu.

Kış gününün ışığı çabucak soldu. Kalix sokaktan aşağı doğru yürürken, daha önce hiç hissetmediği kadar şiddetli bir depresyon onu etkisi altına almaya başlıyordu; ağırlığı altında ezilene kadar onu kaplayarak ağır ve kara bir yağmur gibi üzerine dökülüyordu. Kalix yürümeye devam etmeye çalıştı. Ama bu çok zordu. Depresyonun şiddeti ürkütücüydü. Kalix bunun onu öldürecek olan son atak olduğunu anladı. Hastalığın şu anda atağa geçtiğine, çünkü savunmasını bir anlığına bıraktığına dair bir düşünce geçti kafasından. İki genç öğrencinin yardımını kabul etti. Bu zayıflık anı onu mahvediyordu. Gawain ayrıldığından beri bütün duygularını içinden çıkarıp atmıştı, ama Moonglow'un evinde başka bir varlıkla ufacık bir temas, bir parça minnettarlık hissetmişti. Bu temas anı, Kalix'e yeryüzündeki en yalnız ve en umutsuz yaratık olduğu gerçeğini kabul ettirmişti. Arkadaşsız, umutsuz ve amaçsız. İşte bu yüzden düşüp ölmek üzereydi.

Özel bir yer bulmaya ihtiyacı vardı. Depresyon dalgaları, Kalix'in duyularını etkilemeye başlayan berbat bir kaygı getiriyordu. Kalbi hızla çarpıyor, nefes alması zorlaşıyor ve görüşü bulanıklaşıyordu. Sağına soluna bakınarak kıvrılabileceği bir ara sokak aradı. Bulamadı. Sallanmaya başladı. Ayakta durabilmek için tutunabileceği bir duvara uzandı. Bu halini fark eden olduysa bile Kalix kaldırımda tökezlerken kimse yardım için durmadı.

Kalix kaldırımın sonuna geldiğini ve yola çıktığını fark etmemişti bile. Ona çarpan kamyoneti görmedi. Tekerleklerin gıcırtısıyla bir çarpma sesi duyuldu. Kalix havaya fırlamıştı. Kanlar ve kırıklar içinde yolun diğer tarafına düştü. İnsanlar yardım için şimdi ona koşuyorlardı. Ama Kalix herhangi bir kişiyi seçemiyordu. Sadece insanlar başına toplanırken bulanık bir kımıldanma vardı. Ona doğru eğildiler.

İnsanların mırıldanan sesleri anlaşılmıyordu.

Etrafında ona bakan bir insan kalabalığı varken böyle ölemezdi. Bu durum, insanın dayanma gücünün çok ötesindeydi. Ama Kalix'in içindeki kurt ona son bir güç verdi ve ayağa kalktı. Önünü görmeden birkaç adım attı. Çok geçmeden de koşmaya başladı.

Kalix bir köşeyi döndü. Elleriyle gözlerini ovaladı. Orada, alnında bir açıklık vardı. Kendini dar sokağa attı. Bacakları onu yönlendiriyordu. Daha ileriye gitmeliydi. Sürünmeye başladı. Sokak boyunca kendini olabildiği kadar sürükledi. En sonunda kokmuş, çürümüş bir kutu yığını buldu ve onları üzerine doğru çekmeye çalıştı.

'Şimdi ölebilirim,' diye düşündü. Vücudundan sızan kanı hissedebiliyordu. Gawain'i düşündü ve gözlerinden yaşlar aktı. Çünkü ona ne olduğunu hiç bilmeyecekti. Kalix fısıldayarak ona, 'Hoşça kal!' dedi ve sonra her şey karardı.

29

Ailenin hakkında konuşmadığı kuzenler, ikizdiler. Görünüşte birbirlerine çok benziyorlardı, ancak tıpatıp aynı değildiler. Beauty'nin saçları maviye boyalıydı, Delicious'ınki ise parlak bir pembe rengiydi. İkisi de çok iyi gitar çalıyorlardı ve çok iyi şarkı söylüyorlardı. MacRinnalch soyundan gelen iyi bir görünüme sahiplerdi. Sarhoş olacak kadar içmeselerdi başarılı olmak için birçok yeterli nedenleri vardı. İkizlerin hızla rock'n roll yozluğuna düşüşü, kabilenin oldukça ağırbaşlı yaşlılarını sarsmıştı.

Beauty ve Delicious, Camden'de birlikte paylaştıkları evlerinin ön taraftaki odasında gitar çalıyorlardı.

Şarap şişesine uzanan Beauty gitarın kablosuna takılıp Delicious'un üzerine düşene kadar iyi gidiyordu. İkisi de kendilerini yerde sigara paketleri, bardaklar ve şişe yığını arasında buldular.

"Kahretsin!" dedi Beauty.

"Gerçekten kahretsin!" dedi Delicious.

Birkaç saniyelik bir sessizlik yaşandı.

"Neyse, güzel bir şarkı ama!" dedi Beauty. "Bir kıta daha yazmalıyız."

Yerdeki yığını eşeleyerek marihuana aramaya başladı. İkizler bundan çok içiyorlardı. Üstüne de bira, elma şırası ve şarap içiyorlardı. Buna başlayalı birkaç yıl olmuştu. Onların uyuşturucu alma kapasiteleri Kuzey Londra'da meşhurdu. Bu tür davranışların normal insanlar üzerinde çok kötü etkileri olabilse de, içlerindeki kurt gücü Beauty ve Delicious'ı koruyordu. Sarapen'i günlerce bozkırlarda dolaştıran bu aynı güç, onların uyarıcılara karşı olan arzularına tehlikeli bir sınıra kadar boyun eğmelerine izin veriyordu. Ama bazı etkileri de vardı. Oldukça sağlıklı kalabilmelerine rağmen, ikizler artık istedikleri zaman kurt insana dönüşemiyorlardı. Nasıl yapıldığını unutmuşlardı. Dolunayın olduğu kurt gecelerinde hâlâ dönüşüyorlardı. Ama hepsi buydu. Bunu umursamıyorlardı. Londra'nın bu bölgesinde gitar çalabilen ve kolay sarhoş olmadan herkesle içebilen, bir çift çekici kız için çok fazla eğlence vardı.

Delicious'ın yedi sigara kâğıdıyla ustaca sardığı oldukça büyük bir otu paylaşan Beauty, bu çınlayan şeyin ne olduğunu merak etti.

"Esrarın etkisi mi?"

Delicious gitarın ses ayarını kapattı.

"Hâlâ bir şey çınlıyor."

"Kapı zili!"

Beauty merakla kapıya yöneldi.

"Belki yiyecek bir şeyler ısmarlamışızdır."

Kapıya zorlukla ulaşabildi. Gelen kişi, Decembrius'du. Küçümseyici bakışlarla Beauty'e bakmıştı. Beauty ise afallamıştı.

"Televizyon taksidini ödedik," dedi. "Konut vergisini de ödedik!"

"İçeri girebilir miyim?" Decembrius şansını denedi, aslında pek rahat değildi.

Beauty ona cevap vermedi. Delicious onun yanına geldi. Görünüşe göre o da ayakta duramıyordu. Decembrius huzursuz olmuştu. İkizleri görmeyeli birkaç yıl olmuştu ve belli ki, ikisi de onu hatırlamıyorlardı. Kendini tanıttı. Hâlâ boş boş bakıyorlardı.

"Decembrius mu? Daha önce hiç duymadım."

Biraz açıklama yapmanın yardımcı olacağını düşünerek Sarapen'in adına onları ziyaret ettiğini söyledi. Fakat ikizler bunu duyar duymaz kahkaha atmaya başladılar.

"Sarapen!" diye bağırdı Delicious. İsmin kendisi bile onu güldürmeye yetiyormuş gibiydi.

"Tıkanıyorum!" dedi Beauty. Onun da gözlerinden yaşlar akıyordu. "Bana elma şarabı getir!"

Decembrius kaşlarını çattı. Cırtlak pembe ve mavi saçlarıyla, parlak ve yırtık kıyafetleriyle, alkol ve esrardan kendilerinden geçmiş halleriyle kızlara küçümseyerek baktı.

Sarapen'in neden bu ziyareti kendisinin yapmakta isteksiz olduğunu şimdi daha iyi anlayabiliyordu.

30

"Ayakkabı yüzünden yine küçük düştüm!" Ateş Kraliçesi haykırıyordu.

Thrix hiçbir şey söyleyemiyordu. Zayıf ve haysiyetsiz bir yaratık olarak hitap edilmenin hoşnutsuzluğunu geçiştiremiyordu. Moonglow'un icabına bakmayı fazlasıyla istiyordu. Ama ne yazık ki Malveria, onun ofisinde ağlayıp sızlarken bir şey yapmak mümkün değildi.

Thrix sert bir şekilde Moonglow'a, "Şimdi git!" dedi.

"Hayır!" dedi Moonglow.

Ateş Kraliçesi ayağa kalktı ve dramatik bir şekilde ellerini sallamaya başladı.

"Seni dev bir volkanda kızartacağım, lanet olası kurt insan!"

Daniel geriye doğru uzun bir adım attı. Thrix, Ateş Kraliçesi'nin ciddi olma olasılığını göz önünde bulundurarak aklından bir korunma büyüsü geçirdi. Görünüşe bakılırsa, Malveria hiç kimseyi kızartamayacak kadar kederliydi. Daniel'ın omzuna yaslanarak yeniden hıçkırmaya başladı.

"Tamam, tamam," dedi Daniel. "Eminim ki her şey yoluna girecek!"

"Yoluna girecek mi? Her şey nasıl yoluna girebilir? Bana ne olduğunu biliyor musun?"

"Bu yaratık…" Malveria, Thrix'i işaret etti, "bana yeni bir çift gümüş terlik sattı ve onları daha yeni tasarladığına dair yemin etti. Evet, kesinlikle yemin etti. Ama Ayaz Kraliçesi İgan'ın balosuna gittiğimde ne oldu biliyor musun? Herkes onlardan giyiyordu ve 'Herkes,' derken ciddiyim. Her zaman benim hayranlarımı çalmaya çalışan şu küçük İgan Prensesi sürtüğü bile ondan giyiyordu."

Ateş Kraliçesi suçlayıcı bakışlarla Büyücü'ye baktı.

"Bu nasıl olur? Yeni olduklarına yemin ettin. Sen beni alay konusu yapmaya mı çalışıyorsun?"

Thrix bununla başa çıkmakta zorlanıyordu. Bir tarafta kurt insanların işleriyle ilgili, hoş olmayan araştırmalar yapan iki tane insan, diğer tarafta doğru olamayacak bir konuda suçlamalar yapan kızgın bir ateş elementi vardı. Çünkü Thrix terlikleri daha yeni tasarlamıştı. Başka birinin onlardan giyiyor olması mümkün değildi. Beğenilen bir tasarımcı taklit edilmeye alışırdı, ama ürünü şirketten çıktığı aynı günde değil.

Ateş Kraliçesi yeniden Daniel'ın omzunda hıçkırarak ağlamaya başladı. Daniel ne yapacağını şaşırmıştı. Bu egzotik güzelin bir moda şovunda hayal kırıklığına uğratılmış bir süper model olduğunu varsayıyordu. Elini sıvazlamaya çalıştı.

"Tamam, tamam," dedi.

Malveria yanaklarından süzülen yaşlarla ona baktı.

"Berbat bir durum, değil mi?" dedi. "Bir baloya gidiyorsun ve herkes sendeki terliklerden giyiyor olduğu için alay konusu oluyorsun?"

Daniel duygulanmıştı. Onun hassas yapısı, üzüntülü kadının görüntüsü karşısında etkilenmişti. Bu, onun doğal utangaç haline ters bir durum olsa da, kadına kendini iyi hissettirecek bir şeyler söylemeye çalıştı.

"Ama sen... Yani, şey... Yani o kadar güzelsin ki, kimse senin ne giydiğini önemsememiştir bile."

Ateş Kraliçesi birden ağlamayı kesti.

"Şey... Evet."

"Teşekkür ederim," dedi Ateş Kraliçesi ve başını Daniel'ın omzuna yasladı.

"En azından bana karşı olmayan bir kişi var."

"Lütfen, Jane," dedi Thrix. Ateş Kraliçesi'ne etrafta insanlar varken kullanılan ismiyle sesleniyordu. "Bu insanlar beni kişisel bir mesele için görmeye geldiler. Mümkünse bize birkaç dakika verebilir misin?"

"Senin kişisel meselen, benim bu ayakkabılar yüzünden düştüğüm utançtan daha mı önemli?" dedi Ateş Kraliçesi.

Tuhaf bir sessizlik oldu.

"Onun kardeşiyle ilgili bir durum," dedi Moonglow.

Daniel, Thrix'in yüzündeki öfkeyi görünce ürktü.

"Küçük kurt kız mı?" dedi Ateş Kraliçesi. "Başı yine belada mı?"

"Hem de feci şekilde!" dedi Moonglow. "Yeni bir kolyeye ihtiyacı var."

"Gerçekten mi?"

"Ama kız kardeşi vermiyor," diye devam etti Moonglow. Thrix'in isteksizliğine karşı kendisiyle müttefik olabileceğine dair bir şeyler sezmişti bu kadında.

"Tabii ki vermez," dedi Malveria. "Kalpsizin tekidir o. Beni kasıtlı olarak bu aşağılık ayakkabılarla gönderen birinin, kardeşine kibarlık yapmasını nasıl beklersiniz?"

"Gerçekten..." dedi Thrix, "seni aşağılık ayakkabılarla göndermedim. Onlar benim özel bir tasarım. Herhangi bir kişi aynısına nasıl sahip olabilir, şaşırdım açıkçası. Senin için bunu araştırmaya söz veriyorum, Jane. Sadece ben..."

Ama Ateş Kraliçesi şu anda dikkatini Thrix'in ziyaretçilerine vermişti. Onun aşina olduğu türden insanlara pek benzemiyorlardı bunlar. Moonglow'a baktı. Siyah uzun saçlarını, siyah boyalı tırnaklarını ve siyah kıyafetlerini inceledi. Ateş Kraliçesi'nin müritleri genelde böyle giyinirlerdi.

"Kız benimkilerden biri mi?" diye sordu Büyücüye.

"Sanmıyorum."

"Az daha müritlerimden biri olup da onu tanıyamadığım için üzülecektim!"

"Ben Moonglow."

"Moonglow? Şirin bir isim." Ateş Kraliçesi daha sonra Daniel'a döndü.

"Peki ya sen, güzel olduğumu düşünen genç adam? Adın Ne?"

Daniel kıpkırmızı oldu. Ateş Kraliçesi gülüyordu, çok eğlenmişti.

Yüzünü görebilmek için eliyle saçlarını geriye doğru itti. Daniel'ın ten rengi daha da kırmızılaştı.

"Şey Jane... Ben Daniel."

"Lütfen bana, Malveria de!" dedi. *R* harfini egzotik bir tonla yuvarlamıştı. "Hiyasta'nın Ateş Kraliçesi, Volkanların Hanımefendisi, Kıvılcımların Koruyucusu, Cehennemin Leydi'si, Yanıcı Elementlerin Yöneticisi ve İnsanların Azrail'i."

Daniel ve Moonglow, öldürülmek üzere olduklarını düşünerek geriye doğru ürkek bir adım attılar. Ama kraliçe onlara sempatiyle bakıyordu.

"Peki, onlara neden bir kolye vermiyorsun?" diye sordu Malveria.

"Vermeyeceğimi söylemedim. Bunun çok zor olduğunu açıklıyordum. Başka bir Tamol kolyesinin nerede olabileceğini kim bilebilir?"

"Ben bir tane bulabileceğimden eminim," dedi Ateş Kraliçesi. Şu son utanç verici ayakkabı olayından sonra hepsinden kurtulmayı dilediği açıkça görülen Büyücü'nün sinirlerini bozma fırsatının fazlasıyla tadını çıkartıyordu.

"Bulabileceğinden şüphem yok!" dedi Thrix suratını ekşiterek. "Ancak bunun iyi bir fikir olduğundan emin değilim."

Moonglow, Ateş Kraliçesine, "O, yardım etmek istiyormuş gibi görünmüyor," dedi.

"Kendime ters düşmeme konusunda çok dikkatliyim," diye homurdandı Büyücü.

"Misafirlerine karşı çok kaba davranıyormuş gibi görünüyorsun," dedi Malveria. "Bu, şu son ayakkabı vahşetinin utancını ve suçluluğunu örtmek için olmasın?"

"Bu durumun onunla hiçbir alakası yok. Bu kız benim zayıf ve haysiyetsiz biri olduğumu söyledi."

Malveria kahkahalara boğuldu.

"Mükemmel! Ben bile daha iyisini bulamazdım."

Thrix derin bir nefes aldı. Durum kötüye gidiyordu. Telsizin sesi duyuldu. Ann'in sesi çok telaşlı geliyordu.

"Sarapen geliyor!"

Büyücü elini alnına dayadı. İşte, ihtiyacı olan tam da buydu. Sarapen'i durdurmanın yolu yoktu. Büyük kardeşi asansörden atlayarak duraksamadan ofise doğru yönelecekti.

Ateş Kraliçesi'ne dönerek, "Malveria, sana söz veriyorum, bu ayakkabı olayını çözeceğim. Birisi tasarımımı çalmış olmalı. Bu arada kardeşimle konuşmalıyım. Sizi burada bulmamasını tercih ederim."

Malveria başını salladı. Bu oldukça mantıklıydı. Sarapen'in şiddete meyilli karakteri ile ilgili her şeyi biliyordu.

"Lütfen, bu ikisini odanın uzak bir köşesine götür. Sizi saklayacağım," dedi Thrix.

Ne olduğunu anlamayan Daniel ve Moonglow kendilerini büyük ofisin ilerisine doğru itilirken buldular. Uzak köşeye ulaştıklarında, Büyücü ellerini salladı. Hiçbir şey değişmiş gibi gözükmüyordu.

"Neler oluyor?" diye sordu Moonglow.

"Bir büyüyle bizi sakladı," diye açıklama yaptı Malveria.

"Neden?"

Oldukça iri ve vahşi görüntülü bir adam kapıyı açtı ve Thrix'in ofisine daldı.

"İşte bu yüzden," dedi Ateş Kraliçesi. "Akıllıca davrandı. Sarapen'le karşılaşmak istemezsiniz. O, medeni diyebileceğim türden bir kurt adam değil. Zaten genel olarak kurt insanlar çok medeni yaratıklar değildirler. Ama onların düşük standartlarına göre bile o bir hayvan. Thrixciğimin onlarla bu kadar ilişki kurmak zorunda kalmasına her zaman üzülürüm."

31

Ara sokak uzun ve dardı. Ön sokaktaki alışveriş merkezlerinin arkasına doğru bir açıyla uzanıyordu. En sonu karanlık, rutubetli ve yıllardır dokunulmayan kutuların yığıldığı bir yerdi. Hiç kimse buraya gelmezdi. Kalix kutuların altına kıvrıldı. Hâlâ kanıyordu. Şehrin kirinin yıllardır toplandığı yere yattı. Ölmek için iyi bir yer olmasa da en azında sessizdi. Kalix'in kaburgaları kırılmış ve iç organları zarar görmüştü. Burnundan ve ağzından kan sızıyordu. Ağır yaralıydı. Çantasını karıştırmaya çalıştı. Afyon ruhunu buldu. Kolunu kaldırması çok zordu. Ama zorla da olsa afyon ruhunu içebildi. Kafasında bir şarkı çalınıyordu. *Merhaba baba, merhaba anne, ben sizin vişneli tatlınızım!* Runaways'in ilk şarkısı. Onları sahnede görmeyi dilerdi. Belki de onları gerçekten seven biriyle karşılaşmak iyi olurdu. Hayatı boyunca ilk defa böyle bir şey düşünüyordu. Kalix bazen genç insanların müzik hakkında konuştuklarına, sevdikleri grupları tartıştıklarına kulak misafiri olmuştu. Ama hiç onlara katılmamıştı. Aslında eğlenceli olabilirdi.

Afyon ruhu Kalix'in alışık olduğu ılık bir hararete yol açarak vücuduna karışmaya başladı. Ölmeye hazır olan Kalix bilincini yavaş yavaş kaybediyordu.

32

Ofisin köşesine kıvrılan Moonglow ve Daniel, Sarapen'den saklandıklarına gerçekten inanamıyorlardı. Ama yine de memnundular. Böyle ilkel bir güç saçan adamı daha önce hiç görmemişlerdi. İki metre altı santim uzunluğundaydı. Geniş omuzlu ve oldukça kaslıydı. Yüzü soğuk havadan dolayı zarar görmüştü. Yüz çizgileri, çenesinin sol tarafına doğru uzanan, göze çarpan bir yarayla, tam olarak yakışıklı olmasa da, keskin ve çarpıcıydı. Oldukça uzun olan siyah ve kalın saçları, alnından arkaya doğru atılmıştı. Ayak bileklerine kadar uzanan siyah deri bir ceket giyiyordu. Cüssesine rağmen rahatça hareket ediyordu. Gözlerine gelince, siyah renkliydiler. İnsanın içine işler gibi bakıyorlardı. Bakışlarını odanın köşesine, onların saklandığı yere çevirince Moonglow, Ateş Kraliçesi'nin arkasına büzüldü. Daniel da ikisinin arkasına. Malveria bu durumdan keyif alıyordu. Sarapen'den hiç korkmuyordu. Ama entrika ve stratejiler onu her zaman eğlendirirdi.

Sarapen, kız kardeşine doğru eğildi. Ondan 10 santim daha uzun ve en az iki katı ağırlığındaydı.

"İyi günler, kardeşim." Sarapen havayı kokladı. Odada onlardan başka biri olduğunu söyleyebilirdi. Kardeşinin büyüsü onu tamamen kandıramıyordu, ama bu kokunun Kalix'a ait olmadığını biliyordu. Dolayısıyla önemsemedi.

"İyi günler, kardeşim."

Birbirlerine karşı oldukça soğuktular. Thrix ve Sarapen hiç arkadaş olmamışlardı. Thrix doğduğunda Sarapen yüz yaşını geçmişti. Kaledeki hayatı boyunca Thrix, Sarapen'in herhangi bir ilgi gösterdiğini hatırlamıyordu. En azından ona nadiren sorun çıkartıyordu. Thrix ve Markus'un arasında olduğu gibi geçmişe ait bir tartışmaları ya da hâlâ kanayan bir yaraları yoktu. Gene de Sarapen onun hayat tarzını onaylamadığını söylüyordu. Sarapen ne onun kabileden uzaklaşma arzusuna, ne de dünyada kariyer yapma girişimlerine anlam veremiyordu. Çünkü bunların her ikisi de geleneğe tersti. Bu yüzden ona çok kızıyordu.

"Seni buraya hangi rüzgâr attı, kardeşim?" diye sordu Thrix.

"Kalix," diye cevap verdi Sarapen. "Onun kaleye dönme vakti geldi!"

"Eee?"

"Dürüst ol ve bana onun nerede olduğunu söyle!"

"Bunu bildiğimi de nerden çıkardın?"

"Sen onunla temas halinde olan tek aile üyesisin."

Thrix, kardeşine hiç misafirperverlik göstermediğini fark etti. Bu kötüydü. Kendisini aileyle ilişkilendirmek istemese de, yozlaşmış bir kurt insan olarak görülmek istemiyordu. Bu koşullar altında tuhaf olacağını düşünse de dolabına doğru ilerledi ve bir viski aldı. Doldurduğu iki bardaktan birini Sarapen'e uzattı. Sarapen ona nazikçe teşekkür etti. Bunun tuhaf olduğunu düşünmedi. Eğer kardeşi ona misafirperverlik göstermemiş olsaydı, ona içten içe çok kızacaktı.

"Kolyeyi ona vermemeliydin. Onu kabilenin adaletinden saklamak senin işin değil!"

"Kalix'e Kaledeki hayatı boyunca yeterince adil davranıldığını düşünmüyorum," dedi Thrix. Sesini alçaltmıştı. "Üstelik ona kolyeyi vermemem için bir sebep yoktu. Henüz cezalandırılmamıştı."

"Çünkü kaleden kaçtı. Thane'i neredeyse öldürüyor olması senin için bir şey ifade etmiyor mu?"

Sarapen sinirlerini kontrol etmeye niyetliydi, ama babalarına yapılan saldırı aklına geldiği anda çok öfkeleniyordu.

"Bu konuyu seninle tartıştık zaten," dedi Thrix. "Ve asıl sorunun cevabına gelince, Kalix'in nerede olduğu hakkında herhangi bir fikrim yok."

Sarapen ifadesiz bir şekilde ona baktı. Daha sonra da viskisinin geri kalanını yudumladı.

"Kardeşim, biz düşman değiliz. Ailenin iyiliğini istiyorsan, Kalix'in yerini bulmam için bana yardım etmen gerekiyor."

"Eve götürülsün ve öldürülsün diye mi?"

"Konsey böyle bir karar verdiyse olması gereken de budur. Kalix'i neden koruyorsun? Onu hep çok sinir bozucu bulduğunu düşünürdüm."

"Evet, öyle!" diye itiraf etti Büyücü. "Ama kardeşimi sinir bozucu bulmakla, onun ölmesini istemek aynı şey değil. Tekrarlıyorum: Kaledeyken ona iyi davranılmadığına inanıyorum."

Bu, Sarapen'in duymak istemediği bir şeydi. Gözlerinden ateş fışkırdı.

"Bu kızın aptalca fantezilerine göre konuşamazsın. Sen de benim gibi, Kalix'in doğuştan deli olduğunu biliyorsun. Onun böyle iğrenç suçlamalarda bulunması ihtimali bile ailenin herhangi saygın bir üyesini rahatsız etmeye yeterli. Eğer sen onu saklamadan önce Kalix'i ele geçirebilseydim, Thrix emin ol, onu parçalardım."

"Ama onu eline geçirdin." Thrix sertçe karşılık verdi. "Onu öldüremeden önce Thane'nin üzerinden aldın. Duyduğum hikâyeye göre, ondan sonra dişlerini senin o kurt boğazına geçirmiş. Eğer adamların onu geri çekmeselermiş, dişlerini boğazında kenetlemeye devam edecekmiş."

"Şimdiye kadar hiç kimse dişlerini benim boğazıma geçiremedi," diye hırladı Sarapen. Gözleri küçülmüştü. Bu kadar konuşma ona yetmişti.

"O nerede?"

"Bilmiyorum!"

Sarapen kendini kaybetmek üzereymiş gibi görünüyordu. Sihirli korunağın altındaki Ateş Kraliçesi araya girmek için hazırdı. Thrix'in büyülü güçlerinin onu kardeşinden korumak için yeterince güçlü olduğundan emin değildi. 'Gün ışığında, insan halindeyken yeterince güçlüdür,' diye

101

aklından geçirdi. Ama şimdi dışarıda güneş batıyordu.

"Kalix hakkında bildiğin her şeyi söyle!" Sarapen ısrarlıydı.

Durumu yumuşatmak Thrix için kolay olabilirdi. Sarapen'e, Kalix'in artık kolyesinin olmadığını ve iyi saklanamadığını söyleyebilirdi. Bu bilgiyi alan Sarapen zorluk çıkarmadan onu koklayarak, kendisi bulmak için oradan ayrılabilirdi. Ama Thrix, kardeşi Sarapen'in küstahça ofisine dalıp, onu sorguya çekmesine sinirlenmişti. Bu yüzden kardeşine gitmesi gerektiğini söyledi.

Sarapen kulaklarına inanamıyormuş gibi, "Buradan gitmemi mi istiyorsun?" dedi.

"Ben meşgul bir kadınım," dedi Thrix. Masadaki çizimleri gösteriyordu.

Sarapen elini masanın üzerine koydu ve oradaki bütün çizimleri yere attı. Thrix burnundan soluyordu. Kardeşinin böyle bir şey yapmış olduğuna inanamıyordu. Tasarımlarını bir yığın önemsiz kâğıt parçaları gibi yere saçmıştı. Çok kızgındı. Bir şeyler mırıldandıktan sonra yıldırım gücüyle Sarapen'i odanın diğer tarafına fırlattı. Sarapen gürültülü bir şekilde duvara çarptı. Öylece kalakalmıştı. Gözlerinde kuşku dolu bir ifade vardı. Kız kardeşinin ona saldırmaya cesaret etmiş olmasına inanamıyordu. Bu arada gece çöküyordu. Hem Sarapen hem de Thrix güneş, ay ve yıldızlarla tamamen uyum içinde olduklarını kemiklerinde hissettiler. Sarapen hırladı. Hırıltısı bitene kadar kurt insana dönüşmüştü bile.

Sihirli bariyerin arkasındaki Moonglow ürkmüştü. Kurt insan halindeki Sarapen, şimdiye kadar gördüğü en korkunç yaratıktı. Devasaydı. Hayvan gibiydi. Kurt suratı çok büyüktü. Kocaman çenesi çelik bir kapan gibiydi. Bir kâbus gibi, Kalix'ten veya ona saldıranlardan çok daha ürkütücüydü. Kalix kurt insana dönüştüğünde genç görünüşünü korumuştu. Ama Sarapen kâbus gibiydi.

Thrix de aynı anda dönüşüme uğradı. Bir kurt kız olarak Thrix'in hâlâ sarışın olduğunu gören Daniel bu görüntü karşısında büyülendi. Uzun sarı saçlar başından omuzlarına ve kollarına doğru dökülüyordu.

"Seni öldüreceğim!" Sarapen kükrüyordu. İleri atıldı. Büyücü bir büyü daha yapınca suratı ekşidi. Ama gücü o kadar yerindeydi ki, büyü onu çok fazla etkilemedi.

Ofis kapısı açıldığında Ateş Kraliçesi kendini açığa çıkarmak üzereydi. Ann kafasını kapıdan içeriye doğru uzattı.

"Kardeşin Markus!" dedi.

33

Talixia'ya aşık olmadan önce Markus'un birçok sevgilisi olmuştu. Erkek gücünün ve kadınsı görünüşünün birleşmesi Markus'u her zaman kadınlar için çekici yapmıştı. İlişkilerinin hemen hemen hepsi geçici ilişkilerdi, ama Talixia'yla güzel bir aşk yaşıyordu. Operaya, tiyatroya ve sinemaya gidiyorlardı. İkisi birlikte bir evi dekore etme planlarını bile tartışmışlardı.

Markus geç kalktı, Talixia'nın işe gitmesini bekledi. Talixia bir katalog için çocuk kıyafetlerinin fotoğraflarını çekmeye gitmişti. Bu onun asıl işi değildi. Ama bunu yapmaktan zevk alıyordu, para da kazanıyordu. Talixia'nın ailesi varlıklı değildi. Her ay kirasını ödemekte zorlanıyordu. Markus bunu ilginç buluyordu. Çabaları için ve gizli görünmesi için ne kadar uğraşırsa uğraşsın ona para vermeye çalıştığında her zaman reddettiği için Talixia'ya hayrandı Markus. Onun küçük dairesinde çıplak bir şekilde yürüdü. Gardırobuna baktı. Talixia'nın iyi bir kıyafet koleksiyonu olmamasına üzüldü. Ona istediği her şeyi alırdı, ama müsrif hediyeleri kabul etmiyordu. Yeni bir kıyafeti vardı. Bir çekim sonrasında eve getirdiği kısa ve mavi renkli bir elbise. Markus onu inceledi. Fena değildi. İyi kesilmişti. Rengi de oldukça uygundu. Denemek isterdi. Ama Talixia ondan daha küçüktü, bu yüzden kendisine uymayacağını biliyordu. Yeni elbisesini genişlettiğini keşfetmesi pek de hoş olmazdı ve bu, tuhaf bir duruma yol açabilirdi.

Kendi kıyafetlerini giyerken kaşlarını çattı. Talixia ile konuşup konuşmaması gerektiğini düşündü. Genellikle bu açılması zor bir konuydu. Markus bunu deneyimlerinden biliyordu. Onun kurt adam olduğunu keşfedince iyi bir şekilde üstesinden gelen, ama kendi bluzlarından birini giyiyorken yakalayınca onu terk eden eski kız arkadaşının hatırasını onu hâlâ ürkütüyordu. Omzunu silkti. Bugün endişelenecek başka şeyleri vardı. Thrix'i ziyaret edeceğine dair annesine söz vermişti. Markus bunun için hevesli değildi. Kardeşinden nefret ediyordu. Bazı sebeplerden dolayı bunu annesine açıklayamıyordu, ama Thrix'i bir daha görmese daha mutlu olacaktı.

Thrix'in ofisine girer girmez hırlayan iki kurdu görünce o da kurt insana dönüştü.

"Oldukça iyi. Benim sevgili kardeşlerim kavga etmeye başlamışlar bile."

Muazzam pençelerini Thrix'in boynuna geçirmeye yeltenen Sarapen bu müdahaleden pek memnun olmadı. Biraz gücü ve biraz da büyünün yardımıyla onu uzaklaştırmaya çalışan Thrix geri adım attı ve hırladı.

"Aile ziyaretlerine pek düşkün olmadığımı açıkça ifade edemedim mi?"

Daniel ve Moonglow hâlâ köşede saklanıyorlardı. Daha önce insan gözünün görmediği bir şeyi görüyor olduklarının farkında değillerdi; üçü de kurt insana dönüşmüş bir halde olan MacRinnalch yönetici ailesinden üç kurt insan! Olayın eşsizliğini takdir ediyor olmasalar da heyecanlanmış ve ürkmüşlerdi.

"Bu bariyer yeterince güçlü mü?" Kurt insanlar birbiriyle kızgın bir şekilde konuşmaya devam ederken Daniel fısıldayarak konuşuyordu.

"Muhtemelen, değil," dedi Ateş Kraliçesi. "Korktun mu?"

"Evet," diye itiraf etti Daniel.

Malveria anlayışla gülümsedi.

"Bariyeri güçlendireceğim," dedi ve eliyle küçük bir hareket yaparak bariyere kendi mistik güçlerini ekledi. "İşte! Şimdi hiç kimse sizi fark edemez. Bu arada sizden ayrılıyorum. Çünkü benim sevgili Thrixim şimdi iki kızgın kardeşle karşı karşıya ve ben onun güvenliğinden endişe ediyorum."

Malveria bunu söyledikten sonra bariyerden çıkarak Büyücü'nün yanı başında belirdi. Sarapen öfkeyle hırladı. Ateş elementlerini hayattaki bayağı yaratıklar olarak görüyordu ve özellikle de Hiyasta'dan nefret ediyordu.

"Köşede gizlenen sendin demek?"

"Pardon," dedi Ateş Kraliçesi. "Gizlenmiyordum. Kibarlık gereği saklı kaldım. Ben senden farklı olarak onun misafiriyim."

"Aile işlerine karışma, Hiyasta!" diye uyardı Sarapen.

"Kurt insanların işine karışmak gibi bir niyetim yok!" Malveria sert bir karşılık verdi. "Kurt" kelimesini söylerken hafifçe burun kıvırdı. "Ama arkadaşıma sataşan birilerini görmek hoşuma gitmiyor."

"Kurt insanlar Hiyastalar ile arkadaş olmazlar," dedi Sarapen.

"Senin olamadığından çok daha iyi bir arkadaş!" dedi Thrix.

Ateş Kraliçesi keyiflenmiş gözüküyordu. Kurt insan bile olsa, gerçekten sadık bir arkadaşa sahip olmak çok hoştu.

Irkları arasındaki husumete rağmen, Markus aslında Ateş Kraliçesi'nden nefret etmiyordu. Karşılaştıkları birkaç durumda onun oldukça çekici bir karakter olduğunu fark etmişti. Dostça bir selam vermeye çalıştı. Kurt insanken gülümsemek zordu, ama ses tonu barışçıldı.

"Selamlar, Ateş Kraliçesi!" dedi. "Sizinle böyle bir kavgayla uğraşırken karşılaştığım için üzgünüm. Küçük kardeşimizin başımıza açtığı beladan haberiniz vardır."

"Kabile sorunlarını onunla tartışmayacaksın!" diye kükredi Sarapen.

"Eminim ki büyük bir bölümünü çoktan duymuştur," dedi Markus. Kardeşiyle yüz yüze geldi ve gözlerine baktı. Güçlü olan Sarapen olsa da Markus kolay kolay pes etmezdi. Üç kardeş de birbirine hırlamaya başladı. Telsizin sesi duyulduğunda Sarapen kardeşine yumruk atmak üzereydi.

"Annen telefonda. Çok önemli olduğunu söylüyor."

Thrix iç çekti. Annesinin araya girmek için uygun olmadığı hiçbir durum yoktu. Pençelerinden dolayı biraz zorlanarak telefonu kaldırdı.

"Evet?"

Thrix telefonu dinlerken kardeşleri ona bakıyorlardı. Bu müdahale onları hayal kırıklığına uğrattı. Anneleri telefondayken kavgaya başlayamazlardı.

"Tamam," dedi Thrix ve telefonu kapattı. Yumuşak bir ses tonuyla, "Thane Ölmüş!" dedi.

34

Bir iki saat sonra Daniel ve Moonglow hâlâ ofisin köşesindeki sihirli bariyerin arkasında duruyorlardı. Oda boştu. Thane'in ölümünü duyunca Sarapen tek kelime etmeden oradan ayrılmıştı. MacRinnalch kabilesi şimdi lidersizdi ve kalede olmak onun göreviydi. Onun dışındaki her şey bekleyebilirdi.

Thrix ve Markus da İskoçya'ya gitmek için plan yapıyorlardı. Üyeler toplanır toplanmaz büyük konseyde bir toplantı olacaktı. Markus eşyalarını toplamak için çıktı. Thrix ile olan husumetlerini geçici olarak askıya almışlardı. Anneleri kurtların hanımefendisi ile birlikte eve uçacaklardı. Londra'dan İskoçya'ya uçuş bir ya da iki saat sürüyordu. Thrix gitmek istemiyordu, ama bu durumdan sıyrılamayacağını biliyordu. Annesinin de belirttiği gibi, Thane'nin cenazesine ve bunu takiben yapılacak olan konsey toplantısına katılmamak olmazdı.

"Endişelenme anne!" dedi Thrix. "Cenazeyi kaçırmayacağım." Ann yolculuk tertibatını yaparken Thrix bilgisayar disklerini bir araya topluyor ve dosyalarının diz üstü bilgisayarında olup olmadığını kontrol ediyordu. Şanslıydı ki, kaledeyken çalışmaya devam edebilirdi. Becerikli asistanı Anne programını yeniden düzenlemesi için talimat verdi.

"Kötü bir zamana denk geldi, ama üç gün içinde geri dönerim. Milandaki insanlar yeniden ayarlanabilir mi diye bir bak. Eğer olmazsa ben deneyeceğim ve kaleden bir video konferans bağlantısı kuracağım.

"Peki ya çocuklar?" Soruyu soran Malveria idi.

"Çocuklar mı?"

"Ofisinde hâlâ saklı olan çocuklar!"

"Unutmuşum! Tamam, onları göndereceğim."

"Peki ya Kalix?"

"O kendi başının çaresine bakabilir."

Ateş Kraliçesi ona bakarak, "Öyle görünüyor ki bunu yapamaz!" dedi.

Büyücü, Malveria'nın neden birden Kalix'i düşünmeye başladığını sordu. Kraliçe omuz silkerek, "Düşünmüyorum. Ama bana güzel olduğumu söyleyen ve sonra da yüzü kızaran çocuk beni çok eğlendirdi. Biliyor musun, saklandığımız zaman çok korkuyordu. Komik, değil mi?"

Thrix bunun neden komik olduğunu hiç anlamadı. Şu anda Ateş Kraliçesi'yle ve onun ilginç fantezileriyle uğraşacak zamanı yoktu.

"Şu anda hiçbir şey yapamayacak kadar acelem var Malveria."

"Belki de bu genç insanlara, savunmasız kardeşine teslim etmeleri üzere başka bir Tamol Kolyesi verebilirim. Tabii eğer sen karşı çıkmazsan."

"Bunu neden yapacaksın?" diye sordu Thrix. Ateş elementleri genelde insanlara karşı pek dost canlısı değildiler. Üstelik bahsi geçen kolye de kolay kolay bulunamazdı. Çok değerliydi. Büyülü güçleri çok fazlaydı; Malveria gibi güçlü bir varlık bile onu kolayca birine vermezdi.

Ateş Kraliçesi tekrar omuz silkti. Nedenini tam olarak bilmiyordu, ama kurt insanların tartışması onu eğlendirmişti. Eğer Kalix saklı kalırsa arkasından daha fazla eğlence görebilirdi. Malveria son zamanlarda çok sıkılmıştı. Eğer bu iki genç insana Kalix için bir kolye verirse, ne ilginç olaylar olabileceğini kim bilebilirdi ki?

"İstiyorsan yap," dedi Thrix.

Markus ofise geri geldi. Anneleri birazdan burada olacaktı. Thrix, Markus'a tasarımcıları ve müşterileriyle yapacağı hâlâ bazı düzenlemelerin olduğunu ve onu kısa bir süre üst kattaki ofiste beklemesinin bir sakıncası olup olmadığını sordu.

Ofisteki Daniel ve Moonglow sabırsızlanmaya başlıyorlardı.

"Gerçekten kötü bir gündü," diye yakınıyordu Daniel.

"Sence bizi unuttular mı?" diye sordu Moonglow.

Kalsalar mıydı, yoksa çıkma riskini göze mi alsalardı, emin değildiler.

"Güvende olduğumuzu düşünüyorum," dedi Moonglow. "Ne de olsa işlek bir ofis binasının ortasındayız. Bizi öylece yiyemezler!"

Şüpheyle birbirlerine baktılar.

"Bir süre burada bekleyelim." Öneriyi yapan Daniel'dı.

Kapı açıldı. Markus içeri girdi. Daniel ve Moonglow çok güçlü bir büyü bariyerinin arkasında saklı oldukları için Markus'un kurt sezgileri bile onları fark edemezdi. Markus cenaze için siyah bir takım giymişti. Kıvırcık kestane rengi saçlarını taramaya vakti olmuştu. Şimdi çok iyi görünüyordu. Odada geziniyordu. Uzak köşedeki elbise yığını ilgisini çekmiş gibiydi. Şimdi tek başınayken, Moonglow onun çok çekici olduğunu düşündü. Güçlü ve yakışıklıydı. Ama kadınsıydı bir bakıma. Daniel'ın bir tişörtündeki Marc Bolan'in eski resmindeki gibi Markus'un da kıvırcık saçları alnına ve omuzlarına dökülüyordu.

Markus kıyafetlerin askılarında parmaklarını gezdiriyordu. Birden bir karar vermiş gibi göründü. Hızlı bir şekilde kapıya doğru gitti. Kilitledi. Sonra ceketini ve gömleğini çıkardı. Markus'un gövdesi Moonglow'un dikkatini çekti. İnce ve kaslıydı. Markus askıdan bir bluz aldı ve alışılmış bir kolaylıkla onu üzerine geçiriverdi.

Daniel ve Moonglow şaşkın bakışlarla birbirlerine baktılar. Bluz, sarı ipekten oluşan son derece kadınsı bir kıyafetti. Markus şimdi büyük aynada kendini inceliyordu. Üstüne çeki düzen vermiyordu ya da yürümüyordu. Ölçüsüz bir şeyler yapmıyordu. Sadece kendisine bakıyordu. Görünüşe göre, tatmin olmuştu. Yine hızlı bir şekilde bluzu çıkardı. Onu dikkatlice yerine astı. Sonra kendi gömleğini ve ceketini giydi. Tam kapıyı açmıştı ki, Thrix ve Malveria göründü.

Daniel ve Moonglow hâlâ çok şaşkındılar.

"Ne tuhaf!" diye fısıldadı Daniel. Moonglow ona katılıyormuş gibi belli belirsiz bir şekilde başını salladı. Ama Moonglow'un düşündüğü şey, sarı renkli ipek bluzun içindeki Markus'un, onun şimdiye kadar gördüğü en güzel şeylerden biri olduğuydu.

35

Kalix ve Gawain birbirlerine çılgınlar gibi aşıklardı. On dört yaşındaki Kalix sıskaydı. Ama sağlıklı, dinç ve ateşliydi.

Gawain, babası hâlâ hayattayken sık sık kaleyi ziyarete gelirdi. MacRinnalch kabilesinin onurlu üyelerinden birisi olan babası, yönetici ailenin bir arkadaşıydı.

Kalix, MacRinnalch kalesinin taş koridorlarından, misafirlerin ağırlandığı kattaki Gawain'in odasına süzülürdü. Zekiydi ve oldukça da ihtiyatlıydı. Birisi yaklaştığı zaman karanlık köşelerde sabit durur ve o gidene kadar orada öylece kalırdı. O kadar sessiz giderdi ki, kaledeki fareler bile onun geçtiğinden haberdar olmazdı. Ruh haline bağlı olarak, bazen insan kılığında, bazen de kurt kılığında Gawain'in odasına varırdı. Gawain de onu bekliyor olurdu. Kalix yaklaşırken onun kokusunu alır ve onu hemen içeri alırdı. O sırada on sekiz yaşında olan Gawain, eğer yakalanırsa Thane'in ne diyeceğinden endişelenirdi. Ama Kalix düşüncelere dalması için ona pek fırsat vermezdi. Yatağa atlardı ve gecenin geri kalanında Gawain bitkin düşene kadar ve Kalix nefes nefese kalmış hırlayan bir kurt gibi yatakta uzanana kadar sevişirlerdi. Uzun İskoç gecesi bitmeden hemen önce Kalix geri döner ve sonra günün geç saatlerine kadar uyurdu. Annesi bu durumu eleştirse de, hiçbir şeyden şüphelenmezdi.

"Hocasının neden ona ders vermeyi reddettiği çok açık!" Verasa ağabeylerine şikâyet ediyordu. "Kalix hayal edebileceğiniz en tembel kız!"

Ağabeyleri de annelerine hak veriyordu, ama ne Kalix'i ne de yaptıklarını aslında hiç umursamıyorlardı. Thane'e gelince, o da Kalix'e hiç aldırış etmiyor gibi görünürdü.

Şimdi Kalix güney Londra'daki nemli ve soğuk bir ara sokakta, çürümekte olan mukavva kutusu yığınlarının arasında, her yeri kırılmış ve kanlar içinde yatıyordu. Birkaç dakika önce bilincini kaybetmişti.

Gawain ile birlikte olduğunu, Colburn koruluklarında bir geyiğin peşinden koştuklarını hayal etti. Geyiği öldürdüler ve bir kamp ateşi aydınlığında onu yediler. Sonra ağızlarındaki kanı bir dere kenarında yıkadılar. Hemen ardından dolunayın altında kıyıya uzanıp, siyah suyun akışını seyrettiler. Birlikte ne yapabileceklerini tartıştılar. Gawain dünyayı gezmek istediğini söylerdi sürekli. Kalix onunla her yere gitmeye hazırdı.

36

Decembrius, ikizlere yaptığı ziyareti çok sabır tüketici buldu. Birbirleriyle akılları hiç uyuşmuyordu.

Aralarında mantıklı geçen bir sohbet yoktu. Bu iki genç kurt insan, Decembrius'un davet edilmediği, kendilerine ait bir dünyada yaşıyorlarmış gibi görünüyorlardı. Beauty ve Delicious, Decembrius'un anlamakta bile güçlük çektiği bir diyaloğu sürdürüyorlardı.

"Kokarcayı uzat, sürtük!"

"Gitarın altında, orospu!"

Ve böyle devam ediyordu. Kalenin daha resmi olan yönlerine alışmış olan Decembrius afalladı.

Dev marihuana dumanı bulutu altında kardeşler birbirlerini aşağılıyor ve sonra da hiç komik olmayan şeylere gürültülü bir şekilde gülüyorlardı. Onların gerçek isimleriyle, yani Butix ve Delix diye seslendiğinde öyle şiddetli gülüyorlardı ki, sanki hiç durmayacak gibilerdi.

"Butix ve Delix? Onlar da kim?"

"Kulağa hiç hoş gelmiyor!"

İkizler kabile liderinin ağır hasta olmasını hiç umursamıyorlarmış gibi görünüyorlardı.

"Kabile mi? Ne Kabilesi?"

"MacRinnalchlar!"

"Bir kabile için oldukça komik bir isim!"

"Thane," dedi Beauty.

Delicious da, "Thane," dedi. "Thane Thane Thane Thane Thane..."

"Thane Thane Thane Thane," diye devam etti Beauty.

Beauty'nin saçları uzundu ve göz alıcı bir mavi tonundaydı. Delicious'ın saçları da uzundu ve çok parlak bir pembeydi. Decembrius, kurt insana dönüştüklerinde bu renklerin kalıp kalmadığını merak ediyordu. Kurt insana dönüştüklerinde davranışlarının nasıl olduğunu tahmin bile edemiyordu.

Delicious bir şeyler arayarak yerdeki pislik yığınını eşeledi. Önündeki birkaç boş pizza kartonunu fırlatıp attı ve birkaç bin sterlin tutarındaki lastikle tutturulmuş büyük bir miktardaki parayı ortaya çıkardı. Onu kız kardeşine fırlattı.

"Git de bir şeyler al!"

Beauty para tomarını geri fırlattı. Lastik bant açıldı ve paralar odaya dağıldı. Kardeşler kahkahaya boğuldu. Decembrius onların çok zengin olduğunu hatırladı. Babaları borsaya yaptığı yatırımlar sayesinde parasını çoğaltmıştı ve kızlar, sermayelerini Londra brokerlarının eline bırakıp, bu yatırımın getirdiği önemli miktardaki parayla yaşayacak kadar akıllıydılar. Hiçbir zaman para sıkıntıları olmayacaktı.

"Büyük konseyin önümüzdeki toplantısına katılmakla ilgileniyor musunuz?" diye sordu. "Hâlâ oraya üyesiniz!"

"Sen kimsin?" diye sordu Beauty. Şaşırmış görünüyordu.

Decembrius iç çekti. O sırada cep telefonu çaldı. Arayan Sarapen'di.

"Thane öldü!" dedi Sarapen. "Hemen eve dön! Kuzenlerle ilgili bir ilerleme kaydedebildin mi?"

"Hayır."

İkiz kardeşleri nazikçe selamlayarak oradan ayrıldı. Ne kadar yozlaşmış olurlarsa olsunlar, yönetici MacRinnalch ailesinin üyeleriydiler hâlâ.

Decembrius evden memnuniyetsiz ayrıldı. Sadece görevini başaramadığı için böyle hissetmiyordu. Decembrius kendini genç MacRinnalch kurt insanlarının en moderni olarak görürdü. Ancak ikizlerle karşılaştığında, kendini Thane kadar geri kafalı hissetti, daha sonra da kulağına bir piercing daha takıp takmamayı düşündü.

Decembrius gittikten sonra, "Sence bize İskoçya'da bir sahne ayarlayabilir miydi?" diye sordu Delicious.

"Bizim grubumuz dağıldı!" diye belirtti kardeşi.

"Evet öyle. Ne oldu?"

Hatırlayamadılar. Ama şimdi gece çökmüştü. Dışarı çıkma ve şehirdeki barları ziyaret etme zamanıydı. Bu yüzden aceleyle yatak odasına gittiler ve bütün çekmecelerdeki ve dolaplardaki çamaşırları karıştırmaya başladılar. Çok fazla kıyafetleri vardı. Sokağa çıktıklarında her zaman iyi görünmek isterlerdi ve bunu da oldukça iyi bir şekilde başarırlardı.

37

"Kabile Liderliği için Markus'u mu aday göstermeyi düşünüyorsun?"

Thrix şaşırdı. Annesinin Markus'a daha yakın olduğunu biliyordu. Ama Sarapen'e karşı ciddi bir karşı çıkışının olacağı hiç aklına gelmemişti.

"Bu aileyi parçalar."

"Bizim ailemiz birbirine bağlı değil. Bunu biliyorsun."

İskoçya'ya uçuyorlardı. Markus'la birlikte oturuyorlardı. Markus, annesinin bir işaretiyle Verasa'yı kızı Thrix ile yalnız bıraktı.

"Anne, şok oldum!"

"Çok ani olduğunu biliyorum. Hazırlık için çok şey yapmaya niyetliydim. Ama Thane'in ölümü düşündüğümden çok daha erken geldi."

"Büyük konseyin, Markus için oy vermesini gerçekten bekliyor musun? Sarapen'in bunu öğrenince ne yapacağını biliyorsun, değil mi?"

"Büyük Konsey'in kararlarını kabul edecek. Onun gibi geleneklere bağlı bir kurt adamın da böyle davranması gerekir."

"Bu konuda çok şüpheliyim. Uyardığın için teşekkürler anne. Konsey odasına koruyucu bir büyüyle hazır gireceğim. Sana da bir muhafız tutmanı öneririm."

Verasa çok şaşırmış gibi davrandı.

"Kurtların Hanımefendisi'nin oğlu, asla annesine saldırmaz!"

"Thane'in kızı da babasına saldırmaz! Ama bu, Kalix'i durdurmadı. Anne, bunu gerçekten iyi düşündün mü?"

"Evet, çok iyi düşündüm."

Thrix ne düşüneceğini bilemeyecek kadar çok şaşırmıştı

bu öneriye. Evet, Sarapen'i sevmiyordu. Ama Markus'u da sevmiyordu. Kaleye dönerken husumetlerini geçici olarak askıya almışlardı. Ama uzun sürecek bir arkadaşlık için hiçbir ihtimal görmüyordu.

"Neden Sarapen'e bu kadar karşısın? Markus'u daha çok sevdiğin için mi?"

"Ben bütün çocuklarımı eşit derecede seviyorum," diye cevap verdi Verasa. Ama Sarapen modern dünyaya adapte olamadı. Markus bu kabileyi ileri götürmek için çok daha iyi bir lider olacaktır."

Thrix başını salladı. Annesinin bütün çocuklarını eşit sevdiği cümlesine gülmemek için kendini zor tuttu. Genel anlamda Markus hepsinden çok daha önce gelirdi ve bu hep öyle olmuştu.

"Ben gerçekten bu işin içinde olmak istemiyorum. Eğer Sarapen ve adamları, Markus ve adamları ile kavga etmeye başlarsa, bu muhtemelen bütün topraklara yayılacaktır. Moda gösterilerimden bir tanesinin, kavgaya tutuşmuş kurt adamlar yüzünden sekteye uğramasını istemiyorum. Mağazanın editörleri bu durumdan hoşlanmayacaklardır."

Mizah duygusundan tam olarak yoksun olmayan Verasa, "Belki de bu, onlara yazmakla meşgul olacakları yeni bir şey verir canım," dedi.

Verasa için Thane'in ölümü çok erken gelmişti. Büyük konsey on yedi üyeden oluşuyordu. Yeni Thane'i seçebilmek için dokuz oya ihtiyacı vardı. Kurtların Hanımefendisi, Markus için bu oyların yeteri kadarını garantileyecek pozisyonda değildi henüz.

"Bildiğim kadarıyla, *Deportment* dergisinin Amerikan editörleri birkaç ay içinde New York'ta bir Avrupa Moda şovu düzenleyecekler," dedi Verasa.

"Eee?"

"Tasarımlarını orada sergilemen senin için ne kadar yararlı olur. Bence bunu düşünmelisin!"

"Şov sadece İtalyan tasarımcılar için," dedi Thrix. Annesinin bu olayı biliyor olmasına biraz şaşırdı.

"Plan böyleydi," dedi Verasa. "Ancak gelecek hafta, derginin sahibi olan şirketin yönetim kurulu başkanıyla konuşacağım. Onun patronu olduğu bir yardım derneğine önemli bir miktarda bağış yapıyorum. Derginin yabancı moda haftasını, seçilmiş bir ya da iki Britanyalı tasarımcıyı içerecek şekilde genişletmeye istekli olabileceğini hissediyorum."

Thrix annesine bakarak, "Bana rüşvet vermeye mi çalışıyorsun?" diye sordu.

"Rüşvet mi?" Kurtların Hanımefendisi şaşırmış görünüyordu. "Aman Tanrım! Söylediğin enteresan şeylerle beni şaşırtıyorsun bazen. Biliyorsun, ben her zaman çocuklarımın iyiliği için uğraşırım."

38

Daniel ve Moonglow eve otobüsle döndüler.

"Kafama takılan şeylere bir açıklık getireyim," dedi Daniel. "Topluma aykırı bir geçmişi olan çılgın bir kurt kıza yardım etmeye kalkışıyoruz. Diğer kurt insanlar şu anda bize yardım edemezler. Çünkü yeni bir lider seçmek zorundalar. Ama farklı bir boyutun kraliçesi olan ve sadece bu kurt insanlardan birisi tarafından yapılan kıyafetlerini almak için yeryüzüne inen Ateş Kraliçesi, yeni bir mistik kolye bulmak için, kendi boyutuna yola çıktı. Şu anda sokaklarda dolaşmakta olan genç kurt kızı bulabilmek için bize yardım edecek."

"Öyle gibi görünüyor," dedi Moonglow.

"Biz çıldırmış olabilir miyiz?" diye merak etti Daniel.

"Sanmıyorum."

"Çünkü öyle olmuş olsaydı, bunun farkına varamayabilirdik. Bu otobüs bizi tımarhaneye götüren bir ambulans olabilirdi. Biz çıldırmış olduğumuz için bunun hakkında hiçbir şey bilmiyor olabilirdik. Ama ikimiz de burada aynı şeyleri düşünüyoruz," diye belirtti Moonglow "İkimizin de aynı anda, aynı çılgınlığa yakalanmış olduğumuzu sanmıyorum."

"Ya sen burada değilsen?" dedi Daniel. "Çıldıran sadece ben olabilirim."

Endişelenmeye başlamış gibi görünüyordu. Moonglow sert bir şekilde onun kolunu çimdikledi.

"Ahh! Bunu neden yaptın?"

"Gerçek olduğumu anlaman için."

"Çimdikleme sadece rüya gördüğünü düşündüğünde işe yarar," dedi Daniel ters bir şekilde. "Çıldırdığını düşündüğün zaman işe yaramaz."

Eve vardıklarında Moonglow ojesini yeniden sürdü. Çünkü her ikisinin de ojeleri muhteşem olan Thrix ve Ateş Kraliçesi'yle karşılaştığında, kendi tırnaklarının kötü durumunun farkına varmıştı. Bu sırada Daniel yaşadıklarının hiçbiri gerçekte olmamış gibi davranarak kanepeye uzandı ve *Slayer'ı* dinlemeye başladı. O sırada kapı zili çaldı. Moonglow kapıyı açtı. Karşısında da halinden memnun görünen Malveria'yı gördü.

"Bir zamanlar kapı zillerini karıştırırdım. Ama şimdi bu konuda ustalaştım. Gidelim mi?"

"Lütfen içeri gel," dedi Moonglow. "Daniel hâlâ hazır değil."

Muhtemelen sekiz yüz yaşında olan Malveria, gerçi kendi boyutundaki zaman, dünyadakiyle aynı değildi, bir genç bir kız heyecanıyla küçük apartmana girdi. Uzun bir zamandan beri kendi boyutundan sıkıldığı çok doğruydu. Ailesinden kurtulduğundan ve muhteşem gücüyle bütün rakiplerini yok ettiğinden bu yana kendisiyle ne yapacağını bilmiyordu. Kendi gerçekliğinin hanımefendisi olmak iyiydi. Ama elli yıldan fazla bir süredir can sıkıntısı çekiyordu. Thrix'le tanışması ve kreasyon dünyasına girmesi hayatını fazlasıyla değiştirmişti. Şimdi Daniel ve Moonglow'a yaptığı bu ziyaret çok eğlenceli olacağa benziyordu. Daniel'ın yeniden kızarmasını umdu. Bu onu çok eğlendirmişti. Belki de şu kız, Moonglow, neden sadece siyah kıyafetler giydiğini açıklayabilirdi. O da bir büyücü olabilir miydi?

"Basamaklara dikkat et!" dedi Moonglow. Üst kata doğru olan yolu gösteriyordu. "Işık çalışmıyor."

Malveria parmaklarını şıklattı. Hemen ardından dar merdiveni aydınlatan bir ışık ortaya çıktı.

"Şey, teşekkürler," dedi Moonglow.

Oturma odasındaki Daniel hâlâ kanepede yatıyordu. Malveria buna biraz kızmıştı. Moonglow bunu sezdi.

"Kalk!" dedi. "Ziyaretçimiz var."

Daniel doğruldu.

"Yiyecek bir şeyler ister misin?" Moonglow her zaman nazik bir ev sahibi olduğunu tekrar ispatladı. "Poptartlarımız var."

Ateş Kraliçesi hevesli bir şekilde, "Kesinlikle pop-tart istiyorum," dedi. "O nedir?"

"Senin için kızartma makinesine bir tane koyacağım hemen," dedi ve mutfağa gitti Moonglow.

Malveria onun adımlarını takip etti. Tost makinesinin ne olduğunu görmeye hevesliydi. Daniel da onları takip etti. Yeni dairelerindeki mutfak, küçük bir ocağın ve üç kişinin sığmasına yetecek kadar büyüktü.

"Dağınıklık için özür dilerim," dedi Moonglow.

"Hizmetçilerinizi mi kovdunuz?"

"Şey... Hayır, bizim hiç hizmetçimiz yok."

"Hiç hizmetçiniz yok mu?"

Malveria onların yalan söyleyip söylemediklerini anlamak için şüpheyle yüzlerine baktı.

"Hayır. Tek bir hizmetçi bile yok!" dedi Daniel.

"Çok tuhaf! Kendi yemeğinizi kendiniz mi yapıyorsunuz?"

"Şey... Biz genelde pizza ısmarlıyoruz."

"Kölelere mi?"

Pop-tart tost makinesinde kızarırken Moonglow çayı hazırlıyordu.

"Kalix için bir kolye getirdin mi?" diye sordu.

"Getirdim." Tamol kolyesi Malveria'ya pahalıya mal olmuştu. Onu alabilmek için komşu kralla pazarlık yapmak zorunda kalmıştı. Kral bunun karşılığında oldukça yüksek bir miktarda altın, birkaç gizli sihir ve iki rehinenin geri dönmesini istemişti. Malveria kendisi için fazla olsa da bunları ödedi.

El çantasından küçük bir kolye çıkararak, "Bu, Kalix'i

saklayacaktır," dedi.

"Gerçekten ince bir davranış," diye tepki verdi Moonglow.

Ateş Kraliçesi, Moonglow'un takdir göstermesinden memnun oldu. Daniel'ın çok sessiz olduğunu fark edince ona bakmaya başladı.

"Küçük kurt kızı sevdin mi?" diye sordu.

"Şey, yani…"

"Ona 'Vahşi güzel,' dedi." Konuşmakta olan Moonglow'du. Daniel kızarınca Malveria gülmeye başladı. Bu minicik mutfakta Daniel'ı sıkıştırmak onun için kolaydı. Esmer yüzünü ona doğru yaklaştırdı.

"Ama eminim ki bir sürü vahşi güzelle tanışmışsındır."

Malveria o kadar güzeldi ki, Daniel nereye bakacağını bilmiyordu. Daha da kızardı. Ateş Kraliçesi'nin göğüslerinin kendi göğsünde yarattığı hafif baskıdan başarısızca kurtulmaya çalıştı. Malveria yeniden güldü. Eğlenmeye başlamıştı bile.

"Ama Büyücü'nün size söyledikleri doğru. Kurt insan kabilesine bulaşan insanlar muhtemelen öldürülürler."

"Peki o zaman, bulaşmayalım," dedi Daniel.

"Çok geç!" dedi Malveria. "Thrix'i ziyarete gittiniz."

"Bunun hata olduğunu biliyordum."

"Hata değildi," diye ısrar etti Moonglow. "Kalix'in yardımımıza ihtiyacı var. Neden diğer bütün kurt insanlar ondan nefret ediyor?"

"Bundan emin değilim," dedi Malveria. "Sizin dilinizde Hiyasta olarak isimlendirilen benim ırkım, genel olarak kurt insanlarla iyi geçinemez. Özellikle de bizler, MacRinnalchların düşmanıyız. Gerçekten benim Thrix'le arkadaşlığım oldukça olağan dışı. Onların nedenlerine gelince, bunu kim bilebilir ki?"

"Ya Ateş Kraliçesi'ne bulaşan insanlar? Onlarda öldürülürler mi?" diye sordu Daniel. "Ünvanlarınızdan birinin, insanoğlunun celladı olduğunu fark etmeden geçemedim."

Malveria gülümsedi. "Biz son zamanlarda çok fazla insan öldürmüyoruz. Ama genelde onları hoş karşılamadığımız doğru. Bunun nedeni, insanların nasıl ateş yakılabileceğini keşfettikleri zamanlara dayanıyor. Atalarım bu durumdan hoşlanmadı. Çünkü ateş, bizim malımız. Ama bu günlerde, ilgilenmemiz gereken bir volkan patlaması olmadığı sürece yollarımız pek kesişmiyor."

Pop-tart tost makinesinden fırladı. En son heybetli şöleninde bütün lezzetli yemekleri sıkıntıyla ve iç çekerek geri çeviren Ateş Kraliçesi, pop-tartı büyük bir ilgiyle tabağından aldı ve onu kemirerek yedi.

"Pop-tartı sevdim," dedi. "Bir tane daha yap!"

39

Gawain gölün kenarındayken Kalix'in üzerinden çekildi ve hızlı hızlı soluyarak uzandı. İnsana dönüştü. Bulutlara bakmaya başladı. Kalix ona iyice sokuldu ve yüzüne bakmak için kafasını kaldırdı.

Gawain insan haliyle de, kurt haliyle de çok yakışıklıydı. Bir şair gibi kaşlarını çatardı. Onun hafif karamsar mizacını neşeyle taklit ederdi. Kara kara düşünse de gülümserdi. Daha önce Kalix gibi onu kolayca güldüren biriyle tanışmamıştı.

Birden ve dehşet verici bir şekilde, bir bıçak havada fırladı ve Gawain'in sırtına saplandı. Gawain öne doğru eğildi. Kalix onun kalbinden çekilen kanın kokusunu alabiliyordu. Daha da kötüsü, Gawain'e saplanan bıçağın gümüş olduğunu ve onu öldüreceğini seziyordu.

"Sana bu terbiyesiz yavru kurt adamdan uzak durmanı söylemiştim." Dere kenarının karanlığında beliren Thane hırlıyordu.

Gawain'in atalarından biri insandı. O, yavru kurt adam değildi. Doğuştan safkan kurt insanlar kadar güçlü ve vahşiydi. Ama Thane'in fırlattığı gümüş hançer onun için öldürücüydü. Kalix, Gawain'in kollarında ölüyor olduğunu hissedebiliyordu.

Çığlık attı. Sonra dar sokakta uyandı. Genç kurt kız şimdi o kadar zayıf ve zihni o kadar karışıktı ki, rüya gördüğünü fark etmesi uzun zamanını aldı. Ama rüyanın dehşeti onu bırakmayacaktı. Tekrar bilincini kaybederken, Thane'in sevdiği adamı öldürmekte olduğunu görebiliyordu.

"O ölmedi!" demeye çalıştı. "O ölmedi, o sadece gitti."

Ama Kalix, Gawain öldü mü, yoksa sadece gitti mi, hatırlayamıyordu. Kafa karıştırıcıydı. Afyon ruhunun etkisiyle gördüğü rüya, duyularını hâlâ hâkimiyeti altına alıyordu. Hareket etmeye çalıştı, ama enerjisi yoktu. Zihni yavaş yavaş açılırken ölmenin çok da kolay bir şey olmadığını anlıyordu. İçindeki kurt çok güçlüydü. Yaralarının onu öldüreceği kesindi. Ama bunun uzun ve zor bir süreç olacağı anlaşılıyordu. Kırılan kaburgalarının acısıyla titreyerek, biraz daha kan tükürdü. Sonra başka bir karanlık rüyanın içine daldı.

40

MacRinnalch kabilesinde yüzlerce kurt insan vardı ve Thane'e bağlılıklarını gösteren yüzlercesinden daha fazlası vardı. MacRinnalchlar şu anda Britanya'da hayatta kalmayı başaran tek kurt insan kabilesi değildi. Ama onlar en güçlüleriydiler ve en köklü olanlarıydılar. Kabilenin birçok üyesi ya kalede ya da etraftaki topraklarda yaşıyorlardı. Ama bazıları dünyanın başka yerlerine yerleşmişlerdi. Avusturalya'da, Amerika'da, Kanada'da, Yeni Zellanda'da, İskoçların geçmiş olduğu yer kürenin her yerinde MacRinnalch toprakları vardı. Şimdi eve geliyorlardı. Thane'in cenaze töreni, dünyanın her yerinden MacRinnalchları topluyordu. İki gün içinde topraklar, ölen Thane'in yasını tutmak ve yenisinin tahta çıkmasını kutlamak için gelen kurt insanlarla dolmuş olacaktı.

Yeni Thane'i seçmek Büyük Konsey'in sorumluluğuydu. Konseyin on yedi üyesi vardı. Dulupia, Verasa, Sarapen, Markus, Thrix, Kalix, Tupan, Dominil, Kurian, Marivanis, Kurtal, Lucia, Butix, Delix, Baron MacAllister, Baron MacGregor ve Baron MacPhee.

Ulu anne Dulupia, ölen Thane'in annesiydi. Tupan, Thane'nin üç küçük kardeşinden en büyüğüydü. Dominik, Tupan'ın kızıydı. Kurian, Thane'in en küçük kardeşiydi. Marvanis, Kurian'ın kızıydı. Kurtal da onun oğlu. Lucia, Verasa'nın küçük kardeşiydi. Butix ve Delix, Thane'nin, eşiyle birlikte birkaç yıl önce ölen ortanca kardeşi Marvis'in kızlarıydılar. Üç asilzade Baron MacRinnalch MacAllister, Baron MacRinnalch MacGregor ve Baron MacRinnalch MacPhee, yönetici ailenin üyeleri değildiler. Ama onların kabileleri herhangi birinin hatırlayacağından çok daha uzun süredir büyük konseyde temsil ediliyorlardı.

Bu on yedi üyeden, on dördü şu anda MacRinnalch kalesinin kalbindeki büyük kubbeli odada, devasa salonda oturuyorlardı. Eksik olan üç üye Kalix, Beauty ve Delicious'dı. Thane'in tabutu yan odadaydı. Cenazesi yarından sonra kaldırılacaktı. Tören yeni kabile lideri tarafından yönetilecekti. Yeni kabile lideri büyük konseyin çoğunluğu tarafından seçilmek zorundaydı ve dokuz oy alması gerekiyordu. Kaledeki veraset normalinde Thane'den en büyük oğluna geçmiş olsa da, formalite bu değildi. Konseyin görünürdeki varisi reddedip, başka birisini seçtiği birçok vaka vardı. Bu vakaların her birinin sonucunda gruplar arasında kanlı savaşlar olmuştu.

Uzun taş salonun bir köşesinde, dev bir odun ateşi yanıyordu. Kabile bayrakları duvarı süslüyordu. Meşaleler, büyük ve yuvarlak meşe ağacından yapılmış masada oturan kurt insanların üzerine titrek bir ışık yayıyordu. Hiçbir hizmetçi onlara katılmıyordu. Böyle önemli bir toplantıya katılmak onlar için yasaktı. Konsey üyeleri dışında, toplantıya katılan tek kurt insan, görevlerinden biri konseyin bütün tutanaklarını kayda geçirmek olan, saygıdeğer yönetici, kabile sekreteri Rainal'dı. Her bir kurt insanın önünde, kristal bir viski sürahisi, bir de kabile topraklarından gelen kaynak suyu sürahisi vardı. Gece yarısıydı. Toplantı yeni başlamıştı. Kurt insanların çoğu kurt halindeydi. Ama bazıları insan halini koruyordu. Thrix meşale ışığında parlayan altın sarısı saçlarıyla insan halinde oturuyordu. Ama masanın karşısında işe bir an önce başlamak için heveslenen Sarapen, iri ve siyah bir kurt insana dönüşmüştü. Başını Ulu Anne Dulupina'ya çevirdi. Dulupina öyle heybetli bir yaşın kurduydu ki, odasının eşiğinden nadiren ayrıldı.

Dulupina artık güçlü değildi. Saçları griydi. Kurt insan haliyle bile kırılgan görünüyordu. Büyük ateşe en yakın oturan kendisiydi. Ama öyleyken bile bacakları koyu yeşil, MacRinnalch ekose kumaşından dokunmuş yünlü bir battaniyeyle örtülüydü. Sesi yumuşaktı. Oğlu öldüğünden beri çok az konuşmuştu. Oğlunun ölümü korkunç bir felaket olmuştu. Dulupina, bu ölümden Kalix'i sorumlu tutuyordu. Çünkü Thane onun vahşice saldırısından sonra hiç iyileşememişti.

Tupan ve kızı Dominil, alçak sesle birbirleriyle konuşuyorlardı. Ulu anne bir süre onlara baktı. İkinci oğlu Tupan, onun için her zaman, neredeyse Thane kadar gurur kaynağı olmuştu. Bir kurt insan olarak güçlü, dürüst ve gerçek bir MacRinnalch'dı. Kızı Dominil'e gelince, o farklıydı. Dominil insan olarak da, kurt olarak da oldukça çarpıcıydı. Bembeyaz saçlı bir albinoydu. Sık sık kalenin zemininde zıplayan albino tavşanlarından farklı olarak, gözleri pembe değil, siyahtı.

Dulupina, torununun düşüncelerinin tam olarak ne olduğundan hiçbir zaman emin olamamıştı. Dominil hiç kimseyle yakın değildi. Bir keresinde onun Sarapen'le ilişkisi olduğuna dair bir dedikodu yayılmıştı. Ama bu doğruysa bile bundan bir şey çıkmadı. Dulupina onların arasında hiçbir yakınlık belirtisi görmemişti. Aralarında bir şey varsa bile bunun, önemsiz bir husumet olduğu görülebiliyordu. Odaya girdiklerinde bile sadece kısa bir selam verdiler birbirlerine. Sarapen sürekli kalede oluyordu, ama Dominil ziyaret sırasında onunla nadiren karşılaşıyordu.

Büyük ve şişman bir adam olan ve kurda dönüştüğünde daha da şişman görünen Baron MacPhee, işaret verir gibi Dulupina'nın olduğu tarafa doğru öksürdü. Dulupina gülümsedi. Baron MacRinnalch MacPhee çok eskiden beri iyi bir arkadaş ve yardımcıydı. Dulupina onun mesajını aldı. Ziyafet salonunda kızaran geyikler vardı ve bir an önce toplantıyı bitirip yemeğe başlamak istiyordu. Dulupina, Kurtların Hanımefendisi'ne doğru baktı. O da Rainal'a baktı.

"Toplantıya başlayacağız," dedi kabile sekreteri.

Salona sessizleşti. Kurtların Hanımefendisi Verasa kurt insana dönüştü.

"Yeni kabile liderini seçmenin zamanı geldi!" dedi Rainal.

41

"Kabile liderliği için kim aday gösterecek?" Birkaç saniye bir sessizlik oldu. Sonra Baron MacPhee konuşmaya başladı.

"Ben, Sarapen MacRinnalch'ı aday gösteriyorum."

Bu iyiydi. Teklifin yönetici ailenin bir üyesi yerine, kabilenin soylu destekleyicilerinden gelmesi uygundu. Baron MacPhee, Thane'in eski ve çok iyi bir arkadaşı, aynı zamanda refakatçisiydi. Masanın çevresinde görüş birliği fısıltıları vardı. Baronlar kabilenin yeni şefi olarak Sarapen için bardaklarını kaldırmaya hazırlanıyorlardı.

"Teklifi kabul ediyorum," dedi Sarapen. Doğru olan tek cevap buydu.

"Başka bir teklif var mı?" Usulün bir gereği olarak, soruyu soran Rainal'dı. Birkaç saniye daha sessizlik içinde geçti. Köşedeki ateş cazırdıyordu. Sarapen doğruldu. Daha sonra sanki Sarapen'i huzursuz etmek için o anı bekliyormuş gibi Dominil konuşmaya başladı.

"Ben, Markus MacRinnalch'ı aday gösteriyorum," dedi.

Biraz daha yüksek sesli mırıldanmalar oldu. Sarapen yerine oturdu. Sert bakışlarla Dominil'e baktı. Bembeyaz yelesi hâlâ omuzlarından aşağıya dökülen insan halindeki Dominil, siyah gözlerini ona dikerek karşılık verdi. Bu gecikme onu sinirlendirse de Sarapen henüz endişeli değildi. Dominil'in söylediklerine de çok fazla şaşırmamıştı. Sarapen ve Dominil'in geçmişinde, şu anda aralarındaki soğuk ilişkiye neden olan bir şeyler vardı. Sarapen onun nefretini göstermesi için bu toplantıyı seçmesine şaşırmıştı. Elbette bu hiçbir sonuç getirmeyip sadece onun utanmasına sebep olacaktı, ama buna katlanabilirdi. Rainal'in konuşmasını bekledi.

Rainal, Markus'a bakarak, "Adaylığı kabul ediyor musun?" diye sordu.

Sarapen bir an için onun bunu sorduğuna inanmadı. Markus sakince biraz önce kardeşinin söylediği kelimelerinin aynısını tekrar edince iri kurt adam afalladı.

"Adaylığı kabul ediyorum."

Masadaki mırıltılar yükselmeye başladı.

"Kabul mü ediyorsun?" Sarapen hırlıyordu.

"Evet, ediyorum."

"Sana kimin oy vermesini umuyorsun?" dedi Sarapen kızgınca. Öfkesi açığa çıkmaya başlıyordu bile. Markus cevap vermedi. Baronlar huzursuz görünüyordu. Oylamaya ihtiyaç olacağını düşünmemişlerdi.

Verasa sessiz kaldı. Tupan'ın kızının Markus'u aday göstermeyi planladığını biliyordu. Versasa bir süre önce bunu kendisi önermişti. Dominil'in, Sarapen'e öyle bir nefreti vardı ki, ikna olması zor olmamıştı.

Şimdi konuşma zamanı değildi. Yapılması gereken bütün planlar, kampanyalar veya çekişmeler konsey odası dışında yapılırdı. Burada sadece oylama yapılacaktı. Kabile sekreteri kaşlarını çattı. O da bunu beklememişti. Toplantının kin gütmeden bitebilmesini umuyordu.

"Sarapen MacRinnalch'ı destekleyenler lütfen ellerini kaldırsınlar!" Rainal oyları saydı.

"Markus MacRinnalch'ı destekleyenler?"

Kurt insanlar huzursuz bir sessizlik içinde otururken sekreter tekrar sayım yaptı.

"Ve çekimser kalanlar?"

Kükreyen ateşin dışında duyulan tek ses, duygularını kontrol etmeye çalışan Sarapen'in ağır nefesiydi.

"Sarapen MacRinnalch için yedi oy ve Markus MacRinnalch için beş oy var. Bunun dışında iki çekimser oy mevcut. Konseyin üç üyesi eksik! Büyük konseyin hiçbir üyesi gereken dokuz oyu alamadığı için MacRinnalch kabilesi kanunlarına uygun olarak yeniden oylama yapılacağını bildiriyorum."

Sarapen kızgın bir şekilde asaya yumruğunu vurdu.

"Bana karşı gelme cesaretinde bulundun!" Küçük kardeşine bağırıyordu. "Buna pişman olacaksın!"

Markus ifadesiz bir şekilde oturmaya devam etti, ama yılmadı. Sarapen gözlerini annesine çevirdi. Kendini kontrol etmek için çabaladı. Bu rekabeti onun organize ettiğini biliyordu. Bizzat kendisi ona karşı oy kullanmıştı. Yani büyük oğlu Sarapen'e karşı! Bu inanılmazdı! Kızgınlığını kontrol edemeyen ve şiddet kullanmaya başlayacağından korkan Sarapen sandalyesini geriye doğru fırlattı ve odayı terk etti.

Sarapen'e oy veren yedi kişi, Sarapen'in kendisi, Kurian, Kurtal, Marvanis ve üç Barondu. Markus'a oy veren beş kişi, Verasa, Tupan Dominil, Lucia ve Markus'du. Thrix çekimser kalmıştı ve açıklanamaz bir şekilde Ulu Anne Dulupina da öyle!

42

"Başka pop-tart yok mu?" diye sordu Ateş Kraliçesi.

"Şey... Şimdi Kalix'i aramamız gerekmiyor mu?" dedi

129

Moonglow.

Dudakları muhteşem görünen Ateş Kraliçesi her zaman yapmaktan zevk aldığı gibi dudaklarını büzdü. Malveria birkaç kat ruj sürmeden sarayını terk etmezdi. Bugün bir kat Rus kırmızısıyla örtülen koyu mor rengini kullanmıştı ve bunun yarattığı dramatik etkilerden memnundu. Daniel'e baktı.

"Genç kurt kızı bulmak için acele etmek istiyor musun?"

Daniel, Moonglow'un ona doğru imalı bir bakış yönelttiğini gördü.

"Sanırım aramalıyız. Ne de olsa yeni bir kolye bulmak için bu kadar zahmete katlandın."

Malveria başı ile onayladı. Bu doğruydu. Çok zahmete katlanmıştı. Kalix'in yaşayıp yaşamadığını umursamasa da, kolyeyi kullanmamak savurganlık olacaktı.

"O halde hadi, ava çıkalım!"

Malveria, bir kurt insan kurda dönüştüğü zaman, eğer avcı yeterince hassas ise, onun kokusunun izini sürmenin mümkün olduğunu Daniel ve Moonglow'a çoktan açıklamıştı.

"Ve ben de çok hassasım. O tekrar insana dönüşmüş olsa bile, kokusunun etkisi kalacaktır. Genç adam, umarım bir araban vardır."

Daniel başını salladı. "Genç adam" hitabından hoşlanmadı, özellikle de Malveria ondan birkaç yaş büyük görünüyorken. Ama buna katlanmaya hazırdı. Malveria dillere destan bir güzelliğe sahipti ve sesi egzotik bir müzik aleti gibi yumuşak ve tatlıydı. Daniel onun birçok şeyine katlanabileceğini hissediyordu.

Ateş Kraliçesi daha önce arabaya binmişti, ama bu hâlâ

onun için Moonglow'un ön koltuğu alabileceğinden endişeleneceği kadar yeniydi. Ön koltuğu kendisi almak için acele etti. Daniel kontak anahtarını çevirdi. Ateş Kraliçesi pencereyi açmaya çabaladı. Daniel yardım etmeye için ona doğru eğilince Malveria kıkırdadı. Arka koltuktaki Moonglow kaşlarını çattı. Yabancı bir boyutun güçlü yöneticisi için, Malveria işine geldiği zaman oldukça beceriksiz olabiliyordu.

Malveria, gri Londra sokaklarında yavaşça ilerlerken, "Ne kadar eğlenceli!" dedi. "Bir kurt insan avındayım. Krallığımda, tıpkı eski zamanlarda olduğu gibi. Ama tabi o zamanlar kurt insan avlayan herhangi bir Hiyasta, o kurt insanı öldürmeye çalışıyor olurdu. Ne kadar ilginç ki ben, birinin hayatını korumak için arıyorum."

"Hiyastalar ve kurt insanlar birbirleriyle kavga ederler miydi?" diye sordu Moonglow.

"Bir zamanlar öyleydi"

"Neden?"

"Son zamanki sebepleri biraz belirsiz! Ancak peri kraliçenin ev sahipliği yaptığı bir düğünde aramızdaki husumet daha da kötüleşti."

Bu konu Moonglow'u heyecanlandırdı.

"Gerçekten peri bir kraliçe var mı?"

"Evet, hem de bir sürü!"

Malveria ayrıntılara inemeden önce bir şey dikkatini çekti ve sert bir şekilde sol tarafa baktı.

"Bu taraftan," dedi. "Onu sezebiliyorum!"

On dakika kadar ilerlediler. Ateş Kraliçesi'nin bütün odağı avdaydı. Moonglow ise endişelenmeye başlıyordu.

"Hastanelere bakmalı mıyız?"

"Eğer hastaneye götürüldüyse kesin ölür!" dedi Ateş Kraliçesi.

"Neden?"

"Kanları farklı. Bir kurt kızı, insanların hastanesinde iyileştiremezsin. Ona verdikleri herhangi bir şey Kalix'i zehirler.

Malveria, Daniel'ın bacağına dokundu.

"Burada dur."

"Duramam. Park etmek yasak!"

"Burada dur!"

Daniel durdu.

"Şuradaki ara sokakta!" dedi Malveia. Karanlık ve dar olan geçidi gösteriyordu. Soğuk kış havasında titreyerek, hızlı bir şekilde ara sokağa doğru gittiler.

Kalix'i bulduklarında neredeyse ölü gibiydi. Üşümüş ve taş kesilmiş bir şekilde kirli sokağın en sonunda yatıyordu. Ufacık bir hayat belirtisi keşfetmeden önce Ateş Kraliçesi onun donmuş vücudunu dikkatle incelemek zorunda kaldı.

"Ama çok yakında ölür!"

"Ne yapacağız?"

Malveria omuz silkti. Yapılacak bir şey yoktu. Birkaç dakika içinde hayatı tükenip bitecekti. Sonuç buydu.

"Belki de daha fazla pop-tart yiyebiliriz," diye bir öneride bulundu Malveria. Moonglow ona sert bir şekilde baktı.

"Senin hiç duygun yok mu?" dedi sertçe.

Malveria şaşırdı. Kendisine karşı böyle bir ses tonunun kullanılmasına alışık değildi. Sert bir karşılık vermeye başladı. Başladı ama Moonglow onu dinlemiyordu. Hızlı bir şekilde Kalix'in üstündeki kutuları çekiyordu. Daniel'a kurt kızı arabaya taşımak için yardım etmesini söyledi.

"Ama ölecek!" dedi Malveria alçak bir sesle.

"Hayır, ölmeyecek!" dedi Moonglow. "Onu eve götüreceğiz. İyileşecek!"

Malveria onunla görüş birliğinde olmasını umarak Daniel'e baktı. Durum oldukça umutsuzdu. Çünkü Daniel, Moonglow'a yardım etmekle meşguldü. Malveria, Daniel'ın Moonglow'a aşık olduğunu ilk defa o anda fark etti. Üstelik Moonglow'un başka bir gençle ilişkisi olduğunu biliyordu. Keyfi yerine geldi. Bu gerçekten çok eğlenceliydi.

"Pekâlâ," dedi. "Eğer onu eve götürmeyi istiyorsanız!"

Malveria bir şeyler mırıldandıktan sonra birkaç saniye içinde dördü de yeni binaya geri geldiler. Daniel'ın şaşkınlıktan ağzı açık kaldı. Biraz önce ışınlanmıştı. Hayat gün geçtikçe daha da enteresan oluyordu.

"Bunu nasıl yaptın?"

"Nasıl olduğu önemli değil," dedi Moonglow. "Kalix'i sıcak tutmak için bana yardım et! Yorgan getir ve sıcak su şişesi hazırla!"

Malveria gülüyordu.

"Sıcak su şişesiyle onun hayatını kurtarmayı mı düşünüyorsun?"

"Elimden gelenin en iyisini deneyeceğim."

Moonglow'u, Kalix'e yeniden hayat vermeye çalışarak, ümitsizce bileklerini ovarken izleyen Kraliçe tuhaf bir sancı hissetti. Bu kurt kız için bir sempati miydi? Kesinlikle hayır! Peki, şu kız için bir sempati miydi? Bu yine tuhaf olurdu. Malveria, Moonglow'u onunla sert bir şekilde konuştuğu için affetmemişti. Onun krallığında hiç kimse buna cesaret edemezdi. Ama görünüşe göre bu kız, Ateş Kraliçesi onu elinin bir hareketiyle yok edebileceği halde, onunla kızgın bir tonda konuşmakta kendini oldukça özgür hissetmişti.

'Belki bu da eğlencelidir,' diye düşündü Malveria. Bu kız ve onun güçlü ruhu çok ilgisini çekmişti. Sempatik bir kelime söylemeye yeltendi ve içten görünmek için elinden gelenin en iyisini yaptı.

"Kurt kız gerçekten ölecek, üzgünüm. Yardım etmen mümkün değil. Vücudunun birçok yerinde kırıklar var. Kemikleri ve iç organları parçalanmış. Artık işe yaramaz."

Moonglow'un gözleri doldu. Kendi yaşam gücünden ona sıcaklık vermek istiyormuş gibi Kalix'i kollarına aldı. Kalix soğuktu. Moonglow'un şimdiye kadar dokunduğu herkesten daha soğuktu. Derisi buz gibiydi. Burnunu ve ağzını çevreleyen kan katılaşmıştı ve siyahtı. Moonglow, Ateş Kraliçesi'ne bakmak için kafasını kaldırdı.

"Yardım edemez misin? Senin güçlerin var."

Ateş Kraliçesi hiçbir şey söylemedi. Daniel bir yorganla ve sıcak su şişesiyle geri geldi. Kalix ölürken ve Moonglow şimdi gözyaşları içinde onu kucaklarken, çaresizce durdu ve onları izledi.

"Su ve bez getir!" dedi Malveria aniden. Daniel hızlı bir şekilde hareket etti.

"Eğer bu kurt kıza yardım edersem bana pahalıya mal olacağını biliyor musun?" dedi Ateş Kraliçesi. "O şu anda çoktan ölüm yoluna indi. Kolay bir şekilde geri getirilemez. Ruhu, ölü kurt insanlar ormanındaki diğer ruhlarla iletişime geçmeye başladı bile. Güçlü olsam da, bu ormanların çok ötesine ulaşmak bana pahalıya mal olacak. Orada hoş karşılanan bir ziyaretçi olmayacağım. Bu çaba..." Malveria ne demek istediğini açıklamak için söyleyecek bir kelime aradı. İnsan dilinde bunu tam olarak anlatabileceği hiçbir şey yoktu. "Bu beni incitecek!" dedi sadece. "Ve zayıflatacak."

Moonglow biraz umutlanarak, "Ama daha iyi olacaksın!" dedi.

"Evet, iyileşeceğim. Ama acıyı unutmayacağım. Benim arkadaşım veya müttefikim olmayan bir kut kız için çekeceğim büyük bir acı bu!"

"Lütfen yardım et!" dedi Moonglow.

"Peki ya sen, benimle kızgın bir şekilde konuşan genç kız! Yardımım için bana ne vereceksin? Bana bu kadar şeye mal olacak bir işi, karşılığında hiçbir şey almadan yapmamı bekleyemezsin herhalde!"

Moonglow bir an Malveria'nın onun ruhunu isteyeceği gibi hoş olmayan bir düşünceye kapıldı. Ama Malveria'nın söylemeye çalıştığı bu değildi.

"Ama bir bedel ödemek zorunda kalacaksın!"

Ateş Kraliçesi, karşılığında bir şey almadan, geçici bir süre için bile olsa kendini zayıflatmaya niyetlenmezdi. Onun boyutunda usul böyle değildi. Eğer akranları onun karşılıksız bir iyilik yaptığını öğrenirlerse ne derlerdi? Üstelik de bir kurt kız için! Onunla alay ederlerdi. Bunun bir karşılığı olmalıydı. Malveria, Moonglow'un ona gerçek değeri olan bir şey vermeyeceğini biliyordu. Ama gelecekte ona biraz eğlence sağlayabilirdi.

"Genç adam, Daniel. O seni seviyor!"

Kalix'in hızla kayıp giden hayatıyla bunun hiçbir ilgisi yokmuş gibi görünse de Moonglow kendini bu durumu onaylarken buldu.

"Ama sen onu sevmiyorsun?"

"Hayır. Tabii ki hayır!"

"Ve hiçbir zaman sevmeyeceksin."

"Hayır. Biz sadece arkadaşız."

"Bence onu bir gün sevebilirsin!"

"Hayır," dedi Moonglow ısrarlı bir şekilde.

"Pekâlâ! Kalix'in hayatına karşılık, senin Daniel'a olan aşkın! Bu şu anlama geliyor: Eğer bir gün ona aşık olduğunu anlarsan, onu elde edemeyeceksin!"

Moonglow'un kafası karıştı. Bu bir bedel gibi görünmüyordu.

"Ama ben onu hiç istemeyeceğim. Daniel'a hiç aşık olmayacağım."

"O zaman ödeyecek bir bedelin olmayacak!" dedi Ateş Kraliçesi. "Şartlarımı kabul ediyor musun?"

Moonglow'un düşünmesine bile gerek yoktu. Kalix'in hayatını kurtarmalıydı ve hiçbir zaman Daniel'ın sevgilisi olmayı istemiyordu. Bu bir bedel değildi. Ya da Ateş Kraliçesi pazarlık yapma konusunda pek iyi değildi.

"Kabul ediyorum."

"Pekâlâ," dedi Ateş Kraliçesi. "Kalix'in hayatını kurtarmaya çalışacağım. Ama unutma, ne hissedersen hisset, Daniel hiçbir zaman senin olmayacak."

Daniel şimdi elinde bir bez ve ılık suyla geri döndü. Malveria ona, Kalix'in ağzını yıkamasını söyledi. Daniel bunu elinden geldiği kadar dikkatli bir şekilde yaptı. Pıhtılaşmış kan, mide bulandırıcı bir şekilde akıyordu. Kanın altındaki deri maviydi. Ateş Kraliçesi vücudun üzerine doğru eğildi ve dudaklarını birkaç saniyeliğine Kalix'in dudaklarına koydu. Başını kaldırdı ve birkaç kelime söyledi. Sonra dudaklarını tekrar kurt kızın ağzına dayadı. Bu sefer daha uzun kaldı. Odadaki hava soğuyor gibiydi. Malveria uzun süre Kalix'le irtibat halinde kaldı. Odada sessizlik hakimdi. Isı düşmeye devam ediyordu. Malveria başını geri çekti. Bir cümle daha söyledi. Sonra elini Kalix'in kalbine koydu. Moonglow endişeli görünüyordu. Ürperiyordu. Nihayet Malveria geri çekildi ve titredi. Kendini kontrol etmeye çalıştı. Kalix'in bedeninden uzaklaştı. Malveria'nın göz bebekleri küçücük noktalara dönüşmüştü. Yüzündeki renk çekilmişti. Sallanarak ayağa kalktı. Bütün enerjisini tüketmiş gibi gözüküyordu. Ayakta zor duruyordu.

"Yaşayacak! Şimdi gitmeliyim!"

Ateş Kraliçesi titrek bir ışıkla oturma odasında yavaşça gözden kayboldu. Normal hızıyla ışınlanmayacak kadar yorgundu. Daniel ve Moonglow, Kalix'e baktı. Daniel elini Kalix'in bileğine koyarak, "Isınıyor!" dedi.

Kalix ölü kurt insanlar ormanına gitmemişti. Yüzünün rengi geri geliyordu. Gözleri açık depşlde ama en azından ölü gibi görünmüyordu artık.

Moonglow, Malveria'nın onlara verdiği kolyeyi dikkatlice Kalix'in boynuna astı. Evet, Kalix şimdi güvendeydi. Daha sonra ılık suda biraz şeker eritti. Güç vermesi için karışımın birazını Kalix'in ağzına damlattı. Sonra onu yorganla sardı. Günün geri kalanında ve bütün gece yanında onun kaldı.

43

MacRinnalch kalesi öfkeyle kaynıyordu. Kurt insanlar oylamada bir neticeye varamadıkları için, her iki tarafta da memnuniyetsizlik ve öfke vardı.

"Annem hangi cesaretle bana karşı oy kullanır!" Sarapen kükrüyordu. Kurt haliyle kuzey kuledeki büyük taş odada dolanıyordu. Danışmanı Mirasen, yanında Decembrius'la birlikte Sarapen'in itirazlarını dinleyerek pencerenin yanında sessizce ayakta duruyordu.

"Bunu planladı. Şu fahişe Dominil'i bu işin içine o kattı. Lanet olsun ona! Kendi kardeşime de lanet olsun! Oraya gidip Kalix'in kalbini yerinden sökmeliyim!"

Mirasen sağduyulu bir kurt adamdı. Toplantıdan beri Sarapen'i sakinleştirmeye çalışıyordu. Eğer sonuca barışçıl bir yoldan varılabilirse kabile için çok daha iyi olacaktı.

"Toplantı yarın yeniden başlayacak!" diye belirtti Mirasen. "Yeterli oyu toplayacağız!"

Fakat Sarapen sakinleşmedi. Veraset onun hakkıydı. Bir politikacı gibi oy için etrafı tırmalamayı takdir etmiyordu.

"O zaman oyları sen topla, Mirasen. Ama ondan sonra öcümü alacağım!"

Mirasen kullanılan bütün oyların listesini inceledi. Sarapen için oy kullananlarda şaşırtıcı olan hiçbir şey yoktu. Thane'nin en küçük kardeşi Kurian hiçbir zaman güçlü bir kurt adam olmamıştı. Ama hep gelenekçi olmuştu. Doğal olarak Thane'nin en büyük oğlunu destekleyecekti. Çocukları Kurtal ve Marvanis de öyle! Baronların desteği de umulduğu gibiydi. Onlar geleneklere herkesten daha çok bağlıydılar.

Sarapen annesinin, Markus'u desteklemesiyle dehşete düşse de, Mirasen aslında hiç şaşırmamıştı. Kurtların Hanımefendisi'nin küçük oğlu Markus'u çok uzun süre önce tercih etmiş olduğu açıktı. Markus'a oy veren diğer üçü, Tupan, Dominil ve Lucia'a gelince, aslında hiçbiri tuhaf değildi. Tupan'ın kendisinin, Thane'nin yerine geçmek için niyeti vardı. Dominil'in babasıyla aynı görüşte olduğu düşünülebilirdi. Zaten Sarapen'e olan nefreti herkes tarafından biliniyordu. Lucia, Verasa'nın küçük kardeşiydi. Muhtemelen Verasa ona hatırı sayılır bir rüşvet teklif etmişti.

Geriye iki çekimser oy kalıyor. Thrix ve Dulupina. Saygıdeğer Dulupina'nın neden çekimser oy kullandığı hakkında Mirasen'in hiçbir fikri yoktu. Ama çok gecikmeden sebebini öğrenecekti. Thrix'e gelince, O uzun bir zaman önce kaleden gitmişti. Muhtemelen her iki kardeşi için de güçlü bir tercihi yoktu. Mirasen araştırmalar yapacaktı ve oyu elde edilebilir mi öğrenecekti.

"Thrixle aranız nasıl?"

"İyi değil." Sarapen Thrix ile olan son karşılaşmasını anlattı.

"Talihsiz bir tartışma. Ama düzeltilebilir. Onunla konuşacağım."

İki gün içinde dolunay vardı. Bu gece kurt gecelerinin ilkiydi. Kaledeki herkes kurt insana dönüşmüş olacaktı. Bu üç kurt gecesinde MacRinnalch kurt insanları bir önceki gece oldukları gibi değildiler. Daha tutkulu ve daha az mantıklıydılar. Sarapen neredeyse hiç kimsenin oyunu umursamadığını hissediyordu. Rakiplerini öldürmek de ona uyardı.

44

Konferans salonunda oturan Daniel, işin iyi kısmını yaptığına ikna olmamıştı. Üniversitede *Athenlerin Timon*'u üzerine notlar alırken, Moonglow evde Kalix'e bakıyordu. Daniel'ın notları birkaç sıra karalamadan öteye geçmiyordu. Kapsamlı notlar! Moonglow ısrar etmişti.

"Bütün dersin notlarını tutmadan geri gelme!" demişti. "Ve kendi görüşlerini de ekleyebilir misin, bir düşün!" Bu ikinci söylediği bir şakaydı herhalde.

Bu Daniel için zordu. Yazı yazmaktan eli acımıştı. Konsantre olmak da zordu. Son birkaç günün olaylarını göz önüne alınca, anlaşılabilir bir durumdu bu. Kurt insanlar, elementler, ışınlama ve Kalix'i kurtarırken park etmenin yasak olduğu bir yere arabasını bıraktığı için, gerçekten pahalı bir park ücreti! Moonglow biletin parasını paylaşmıştı. Ama onun Daniel'dan daha çok parası vardı. Daniel'ın parası çıkışmamıştı. Moonglow'a, Kalix'e bakmak için onunla beraber evde kalmayı önermişti. Ama Moonglow bunu duymazlıktan gelmişti. İçlerinden biri derse gidip not almalıydı. Moonglow, Kalixi bırakamazdı. Bu da Daniel'ın gideceği anlamına geliyordu. Tabii ki de Daniel evde kalıp, hasta bir kurt kıza bakan kişi olamazdı. Monglow'un belirttiği gibi, o yeterince sorumluluk sahibi biri değildi. Bu inkâr edilemezdi. Zaten Daniel da etmiyordu. Şimdi kafasını sallayarak konsantre olmaya çalıştı. Jay'in bugün ziyarete gelip gelmeyeceğini merak ediyordu. Moonglow'un erkek arkadaşı Jay, Stonehenge'den dönmüştü.

Daniel içi acıyarak, 'Muhtemelen telefon açıp, yakışıklı ve ilginç olmakla biraz zaman harcaması gerekiyordur,' diye düşündü. Ve Moonglow'a, babasının nasıl Brezilya'da Britanya Büyük Elçisi olduğu ve ilk yıllarını yağmur ormanlarının yanı başında büyüyerek geçirdiği hakkında aptalca ve sıkıcı birkaç hikâye anlatacaktır. Bu adam tam bir sahtekâr!

Moonglow'un arkadaşı Alicia sadece birkaç koltuk ötede

oturuyordu. Çekici bir kızdı. Daniel için Moonglow kadar çekici değildi, ama başka birini kabul etmek zorunda olsaydı, bu kız onun ilk tercihi olurdu. Daniel ders bitince cesaretini toplayıp, onunla konuşmayı aklından geçirdi. Ama sonra bu fikrinden vazgeçti. Bu iyi olmazdı. Ya onu sıkardı ya da aptalca bir şey söylerdi. Muhtemelen her iki sonuç da gerçekleşirdi.

Moonglow şu anda Kalix'i çorbayla beslemeye çalışıyordu. Kalix direniyordu. Uyanmıştı. Hayatta olduğu için mutsuz olduğunu söylemişti. Ateşin önünde, umutsuz ve kasvetli bir halde yatıyordu. Su haricinde her şeyi reddediyordu. Moonglow odanın dışındayken de afyon ruhu alıyordu.

"Biraz çorba yemelisin," dedi Moonglow. Onu teşvik etmeye çalışıyordu. Yararı yoktu. Kalix çorba veya başka bir şey istemiyordu. Ateşin önünde, yatağın içinde kıvrılmış, ıstırap içinde yatıyordu sadece. Moonglow da bu duruma çok üzülüyordu.

"Artık güvendesin!" dedi. "Ateş Kraliçesi sana yeni bir kolye getirdi."

Kalix yeni bir kolyesi olduğu için hiçbir sevinç ya da minnettarlık belirtisi göstermedi. Her ne düşünüyorsa kendisine sakladı.

Moonglow astroloji çizelgesini inceledi. Dolunay iki gün içinde gelecekti. Kalix kurt insana dönüşecekti. O zaman ne olacaktı? Ne yemek isteyecekti? Belki de avlanmak isteyecekti. Moonglow biraz biftek alıp almamayı düşündü. Kurt insanlar biftek yer miydi? Belki de etlerini çiğ ve taze isterlerdi. Bu düşünce onu ürpertti. Ama Kalix kalmayı isteyebilirdi. Genç kurt kız gücünü geri kazanır kazanmaz yine ayrılmak isteyebilirdi. Sonra kesin ölürdü. Moonglow bu düşünceye dayanamadı. Kalix'i yaşatmakta kararlıydı.

45

Verasa ve Markus, hizmetçileri ve danışmanlarıyla, Verasa'nın hakimiyetinde olan uçsuz bucaksız kalenin batı kanadına çekilmişlerdi.

"Pekâlâ," dedi Verasa.

"Ben tatmin oldum," diye cevap verdi Markus.

Kurtların Hanımefendisi hoşnuttu. Genç oğlunun gizliden gizliye gözünün korkabileceğinden endişelenmişti. Ama Markus, Sarapen karşısında yılmadı. Zaten annesi hep bu yüzden ona hayran olmuştu. Toplantı bittiğinden beri Verasa çok yoğundu. Oylamada şansının yaver gittiğini biliyordu. Ulu Anne Dulupina'nın, Sarapen için oy vereceğini düşünmüştü. O çekimser kaldığına göre, belli ki görüşme için açık kalan bir kapı vardı. Verasa listesini gözden geçirdi. Dokuz oy gerekliydi ve sadece beş oyu vardı. Dört oyu daha nasıl bulacağını düşünüyordu. Bütün MacRinnalch kabilesi eski Thane'nin cenazesi için topraklarda toplanırken ve Verasa'nın konumu gereği yerine getirmesi gereken görevleri varken, oldukça zor bir işti bu.

Verasa, Markus'un beş oyunun güvende olduğunu hissediyordu. Tupan ve Dominil, Sarapen'i desteklemeyecekler. Lucia'ya gelince, Verasa küçük kız kardeşine, eğer Markus için oy verirse, o zaman Lucia'nın oğlu Decembrius'un büyük konseyde boşalacak olan yeri alabileceği sözünü vermişti. Bu yeri vermek Verasa'nın hakkıydı. Güçlü bir rüşvetti bu ve Lucia da bundan hoşlanmıştı.

Verasa'nın odasında başka bir dev ateş yanıyordu. Markus kurt insan haliyle olmasına rağmen, Veresa insan suretine dönüşmüştü. Kalenin dekorunun özelliklerinden biri olan eski meşe sandalyelerden birine oturdu.

"Dört oya daha ihtiyacımız var," dedi. "Baronlardan umutluyum."

Markus ise şüpheliydi. "Onlar her zaman Sarapen'i destekler!"

"Boş durmadığımı biliyorsun. Bu konu üzerinde çalışıyorum. Babanın ölümü böyle uygunsuz bir şekilde erken gelmeseydi, oylamadan önce onları kazanabilirdim bile! En azından ikisini! Baron McPhee babanın çok iyi bir arkadaşıydı. Bu yüzden her koşulda Sarapen'i destekleyecektir. Sarapen'in aynı Thane gibi olduğunu düşünüyor. Ama Mac-Rinnalch MacAllister modern bir kurt insan. Üstelik çok fazla borcu var. Ona reddemeyeceği bir miktarda para teklif ediyorum. Onun oyunu yarına kadar alabilirim. Böylece Sarapen'in de bizim de altı oyumuz olacaktır."

Verasa dudaklarını büzerek, "Kız kardeşin Thrix'le aranın iyi olmaması çok utanç verici!" dedi. Daha sonra da Markus'a baktı. "Aranızda ne geçti?"

Markus söylemeyecekti. Bu, Verasa'nın bilmediği, aileyi ilgilendiren çok az şeyden biriydi. Bu durum onu utandırıyordu.

"Annene söyleyemeyeceğin kadar kötü mü?"

Markus hâlâ sessizdi.

"Her neyse, onunla aranı düzeltmeyi denemelisin. Onun oyuna ihtiyacımız var!"

Verasa ateşin sıcağından uzaklaştı. Bir elinde bir bardak şarap, diğer elinde de listesi vardı. Bir sigara yakmak için şarabını bıraktı. Ara sıra içerdi. Konsantre olurken ona yardımcı oluyordu.

"İkimiz de dokuz oy alamazsak ne olacak?" diye sordu Markus.

"Ben cenaze törenini yöneteceğim ve kabilenin başı gibi davranmayı sürdüreceğim. Konseyin bir ay içinde yeniden toplanması söylenecek. Bir ay içinde çok şey başarılabilir. Unutma, konseyin bütün üyeleri toplantıya katılmış değil! Butix, Delix ve Kalix! Hepsi de oy verme yetkisine sahip."

Markus şaşırmış bir şekilde, "Anne, bu üçünden hiçbiri İskoçya'ya gelmez. Kalix hiç gelmez. Tutuklanma cezasına çarptırıldı," dedi.

"Doğru! Ama Butix ve Delix'in gelip gelmeyeceklerini kim bilebilir? Decembrius'un, Sarapen adına onları ziyaret ettiğini biliyorum. Ama Sarapen bu ikizlere ne teklif etmesi gerektiğini bilmiyor." Daha sonra sigarasını söndürdü. "Butix ve Delix, Londra'da bir şeylerin peşindeler. Belki de peşinde oldukları şeyi ben sağlayabilirim. Müzik grupları hakkında bir şey biliyor musun?"

Markus bu konu hakkında hiçbir şey bilmiyordu.

"O zaman öğrenmelisin. İnternete bak. Ben Dulupina'yı ziyaret ederken onlar hakkında bulabildiğin her şeyi bul ve Thrix'e cana yakın davranmaya hazır ol!"

46

Dünyanın çevresinde var olan çeşitli kurt insan avcılarından, Avenaris Guildler şimdiye kadar en usta olanlarıydı. Bin yıldan fazla bir süredir kurt insan avlamışlardı. Onlar için bu oldukça kutsal bir görevdi. Avenaris Guildlerin liderleri, MacRinnalch Kalesi'nin önemimin farkındaydılar. Bu kale şu an için saldıramayacakları kadar güçlüydü. Ancak topraklarda olup biten her şeyi yakından takip ediyorlardı. Dünyanın her yerinden muhbirleri MacRinnalch kurt insanlarının İskoçya'ya doğru genel bir hareket içerisinde olduklarını çoktan bildirmişlerdi bile. Bunun sadece tek bir anlamı olabilirdi.

"Thane öldü!" dedi Guildlerin yönetim kurulu başkanı Albert Carmichael. "Ve şimdi kurt insanlar onu görmek için eve gidiyorlar."

Guild üyeleri şimdi kaleye giderken bile kurt insanların yolunu kesmeye çalışmak gibi tehlikeli bir işin peşindelerdi. Kurt insanlarla karşılaşmak her zaman bir riskti. Güçleri ve vahşetleri o kadar muazzamdı ki, hiçbir insan çarpışarak onları alt edemezdi. Kurda dönüştüklerinde ise bu mümkün değildi. Gün ışığında kurda dönüşemedikleri zamanlarda durum farklıydı. Ancak Guildler insan hallerindeyken, bir kurt insana saldırmakta tereddüt ediyorlardı. Hedeflerinden emin olmak zorundaydılar. Eğer kurban, bir kurt insan değil de sadece insan çıkarsa, avcı mahkemede hiçbir şekilde kendini savunamazdı. Bir kişinin kurt insan olduğunu düşünmek, cinayeti işlemede bir savunma olamazdı. Bu yüzden, bu bir kurt insanın korkunç gücüyle karşı karşıya kalmak anlamına gelse de kurt insanlara geceleri saldırmak daha alışılmış bir durumdu. Gümüş bir mermiyi kurt insanın kalbine doğru ateşlemek onu öldürmenin en kesin yoluydu. Ama bu o kadar kolay değildi. Kalbi ıskalamak, bir avcının yapacağı son hataydı. Mermi kurt insanın yaralayabilirdi, ama öldürmezdi ve öfkeden deliye dönen hayvan daha sonra kendisine saldıranı parçalara ayırırdı.

Kurt insanların çok hızlı iyileşme güçleri vardı. Dünyanın dört bir yanında gümüş merminin vuruşunu hisseden ve hikâyeyi anlatan bir sürü kurt vardı.

Londra'daki karargâhlarında, Albert Carmichael, Avenaris Guildlerin yönetici kurulunun diğer altı üyesiyle beraber oturuyordu.

"MacRinnalch prensesi mi?" diye sordu Carmichael. Gerçekte doğru olmayan bir ünvanla Kalix'e gönderme yapıyordu.

"Hiçbir iz yok!"

"Kayıp mı oldu? Nasıl?"

Sebebi bilinmiyordu. Guild avcıları onu ele geçirmeye çok yaklaşmışlardı. Ama şimdi avuçlarından kayıp gitmişti. Kalix yine saklanmayı becermişti.

"Adamlarımıza, araştırmaya devam etmeleri talimatını ver!" dedi. Carmichael. "Soylu ailenin üyelerinden birini öldürmek için eşsiz bir şansımız var ve bunu kaçırmak niyetinde değilim."

Kurulun diğer üyelerinden biri, bir kurt insanın Toronto'dan uçakla ayrıldıktan sonra öldürüldüğü haberini verdi. Harika bir haber! Kötü haber ise geçen gün Avustralya'dan gelen bir kurt insan ailesine yapılan saldırıda avcılardan biri öldürülmüştü. Beklenilen bir durumdu bu. Bir keresinde yine buna benzer bir durumda her iki taraftan da daha fazla kayıp verilmişti.

"Belki de…" dedi üyelerden bir diğeri. "Belki de kurt prenses konusunda, Bay Mikulanec'i göreve çağırmanın zamanı gelmiştir."

Bay Carmichael birkaç saniye düşündü.

"Belki de! Bay Mikulanec bizimle birlikte olmak için uzun bir yoldan geldi."

Mikulanec, Hırvatistan'nın yerlisiydi. Burası kurt avcılarının çok olduğu Avrupa'nın merkezinde bir yerdi. Mikulanec kurt insanları avlayarak büyümüştü. Babası da öyle yapmıştı. Babasından öncekiler de! Guildler onun ününün farkında olsalar da, onunla çalışmak konusunda kararsız kalmışlardı. Kendi adamlarını kullanmayı tercih ediyorlardı. Ancak bu Hırvatın ortada olan yeteneklerini boşa harcamak utanç verici gibi gözüküyordu. Özellikle de böyle bir zamanda.

"Ona bundan bahsedeceğim," dedi Carmichael.

47

Kalix insanların evinde olmayı sevmiyordu, ama buradan ayrılmak için yeterli enerji toplayamamıştı. Hiç hareket edemiyordu. Genç kurt kız ölüme o kadar yaklaşmıştı ki, hayatta olmaya hakkı yoktu. Oranın sakinleri onu selamlamaya geldikleri bir sırada, Ateş Kraliçesi onu ölü kurt insan ormanlarından geri çevirerek son anda araya girmişti. Şimdi gökyüzüne bakarak ve Moonglow'un çorba teklifini görmezden gelmeye çalışarak ılık gaz ocağının önünde yatıyordu. İçinde hiç yaşam sevinci kalmamış gibi görünüyordu. Moonglow endişeliydi.

"Hâlâ hayatta olman harika, değil mi?" dedi. Sohbet etmek için bir bahane arıyordu. Kalix ise cevap vermiyordu.

"Ve yeni bir kolyen var!" diye ekledi Moonglow sevinçle. "Onu Ateş Kraliçesi getirdi. Kardeşinin moda evindeyken onunla tanıştık. Şimdi burada, yeni kolyenle güvendesin ve eminim ki, çok yakında bütün gücünü geri kazanacaksın."

Moonglow'un, Thrix'i ziyaret etmiş olduğu gibi rahatsız edici bir haber bile Kalix'i harekete geçirmek için yeterli değildi. Yüzünü ateşe döndü. Moonglow'un sesini duymamak için kulaklarını tıkamaya çalıştı. Fakat Moonglow yılmadı, görevine devam etti.

"Senin buraya çok uygun olduğunu düşünüyorum. Hiçbir şey yapmak zorunda kalmayacaksın. Demek istediğim, Daniel ve ben temizlik konusunda rahatsız insanlar değilizdir. Eğer oturma odasına birkaç kurt eşyası yaymak istersen bizim için sorun olmaz. Defterini yanında getirdin mi? Çok fazla şey yazıyor musun?"

"Sessiz ol!" diye hırladı Kalix.

Moonglow bunun bir gelişme olduğunu düşündü. Kızgın olmak, orada umutsuzca yatıp ölmekten daha iyiydi.

"Biliyorsun, yarın dolunay var."

"Eee?"

"Yani sen kurt insana dönüşeceksin."

Kalix bu akşam da kurt insana dönüşecekti. Ama bunu sinir bozucu Moonglow'a anlatma zahmetinde bulunmadı.

"Sana getirmemiz gereken özel bir şey var mı? Et gibi bir şey? Pizza için sipariş verebiliriz. Ama ben senin biftek yemek isteyeceğini düşündüm. Ben vejetaryanım. Et ile ilgili pek bir şey bilmem. Kasaba gitmem gerekiyor mu?"

Kendini umutsuz hissetmeye başlayan Kalix tekrar, "Sessiz ol!" dedi.

Moonglow gülümsüyordu.

"Sana kemikli et getireceğim. Arkadaş edinmek çok güzel, değil mi?"

"Hayır!" diye cevap verdi Kalix.

"Tabii ki çok güzel! Herkesin arkadaşa ihtiyacı vardır. Kurt insanların da farklı olmadığından eminim. Ben on yaşındayken hiç arkadaşım yoktu. İlkokuldayken herkes benim tuhaf olduğumu düşünürdü. Ama Goth kulüplerine gitmeye başlayınca bir sürü arkadaş edindim. Hiç Goth Kulübüne gittin mi? Hayır mı? Bence kurt kız olarak gitmelisin. Popüler olacağından eminim."

Kalix umutsuz bakışlarla Moonglow'a bakıyordu.

"Neden sessiz olmayı denemiyorsun?"

"Çünkü senin yaşamanı istiyorum."

"Ben yaşamak istemiyorum."

"Şimdi böyle düşünüyorsun," diye karşılık verdi Moonglow. "Ama birkaç gün sonra ne düşüneceğini kim bilebilir ki! Biraz çorba ister misin?"

"Hayır," dedi Kalix ve yüzünü tekrar ateşe döndü.

"Daniel biraz sonra gelir." Moonglow devam ediyordu. "Üniversitedeki bir derse gitti. Onunla aynı dersleri alıyoruz. Daniel'ı da çok seveceksin."

"Hayır, sevmeyeceğim."

"Seveceksin. Daniel'ı herkes sever. Çok iyi bir arkadaştır. Sanırım ondan kasaba gitmesini rica edebilirim. Eminim ki et bilgisi benimkinden daha iyidir. Çünkü bazen hamburger yiyor!"

Kalix yorganı başına çekti ve gözlerini kapatarak o anda ölü olmayı diledi.

Moonglow'un sürekli konuşuyor oluşu dayanılmazdı. Kendinden geçinceye kadar afyon ruhu içmeyi arzuladı Kalix. Ama o kadar az afyon ruhu vardı ki, şişeyi bitirme riskini göze alamadı. Genç MacDoig'i ziyaret edemeyeceği kadar zayıf olduğu zamanda bitirmeyi göze alamazdı.

"Hiyastaları sever misin?" Bu soru Kalix'i şaşırttı. Daha önce bir insandan Hiyasta kelimesini hiç duymamıştı. Kafasını biraz yana çevirerek, "Ne?" diye sordu.

"Ateş Kraliçesi, Hiyastalar ve kurt insanların hiçbir zaman arkadaş olmadıklarını söyledi."

"Doğru söylemiş," diye mırıldandı Kalix. "Aptal Hiyastalar!"

"Yanlış olan nedir?"

Aşağılayıcı bir cümle kuramayacak kadar kelime dağarcığından yoksun olan Kalix, "Onlar aptal!" diye tekrarladı.

"Ateş Kraliçesi senin hayatını kurtardı," diye belirtti Moonglow.

"Bu sadece onun ne kadar aptal olduğunu gösterir," diye cevap verdi Kalix ve yorganın altına saklandı.

48

Daniel eve geldiğinde bitkindi.

"Şoktayım!" dedi. "Sen bana neler olup bittiğini anlatmadığın zaman üniversitenin ne kadar zor olduğunu hiç fark etmemiştim."

"Notları getirdin mi?"

"Kapsamlı notlar. Görünüşe göre Timon, Atina'da pek mutlu değilmiş. Nedenini biliyorsundur zaten. Kurt kızımız nasıl?"

"Uyuyor. Onu kızdırıyordum."

"Anlamadım!"

"Orada öylece yemek yemeden ve iyileşmek için herhangi bir çaba göstermeden yatıyor. Eğer onunla yeteri kadar konuşursam bunun biraz tepkiye neden olabileceğini düşündüm. Onu kızdırmamın sebebi biraz olsun canlanmasını sağlamaktı."

"Ya da bize saldırması için onu kızdırıyordun," dedi Daniel. "Yani bu kurt insanlar konusunda çok rahat bir tavır takınıyorsun. Önce gelip bizimle yaşamaları için ısrar ediyorsun. Sonra da kurt kızı kızdırmak için kasıtlı bir politika uyguluyorsun. Çok tehlikeli!"

Ateşin önünde uyuyan Kalix'e baktılar.

Daha sonra, "Çok cansız görünüyor," diye itiraf etti Daniel. "Pekâlâ, eğer yardımcı olacağını düşünüyorsan, onu biraz daha kızdırsan iyi olur sanırım."

Moonglow çayı hazırladı ve tost makinesine biraz ekmek koydu.

"Alicia bugün dersteyken bana yakın bir sırada oturuyordu," dedi Daniel. "Onunla konuşacaktım ama cesaretim yoktu."

Moonglow anlayışlı bir insandı. Daniel'ın kızlara karşı olan utangaçlığını biliyordu. Elinden geldiği kadar onu cesaretlendirmişti, ama şimdiye kadar bunun hiçbir yararı olmadı.

"Onunla konuşmalıydın. Alicia gerçekten çok hoş bir kız. Ayrıca erkek arkadaşından da yeni ayrıldı. Bence bu en uygun zaman."

"Başlangıcı benim için sen yapar mısın?"

"Ben zaten sizi tanıştırdım."

"Ya unuttuysa?"

"Üniversitedeyiz," dedi Moonglow. "Diğer öğrencilerle konuşmak oldukça normal! Bunu kişisel gelişim olarak düşün!"

"Ben bunu büyük bir utanç potansiyeli olarak görüyorum," dedi Daniel. Tostuna yağ sürerken umutsuzca bakıyordu. "Kızlarla ne konuşacağımı hiç bilmiyorum."

Moonglow ona bakarak gülümsedi. Zavallı Daniel! Gerçekten bir kız arkadaşa ihtiyacı vardı.

Daniel meraklı bir şekilde, "Sence müziği seviyor mudur?" diye sordu. "Onunla konuşmak için iyi bir konu, değil mi?"

"Eğer olumsuz bir cevap vermezse, konu oldukça uygun. Bu ihtimal de var. Müzikten hoşlanmayan birçok kızla karşılaştım. Böyle durumlarda sohbete devam etmek her zaman zor olmuştur."

Daniel'ın ağır metal zevki, Moonglow'un Kate Bush sevgisinden oldukça uzak olmasına rağmen, 1790'lerin rock müzik heyecanını ortak bir şekilde paylaşıyorlardı. Bu, arkadaşlıklarına çok yardımcı oluyordu. Gece geç saatte, otuz yıl öncesine ait gözde bir albümü dinleme konusunda her zaman anlaşabilirlerdi.

"Bu akşam Kalix'e bakmayı kabul ediyor musun?" Soruyu soran Moonglow'du.

"Ben mi? Neden? Sen nereye gidiyorsun?"

"Jay'in evine. Onun buraya gelmesini istemiyorum. Kalix buradayken bu doğru olmaz. Bir süre için bunu gizlemeliyiz, en azından o daha iyi hissedinceye kadar."

Moonglow'un erkek arkadaşını ziyaret edeceği düşüncesi her zamanki gibi Daniel'ın canını sıktı.

"Stonehenge'de ne yapmış?" Önemli yeni keşifleri var

mı? Belki de bazı düzeltmeler yapmıştır?"

"Hayır, oraya sadece kamp için gitti ve yıldızlara baktı. Onunla telefonda konuşurken sesi gerçekten ilham almış gibi geliyordu."

Daniel, yıldızlardan ilham alan Jay hakkında söylemek istediği birçok iğneleyici kelimeyi yuttu. Jay'e olan büyük nefretini Moonglow'dan saklarsa daha iyi olacağını düşündü. Ama tabii ki bunu yapmayı başaramıyordu bir türlü.

Moonglow, ateşin yanında huzursuzca uyumakta olan Kalix'i bırakıp, duş almaya gitti. Banyoda en sevdiği kokulu mumlardan birini yaktı. Kalix'in ıstırabının asıl kaynağının ne olabileceğini merak ediyordu. Eğer Kalix, Moonglow'un tanıştığı tek kurt kız olsaydı, kurt kız olmanın bir insanı mutsuz etmek için tek başına yeterli olduğunu varsayabilirdi. Ama belli ki bu durum öyle değildi. Thrix içten içe azap çekiyor gibi görünmüyordu. Hatta tam tersini yansıtıyordu. Eğer Thrix örnek alınacaksa, kurt insan olmak büyük ihtimalle kederli olmamak demekti.

49

MacRinnalch kalesinin duvarları, böylesine bir hareketliliğe ev sahipliği yapmayalı uzun zaman olmuştu. Gri sabah ışığı, pozisyonlarını en iyi nasıl geliştireceklerini düşünen her iki taraf için de, konuşma, entrika, tehdit ve rüşvetle dolu bir güne merhaba dedi. Çok fazla vakit yoktu. Büyük

Konsey gece yarısı yeniden toplanacaktı. Bunu takip eden gece, Thane'nin cenaze törenine ayrılacaktı. Eğer konsey o zamana kadar bir sonuca varamazsa tören, Kurtların Hanımefendisi tarafından yönetilecekti. Eğer bu gerçekleşirse, herkes Büyük Konsey'in yeni kabile liderini seçemediğini anlayacaktı. Gelecek konsey toplantısına kadar en azından bir aylık bir erteleme olacaktı. Bu kabile için hiç de iyi olmayacaktı.

"Kabile beklemek zorunda kalacak!" dedi Verasa. "Geleneği bir kere bozdum ve bunu bir kere daha yapmak için hazırım."

Verasa, oğlu Markus ile birlikte kendi odasında oturuyordu. Odanın dev pencerelerinden gün ışığı içeriye doğru yayılıyordu. On üçüncü yüzyıldan kalan kale, pencere boşluğu için yeterince alan bırakılmayacak bir şekilde inşa edilmişti. Elli yıl önce odalardaki kasvetten sıkılan Verasa sol taraftaki pencereleri genişletmişti. Şimdi onun odası kaledeki en aydınlık ve en hoş olan odaydı. Bu, odayı savunma açısından daha az elverişli hale getiriyordu. Ama Verasa'nın bu genişleme işine hiç istekli olmayan Thane'e de belirttiği gibi, bugünlerde kaleye silahlı bir saldırıyı kimse beklemiyordu.

Verasa, Dulupina'yı görmeye gitmişti.

"Hâlâ istediği zamanlarda kısa ve öz konuşuyor," dedi Verasa. "Her neyse, onun oyunu hesaptan düşebiliriz."

Markus, Kurtların Hanımefendisi'ne manalı manalı bakıyordu.

"Tekrar ediyorum, onun oyunu hesaptan düşebiliriz. Onun isteklerini kabul etmeyeceğim. İhtiyacımız olan oyları elde etmenin başka bir yolunu bulacağım."

Ulu Anne Dulupin'a, Kalix'i adalet önüne çıkarmadığı için kabileye karşı çok kızgın olduğunu belirtmişti. Büyük

Konsey, genç kurt kızın kaleye geri getirilmesine karar vermiş olmasına rağmen, bu konuda hiçbir şey yapılmamıştı.

"Oğlumu öldürdü!" diye vurguladı Dulupina. "Kalix konusu halledilene kadar hiç kimseye kabile liderliği için oy vermeyeceğim."

"Diğer bir deyişle…" dedi Markus, "onun kalbini getiren, Dulupina'nın oyunu alır."

"Evet, öyle!" diye cevap verdi Verasa. Oğlunun sorgulayıcı bakışları karşısında Verasa oldukça sinirli bir şekilde konuşmaya devam etti: "En küçük kızımın öldürülmesini onaylamayacağım!"

"Onun ölümünü dilediğini duydum!"

"Belki bir kızgınlık anında, evet! Ama Ulu Anne Dulupina'ya veya başka birisine kızımın ölmesi gerektiğini söylettirmeyeceğim!"

Fakat Verasa bu durumun olumlu bir tarafını görebiliyordu.

"En azından Sarapen'e oy vermeyecek. Tekrar çekimser oy kullanacak. Bu da Sarapen'in, gerekli olan dokuz oyu almasını imkânsız kılacak."

Markus, Verasa'nın hesaplamaları konusunda şüpheliydi. "Ya Sarapen, Kalix'i öldüreceğine dair Dulupina'ya söz verirse? Onun için oy kullanmaz mı?"

"Sanmıyorum. Öyle olsa bile, bir oyu hâlâ eksik olacaktır. O oy da Thrix'e ait. Evet, şimdi suratını asabilirsin Markus. Kardeşinle aranın bu kadar kötü olması utanç verici! Sarapen'le de arası aynı derecede kötü olduğu için şanslıyız. Onun tasarımlarını yere fırlattığını biliyor muydun?"

"Evet, bunu yaptığında oaradaydım. Ya da hemen sonrasında!"

"O zaman sen de onları toplamalıydın. Thrix, kendi işine müdahale edilmesine asla tahammül edemez! Bu konuda ona saygı duyuyorum."

"Moda mesleğinin seni kızdırdığını düşünüyordum."

"Beni sadece aileden kendisini bu kadar uzaklaştırması kızdırıyor. Şimdi onunla arandaki anlaşmazlıkları gidermeye çalışmalısın."

Markus elinden geleni yapmaya söz verdi. Fazla da bir şey söylemedi. Bu gece, dolunaydan önceki gece olduğu için Markus, Konsey toplantısının bir öncekinden çok daha fırtınalı geçeceğini düşünüyordu. Verasa, oğlunun tedirginliğini görebiliyordu.

"Endişelenme! Dulupina ve Thrix, sana karşı oy kullanmaya karar verseler bile Sarapen dokuz oya ulaşamayacak. Çünkü Baron MacRinnalch MacAllister toplantıda olmayacak.

"Bunu nasıl başardın?"

"Beklenmedik bir şekilde hastalandı!"

Verasa ve Baron MacAllister gerekli olan borç konusunda anlaşmaya varmışlardı. Baron hastalığını bahane ederek kendi kalesine dönüyordu. Eğer seçim sonuçlanmazsa ve gelecek ay başka bir toplantının yapılacağı söylenirse, o zaman Markus'a oy verecekti. Kurtların Hanımefendisi şu an için durumu küçük oğlunun lehine çeviriyordu. Markus'a, ikizler hakkında bir şey bulup bulmadığını sordu.

"Anladığım kadarıyla bir grupları yok artık. Bir blog sayfasında nereye kaybolduklarını merak eden bir mesaj okudum. Bir de son sahnelerinden birinin eleştirisini okudum. Anlaşılan, tam bir faciaymış! İki kardeş de düşmüş! Hatta bir tanesi gitarını kırmış."

"Gitarını mı kırmış? Nasıl?"

"Üstüne atlamış!"

Verasa şaşırmıştı. "Gitarına kızmış mı? İşlevini yerine getirememiş mi?"

"Sanmıyorum."

"O zaman neden onu yok etsin ki?"

"Gösterinin bir parçasıydı muhtemelen…"

"Ne tuhaf!" dedi, kusursuz ve iyi bir enstrümanın yok edilmesine anlam veremeyen Verasa. "Öyle tabii ki! Çok fazla paraları var. Yenisini alabilirler. Ama sanki gerçek bir ilerleme kaydetmiyorlar gibi geliyor. Kırılan gitarlar ve sahneden düşmeler iyi bir prestij sağlamaz bence. Başarılı olmayı istediklerini varsayalım. Sence en çok neye ihtiyaçları vardır?"

Markus düşünmeye başladı.

"İşlerini yönetmesi için bir danışmana ihtiyaçları olur muhtemelen. Yani işi bilen ve sarhoş olmayan birisine!"

Kurtların Hanımefendisi bunu başıyla onayladı.

"Evet, katılıyorum. Bir menejere ihtiyaçları olabilir. Kurt insan olmayan birinin kuzenlerle yakından ilgilenmesi güvenli olmaz. Bu çok tuhaf olur. Kendilerini açığa çıkarıp, Avenaris Guildleri başlarına saracaklar diye çok endişelenirim. Ama bunu düşüneceğim. Bakalım bu menejerlik işine en çok kim uyar!"

O sırada kapı çalındı. Hizmetçi kızlardan biri, Dominil'in geldiğini söyledi. Verasa, Dominil odaya girerken oğlunun nasıl dimdik ayağa kalktığını fark etti. Bu oldukça doğal bir şeydi. Dominil odaya girdiğinde, kurt insan erkeklerinin çok azı, en iyi şekilde görünmeyi isteme dürtüsüne direnebilirdi.

50

Tupan'ın kızı Dominil güçlü bir akla sahipti. Tavırları soğuktu. Sesi sert değildi, ama İskoç aksanı bu sese herhangi bir sıcaklık katamazdı artık. Dominil klasiklerde ve felsefede iki dalda birden birincilik aldığı Oxford Üniversitesi'nde aksanını kaybetmişti. Sesinin nötr tonu onu kalede sivriltiyordu. Ama Dominil çıkık elmacık kemikleri, iri siyah gözleri ve uzun kar beyaz saçlarıyla zaten her yerde öne çıkardı. Yönetici ailenin soyundan gelen diğerleri gibi inceydi, ama biraz daha uzundu ve oldukça soğuktu. Verasa, Dominil'in bundan yedi yıl önce korulukta düşüp, bacağını kırdığı günü ve Dr. Angus MacRinnalch o kırığı muayene ederken çektiği acıya rağmen, iradeli bir şekilde ağlamayı reddettiğini ve hatta ürkmediğini hâlâ hatırlıyordu.

Dominil hayatının geri kalanında bu örneği takip etmişti. Oxford'a kabul edildiğinde sevincini göstermemişti. Hatta okulu dereceyle bitirdiğinde bile aynı şekilde sevincini hiçbir şekilde yansıtmamıştı. Hiçbir şey onun duygularını harekete geçirmiyor gibi görünürdü her zaman. Genç kurt kızlar sokakta her zaman güzellikleri yüzünden dikkatleri üzerlerine toplarlardı, ama Dominil fazlasıyla ilgi çekiciydi. Uzun boyu, beyaz saçları ve baş döndürücü güzelliğiyle kaldırımda uzun adımlarla yürürken, herkes dönüp ona bakardı. Dominil bu konuda ne düşünüyordu ya da bunun farkında mıydı, kimse bilmiyordu. Dominil'in düşünceleri hakkında hiç kimse herhangi bir şey bilmezdi. Gençliğini kalede geçirmiş, Oxford'da okumak için oradan ayrılmış ve dört sene sonra geri dönmüştü. Şimdi zamanının çoğunu kalenin doğu kanadındaki odasında kitaplarıyla ve bilgisayarıyla geçiriyordu. Hiç arkadaşı yoktu. Babası Tupan'la yakın görünürdü, ama bu yakınlığın herhangi bir sıcaklık içerip içermediği bir sır gibiydi.

Sarapen'le ilişkisi olduğu ya da en azından ona aşık olduğu ile ilgili söylentiler vardı. Şimdi birbirlerinden nefret ediyorlardı. Ama yine de Sarapen kaleye düzenli ziyaretlerinden birini yaptığında, Dominil hiçbir rahatsızlık belirtisi göstermezdi.

Verasa, Dominil'in zevklerinden bütünüyle habersiz değildi. Kalenin içinde veya çevresinde olanların çok azı ondan saklı kalırdı. Örneğin, Verasa, Dominil'in Oxford'ayken bir sürü insan sevgilisi olduğunu ve eve döndüğünden beri de bu alışkanlığı sürdürdüğünü biliyordu. Komşu kasabalardaki birçok genç adamla geçici ilişkileri olmuştu. Dominil bunu kimseye söylemiyordu. Hatta neredeyse bir sırdı bu. Verasa'nın meraklılığı haricinde tabi. Kurtların Hanımefendisi, Dominil'in genç erkeklerle olan ilişkilerinin niteliklerini merak etmeden duramıyordu. Onun bildiği kadarıyla, aslında hiçbiri ölmemişti. Ama birçoğu da ortalıkta gözükmüyordu. Aileleri onların bölgeyi terk ettiklerine inanıyorlardı. Ama Verasa onların kemiklerinin, MacRinnalch topraklarındaki bataklıkların dibinde yatıyor olabileceğinden şüpheleniyordu.

Markus, Dominil'den birkaç yaş büyüktü. Birbirlerine yakın olmasalar da araları iyiydi. Markus onu kibarca selamladı, hatırını sordu ve sonra da annesinin rica ettiği gibi Thrix'i ziyaret etmek için odadan ayrıldı.

Markus toplantı dışında kendisine emir verilmesinden pek hoşnut olmasa da, Dominil ile küçük bir konuşma yapmaktan kurtulduğu için sevinmişti. Onun arkadaşlığında rahatsız edici bir şeyler vardı. Bazen Dominil'in onu küçük gördüğü izlenimine kapılıyordu. Ama Dominil herkesi küçük görüyor olabilirdi.

Verasa, Dominil'e şarap teklif etti. Dominil de kabul etti. Şarabı ve kabile viskisini seviyordu.

"Kabile liderliğine Markus'u aday gösterdiğin için çok memnunum." Konuşan Veresa'ydı. "Eminim sen de Markus'un..."

Dominil elini kaldırarak, "Lütfen, ben Markus'u destekliyormuşum gibi davranmayalım. Onun kabile liderliği için hiç uygun olmadığını düşünüyorum. Ama Sarapen'e karşı çıkmaya devam etmeliyim," dedi.

"Pekâlâ. En azından nerede durduğumuzu biliyoruz," dedi Verasa. Yaklaşmakta olan dolunayı hissedebiliyordu. Heyecanının, sağduyusunu engellemesine izin vermiyordu. Kurt geceleri geldiğinde, Dominil'in de aynı heyecanı hissedip hissetmediğini merak etti. Muhtemelen hissetmiyordu. Kurt gecelerinin onu harekete geçirmediğini öğrenmek pek de şaşırtıcı olmazdı. Dominil kurt insana dönüştüğü zaman, muhteşem bir kar kurdu yelesiyle bembeyaz olurdu. Bu, kabilede nadiren görülen olağanüstü bir manzaraydı. Verasa, Dominil daha üç haftalıkken bunun yaşandığı ilk günü hatırlayabiliyordu. Bu kız, kurda ilk dönüştüğü zaman ve postunun beyaz olduğu anlaşıldığı zaman bütün aile ona hayran kalmıştı. Tupan çok sevinmişti. Bir albino kurt insan olmanın hiçbir şansız tarafı yoktu. Tam tersine, İskoçya'da beyaz kurt olmak iyiye işaret sayılırdı. Ama eğer Dominil bir şey için iyiye işaretse, bu şey henüz gelmemişti.

"MacRinnalch kalesinde kalmaktan herhangi bir endişe duyuyor musun?" Verasa bu soruyu Dominil'e sordu.

"Neden endişe duyuyum?"

"Çünkü Sarapen'le karşı karşıya gelmek rahatsız edici olabilir."

"Sarapen'den korkmuyorum," diye cevap verdi Dominil. "Ayrıca babam kaleye yakın olacak!"

Veresa, babasının orada olup olmayacağını merak etti. Tupan'ın ilgilenmesi gereken işleri vardı. Kurtların Hanımefendisi hiçbir şiddet olmayacağı konusunda Markus'la konuşurken iddia ettiği kadar emin olmadığını fark etti. Eğer Sarapen, Dominil'i ortadan kaldırırsa, bu onun için çok kötü olacaktı.

"Sarapen, Kalix'i öldürecek!" dedi Dominil ani bir şekilde.

"Kalix'i öldürmenin zor olduğu şimdiye kadar iyice kanıtlandı."

"Önceden bu kadar umursamıyordu. Şimdi Dulupina ne düşündüğünü açıkça söylediğine göre kesin onu öldürecek."

"Kalix onun kendi kardeşi!" diye vurguladı Verasa.

"Sarapen'i durdurmaz bu! Dulupina'nın oyunu istiyor. Unutma ki, senin büyük oğlun çok duygusuz."

Verasa, Dominil'e nispeten Sarapen'in daha duygusal olduğunu belirtmek istedi, ama sessiz kalmayı tercih etti. Dominil'i neyin motive ettiğini merak ediyordu. Dominil'in kendisiyle ilgili söylediğini hatırlayabildiği çok az şeyden birisi onun sıkıldığıydı. Bu, birkaç yıl önce üniversiteden tatile geldiği zamanlardaydı. Kurt kızların en zekisi ve en güzelinin halen can sıkıntısı çekiyor olması mümkün müydü? Verasa bunu da merak ediyordu.

Kapı çalındı. Verasanın hizmetçilerinden biri girdi.

"Gawain MacRinnalch, topraklarının uzak köşesinde görüldü, Hanımefendi!"

"Gawain mi?"

En beklenmedik şeydi bu! Gawain! Kalix'in eski sevgilisi! Üç yıldır Gawain'i hiç kimse görmemişti. Thane onun MacRinnalch topraklarına girmesini yasaklamıştı. Kalenin yakınına gelerek, kabilenin elinde öldürülme riskini göze alıyordu demek ki.

"Yaklaşmış mı?"

"Hayır, Hanımefendi. Sizin talimatlarınızı bekliyoruz."

"Onu gözünüzden kaçırmayın!" emrini verdi Kurtların Hanımefendisi. "Ama yaklaşmayın. Böyle sıkıntılı bir durumda tatsızlık çıkmasın!"

51

Kapıda Markus'u gören Thrix hiç şaşırmadı.

"İçeri gel," dedi. "Bana annemin henüz teklif etmediği bir şey teklif edebileceğinden şüpheliyim."

Thrix'in diz üstü bilgisayarı masanın üstünde açık bir haldeydi. Londra'daki ofisine mail yazmakla meşguldü. Birkaç günlüğüne işlerle ilgilenmesi konusunda asistanı Ann'e güveniyordu. Ama öyle de olsa Thrix iletişimini koparmamalıydı. Bütün yıllarını, kurduğu işin bir cenaze yüzünden aksaması için harcamamıştı! Bu, Thane'in cenazesi bile olsa da!

Markus sessizce odada duruyordu. Huzursuz edecek kadar uzun bir sessizlikti bu.

Thrix en sonunda, "Muhtemelen bir şey söyleyeceksin," dedi.

Fakat Markus sessiz kalmaya devam etti. Büyücü, erkek kardeşinin oldukça iyi göründüğünü fark etti. Üstüne çok iyi oturmuş siyah bir takım giyiyordu. Onun hafif kadınsılığının tersine, takımın sertliği çekici bir zıtlık yaratıyordu. Markus çok güzeldi. Yorum yapmadı. Giyinme konusu onlar için hassastı.

Markus nihayet, "Burası çok aydınlık!" dedi.

"Aydınlatma büyüsü kullandım," diye cevap verdi Thrix. "Bu kasvetli yerde nasıl yaşıyorsunuz, anlamıyorum!"

"Kabile senin bu kalede büyü yapmandan hiç hoşlanmayacak!" dedi Markus.

Thrix bir kaşını kaldırarak, "Yapabildiğin en iyi şey gerçekten bu mu?" diye sordu.

"Ben sadece..."

"Ben etraftayken sen yine her zaman yaptığın gibi eleştirecek bir şeyler arıyorsun. Gerçekten Markus, annem seni buraya gönderirken aklından geçen bu değildi!"

"Ben annemin hizmetçisi değilim!" Markus öfkelendi. "Ve çocuksu büyülerinle beni korkutamazsın. Buraya sana oy için yalvarmaya geldiğimi düşünüyorsan da yanılıyorsun! Hayatımı senin yardımın olmadan idare etmeye muktedirim, ailesini terk etmeye can atan, altın saçlı kardeşim."

"Onları terk etmeye istekli olabilirim, ama en azından onlara saldırmıyorum. Gün ışığında, zayıf olduğu bir anda Kalix'e saldırdığını duydum. Bu, aileye karşı olan saygını göstermen için iyi bir yol!"

"Kalix'ten nefret etmek için benim iyi bir nedenim var! Sen ise ailevi mevzulara rağmen, onun saklanmasına yardım ettin. Şimdiye kadar bize saygı göstermeyen sensin." Markus öfkeliydi.

Thrix başını sallayarak, "Markus, buna bir son verecek misin? Ne tür kıyafetler giydiğinin hiç umurumda olmadığını sana daha önce de söyledim," dedi.

Markus hırladı ve ağzından çıkan sesle beraber kurda dönüştü. Ay belirmişti. Thrix de dönüştü. Dönüşüme uğrarken kızgındı. Bir kurt insan olarak bilgisayarda yazı yazmak çok zordu. Eğer Markus onu bölmeseydi şu ana kadar bütün işlerini bitirmiş olacaktı. Markus nefretle ona bakıyordu. Nefretinin sebebi, onun kadın kıyafetlerine olan ilgisini, Thrix'in biliyor olmasıydı. Thrix bunu uzun zamandan beri biliyordu. Daha doğrusu, kaleden ayrılmadan çok uzun zaman önce Markus'u kendi kıyafetlerinden birini giyerken yakaladığı andan beri bunun farkındaydı.

"Gerçekten umursamıyorum," dedi Thrix.

"Umursamıyor musun? O zamanlar çok eğlenceli yorumlar yaptığını hatırlıyor gibiyim!"

Büyücü bu konuda kendini biraz suçlu hissetti. Kardeşine eziyet etmişti. Hatta hiç açığa çıkarmasa da yıllar önce onu tehdit etmişti.

"O zamanlar çok küçüktüm!" dedi Thrix. "Çok şaşırmıştım!"

"Ama şimdi ağabeyinin bazı tuhaflıkları olduğunu kabul etmeye oldukça hazırlıklısın, öyle mi?" Markus hırlamaya başladı.

Thrix'in altın sarısı kurt postu, büyülü ışığın altında parlıyordu. Gözleri ise öfkeden!

"Umursamadığımı söyledim. Seni, kıyafetlerini, kimin kabile reisi olacağını ya da MacRinnalch kabilesini umursamıyorum. Ben moda evimi umursuyorum ve siz, hepiniz bana engel oluyorsunuz. Eğer şimdi beni yalnız bırakırsan, çalışmaya devam edeceğim."

52

Daniel, Moonglow tarafından Kalix'i eğlendirmekle görevlendirilmişti. Fakat kendisi bu iş için uygun olduğunu hissetmiyordu.

"Kurt insanları eğlendirme gibi bir deneyimim yok."

"Kimin var ki? Onunla sadece konuşacaksın. Ben de bunu yapıyordum."

"Eğer susmazsan, seni öldürmekle tehdit etmedi mi?"

"Evet," diye itiraf etti Moonglow. "Ama aslında bunu kastetmemişti."

Daniel'ın canı hâlâ sıkkındı. Çünkü Moonglow, erkek arkadaşını ziyaret edecekti. Yüzünü çok solgun gösteren bir makyaj yapmıştı. Dudakları koyu mordu. Üzerinde de en sevdiği siyah renkli elbisesi vardı. Özel durumlar için sakladığı, siyah, yüksek topuklularını bile çıkarmıştı.

"Özel bir gün galiba!" diye sordu Daniel.

"Dört günden beri Jay'i görmüyorum," diye cevap verdi Moonglow. Mutlu görünüyordu.

Daniel ise içinden lanet okuyordu. Bir daha Moonglow'u düşünmemeye karar verdi. Şu andan itibaren ona karşı hiçbir şey hissetmeyecekti.

Moonglow evden çıktığında, Daniel, "Bu kıza karşı herhangi bir şey hissetmiyorum," diye mırıldandı kendi kendine. Daha sonra Kalix'in hâlâ gaz ateşinin önünde yatmakta olduğu oturma odasında gezinmeye başladı.

"Moonglow'un can sıkıcı bir erkek arkadaşı var," dedi. "Sinir bozucu! Moonglow'dan başka hiç kimse onu sevmiyor. Durmadan dünyayı nasıl dolaştığından ve Amazon'da nasıl yüzdüğünden bahsediyor. Saçları gerçekten çok kötü boyanmış. Moonglow'la ne zaman dışarı çıksa makyaj yapıyor. Çok aptalca! Ondan nefret ediyorum!"

Moonglow'un erkek arkadaşıyla hiçbir ilgisi olmayan Kalix, Daniel'ın söylediklerini duymazlıktan geldi. Fakat Daniel hâlâ hararetle konuşuyordu.

"Yani erkeklerin makyaj yapması da ne demek? Jay komik görünüyor. Öyle yakışıklı falan da değil! Mezarlık suratlı! Moonglow'un onda ne bulduğunu anlayamıyorum. Onun astrolojisine gelince, zaman kaybından başka bir şey değil! Herif tam bir sahtekâr! Peki, parasını nereden alıyor? Babasından alıyor tabii ki! Muhtemelen babasının bir şirketi var. Jay de yönetici olmadan önce, bir veya iki yıl makyaj yaparak kendini eğlendiriyor. Bunların hepsi aynı!"

"Sessiz ol!" dedi Kalix. Hayret uyandıracak şekilde yüksek bir sesle söylemişti bunu.

"Ne?"

"Konuşmayı kes ve beni yalnız bırak!"

Daniel utanarak, "Özür dilerim. Devam etmeye niyetim yoktu. Sana bir şey getirmemi ister misin?" dedi.

"Hayır!"

Kalix sırtını döndü. Daniel söyleyecek başka bir şey aradı. Çünkü Moonglow onu konuşmak için görevlendirmişti.

"Kurt kız olmak eğlenceli mi?" diye sordu.

"Harika!" diye mırıldandı Kalix. Yorgana sarılıydı hâlâ.

Moonglow'un incelikle temin ettiği bir şişe sıcak suyu vardı. Şimdi vücudu sıcacıktı. Ama içi hâlâ donuyordu. Bunu göstermekte pek becerikli olmasa da Moonglow kadar nazik olan Daniel, birden Kalix'in oracıkta ölebileceğinden edişelendi. Bu çok kötü olurdu. Kendini çok kötü hissederdi. Moonglow da onu suçlardı. Ona biraz müzik dinletmenin iyi bir fikir olabileceğini düşündü.

"Müzik sever misin?" diye sordu.

Kalix tepki vermedi.

"Benim büyük bir koleksiyonum var. Her zevke hitap ediyor. Aslında çoğu rock müzik ve ağır metal. Ama bunların da çeşitli türleri var tabi."

Bu kelimelerin ne anlama geldiği hakkında Kalix'in hiçbir fikri yoktu. Sadece Daniel'ın onu yalnız bırakmasını istiyordu. Gitmek için yeterli güce sahip olup olmadığını merak ederek uzuvlarını hareket ettirmeye çalıştı. Ama bunun yararı olmadığını biliyordu. Bacakları onu kapıya kadar bile taşıyamazdı. En sevdiği konuyu açan Daniel da bu fırsatı kaçırmak istemiyordu. Kalix'e birçok gruptan bahsetti. *Metalica, Nine İnch Nails, Motorhead*... Ve Marilyn Manson'u görmek için Wembley sahnesine yapacağı ziyareti hevesle anlattı.

Sersemlemiş bir halde yatmaya çalışan Kalix, Daniel'ın, kız arkadaşı olmadığı için yakındığı bir konuşmayı hatırladı. Danielin sonu gelmez konuşmalarını dinlerken bunun nedenini anlamaya başlıyordu. Kalix'in insan toplumu hakkında pek deneyimi yoktu. Diğer genç kurt insanların aksine, o hiç okula gitmemişti. Ama deneyimsiz haliyle bile, Metalica'ya bilet bulmanın ne kadar zor olduğu hakkında sonu gelmez bir hikâye anlatarak, hasta bir misafirin başını şişirmenin, insan davranışlarının dışında bir şey olması gerektiğini hissediyordu.

"Sessiz ol!" dedi tekrardan.

Herhangi bir tepkinin hiç tepki vermemekten daha iyi olduğunu düşünen Daniel konuşmaya devam ediyordu.

"Tabii ki ben, birinci albümü ikincisinden daha çok sevdim. Tabi bazı gazete ve dergilerde pek iyi eleştirilmese de, muhtemelen üçüncüsü en iyileriydi. Ama tabi müzik dergileri..."

Ay belirdi. Kalix birden kurt insana dönüştü. Yarı insan, yarı kurt ve her iki parçası da Daniel'a çok sinirlenmiş vahşi bir hayvan! Hırlayarak doğruldu ve devasa dişleriyle Daniel'a bakmaya başladı.

"Eğer müzik koleksiyonun hakkında tek bir şey daha söylersen seni öldürürüm."

Daniel hızlı bir şekilde geriye doğru bir adım attı. Bu devasa dişlerden korkuyordu. Zayıf olsa da, kurt insana dönüşmek, Kalix'e, Daniel'ın üzerine atlayacak yeterli gücü verdi. İkisi birden yere düştüler. Kalix dişlerini Daniel'ın boğazına geçirdi.

"Müziği sevmiyor musun?" diye bağırdı Daniel.

Kalix de bağırarak ona bir şeyler söyledi. Kızgın bir kurt kızken, sesinin anlaşılması çok zordu. Sesi sertti. İskoç aksanı daha belirgin bir hale geliyordu. Ama Daniel, onun sadece *Runaways* sevdiğini belirten cümleler duyduğuna yemin edebilirdi. Kalix'in çılgın kurt gözlerinin içine baktı. Kurt kız acıkmış gibi görünüyordu.

"Benim büyük bir Runaways albüm koleksiyonum var!" diye bağırdı Daniel.

Kalix pençelerini kapattı ve ona şüpheyle bakmaya başladı.

53

Moonglow, Jay'in yatağında uzanıyordu. Hâlâ uyanıktı. Kalix ve Daniel'ı merak ediyordu. Arkadaşların en sempatiği olan Daniel'ın, başkalarına göz kulak olma konusunda pek becerikli olduğu söylenemezdi. Daniel iyi niyetliydi. Ama bununla başa çıkamayacağına dair Moonglow'un içinde bir his vardı. Bu içine dert olmaya başladı. Onu yalnız bıraktığı için kendini suçlamaya başladı. Daha fazla bilgi sahibi olmalıydı. O burada erkek arkadaşı ile hoş vakit geçirirken, belki de Kalix evde ölüyor olabilirdi. Daniel muhtemelen bunu da fark etmezdi. Odasında ziyaret etmeye düşkün olduğu belirsiz müzik sitelerinden birisine dalmış olurdu. Daniel müzik hakkında her şeyi severdi. Ona en sevdiği gruplardan birinin şarkıcısıyla, gitarcısının lisede ilk tanıştıkları zamana kadar olan geçmişinin izini süren bir web sitesi gösterin, saatlerce onunla meşgul olurdu.

Moonglow birden yataktan doğrularak, "Aman Tanrım!" dedi ve Jay'i dürttü.

"Uyan!"

Mışıl mışıl uyuyan Jay'in kendine gelmesi biraz zaman aldı.

"Dolunay ne zaman?" diye sordu Moonglow telaşlı bir şekilde.

"Yarın akşam!"

"Aman Tanrım!" dedi Moonglow ve yataktan sıçradı. Kıyafetlerini giymeye başladı.

Jay şaşkın şaşkın bakıyordu. "Ne oldu?"

Moonglow Kalix'in bu gece otomatik olarak kurt insana dönüşeceğini unuttuğuna inanamıyordu. MacRinnalchların dolunaydan önceki gece dönüştüklerini unutmuştu. Bu inanılmaz bir aptallıktı! Aceleyle hazırlanmaya çalıştı. Bir yandan elbisesini giymeye çalışıyor, bir yandan da taksiyi arıyordu. Kalix kurt insana dönüşünce ne olabileceğini kim bilebilirdi?

Kalix'in acıkacağından emindi Moonglow. "Kurt halindeyken yemek yeme problemi çektiğine inanmıyorum. Göreceği ilk insanı hemen yutabilir."

Kapı zili çaldı. Taksi gelmişti. Moonglow, erkek arkadaşını şaşkınlık içinde bırakarak aceleyle dışarı çıktı. Jay, Londra'nın oldukça pahalı bir bölgesi olan Sloane Sokağı'nda yaşıyordu. Ama gecenin sakinliğinde taksinin nehri geçip, Kennington'a ulaşması uzun sürmedi. Eve gittiğinde bir katliam sahnesiyle karşılaşacağına gittikçe daha fazla ikna olan Moonglow'un, yanan her kırmızı ışıkta içi içini yiyordu. Apartmanın önüne geldiklerinde hemen taksinin parasını verdi ve merdivenleri hızla tırmandı. Ön kapıdan içeri daldı. İlk gördüğü şey, pençelerinden kan damlayarak mutfaktan gelen kurt kız Kalix'di. Moonglow acı acı bağırmaya başladı. Kalix şaşkın bir şekilde ağzını açar açmaz, Moonglow onun ağzının etle dolu olduğunu gördü.

"Daniel'ı öldürdün!" Çığlık attı ve Kalix'in üzerine çullandı. "Seni canavar!"

Kalix anlaşılmayan bir şeyler söyleyerek hırladı. Herhangi bir insanın kendisine yumruk atmasına izin vermeyecek kadar çevik olmasına rağmen, Moonglow kör bir öfkeyle ona yumruk atmaya yeltendi. Kurt kız geri çekildi ve güçlü kollarıyla kızı tuttu. O sırada Daniel elinde bir dilim pizzayla mutfaktan çıktı.

"Moonglow, neden Kalix'e vurmaya çalışıyorsun?"

Moonglow utanarak, "Seni yediğini düşündüm," dedi.

Daniel şaşırmıştı. "Bunu neden yapsın ki?" Daha sonra Kalix'e döndü. "Gördün mü, sana dediğim gibi Moonglow çok fazla endişeleniyor. Hiç ihtiyacımız olmamasına rağmen, sınıfta bana bütün notları tutturuyor. O etin üzerine biraz pizza alır mısın?"

Kalix, "Evet," der gibi başını salladı. Daniel onun ağzına bir dilim pizza koydu. Daha sonra oturma odasına girdiler. Kanepenin her yerinde tüketim belirtisi vardı: Boş pizza kutuları, boş pop-tart paketleri ve Moonglow'un Kalix için buzluğa koyduğu bir dizi eti bir arada tutan ip!

"Buzları çözülsün diye mikrodalga fırına koydum," diye bir açıklama yaptı Daniel. "Kandan dolayı Kalix eti çiğ seviyor, ama donmuş değil."

Görünüşe bakılırsa, Kalix ve Daniel iki iyi arkadaş olmuşlardı. Yan yana kanepeye oturdular. Boş yiyecek kaplarının yanında bir yığın plak ve CD vardı.

"Kalix, Runaways'e bayılıyor!"

"Öyle mi?" diye tepki verdi Moonglow.

"En sevdiğim gruptur." Cevabı veren Kalix idi.

"Yaa!" dedi. Moonglow az önce çıkardığı yaygaradan dolayı hâlâ utanıyordu.

"Peki, sen neden erken döndün?" diye sordu Daniel.

"Sizin nasıl geçindiğinizi merak ettim sadece."

Daniel tekrar Kalix'e dönerek, "Bana güvenmiyor," dedi. "Sanki hasta bir kurt kıza bakamazmışım gibi... Sana iyi bakıyor muyum?"

"Oldukça iyi!" dedi Kalix. "Biraz daha Runaways dinleyebilir miyim?"

Bir kurdun ağzından çıkan insan kelimelerini duymak oldukça tuhaftı. Kalix konuşurken uzun görünen dudakları, keskin dişlerinin üzerinde kıvrılıyordu. Daniel çenesindeki kanı silmesi için ona bir bez verdi. Moonglow bu görüntüyü biraz tiksindirici bulmuştu. Kalix'in mutlu olduğunu görmek de çok tuhaftı. Moonglow evden ayrıldığında, Kalix ateşin karşısında sefil bir halde yatıyordu, ama şimdi burada yemek yiyip, müzik dinliyordu. Belki de Daniel o kadar da umutsuz değildi!

Moonglow üzerindeki şoku attıktan sonra çok mutlu oldu. Evde intihar etmeye meyilli, kederli bir kurt kızın olmasındansa, neşeli bir kurt kızın varlığı daha iyiydi. Kanepenin ucuna oturdu ve pizzanın arta kalanını kutudan çıkardı.

"Daniel'ı yediğini düşündüğüm için çok özür dilerim," dedi.

"Sorun değil!" diye cevap verdi Kalix.

Pizza yiyerek ve müzik dinleyerek bir süre öylece oturdular.

"Burada kalmama izin verdiğiniz için teşekkür ederim," dedi Kalix en sonunda.

Moonglow gülümsedi. Ağzı etle dolu, kurt kıza dönüşmüş olan Kalix, yeni bir insanmış gibi görünüyordu. Moonglow bunun her ay yaşanıp yaşanmadığını merak etti. Ya da Kalix, Daniel onun sevdiği gruptan plaklar çaldığı için mi mutluydu sadece? Moonglow'un bildiği kadarıyla Daniel, Runaways'i pek fazla sevmezdi. Onların kısa süren en parlak dönemleri o doğmandan önce, 1978 yıllındaydı. Daniel'da sadece birkaç tane daha plakları vardı. Onları ikinci el dükkânında bulmuştu. Her zamanki gibi dürtüleriyle hareket ederek, ödenecek faturaları hiç düşünmeden onları satın almıştı. Kalix'in memnun olduğu her halinden belliydi. Moonglow ve Daniel, genç bir kurt kızın uyumsuz bir şekilde Cherry Bomb'u söylediğini duyunca alışılmadık bir deneyim yaşamışlardı. Kalix daha önce hiç orijinal plastik bir plak görmemişti. Plağı sanki bir bebekmiş gibi titizlikle kucağında tutuyordu.

"Joan Jett'in annem olmasını dilerdim!" dedi Kalix. "Hadi, tekrar çal!"

54

Bay Zaliovich uzun değildi. Ama ağır ve geniş göğüslüydü. Güçlüydü de. Koyu renkli saçları kısa kesilmişti. Yüz hatlarında acımasız bir görüntü vardı. Kırk yıllık varlığı süresince bir sürü kurt insan öldürmüştü ve daha fazlasını öldürebileceğinden emindi.

Kendi işini sürdürmeyi tercih ediyordu. Başkalarıyla iş birliği yapmak, onun sinirlerini çabuk bozuyordu. Bir veya iki avcıyla beraber kurt insan keşfine çıkmak o kadar da kötü değildi, ama o zaman yönetimde Zaliovich olmalıydı ve gereksiz konuşmalara yer vermemeliydi. Ama diğerlerinin günlük hayatlarındaki önemsiz saçmalıklarla onun canını sıkmaya özgür oldukları bütün sosyal ortamlar Bay Mikulanec'i kızdırıyordu. Nerede olursa olsun, yalnız yaşardı. Guildler ona Bayswater'da küçük bir daire temin ettiler. Eğer isteseydi ona daha büyüğünü temin edeceklerdi. Ama Mikulanec açıkça, hem daha mütevazı, hem de daha sade bir yere yerleştirilmeyi tercih etti. Guildlerin ona temin ettiği daire aynen duruyordu. Eşyaları yeniden düzenlemedi. Kendine yeni bir çarşaf takımı almadı ya da duvara bir takvim asmadı. Böyle şeyler onun için çok önemsizdi. Onun umursadığı tek şey, kurt insanları avlamaktı.

Bay Mikulanec Britanya'ya vardığından beri iyi bir izlenim edinmedi. Örneğin, büyük MacRinnalch kalesi öylece duruyordu. Hiç dokunulmamış gibiydi. Guildler oraya saldırmanın çok zor olduğunu düşünüyorlardı. Mikulanec, babasının böyle bir durumu nasıl yorumlayacağını merak ediyordu. Babası, herhangi bir lanetli kurt insan için, güvenli bir cennet bırakacak adam değildi. Babası ve onun yurttaşları, kurt insanları ülke dışına sürerlerdi. Toprakları bu belalardan temizlerlerdi.

Guildler iyi organize olmuşlardı. Güçlüydüler. Zaliovich bunu kabul ediyordu. Ama şimdiye kadar MacRinnalchlarla savaşma görevine uygun olmadıklarını göstermişlerdi. Bay Carmichael, Mikulanec'e, onun belki de MacRinnalch gücünü tam kavrayamadığını ima ediyordu. Bu, Mikulanec'in görmezden geldiği bir telkindi. Onun kurt insanlar hakkında bilmediği hiçbir şey yoktu ve onun bilip de Guildlerin bilmedikleri birçok şey vardı. Thane'nin cenaze töreni yapılırken İskoçya'ya hareket etmek istemişti. Ama Guildler buna engel oldu. Orada kendi adamları vardı. Bir yabancının kendi faaliyetlerini açığa çıkarması riskini göze almak istemiyorlardı. Mikulanec sinirlenmişti ve ayrılmayı düşünmüştü. Ancak böyle bir ülkeden kendisini uzaklaştırabilmesi neredeyse imkânsızdı. Burada çok fazla kurt insan vardı. Mikulanec bu konuda hiçbir şey yapmadan buradan ayrılamazdı.

Şimdi kurt prenses meselesi vardı. Guildler onu takip etmekteydiler. Ama izini kaybetmişlerdi. Bay Carmicheal bu kızı bularak yeteneklerini sergilemesi için Mikulanec'i davet etmişti.

'Çok iyi!' diye düşündü Mikulanec. 'Kızın yerini tespit edip, onu öldüreceğim. Belki ondan sonra Guildler benim merkezi gruplarından dışlanamayacak biri olduğumu anlayacaklardır.'

55

MacRinnalch kalesi ve etrafındaki topraklar şimdi kurt insanlarla doluydu. Bu kalabalık çok nadiren toplanırdı. En son bir kabile liderinin cenaze töreni için bir araya toplanmalarının üzerinden uzun zaman geçmişti ve o zamandan beri MacRinnalch kabilesi çok fazla büyümüştü. Kurt insanlar bugünlerde normal topluma karışma konusunda oldukça ustaydılar.

Verasa uzun adımlarla konsey odasına girdi. Kurt insan haliyle bile dik duruyordu. Kurt insanken birinin kendini dik tutabilmesi oldukça zordu, ama Verasa hantal bir hayvan gibi yürümeyi reddediyordu. Toplantıda herhangi bir sürpriz beklemiyordu. Thane'nin kardeşi Kurian, Sarapen dışında birine asla oy vermeyecekti. Oğlu Kurtal ve kızı Marwais de öyle. Onlar en geleneksel olan kurt insanlardı. Verasa bazı yönlerden bunu sinir bozucu bulsa da bir yandan da takdir ediyordu. Marwanis olağanüstü bir güzelliğe ve ayırt edici özelliklere sahip olan zeki bir genç kadındı. Koyu kahverengi saçları, iri ela gözleri ve pürüzsüz cildiyle gösterişsiz, ama zevk sahibi kıyafetleriyle baştan sona yönetici ailenin bir kadın üyesinin olması gerektiği gibiydi.

Verasa hayıflanarak, onun genç kuşağın diğer üyelerinden oldukça farklı olduğunu düşünüyordu.

Verasa, Rainal'in yanına oturdu. Önündeki kristal sürahiden viski doldurdu. Kabile topraklarından hoş bir viski ve Fransa'dan hoş bir kristal! Bu kristal, merhum Thane'nin amcası Hughan MacRinnalch tarafından üç yüz yıldan fazla bir zaman önce ithal edilmişti. Hughan MacRinnalch'ın büyük bir portresi kalenin ziyafet salonunda asılıydı. Hughan'ın sevgiyle hatırlanması için kabilenin iyi bir nedeni vardı. O modern dönemin iş dünyasına atılan ilk kurt insandı. Kabileyi şu anki zenginliğine ulaştıran, on yedinci ve on sekizinci yüzyıllarda onun yaptığı işlerdi. MacRinnalch toprakları çok özel bir öneme sahip olsa da Hughan dış ticaret, bankacılık ve Edinburg ve Londra'da yeni oluşmaya başlayan borsa atılımlarıyla MacRinnalch'ın servetine servet katmıştı. 1760'larda endüstri devrimi başladığında, Hughan'ın büyük yatırım pozisyonları vardı. Kabilenin zenginliği, deniz nakliyatçılığı, demir işleri ve yeni imalat endüstrileriyle daha da arttı. Ülkenin aristokrasisinin çoğu ticareti hoş görmese de, MacRinnalchlar para kazanma olasılığına hiçbir zaman burun kıvırmamışlardı.

Masanın çevresinde sabırsızlık belirtileri vardı. Herkesin kurt insana dönüştüğü ve yukarıdaki ayın neredeyse dolunay olduğu düşünülürse, sinirlerin çok çabuk zayıflaması olası bir durumdu. Sarapen ağır adımlarla odaya girdi. Dik durmuyordu, ama ona karşı çıkmaya cesaret edebilecek herhangi birinin üzerine sıçramaya hazır gibi hafif eğikti. Sandalyesine otururken Sarapen'in kötü bir ruh haliyle geldiği açıkça görülüyordu.

"Selamlar kuzen!" dedi Dominil.

Sarapen onun selamına karşılık vermedi. Dominil sırf onu kızdırmak için konuşmak istedi. Sarapen'in kötü ruh halinden kısmen kendisinin sorumlu olduğunu çok iyi biliyordu. Sarapen o gün onu ziyaret etmişti. Eğer Markus'u aday göstermemesi için onu ikna etmeyi umduysa, bu en başından umutsuz bir görevdi.

Sert bir tavırla, "Markus hiçbir zaman kabile lideri olamayacak!" demişti ona.

"O zaman evin dışındakilere bakmamız gerekecek. Çünkü sen de olmayacaksın."

"Neden onu aday olarak gösterdin?" diye sordu Sarapen. "Seni annem mi teşvik etti?"

"Sana karşı çıkmak için benim teşvike ihtiyacım yok!" diye cevap verdi Dominil. Bunu söylerken gözlerinden ateş çıkıyordu. Dominil bile, Sarapen'le yüz yüze gelince sinirlerini tamamı ile kontrol edemiyordu. Birkaç yıl önce Sarapen ve Dominil'in kısa süren bir ilişkisi olmuştu. Ama bu ilişkinin sonu kötü bitmişti. Ne olduğu bilinmiyordu. Ama çiftin arasındaki düşmanlık hiçbir zaman azalmadı.

"Toplantıya başlayacağız," dedi Rainal.

"Baron MacAllister nerede?" diye sordu Sarapen.

"Kendi kalesine döndü."

"Neden?"

"Hastalanmış."

"Ne?" Sarapen ayağa kalktı ve yumruğunu masaya vurdu.

"Bu konuda neden bilgilendirilmedim?"

"Ani bir şekilde hastalanmış," diye açıkladı Rainal. "Doğrusu bana da özrü yeni iletildi."

Sarapen annesi Verasaya bakarak, "Peki, sen bu konuda ne biliyorsun, Kurtların Hanımefendisi?" diye sordu.

Odun ateşinin titreyen alevi Sarapen'in büyük dişlerinde

yansıdı. Masanın karşı tarafında duran iki baron da ürkek bakışlarla etrafa bakındılar. Sarapen'e karşı çıkmadıkları için sevindiler. Baron MacAllister'in kendi kalesi, kaleden biraz uzaktaydı ve saldırılması zor bir kaleydi.

"Ben de senin kadar şaşırdım!" diye cevap verdi Verasa. "Gerçi bir süredir sevgili baronun sağlığının kötü olduğunun farkındaydım."

Sarapen öfkeyle annesine baktı. Oylarından biri gitmişti. Bunun arkasında annesinin olduğuna dair güçlü şüpheleri vardı. Sarapen artık toplantılardan bıktığını hissediyordu.

"Başlamadan önce..." dedi Rainal, "kabilenin sekreteri olarak, bu duvarların dışında zaten büyük bir memnuniyetsizlik olduğunu konseye bildirmenin benim sorumluluğum olduğunu düşünüyorum. Eğer yarın cenazeyi yönetecek yeni bir kabile lideri olmazsa, memnuniyetsizlik daha da artacak. Toplantıyı etkilemek için çaba sarf etmiyorum. Kabile üyelerinin duygularını size aktarıyorum."

"Teşekkürler, Rainal," dedi Verasa. "Her zamanki gibi sözlerini takdir ediyoruz."

Rainal kurt pençesiyle önündeki birkaç kâğıdı karıştırdı.

"Oylamaya geçmeden önce konuşmak isteyen var mı?"

Sarapen, "Ben istiyorum!" dedi ve ayağa kalktı. "Bu mesele bugün halledilmelidir. Bu karar benim lehime verilmeli. Geçen gece farklı fikirleri olan kurt insanları, yeniden düşünmeye davet ediyorum."

Sarapen bunu söylerken teker teker herkese bakıyordu. Dominil onun gözleriyle karşılaştı ve dişlerini göstermek için dudaklarını gerdi.

"Bu konuşma için teşekkürler, Sarapen."

Sarapen hırlarken, Rainal gergin bir şekilde koltuğunda

hareket ediyordu. Büyük konsey'deki bir toplantıda kavga çıkmasına göz yumulamazdı. Şu anda kalenin etrafını sarmakta olan kabile üyeleri ana yurtlarına yaptıkları ziyaretlerinin şiddetle bozulacağını düşünüyorlardı. Ama Sarapen burada öfke belirtileri gösteren tek kurt insan değildi. Kurtal da geçen akşam olanlardan hiç hoşnut olmadığının bilinmesini istiyordu. Kurtal genç ve kuvvetliydi. Kardeşi Marwenis de öyle. Bir kavga çıkması durumunda Sarapen'i desteklemek onlar için zor olmayacaktı. Rainal kurt insanların gerektiğinde kolay atlayabilmeleri için sandalyeleri bir iki adım geri çektiklerini hissedebiliyordu.

"Neden sessiz olmuyorsun? Böylece oylama yapabiliriz," dedi Markus, masanın üzerinden Sarapen'e doğru eğilerek. Sarapen sandalyesinden kalktı ve vahşi bir hırıltı çıkardı. Onun yanındaKİ Kurtal da kalktı. Çok geçmeden ayakta olan ve birbirine hırlayan altı kurt insan vardı. Olayların hızla kontrolden çıkmakta olduğunu gören Kurtların Hanımefendisi yumruğunu masaya vurdu ve sahip olduğu yetkiyle konuşmaya başladı.

"Hepimiz oturacağız ve toplantıya devam edeceğiz. Oturun!"

Kurt insanlar sinirlerini kontrol etmeye çabalarken, muazzam pençeler açıldı ve kapandı. Kurtların Hanımefendisi'nin kesin emrini görmezden gelmek zordu. Sandalyelerine huzursuzca oturdular. Sarapen oturanların sonuncusuydu. Annesi ve Markus'un ona üstünlük sağladığını çoktan hissedebiliyordu bile.

Verasa, Rainal'a baktı. Rainal gergindi. Konuşması biraz zaman aldı.

"Eğer başka konuşma yoksa oylamaya geçeceğiz. Kim aday gösterecek?"

"Ben Sarapen MacRinnalch'ı aday gösteriyorum," dedi

Baron MacPhee.

Dominil de, "Ben Markus MacRinnalch'ı aday gösteriyorum," dedi.

"Pekâlâ. Sarapen MacRinnalch'ı destekleyenler, lütfen ellerini kaldırsınlar!"

Altı el kaldırıldı: Sarapen, Kurian, Kurtal, Marwanis, Baron MacPhee ve Baron MacGregor. Orada bulunmayan Baron MacAllister hariç geçen akşamki aynı oylar.

"Markus MacRinnalch'ı destekleyenler!"

Beş el kaldırıldı: Markus, Verasa, Dominil, Tupan ve Lucian.

Thrix bütün gün ne yapacağını düşünüp durmuştu. Tekrar çekimser oy kullanarak belanın dışında kalmayı tercih ederdi, ama ay ışığında öfkesi büyüyordu. Tasarımlarını yere fırlattığı için Sarapen'i affedemiyordu. Bundan daha saygısızca bir davranış olamazdı. Her şey bir yana, annesinin ulaşmış olduğu New York'taki moda gösterisi vardı. Thrix bu gösteride temsil edilmeyi isterdi. Dolayısıyla o da elini kaldırdı.

"Yine altı oy!" dedi Rainal. "Çekimser olan var mı?"

Dulupina el kaldırdı.

Geçen akşam oylama yediye beş, Sarapen'in lehine olmuştu. Şimdi her iki aday için de altı oy vardı. Hiç kimse gereken dokuz oya sahip değildi. Sarapen yavaşça ayağa kalktı. Öfkeliydi. Ama konuşmadı. Bunun yerine arkasını döndü ve hızla odadan dışarı çıktı.

"Gelecek toplantı, bir sonraki dolunay zamanında olacak!" dedi Rainal. Kurt insanlar ayağa kalktı ve hepsi kendi düşüncelerine dalmış halde sonucun ne olabileceğini merak ederek tek sıra halinde odadan çıktı.

56

MacRinnalch kalesinin güneyindeki bozkırlarda hava soğuktu. Soğuk ve çok karanlık!

Ay, bulutların arkasına gizlenmişti ve yağmur her an yağacak gibiydi. Gawain burada olmaması gerektiğini biliyordu. MacRinnalch topraklarına girmesi yasaklanmıştı ve şimdi buraya gelerek hayatını tehlikeye atıyordu. Thane'in verdiği sürgün cezası hafife alınamazdı. Zaten Gawain izlenmekte olduğu duygusuna kapılmıştı bile.

Kabile topraklarına yaklaşmak acı dolu hatıralarını aklına getiriyordu; özellikle de Colburn Koruluğu'na doğru yaptığı yolculuğunu. Colburn Koruluğu MacRinnalchlar için özeldi. Orası kahramanlarını gömdükleri yerdi. Avreg MacRinnalch orada yatıyordu ve Gawain'in büyük büyük babası Gerrant Gawain MacRinnalch da öyle. Colburn Koruluğu eski bir yerdi. Hiçbir zaman ağaçlandırılmamıştı veya ekilmemişti. Binlerce yıl öncesinde olduğu haliyle şu anda tıpatıp aynıydı. Geniş, karanlık, dolambaçlı koruluk, kale inşa edilmeden önceki bir zamandan beri MacRinnalchların ruhlarını içeriyordu. Orası ilk dönemlerin büyüsüyle dolu bir yerdi.

Daha az büyülü, ama neredeyse koruluk kadar önemli olan bir ırmak vardı orada. Suyu MacRinnalch viskisi yapmak için çekiliyordu. Gawain için en önemlisi, Kalix'le birlikte ağaçların altında gözlerden uzak ve sadece spor yapmaya geldikleri yerdi.

Ne tuhaftır ki, Gawain bu akşam koruluğu geçerken, aniden bir Hiyasta kokusu aldığını düşündü. Bu mümkün olamazdı. Ateş elementleri MacRinnalchların kutsal topraklarını ihlal etmeye cesaret edemezlerdi. Yeniden kokladı ve yanılmış olduğuna karar verdi.

Gizlendiği yerden çıkıp kalenin görüş alanına geldiğinde, hatıralar yeniden başına üşüştü. Aşağılanması ve cezalandırılması ile sonuçlanan mutsuz hatıralar... Bu soğuk ve yalnız gecede, burada ne yapıyordu? Cenaze için mi gitmişti? Onu cezalandıran adama son saygısını göstermek için mi? Kim bilir, belki de onun için! Bir kabile liderinin ölümü, kabile için önemli bir olaydı. Gawain bunu diğerleri kadar kuvvetli bir şekilde hissedebiliyordu. Belki de onun bu kadar acı çekmesine neden olan kurt adamın ölümünden zevk almak için buradaydı. Ama Gawain öyle düşünmüyordu. Thane'in yaptıklarına duyduğu öfke neredeyse dinmişti. Thane'in geçmişteki davranışlarını anlayabiliyordu.

Gawain neden burada olduğunu biliyordu. Bir an için bile olsa Kalix'i görmeyi umuyordu. Gawain, Kalix'in arzusuyla yanıyordu; tıpkı ilişkilerinin ve kovulmasının utancıyla yandığı gibi. Thane'in kızıyla ilişkiye girmek doğru değildi. O çok küçüktü. Daha büyük olsa bile, kabile böyle bir ilişkiyi hiçbir zaman onaylamazdı.

Yargılanarak aşağılansa da, Gawain'in utançla yanmasının sebebi bu değildi. Bu cezanın gerçekleşmesine izin verdiği için berbat bir suçluluk duygusu hissediyordu. Kalix'le kalmalıydı. Kendisinin gönderilmesine izin vermemeliydi. Onlara karşı gelmeliydi. Kalix'i terk etmemeliydi.

Gawain o zaman sadece on dokuz yaşındaydı. Thane'e ve onun bütün hane halkına karşı gelmek, on dokuz yaşında bir kurt adam için zordu. Gawain daha fazla çabalamadığı için kendinden nefret ediyordu. O zamandan beri ülkeyi dolaşmıştı. Kalix hakkında hiçbir haber alamadı. Onun kalede olup olmadığını bilmiyordu. Gawain'in keskin duyuları bile Kalix'in kokusunu bu uzaklıktan sezemezdi. Arazide bir sürü kurt insan vardı. Kale, düşmanları şaşırtmak için, kurt insanların kokusunu gizleyen bir büyüyle sarmalanmıştı. Eğer Kalix hâlâ kaledeyse muhakkak cenaze törenine katılacaktı. Gawain neye mal olursa olsun onu görmeye karar vermişti.

57

Saat üçte Kalix, Moonglow ve Daniel, etraflarında boş yiyecek kutuları, plak ve CD kapakları ve yeni evlerine henüz uygun bir yer bulunmamış pılı pırtı yığınıyla oturma odasına yayılmışlardı. İçlerinden biri kurt kız olmasaydı, bu herhangi bir öğrenci evi için normal bir manzara olabilirdi.

'Tuhaf!' diye düşündü Moonglow. Kalix burada ilk defa normal bir insan gibi davranıyordu. Ama insan değildi. Et ve pizza kendisini daha iyi hissetmesini sağlamıştı kuşkusuz. Tabi Runaways de! Moonglow birkaç saat sonra onun artık ilgilenmediğini hissederek Daniel'a müziği değiştirmesi için yalvarmıştı. Ancak Kalix kızgın bir şekilde hırlamıştı. Daniel da ona, insanların evlerinde aynı plağı sonuna kadar defalarca dinlememelerinin oldukça normal bir şey olduğunu açıkladığı zaman, başka bir şey dinlemeyi isteksizce kabul etmişti. Müziği değiştirmek için giderken, Moonglow onu durdurdu.

"Gürültülü bir şey olmasın. Sabahın üçündeyiz!" dedi.

"Peki," dedi keyfi yerinde olan Daniel. Kalix çıldırmıyordu, Moonglow da geceyi Jay'le geçirmemişti. Daniel şimdi çok mutluydu.

Moonglow da mutluydu. Kalix'i kurtarmak için başını belaya soktuktan sonra, onun en sonunda biraz iyileşme belirtileri gösteriyor olduğunu görmek sevindiriciydi. Şimdi onu güvende tutacak yeni bir kolyesi ve birlikte yaşayabileceği arkadaş canlısı insanlar olduğuna göre, Kalix hayatı biraz daha fazla sevecekti. Moonglow, Kalix'in onlarla yaşamak isteyeceğini düşünüyordu. Bu, ara sokaklarda gizlenmekten ve boş depolarda uyumaktan daha iyi olmalıydı.

"Bu müzik ne?" diye sordu Kalix.

"Kate Bush," diye cevap verdi Moonglow.

"Hiç sevmedim!" Kalix nasıl ince ruhlu olunacağını hiçbir zaman öğrenememişti.

"Birkaç defa dinledikten sonra seveceksin." Moonglow konu Kate Bush'a gelince hiçbir eleştiriyi umursamazdı. "Onu Jay de sevmezdi. Ama şimdi seviyor."

"Jay kim?" Bu, Kalix'in, Daniel veya Moonglow'un hayatına dair gösterdiği ilk ilgi işaretiydi.

"Benim erkek arkadaşım."

"Nasıl Biri?"

Moonglow heyecanlanarak, "Çok hoş! Yakışıklı ve akıllı! İkimiz birlikte konserlere gidiyoruz. Ayrıca astroloji konusunda da gerçekten iyi!"

"Astroloji ne?"

"Yıldızlara ve gezegenlere bakarak geleceği okuma sanatı," dedi Moonglow. Kalix'in bunu bilmemesine şaşırmıştı.

"Eee, ne olacak?"

"Ne zaman?"

"Gelecekte!"

Moonglow bir cevap vermek için çabaladı. "Yani bu, daha çok bir çeşit kişisel kılavuz gibi bir şey!"

"Tam bir saçmalık!" dedi Daniel kendini tutamayarak. "Hepsini uyduruyorlar!"

Kalix ilgisini kaybetti. Boş pizza kutusunun içini yalamaya başladı. Dili endişe verici derecede uzundu, dişleriyle uyumluydu. Ama şimdi onun sesine alışmışlardı. Onu anlayabiliyorlardı. Artık Kalix'i ürkütücü bulmuyorlardı. İkisi de onun tüylü halini sevimli ve çekici bulmaya başlamışlardı. Moonglow onun uzun kürkünü okşamak istedi; daha sonra akıllılık ederek bu isteğine engel oldu. Merak ediyordu: erkek hayvanlar nasıldı ya da kadınlar?

"Bütün kurt insanlar aynı şekildeler mi?"

"Ne?"

"Yarı insan, yarı kurt şeklindeler mi? Merak ediyorum da, herhangi bir kurt insan, kurda dönüşebilir mi? Tam bir kurt gibi yani?"

"Ben bunu yapabilirim," dedi Kalix. "Bütün safkan Mac-Rinnalchlar isterlerse kurda dönüşebilirler."

"Neden yapmıyorsun?"

"Bu, kavga etmek için iyi bir şey değil!" dedi Kalix. "Pençelerinle hiçbir şey yapamazsın. Bir kapıyı bile kolay kolay açamazsın. Konuşamazsın ve doğru dürüst düşünemezsin."

"En son ne zaman kurt olmayı denedin?"

"Bu konuda konuşmak istemiyorum," dedi Kalix. "Bu, insanları ilgilendirmez!"

"Özür dilerim."

Ansızın kapı çaldı.

"Komşular mı rahatsız oldu acaba?"

Kalix hızla kalktı ve havayı kokladı.

"Aptal Hiyasta Kraliçesi bu!" dedi ve yerine oturdu.

Moonglow kapıyı açmaya gitti. Alt katta Ateş Kraliçesi'ni şık, mavi renkli bir elbiseyle ve sel gibi akan gözyaşlarıyla buldu. Konuşamayacak kadar üzgündü. Moonglow onun kapıdan içeriye girmesine ve merdivenlerden yukarı çıkmasına yardım etmek zorunda kaldı. Oturma odasına vardıklarında, Malveria öylece kanepeye çöktü ve hıçkırarak oraya uzandı.

"Ateş Kraliçesi olmak gerçekten zor olmalı!" diye fısıldadı Daniel. "Bu kadını ne zaman görsek, histeriye tutulmuş gibi ağlıyor."

Moonglow mendil getirerek, "Benden istediğin bir şey var mı?" diye sordu.

"Hayır, yararı yok!" diye ağladı. "Hiçbir şey acımı dindiremez!"

"Bir bardak çay ister misin?"

"Evet, çay iyi olur!" Malveria hıçkırıyordu. Yüzünü mendillere gömdü ve kontrolünü kaybetmiş bir şekilde ağlamaya devam etti.

58

Moonglow mutfaktan bir kupa çayla geri döndüğünde, Ateş Kraliçesi hâlâ ağlıyordu. Daniel ise onu teselli etmeye çalışarak, omuzlarına dayadığı başını okşuyordu.

"Tamam, tamam!" dedi Daniel. Moonglow'un kendisine eğlenerek baktığını fark etti. Daniel utandı ve geriye çekildi. Bunun üzerine Ateş Kraliçesi daha da gürültülü bir sesle ağlayarak, başını onun kucağına dayadı.

"Çay?" diye sordu Moonglow.

Malveria, Daniel'ın kucağında uzanmaya devam ederek, ki bu bir şey içmek için de uygun bir pozisyon değildi, fincanı almak için gözlerini yeterli bir şekilde kurulamayı başarabildi. Bir süre sadece Malveria'nın hıçkırıklar arasında çayını yudumlamasının sesi vardı. Oldukça acıklı bir sahneydi. Malveria kafasını kaldırdı nihayet. "Berbat görünüyor olmalıyım" dedi. Gerçekten de yüzü aşırı derecede makyaja bulanmıştı. Göz sürmesi, histerikli bir Ateş Kraliçesi'nin yanan gözyaşlarına dayanamamıştı. "Bana hizmetçileri gönder. Ayna da getirsinler!"

"Üzgünüm, bizim hiç hizmetçimiz yok!" dedi Moonglow.

"Bu cehennemde nasıl yaşıyorsunuz?" Bağırdı ve yeniden ağlamaya hazırlandı. Moonglow onu hemen banyoya götürüp yüzünü yıkamasına yardımcı olmak için gönüllü oldu.

"Teşekkürler," dedi Ateş Kraliçesi titreyen bir sesle. "Gerçi yüzümü ne kadar yıkarsam yıkayayım, yaşadığım nihai utancın lekesi çıkmaz."

"Bir kıyafet talihsizliği mi yine?"

"Bir felaket! Rimelin var mı?"

"Var," dedi Moonglow onu rahatlatarak. Malveria'nın ayağa kalkmasına yardımcı oldu. Ateş Kraliçesi'ni, ciddi bir felaketten uzaklaştırmaya çalışan kurtarıcı gibi, onu banyoya doğru nazikçe yönlendirerek odadan dışarı çıkardı. Kalix ve Daniel onların gidişlerini izliyorlardı.

"Tuhaf bir kadın!" dedi Daniel.

Kalix omuz silkti. "Artık Kate Bush'u kapatabilir miyiz?" dedi. "Ben Runaways dinlemek istiyorum."

"Sen Runaways'i gerçekten seviyorsun."

"Onlar gelmiş geçmiş en iyi grup!"

Daniel müziği değiştirdi. Sonra da odayı fazla ısıtmakta olan gaz ateşini söndürdü. "Ateş Kraliçesi'yle sık sık karşılaşır mıydın?"

"Bazen. O da küçükken."

"Gerçekten güçleri var mı?" Oldukça meraklıydı.

"Beni ölümden döndürdü," diye belirtti Kalix.

"Sanırım güçleri var. Ama onunla her karşılaştığımızda saçma sapan bir şeyler için ağlıyor. Hatta aynı saçma şeyler için! Eğer bu kadar güçlüyse, neden kıyafetler konusunda bu kadar üzülüyor."

Kalix omuz silkti. "Bilmiyorum. Ama o güçlü. Bir keresinde Thrix'i görmeye gittiğimde, Malveria da oradaydı ve komşu krallığın ordularını yenmesinin yıl dönümünü kutluyordu. Daha sonra oradan ayakkabı ve mont aldı."

Daniel düşünmeye başladı. Malveria eğer komşu krallıkları yeniyorsa yeterince güçlü olmalıydı. Bunların hepsi gerçekten çok tuhaftı.

Moonglow ve Malveria banyodaki uzun bir süreden sonra yeniden göründüler. Ateş Kraliçesi yüzünü yıkamıştı ve makyajını yeniden yapmıştı. Moonglow'un yeni ve muhteşem maskarası sayesinde keyfi biraz yerine gelmişti. Bu maskara kirpikleri ekstra kalınlaştırma ve uzatma etkisiyle Malveria'nınkilerinden daha iyi bir üründü. Fakat yine de mutsuzdu. Bir kere daha Thrix'in ihanetinden yakınıyordu.

"Ama belki de imparatoriçe Asaratanti sadece aynı zevklere sahiptir," diyordu Moonglow.

Malveria ağır bir şekilde oturdu. Ayakkabısının topukları kalem kadar inceydi. Uzun süre onların üzerinde durmak zordu.

"Mümkün değil! Prenses Kabachetka'nın zevki yok. Birisi onu giydiriyor! Ve onu giydiren de Thrix olmalı! Büyücü kurt kız kıyafetleri bana sattıktan sonra, onları lanet prensese de satıyor. Bu, bütün nezaket kurallarının çok ötesinde, çirkin bir davranış! Büyücü'yü yok edeceğim!"

Daniel, Kalix'e baktı. Ama genç kurt kız, ablasının yok edilme ihtimalinden üzüldüyse de bunu belli etmedi.

"Ne oluyor?" diye sordu Daniel.

"Ne mi oluyor?" Malveria sesini yükseltti. "Ne olduğunu söyleyeceğim, genç Daniel. İhanetlerin en alçağına maruz kalmaktayım. Benim başıma gelen utanç verici, sadakatsizce davranışın daha azıyla krallık yıkılıyor. Yakınlarda saçlarını yıkadın mı? Sanırım, hayır. Kötü durumda! Bu konularda sana kılavuzluk etmesi için Moonglow'a izin vermelisin. Moonglow saç bakımı ile ilgili her konuda bilgili bir kadın!"

Daniel onun söylediklerini takip etmemişti. Yardım için Moonglow'a baktı.

"Kraliçe bir davete ne zaman yeni bir elbiseyle katılsa, Prenses Kabachetka'yı da aynı kıyafetle buluyor." Üst kattaki banyoda bütün hikâyeyi uzun uzadıya dinleyen Moonglow açıklama yaptı.

"Prenses Kabachetka kim?"

"Her bakımdan düşük elementler olan Hainusta Krallığı'ndan bir sürtük!" diye açıkladı Ateş Kraliçesi. "İmparator Asaratanti'nin kızı olmasının hiçbir önemi yok! İmparatoriçe Asaratanti'nin bir sürü çocuğu var ve insan babalarının kim olabileceğini inan düşünmeye korkuyor. Ama prenses son zamanlarda defalarca benim elbisemi koz olarak kullandı ki, bu bir tesadüf olamaz. Şu mavi elbiseye bakın! Siz hiç bunun kadar hoş bir şey gördünüz mü?"

Daniel kadın kıyafetlerinden pek anlamazdı. Ama gerçek şu ki, bu uzun, ipekli ve dar elbise çok hoştu ve oldukça olağan dışıydı.

"Thrix bunu özellikle benim için tasarladığına yemin etti. Ama Büyücü Livia tarafından üçüncü oğlunun ölümünü kutlamak için verilen kokteyl partisine gittiğimde, o sürtük prenses Kabachetka, bunun tıpatıp aynısını giyiyordu. Ne yapacağımı bilemedim! Eminim herkes benim arkamdan konuşuyordur. Oradan hemen kaçmak zorunda kaldım." Daha sonra iç çekti. "Çok yakında bütün krallıklarda alay konusu olacağım!" Yüzünde şeytani bir ifade belirdi. "Ama Kraliçe Malveria, Thrix'in ihanetini kabul etmeyecek. Onu yok edeceğim!"

Moonglow rahatsız oldu. Thrix ona karşı tam olarak arkadaşça davranmasa da, Kalix'in kız kardeşiydi o ve Kalix'i güvende tutmuş olan orijinal kolyeyi yine o vermişti.

"Eğer söylememde bir sakınca görmezsen, bunun başka bir açıklaması olabilir. Thrix sana ihanet edecek birine benzemiyor."

"Peki, bunun başka nasıl bir açıklaması olabilir?"

"Belki de bir casus vardır."

"Casus mu?"

Moonglow başını salladı. "Moda dünyasında çok yaygın bir durum bu! *Elle* dergisinde okumuştum."

Malveria şu anda biraz daha ilgili görünüyordu. "Kapağında Ellie MacPherson'un olduğu baskı mı?"

"Hayır. Sanırım Kate Moss'du. Makale, birçok moda evinin, diğer tasarımcılar tarafından gözetlendikleri için ekstra güvenlik önlemleri aldığını söylüyordu. Belki de bu prenses, Thrix Moda'ya bir casus göndermiştir."

Malveria derin derin düşüncelere daldı. "Evet, olabilir. Böyle kirli bir davranış, Prenses Kabachetka'nın karakterine bütünüyle uyar. Hemen Thrix'le irtibata geçmeliyim. Her ne kadar MacRinnalch Kalesi'nde cenaze olduğu bir zamanda Hiyastalardan gelen bir haberci hoş karşılanmayacak olsa da, haberimi ona ulaştırması için bir peri çağıracağım."

Malveria, MacRinnalch kelimesinin kulağa büyülü gelmesini sağlayarak, dilinde egzotik bir şekilde çevirdi.

"Ona bir elektronik posta gönderebilirsin," diye bir öneride bulundu Moonglow.

"Ben bu yöntemi anlamıyorum."

"İstersen öğretebilirim."

Malveria bir ateş elementi olarak, insan teknolojisinden hiç anlamıyordu. Ama acil bir durum olduğu için Moonglow'un önerisini kabul etti ve onu üst kattaki odasına giderken takip etti. Moonglow'un küçük odasındayken etrafı ilgiyle seyretmeye başladı. Koyu renkli posterler ve bir yığın boncuk, mumlar, tüyler, konser biletleri ve diğer geçici şeyler duvarda asılıyordu veya masayı kaplıyordu. Bu küçük karanlık alan, Malveria'ya bir mağarayı hatırlattı.

"Işığı sevmiyor musun?"

Moonglow omuz silkerek, "Böyle rahatım," dedi.

Ateş Kraliçesi bunu anlayabilirdi. Daha genç günlerinde, bir kaçak olarak güvende kalmak için sık sık mağaralarda uyumuştu.

Moonglow birden, "Kalix sana teşekkür etmediği için üzgünüm," dedi.

"Pardon?"

"Hayatını kurtardığın için sana teşekkür etmedi. Ya da yeni kolye için. Bu çok kabaca, biliyorum. Ama o henüz gerçekten kendinde değil."

Ateş tanrıçası bunu önemsemedi.

"Bana teşekkür etmesini beklemiyordum. Kalix'in nasıl olduğunu bilirim. O her zaman baş belası olmuştur. Thrix'i her ziyaret edişimde, annesi arar ve Kalix'le ilgili bir sıkıntı olduğunu söyler. Thrix umursamasa da annesi bunu anlamıyor. Bu arada senin Annen var mı?"

"Evet."

"Düşman mı?"

"Kesinlikle hayır!" diye cevap verdi Moonglow. "Onunla aramız iyidir."

"Çok tuhaf!" dedi Malveria. "Ben neredeyse yirmi yıldır annemle savaştaydım. Onu yenmek için ne stratejiler ve ne ittifaklar kurdum, inanamazsın!" Tekrar düşüncelere daldı. "Tabi o günlerde benim boyutum daha heyecanlı bir yerdi. Bir noktada kontrolü ele geçirmek için yarışan altı ordu vardı. Volkanlar arazinin her yerine alev fışkırtıyordu. Benim küçük erkek kardeşim, ne savaşçıydı ama! Onu yenmeden önce neredeyse bütün muhafızlarım öldürülmüştü. Hepsi de harika savaşçılardı. Bütün düşmanlarımı yok ettiğimden beri her şey çok sakinleşti. Şey haricinde..." Malveria'nın dudakları titremeye başladı. "Şey haricinde... Prenses Kabachetka... Hâlâ çalmaya devam ediyor!" Ateş Kraliçesi daha fazla konuşmaya devam edemedi.

"Endişelenme!" dedi Moonglow. Onu teselli etmek için elinden geleni yaptı. "Şimdi Thrix'e mesaj göndereceğiz."

"Çok naziksin," dedi Ateş Kraliçesi. Hemen ardından gözyaşlarını sildi. Moonglow'un büyük aynasına tutturulmuş bir kartpostalı gördü. Bir çiçeğin üzerinde dinlenen peri resmi vardı.

"Çok tanıdık görünüyor. Sen perileri tanıyor musun?"

"Periler gerçekten var mı?"

Ateş tanrıçası şaşkın şaşkın baktı. İnsanlar gerçekten çok garip!

"Tabii ki periler var. Yoksa neden resimleri olsun ki?" Resmi daha dikkatli incelemeye başladı. "MacKenzie Wallace MacLoudlardan birine benziyor. Biz Hiyastalar onları iyi tanırız. Bugün Hiyastalar ve MacRinnalchların arası kısmen Florazel MacLoud'un düğünündeki üzücü bir olay yüzünden kötü!"

"Gerçekten mi?" Moonglow büyülenmişti. "Ne oldu peki?"

"O zamanın kabile reisi Murdo MacRinnalch, hatta Kalix'in büyük büyük dedesi oluyor sanırım, inanılmaz derecede sarhoş oldu ve benim büyükannem olan Ulu Kraliçe Malgravane'yi sonsuz ateşin yolunda yürürken aşağıladı."

"Ne dedi?"

"Sorun daha çok ne demediğiydi. Gelinin masasındakilerin güzelliğine kadeh kaldırırken onu atladı. Benim Büyükannem harika bir güzelliğe sahipti. Murdo MacRinnalch'ın onu görmezlikten gelmesi korkunç bir aşağılamaydı. Eğer bu iyi davranışın kesinlikle gerekli olduğu bir peri düğünü olmasaydı, o zaman Malgravane anında öcünü almış olacaktı. Ama öcünü sonra aldı."

"Ne yaptı peki?"

"Düğün bitene kadar bekledi. Sonra da MacRinnalch Kalesi'ndeki bütün viskiyi suya çevirdi." Ateş Kraliçesi gülmeye başladı. "Zavallı kurt insanlar! Cezalarını nasıl da çektiler! Çünkü kurt insanlar viskileri konusunda çok titizdirler ve kendilerininkinin dışında başka bir viski içmeyi sevmezler. Tabi bu kalenin çevresindeki durumların karışık olduğu, İngiltere ve İskoçya'nın insan krallarının arasında savaş olduğu dokuz yüzyıl öncesindeydi. Hiç kimse yenisini almak için en yakın dükkânı ziyaret edemezdi. Gerçekten Malgravane'nin öcü çok komikti."

Malveria kaşlarını çattı. "Ama sonra Hiyastalar ve kurt insanlar birbirleriyle yüz yüze gelip dövüşmeye başlayınca bu durum bazı ölümlere yol açtı. Her iki taraf da çabuk öfkelendiği için hiçbir zaman arkadaş olmaz."

"Sen ve Thrix haricinde mi?"

"Kesinlikle! Dolayısıyla göndereceğim habercinin kalede neden iyi karşılanmayacağını anlayabilirsin."

Moonglow diz üstü bilgisayarını açtı ve Malveria'nın mesajını yazmaya başladı.

59

Israrlı bir şekilde kapıya vurulması ve zilin çalınması en sonunda Beauty'i uykusundan uyandırdı. Öğle vakti olmak üzereydi; kurt kız bu kadar erken uyandırıldığı için kızgındı. Bu iyi bir şey olamazdı. Arkadaşlarının hiçbiri onları öğle vaktinden önce rahatsız etmezdi.

Saatin erken oluşuna ve geçen akşam tüketmiş olduğu şaşırtıcı miktardaki şaraba rağmen, Beauty kendini hiç olmadığı kadar iyi hissediyordu. Geçen akşam bir kurt insana dönüşmüştü. Bu da ona her zamanki gibi kuvvet verdi. Beauty ve Delicious kendi vücutlarına ne kadar işkence ederlerse etsinler, aylık kurda dönüşümleri sayesinde sağlıklarına geri kavuşuyorlardı. Bu gerçekten çok pratikti.

Sabahlığını üzerine geçirdi ve kapıya yöneldi. Kapı zili çalmaya devam ediyordu. Belli ki birileri onların dikkatini çekmeye hevesliydi.

Bu birisi de kuryeydi. Sevkiyat kâğıdındaki talimatların bir parçası da *bir cevap alınana kadar zil çalmaya devam et* idi. Bu talimat, müşteriler tarafından özellikle verilmişti. En sonunda kapı, mavi saçlı ve güzel bir sabahlık giymiş olan bir kız tarafından açıldı.

"Bu ne?"

"Özel teslim."

Beauty şüpheyle teslimat kâğıdını inceledi. Büyük bir kutu gelmişti. Belki de kardeşi bir şey ısmarlamış ve ona söylemeyi unutmuştu. Kâğıdı imzaladı ve kuryenin taşımakta zorlandığı kutuyu tek eliyle kolayca kaldırarak kuryeden aldı.

Delicious birkaç dakika sonra oturma odasına geldi.

"Kahvaltı için ne var?" diye sordu.

"Viski."

"Gerçekten mi? Neden?"

"Kurtların Hanımefendisi az önce bize çok büyük bir kasa gönderdi."

Delicious neşeyle bir çığlık attı ve MacRinnalch viskisinin olduğu kasaya elini daldırdı. Yetmiş iki şişe! Çok seçkin bir içki olan MacRinnalch viskisi, esas olarak kabile topraklarında içilirdi ve umumi alanlarda hiç bulunmazdı. Bu, ikizlerin gerçekten özlediği çok az şeyden biriydi.

"Verasa neden bize hediyeler gördersin ki?" Beauty merak ediyordu.

"Kimin umurunda!" diye cevap verdi Delicious. Çoktan içmeye başlamıştı bile. "Bu iyi bir hediye!"

"Kesinlikle öyle! Muhteşem bir hediye, Bunu içmeyi özlemişim!" İki kardeş de içmeye başladılar. Verasa bu sahneyi izleseydi, ikizlerin hediyeyi ne kadar beğendiklerini görür ve mutlu olurdu.

60

Büyücü, Ateş Kraliçesi'nden elektronik posta alınca çok şaşırdı. Malveria ve bilgisayar! Bu inanılır gibi değildi! Hangi acil durum onu böyle bir önlem almaya sürüklemiş olabilirdi?

Malveria'dan, Hiyastanın Ateş Kraliçesi, Volkanların Hanımefendisi, Ateşin Koruyucusu, Cehennemin Leydisi, Yanıcı Elementlerin Yöneticisi, İnsanoğlunun Celladı, Buz Cücelerinin Fatihi, Demir Devlerinin Yok Edicisi...

Thrix bazı yerleri atlamaya başladı. Malveria'nın isim ve ünvanlarının listesi oldukça yıldırıcıydı.

Sevgili Thrix,

Kurt insanların en şöhretlisi, en saygını ve en güvenilir arkadaşı! Beni bir kez daha Prenses Kabachetka'nın üstün geldiği, alay ve taklit salonlarına göndererek lanetli yollara sürükledin. Bir kez daha kendimi modanın lideri değil de, prensesin takipçisi olarak bulmamın sindirilmez ıstıraplarını çekmekteyim...

Mesaj bir süre daha bu şekilde devam ediyordu. Ama Thrix'in de hemen anladığı gibi özet şuydu: Malveria yine önemli olan sosyal bir davete gitmiş ve Prenses Kabachetka onunla aynı elbiseyi giymişti. Thrix derin bir şekilde kaşlarını çattı. Bu durum çok ciddiydi. Ateş Kraliçesi'nin söylediği kadar feci değildi belki, ama çok rahatsız ediciydi.

Thrix, Malveria için özel tasarımlar temin ediyordu. Bunların kopya edilmesi imkânsızdı.

Genç insan arkadaşım, senin moda evinde bir casus olabileceğini öne sürüyor, diye devam ediyordu Malveria. *Bu içler acısı, aşağılık, hain paraziti araştırıp bulacağından eminim. Kalede hoş bir kurt adamla tanıştın mı canım? Biliyorsun ki, senin yalnız olman beni endişelendiriyor.*

Thrix mesajı okurken, birileri odaya zorla girmeye çalışıyordu. Hızlı bir şekilde bilgisayarını kapattı ve kilit büyüsü yaptığı büyük tahta kapıya doğru yöneldi.

"Evet, kardeşim!" diye seslendi.

"Aç şu kapıyı!" dedi Sarapen.

"Kapının nasıl çalındığını unuttun mu?"

"Aç şu kapıyı, yoksa menteşelerini parçalarım!"

Şafak sökmeden bir veya birkaç saat önceydi. Thrix de Sarapen de kurt insan halindeydiler. Thrix, Sarapen'in kilit büyüsünü kırabileceğini düşünmüyordu, ama o kadar da emin değildi. Şayet kendini savunmak zorunda kalırsa aklına başka birkaç büyü getirdi.

"Kardeşime oy verdikten sonra benimle yüzleşmeye utanıyor musun?"

"Ben yaptığım hiçbir şeyden utanmıyorum!" diye cevap verdi Thrix ve kilidin büyüsünü kaldıracak kelimeyi mırıldandı. Kapı açıldı ve Sarapen içeri girdi.

"Seni görmek ne hoş kardeşim! Aklında bir şey mi var?"

"Bana karşı anlaşma yapmaya nasıl cesaret edersin, Büyücü?"

"Anlaşma yapmadım. Oy verdim. İstediğim gibi oy kullanmakta özgürüm."

Sarapen yüzünü Thrix'in yüzüne, burunları birbirine değecek kadar yaklaştırmak için eğildi. Thrix direniyordu.

"Eğer danışmanlarım üstelemeseydi..." diye hırladı Sarapen, "Büyük Konsey'de çoktan birkaç üye eksilmiş olacaktı. Seni uyarıyorum kardeşim! Annemin doğuştan gelen hakkımı hile ile elimden almasına izin vermeyeceğim. O benim gazabımdan zarar görmeyeceğini düşünebilir, ama sen düşünemezsin!"

"Burnunu suratımdan çek, Sarapen! Yoksa seni buradan dışarı öyle bir güçle gönderirim ki, kalenin duvarları yıkılır!"

"Küçük sihirlerinin beni etkileyebileceğini mi düşünüyorsun?" Sarapen kükrüyordu.

"Tehditlerinin düşüncelerimi değiştirebileceğini mi düşünüyorsun?" Thrix de ona aynı şekilde karşılık verdi.

"Düşüncelerini değiştirmeye gelmedim! Seni uyarmaya geldim! Konsey, gelecek dolunayda yeniden toplanacak ve beni kabile lideri seçecek! Bunu unutmazsan, akıllı davranmış olursun!"

Sarapen bir adım geri çekilerek, "Aileyle hiçbir ilgin olmadığını itiraf ettin," dedi.

Thrix sessiz kalmayı tercih etti.

"Öyleyse senin bana oy vermen daha kolay olmaz mı? Ben kabile lideri olduktan sonra seni rahatsız etmeyeceğimize garanti veririm."

Başka bir durumda, Thrix buna gülebilirdi. Diplomasiyi, tehditlerini savurduktan sonraya bırakması tam da kardeşi Sarapen'e göreydi.

61

"Londra'ya gidip, Butix ve Delix'le ilgilenmeni istiyorum."

Dominil gözlerini dikerek Kurtların Hanımefendisi'ne baktı.

"Butix ve Delix'le ilgilenmek mi? Bunu neden yapayım?"

"Korunmaya ihtiyaçları olabilir. Oylama böyle hassas bir dengedeyken onlar için endişeleniyorum," diye açıkladı Verasa.

Gün ortasıydı. MacRinnalch Kalesi öfkeyle kaynıyordu; bu, doğru dürüst açığa vurulmayacak bir öfkeydi. Çünkü kabile liderinin cenazesi bölünemezdi. Verasa hesaplamalar yapmakla meşguldü. Sarapen büyük ihtimalle Dulupina'nın oyunu garanti altına almak için Kalixi öldürmeyi deneyecekti. Muhtemelen Baron MacPhee'ye yeniden kendisiyle iş birliği yapması için, ya rüşvet vermeyi ya da onun gözünü korkutmayı deneyecekti. Verasa bununla ilgilenebileceğini düşündü. Ama ikizler problemdi. Sarapen'in onlara, Büyük Konsey'in gelecek toplantısına gelip, ona oy vermelerini sağlayacak bir şey önermesinin muhtemel olmadığını düşünse de, bu tamamen göz ardı edilemezdi. İşin daha da kötüsü, onları öldürmeyi deneyebilirdi.

Büyük Konsey'deki gelecek pozisyonu seçmek, Verasa'nın hakkıydı ve bu mevki için, kız kardeşi Lucia'ya, oğlu Decembrius'un alabileceğine dair çoktan söz vermişti. Bu, Lucia'nın oyunu garanti altına alacak etkili bir rüşvetti.

Ne yazık ki boş kalacak diğer pozisyona kimin seçileceğine Dulupina karar verecekti ve büyük bir ihtimalle bu pozisyonu, Thane'in yaşlı kardeşi Kurian'a verecekti. Geçen akşam Sarapen altı oy almıştı. Eğer Kalix'i öldürmeyi başarırsa, Dulupina'nın oyunu alacaktı. Böylece yedi oyu olacaktı. Kalix ölünce onun konseydeki pozisyonunu Decembrius alacaktı. O da Sarapen'e oy verecekti. Etti sekiz. Eğer ikizleden birini öldürmeyi başarırsa, Kurian'ın üçüncü çocuğu konseye seçilirdi. Bu da onun dokuzuncu oyu olacaktı.

"Neden?" diye sordu Dominil. "Decembrius'u atamayı söz verdin? O, Sarapen'i destekler!"

"Lucia'nın oyunu garantilemenin tek yolu buydu!"

"Mantıklı! Ama hâlâ neden Beauty ve Delicious'a bakmak için kaleden ayrılmam gerekiyor, anlamıyorum. Onların yozlaşma hikâyelerini duydum. Bu görevden zevk alacağımı sanmıyorum."

"Kaledeki hayatından zevk alıyor musun?"

"Hayır. Ama burası ev!"

"Sarapen'le arana, birkaç yüz mil uzaklık koymaktan minnettar olacağını düşündüm."

"Ben Sarapen'den korkmuyorum."

"Biliyorum. Bu ailenin probleminin bir parçası da, korkmaları gerektiği zaman bile hiç kimsenin pek korku hissetmemesi!"

Dominil, Kurtların Hanımefendisi ona rock müzik hakkında bir şey bilip bilmediğini sorunca şaşırdı.

"Çok az."

"Butix ve Delix'in müzisyen olduklarını biliyor musun? Gitar çalıyorlar ve şarkı söylüyorlar. Sahneye çıkmışlar. Ama tabi ki bir şey yapamayacak kadar düzensizlermiş. Bu işle ilgili bir şey bilmiyorum, ama organize olmak için fazlasının gerektiğine eminim. Başka müzisyenlerle tanışmak, çalacak mekânların olması, reklam, bu tür şeyler..."

"Onların grubunu yönetmemi mi öneriyorsun?"

"Neden olmasın? Şu son üç yıldır çok sıkıldın. Sen ailenin en zekisisin. Aklına koyduğun bir şeyi organize edebileceğinden hiç şüphem yok! En azından sıkılmazsın!"

Dominil şarabını bitirdi. Neredeyse beline uzanan, uzun, düz ve kar beyazı saçlarını geriye iterek biraz daha doldurdu.

"Bu, bir ihtimalle ikizleri Markus'a oy vermeleri için ikna etmenin bir yolu mu olacak?"

"Evet. Ama oy versinler ya da vermesinler, korunmaya ihtiyaçları olacaktır!"

62

"Neden cevap vermiyor?" diye sordu Ateş Kraliçesi huysuzca. Moonglow'un bilgisayarına bakıyordu. Moonglow gelecek cevabın, Thrix'in elektronik postalarını kontrol edeceği zamana bağlı olduğunu açıklasa da, Malveria bilgisayarın ihanetinden şüphelenmiş gibi görünüyordu.

"Bir haberci göndermeliydim."

"Eğer Thane'in cenazesini bölerse, habercine zarar verebileceklerini söyledin."

Malveria omzunu silkti. Bir haberci oldukça önemliydi onun için.

"Eminim ki yakında cevap verecektir," dedi Moonglow.

Saat sabahın dördüydü. Kalix hiçbir yorgunluk belirtisi göstermemesine rağmen, Daniel ve Moonglow'un enerjisi tükeniyordu. Genç kurt kız şu anda mutfaktaydı. Daha fazla yiyecek için etrafı kokluyordu.

"Yatmam lazım," dedi Moonglow. "Yarın dersim var."

"Okula mı gidiyor musun hâlâ?" diye sordu Malveria.

Moonglow üniversiteye devam ettiğini açıkladı.

"Daha büyük insanlar için bir okul mu?"

"Evet."

"Gençken yeterince öğrenemeyenler için mi?"

"Tam olarak, değil," dedi Moonglow. Ama iyi bir açıklama yapamayacak kadar yorgundu. Malveria'nın gece kalmaya niyeti olup olmadığını merak etti. Ateş Kraliçesi'nin gitmeye hiç niyeti yok gibiydi. Hâlâ moda felaketinin acı hatırasından ıstırap çekiyormuş gibi hüzünlü bakıyordu. Moonglow onun nerde uyuyabileceğini düşündü. Evin iki yatak odasını Daniel ve Moonglow kullanıyordu. Çok küçük bir oda daha vardı, ama orası henüz açmadıkları kutularla doluydu. Malveria'ya -nede olsa bir kraliçeydi- kanepede uyumasını söylemenin bir kabalık olacağını hisseden Moonglow, ona kendi yatağını kullanmasını önerdi.

"Ben Daniel'ın odasında uyuyabilirim."

Ateş Kraliçesi şimdi keyiflenmiş gibi görünüyordu.

"Ama bu bir tabu, değil mi? İnsan geleneklerini anladığım kadarıyla, öyle!"

"Sorun değil," dedi Moonglow. "Biz arkadaşız."

Malveria diğer insanların duygularının kurnaz bir yorumlayıcısıydı. Daniel'ın bunu arkadaşça bir jestten daha fazlası olarak düşünebileceğini biliyordu. Bu öneriyi kabul etmek istedi. Moonglow'u, Daniel'ın yatağına göndermek eğlenceli sonuçlar doğurabilirdi. Ama yine de içindeki edep duygusu onu engelledi. Onun krallığında ev sahibini kendi yatağından etmek, uygun karşılanmazdı.

"Ben burada uyuyacağım. Senin kanepende! Bunun daha uygun olacağından eminim."

Moonglow şaşırdı. Malveria'yı en ufak şeyler için bile gözyaşları içinde gördükten sonra, kraliçenin rahatsızlıkla başa çıkmaya alışkın olduğu izlenimini edinmemişti. Moonglow bu konuda yanılıyordu. Şu anda kendi krallığının yöneticisi olduğu için, Malveria lüks hayat tarzına alışmıştı. Ama bu her zaman böyle olmamıştı. Rekabet eden altı grup arasındaki savaş zamanında, Ateş Kraliçesi sık sık mağaralarda uyumuştu ve gecenin ortasında vahşi düşmanlarıyla savaşmak için uyandırılmıştı. Görünürde imkânsız olan zorluklarla mücadele ederek, lavla kaynayan kayalardan ve buzulların döküldüğü dağlardan geçmişti. O zamanlar yeniden konforlu bir yatakta uyuyacağına dair hiçbir beklentisi yoktu. Bugünlerde bunları anlatmak zor olsa da, Malveria kaşarlanmış bir savaşçıydı.

"Bilgisayar bir haber getirirse bilecek miyiz?"

"Evet, alarmını kuracağım."

Moonglow, Malveria'ya battaniye getirmeye ve Kalix'in rahat etmesi için bir şeye ihtiyacı var mı diye kontrol etmeye gitti.

"Bu akşam sıcak su şişesine ihtiyacım yok," dedi Kalix. "Kurt insanken sıcak oluyorum."

"Yine de alsan iyi olur," diye cevap verdi Moonglow. "Arka pencereden esinti geliyor. Başına gelenlerden sonra hâlâ zayıfsın."

Kalix suratını astı. İlgiden hoşlanmıyordu. Malveria ile aynı odayı paylaşmaktan da! Ama birden kendini yorgun hissetti. Yorganına sarıldı, ateşin önündeki yatağın içine kıvrıldı ve Moonglow'un ona verdiği göz alıcı ipek bir örtüyle örtünen ve kanepede uzanan Ateş Kraliçesi'ni kendi haline bırakarak uykuya daldı. Malveria yorgun değildi. Bu evde kendini tuhaf bir şekilde rahat hissediyordu. Gelecek ayın Yönetici Elementler Konsey Toplantısı'nda muhteşem bir moda zaferini hayal ederek uykuya daldı.

63

MacRinnalch Kalesi içten bir anlaşmazlıkla parçalanmış olsa da, bu Thane'in cenazesinde fark edilemezdi. Sarapen ve Markus cenaze töreninde yan yana durdular. Hiçbir husumet belirtisi göstermediler. Kurtların Hanımefendisi, Thane için geleneksel vedayı okurken, katılanların hepsi başlarını saygıyla öne eğdiler. Bu, 1128 yılındaki Durghaid MacRinnalch'dan beri, her kabile liderini gömmek için okunmuş olan aynı vedaydı. Meşaleler kalenin muazzam salonunu aydınlattı. Tabutu taşıyacak olanlar, meşeden yapılmış büyük tabutu kaldırmak için harekete geçerlerken, gaydacı bir ağıt çalmaya başladı. Kurt insan halindeyken gayda çalmak zordu, ama kabile reisinin cenazesinde bu yapılmak zorundaydı. Tabut dışarıya, kurt insanların, Thane'e, ölü kurt insan ormanlarına yapacağı yolculukta son vedalarını gerçekleştirecekleri yere taşırken, ürkütücü ve duygulandırıcı ses, büyük salonda yankılanıyordu.

Kurtların Hanımefendisi kaleden dışarıya doğru aileye

öncülük etti. Kabile, Verasa'yı cenaze töreninin başında görünce kalabalık arasında hafif bir dalgalanma oldu. Büyük Konsey'in yeni kabile lideri seçemediği dedikoduları olmuştu ve işte, kanıtı da buradaydı. Yeni bir kabile lideri olsaydı, matem tutanlara o öncülük ederdi. Komşular arasında sürekli bakışmalar oldu. Huzursuzluk olacaktı ve bunu herkes biliyordu.

Dolunay gecesiydi. Thane'in tabutu getirilince bütün kurt insanlar, daha önce dünyada nadiren duyulmuş bir şekilde ulumaya başladılar. Bütün kabile, şeflerini kaybetmenin yasını tutuyordu. Ama sadece Thrix ulumuyordu. İtiraf etmesi zordu, ama Thane gittiği için mutluydu. Kaledeki hayat Thane'in kızları için kolay olmamıştı. 'Kalix'in yaşındayken daha fazla cesaretim olsaydı, babama ben de saldırabilirdim,' diye düşündü Thrix. Fakat çok geçmeden bu düşüncelerinden utandı.

Sarapen yüksek sesle, uzun uzun uluyordu. Ulumaları azalırken kardeşi Markus'un durduğu yere baktı. 'Seni öldüreceğim, canım kardeşim!' diye konuştu kendi içinden. 'Sadece seni değil, yoluma çıkan herkesi!'

Dominil de uludu. Ama kısaca! Sıkılmıştı! Verasa'nın Londra teklifini kabul edip etmemeyi düşünüyordu. Bunu yapmak için bir neden göremiyordu, ama yapmamak için de bir neden göremiyordu. Bu durum hep problemdi onun için. Yani kararsızlık değildi de, daha çok hiçbir alternatifin zahmete değmediği duygusu problemi!

Verasa'ya gelince, cenazedeyken gözleri yaşlarla dolmuştu. Evet, kocasından uzaklaşalı uzun zaman olmuştu, ama çok uzun zamandır birliktelerdi. Neredeyse üç yüz yıldır. Çok az insanın kavrayabileceği bir tarihi paylaşmışlardı. Ve şimdi gitmişti Thane. Verasa başını arkaya yasladı ve ulumaya başladı.

Toplanan kalabalığın içinde Gawain başını eğmeden duruyordu. Yas tutanları inceliyordu. Kalix onların arasında değildi. Bu acı bir hayal kırıklığıydı. Gawain'in arkasında Hanımefendi'nin hanesinden altı üye vardı. Topraklara girdiğinden beri onu izliyorlardı. Verasa onlara tören sırasında kargaşa çıkarmamaları talimatını vermişti, ama tören biter bitmez o tutuklanmalıydı.

64

Moonglow, Malveria tarafından çok erken bir saatte sarsılarak uyandırıldı.

"Bilgisayarın ses çıkarıyor. Büyücü'den cevap mı geldi?"

Moonglow, Malvria'ya hemen gitmesini ve uyumasına izin vermesini söylemek istedi. Ama nazik yapısı buna engel oldu. Kendini yataktan sürükledi. Ekran parlıyordu. Thrix, Malveria'nın mesajına cevap vermişti.

"Daha önce hiç elektronik posta almamıştım," dedi Ateş Kraliçesi. "Çok heyecan verici! Bir casus mu var?"

"Okumamı ister misin?" diye sordu Moonglow. Ateş Kraliçesi'nin İngilizceyi okuyabildiğinden emin değildi. Evet, Malveria İngilizceyi çok iyi okuyabilirdi. Moda kataloglarını ve stil dergilerini anlayabilmek için bu dili öğrenmişti. Ama yine de Moonglow'un okumasını istedi.

Sevgili Malveria,

Bu çok can sıkıcı! Haklı olabilirsin. Belki de bir casus vardır.

"Evvvettttt!" diye bağırdı Malveria.

Yarın tekrar uğra! Ne yapılabileceğine bakalım.

"İyi," dedi Malveria. "Uğrayacağım."

Kaşlarını çattı.

"Thrix bu mailde çok fazla kelime kullanmamış. Daha uzun olması gerekmez mi?"

"Belki de cevaplaması gereken bir sürü mesajı vardır," dedi Moonglow.

Malveria ekrana bakarak, "Ben bunlara alışkın değilim. Bak, adını sadece *Thrix* olarak yazmış," dedi.

"Başka isimleri mi var?"

"Tabii ki. Thrix Ugraich Eustacia MacPhail MacRinnalch ve buna ek olarak özel olan birkaç tane daha var!"

"Bu isimler çok fazla!" diye yorum yaptı Moonglow.

"Hayır," dedi Malveria. "Hatta çok az! Benim daha çok ismim var. Senin kaç tane var?"

"Sadece iki!"

"Hiç kimse iki isimle idare edemez? Çok zor! Görüyorsun, canım Thrixim bir casus olduğunu onaylıyor. Yarın Büyücü'yü ziyaret edeceğim. Bu casusu yakalamak için bir plan yapacağız. Sonra prenses Kabachetka, kimin modadan daha iyi anladığını ve daha üstün ayakkabıları olduğunu görecek."

"Doğru," dedi. Moonglow'un gözleri bitkinlikten dolayı kapanmak üzeydi. Sadece birkaç saat uyumuştu ve daha fazlasına ihtiyacı vardı. Tuhaf bir ses yatak odasına yayıldı. Moonglow tam olarak ne olduğunu anlayamadı. Sadece acılı bir ses duyuyordu.

"Bu ne?"

"Genç kurt kız!" diye cevap verdi Ateş Kraliçesi. Şafak söktüğünden beri senin banyonda öğürüyor. Sorunun ne olduğunu sorması için bir hizmetçi göndermeni önerecektim, ama elinde hiç hizmetçin yoksa belki de kendin gitmek zorunda kalacaksın. Bu arada ben prensesten alacağım intikamı planlamak için krallığıma dönüyorum. Misafirperverliğin için teşekkür ederim."

Ateş Kraliçesi elini salladı ve hemen gözden kayboldu. Moonglow geceliğinin üzerine bir sabahlık aldı ve ayaklarını sürüyerek banyoya gitti. Kalix'i gördü. İnsan Kalix'i! Rahatsızlanmıştı. Moonglow'un ilk düşüncesi, yediği etten ötürü Kalix'in yiyecek zehirlenmesi geçiriyor olabileceğiydi.

"Sorun nedir?"

Kalix çevresine baktı. Moonglow'u görünce ayağa kalktı ve ona çarparak yürüdü. Moonglow başını salladı. Sabahın bu saati için bu kadarı fazlaydı. Kalix'i alt kata doğru takip etti. Onu yerde titrerken buldu. Çok kötü acı çekiyor gibi görünüyordu.

"Sorun ne?" diye tekrar sordu Moonglow. "Doktor ister misin?"

"Hayır."

"Sana biraz çay yapayım mı?"

"Yemek için beni zorlamayı bırak, seni fahişe!" diye cevap verdi Kalix, sonra halıya kusmak için başını çevirdi.

Kısa bir süre sonra Daniel göründüğünde, Kalix hâlâ kötüydü. Çektiği ıstırabı izlemek acı vericiydi. Ne Daniel ne de Moonglow bunun fiziksel mi, yoksa ruhsal mı olduğunu bilmiyordu. Moonglow, Kalix'in yüzünü temizlemeye çalışmıştı. Ama vahşi bir hırlamayla geri itilmişti. Kalix şimdi insandı ve kızın ağzından böyle bir hırlamayı duymak oldukça huzursuz ediciydi. Terliyordu ve titriyordu. Görünen o ki, güçlü bir nöbete yakalanmıştı. Çok üzücü bir manzaraydı bu! Moonglow ne yapacağını gerçekten bilmiyordu. Kalix'in ağzından duyduğu birkaç mırıltıdan, genç kurt kızın geçen akşam çok fazla tıkınmasından dolayı acı çektiğini tahmin ediyordu. Şimdi kusuyordu, ama kasıtlı mı, yoksa değil mi, Moonglow emin olamıyordu.

"Senin obur kuzenin böyle mi?" Daniel'a fısıldayarak sordu.

Daniel, "Hayır," diye cevap verdi. Böylesine şiddetli bir şeyi daha önce hiç görmemişti.

Kalix çantasına uzandı ve afyon ruhu şişesini çıkardı. Sadece birkaç damla kalmıştı. Hızlıca içti. Kalix geçen akşam, yemek olayını çok fazla abarttığını fark ederek uyanmıştı. İnsanlar onu et, pizza, pop-tart ve kim bilir daha başka nelerle beslemişlerdi. Ne yediğinin farkına varması, şimdi Kalix'i berbat bir panik atağın pençesine sürüklüyordu. Bunu bastırmak için yeterli afyon ruhu yoktu. Genç kurt kız sanki beyni parçalara ayrılmak üzereymiş gibi hissediyordu. Evden çıkması gerektiğini biliyordu. Çantasını ve montunu kaptı, kapıya doğru ilerledi.

"Lütfen gitme!" dedi Moonglow. Kalix'in yolunu kesmeye çalıştı. Kalix ona sertçe vurdu. Bu darbenin şiddetiyle Moonglow duvara çarptı.

Daniel, "Hey!" diye karşı çıksa da Kalix çoktan gitmişti. Hemen Moonglow'u kaldırdı ve omzunu ovmaya başladı. Suratı ekşimişti.

"Bu gerçekten çok acıttı. Çok güçlü bir kız!"

Etraflarına bakındılar. Oturma odaları inanılmaz bir pislik içindeydi. Yerlerde ve Kalix'in yorganının üzerinde kusmuk vardı.

Daniel tiksintiyle, "Kurt kız kusmuğu!" dedi.

Moonglow en çok neye üzgün olduğunu bilmiyordu. Kalix'in ona karşı şiddet kullanmasına mı, yoksa gitmiş olmasına mı?

"Bana vurmak zorunda değildi. Gitmemeliydi! Hastaydı."

"Bununla yüzleş, Moonglow! O kurt kız tam bir felaket!"

Moonglow bir damla gözyaşı döktü. Yaşananların hepsi çok üzücüydü.

"Ama dün gece daha nazikti. İyi geçiniyorduk!"

Daniel da onunla aynı fikirdeydi.

"Geri gelecek mi sence?"

Daniel omuz silkti. Tekrar geleceğini hiç sanmıyordu. Gidip onu yeniden aramaya da hiç niyetli değildi. Eğer yardım istemiyorsa, onu zorlayamazlardı. Üstelik durum daha tehlikeli olmaya başlıyordu. Kalix'in, Moonglow'u bir kenara nasıl fırlattığını görmüştü. Onun kontrolsüz olduğunu biliyordu. Çok güçlü ve vahşiydi. Onun çevresinde olmak güvenli değildi.

"Belki de haklısın," dedi Moonglow. Tüm bu olanlardan sonra kendini çok üzgün hissediyordu. Genelde en sevdiği derslerden biri olan Sümer Çivi Yazısı dersinin olması bile onu neşelendirmedi.

"En azından şimdi bir kolyesi var. Ailesinden ve kurt insan avcılarından korunacaktır."

Kalix'i, Avenaris Guildlerle karşı karşıya getiren sadece kötü şansıydı. Yeni kolyesi ne avcıların ne de eğitimli köpeklerin onu sezemeyeceği anlamına geliyordu. Aslında hiç kurt insan kokusu yaymıyordu ve hiç kimse onun insan olmadığını söyleyemezdi. Guildler, genelde büyüyü kullanmıyorlardı. Ama mistik eğitim yöntemleriyle bir kurt insanı, insan halindeyken bile fark edebilecek üyeleri vardı. Onlar bile şimdi Kalix'i fark edemezlerdi. Ama ne yazık ki kolye, Kalix'i, daha önce onu izlemiş olan avcılardan birinden koruyamadı.

Genç kurt kız ne yaptığını bilmeden Moonglow'un evinin bulunduğu sokağın sonuna kadar geldi. Berbat bir kaygı nöbetine tutularak, evin sınırlarından kaçtı. Ama dışarı çıktığı zaman durumu düzelmedi. Kaygılar, düşünmeyi imkânsız hale getiren dalgalar halinde geliyordu. Kalix sanki kaçarak bir şekilde kendisinden kurtulabilirmiş gibi acele etti. Kaçarken insanlar ona bakıyorlardı. Çünkü yüzü kusmuk içindeydi ve gözleri ağlamaktan kızarmıştı.

Şu sıralar ülkede kurt insanlar kol gezdiğinden, Guildler devriye arabalarıyla geziyorlardı. Kennington ve Vauxhall arasında Kalix üç avcı takımının yanından geçip gitti ve bir tanesi onu tanıdı. Aynı avcı geçen ay da Kalix'i takip etmişti. Yoldaşlarına fısıldamadan önce hassas kulaklı kurt kız biraz uzaklaşana kadar bekledi.

"Şu Kalix MacRinnalch!"

"Prenses kurt kız mı?"

Avcı yoldaşlar şu anda Vauxhall Köprüsü'ndeki yoldan aşağıya doğru sallanarak yürüyen, uzun saçlı, sıska kızdan daha etkileyici birini bekliyorlardı.

"Hiç de pransese benzemiyor!"

"Nasıl göründüğünün önemi yok. Hadi, gidelim!"

Kalix'i takip ettiler. Önce gizlice, ama sonra Kalix'in etrafına hiç aldırış etmediği netleşince daha bir güvenle takibe devam ettiler. Kurt kız ne yaptığının farkında değilmiş gibi görünüyordu. Birkaç defa yoldan geçenlere çarpacak gibi oldu. Liderleri bu bölgeyi iyi biliyordu. Vauxhall Köprüsü'ne uzanan sokak, nehrin yakınındaki birkaç demir yolu köprüsünün altından geçiyordu. Bu köprülerin çevresinde bir zamanlar küçük endüstri kuruluşlarının olduğu, şimdi çoğunlukla boş olan birkaç ıssız bölge vardı. Dolayısıyla saldırı için ideal bir yerdi. Avcıların omuzlarındaki tabancaların kılıflarında gümüş mermilerle dolu silahlar vardı.

Guildler, kurt insanları kurt halindeyken öldürmeyi tercih etseler de, bir kabile liderinin kızı kaçırılamayacak kadar önemliydi. Üstelik yanlışlıkla bir insana saldırabilme ihtimalleri de yoktu. Çünkü bu, Kalix MacRinnnalch'dı. O öldüğü zaman hiç kimse polise şikâyette bulunmayacaktı. Ona doğru yaklaştılar, öldürmeye hazırdılar. Kız ilk köprünün gölgesine attı. Liderler emir verdi ve üç adam ileriye doğru fırladı.

Kalix'in korkunç kaygı nöbeti, normalde keskin olan duyularını köreltmişti. Takipçilerinin kokusunu almayı ve onları duymayı engellemişti. Bu onu neredeyse öldürüyordu. Son anda avcıları sezdi. Hızla arkasını döndü, kendisine doğru koşan üç adamı gördü ve kaçtı. Kaygıları yok oldu. Zayıflığı da. Ne kadar kusarsa kussun geçen akşamın bütün yiyeceğini midesinden temizleyemezdi ve hoşuna gitsin ya da gitmesin, Kalix yine güçlüydü. Bir kurt insan olarak doğmuş ve yönetici ailenin tek üyesi olan genç kız, takipçilerini nefes nefese bırakacak bir hızla kaçtı. Hiç kimse ateş edemeden de köprünün kemerlerinin altında gözden kayboldu. Avcılar onun arkasından hızlandılar, ondan bir iz sezmek için duyularını zorlayarak durmadan, hızlı bir şekilde köşeyi dönerek koştular.

"Onu küçümsemek..." diye söze başladı lider. Sonra Kalix yukarıdan üzerine atlayınca konuşması kesildi. Tekrardan güçlü olduğunu anlayan ve nefret ettiği Guildlerden kaçmak istemeyen Kalix, onlarla kavga etmeye karar vermişti. Duvara tırmandı ve avcılar tam altına gelinceye kadar orada asılı kaldı. Onlar geçerken tam da liderin üzerine atladı ve adamın başını şiddetli bir şekilde yana doğru çekti. Hemen ardından ayaklarının üzerine sıçradı. Boynu kırılan avcı olduğu yerde kaldı. Diğer iki avcı, kılıflarından silahlarını çekmeye yeltendiler. Ama Kalix onlar için fazlasıyla hızlıydı. Birini arkadan tekmelerken, diğerinin boğazına yumruğunu indirdi. Adam bayılıp yere düştü. Kalix'in tekmesinin şiddetinden kaburgaları kırılan üçüncü avcı güçlükle ayağa kalkmaya çalıştı. Ama Kalix tekrardan onun suratını tekmeledi. Burnu paramparça olan adam yere yığıldı.

Her şey birkaç saniyede gerçekleşti. Kalix altındaki bedenleri incelemeye başladı. Biri ölü, biri ölebilir ve diğeri de muhtemelen iyileşirdi. Kalix onun iyileşmesine izin vermeyecekti. Burnu kırılan adamın üstüne bastı ve topuğuyla göğsünü öyle bir kuvvetle ezdi ki, işte o zaman kaburgaları kırıldı, ağzından kan aktı. Kurt kız oradan kaçmadan önce, hızlıca elini onların ceketlerine daldırıp cüzdanlarını aldı ve tatmin olmuş bir şekilde oradan ayrıldı.

Kendini daha iyi hissediyordu. Kaygıları yok olmuştu. Oldukça fazla adrenalin yaşamıştı. Şimdi bir kafenin önünden geçiyordu. Kafenin penceresindeki yansımasını fark etti. Berbat görünüyordu. Yüzünü sildi, sonra çantasını karıştırdı. Gözlüklerini buldu ve taktı. Sonra kafasında Cherry Bomb'un sözleri yankılanarak yolda yavaşça koşmaya başladı. Vauxhall Köprüsü'nü koşarak geçti. Şimdi korkudan değil de içinden geldiği için koşuyordu. Koşarken de uzun saçları tıpkı bir yele gibi dalgalanıyordu. Nehrin öte yakasında yalnız kalabileceği nehir kıyısından aşağıya doğru yönelerek, uzun bir çitin üstünden atladı. Ayaklarını Thames'in karanlık sularının üstüne sarkıtarak oturdu. Günlüğünü çıkardı ve yazmaya başladı.

66

Gawain tören biter bitmez tutuklandı. Hiç zorluk çıkarmadı. Karanlık ve rutubetli zindana kapatıldı. Zindan bu günlerde nadiren kullanılıyordu. Duvarları aşırı derecede kalındı. Kapılar da güçlüydü. En güçlü kurt insanın bile kaçamayacağı bir yerdi burası. Gawain de kaçmaya yeltenmedi zaten. Kurtların Hanımefendisi'ni görüp Kalix'den haber almak istiyordu.

Sırtı duvara dayalı bir şekilde oturdu ve kaleyi ziyaret ettiği o eski mutlu günlerini düşündü. Gawain, şanlı savaşçı Gerrart Gawain MacRinnalch'ın büyük büyük torunuydu. Onun ailesi her zaman misafirleri sıcak karşılamıştı. Gawain'in bir insanla evlenen büyükbabası yüzünden statüleri biraz düşürülmüştü. Gawain'in dörtte birlik insan kanı hiçbir zaman Büyük Konsey'de bir pozisyona yükselemeyeceği anlamına gelse de onu çok fazla şeyden alıkoymamıştı. Bunun dışında istediği her şeyi yapmakta özgürdü. Thane'in yeni yetme kızıyla yatmak haricinde tabi!

Zindanın çok yukarısında, Kurtların Hanımefendi'sinin havadar odasında, Verasa, oğlu Markus'u ağırlıyordu. Mümkün olduğunca çabuk Londra'ya dönmeye istekli olan Thrix, çoktan oradan ayrılmıştı. Sarapen doğuya, kendi büyük kalesine doğru yola çıkmıştı. Cenazeden sonra ne Verasa'yla ne de Markus'la yeniden konuşmamıştı. Bir ay içinde Büyük

Konsey'in gelecek toplantısı için döneceğine dair Rainal'e bilgi vermişti. Baron MacAllister ve Baron MacGregor da oradan ayrılmışlardı. Kurtların Hanımefendisi'ne olan vedaları oldukça saygılıydı, ama son birkaç günün olaylarından duydukları endişeyi saklayamıyorlardı.

Verasa iç çekerek, "Eğer Thane sadece birkaç ay daha yaşamayı becerseydi, kabile liderliğini kolay bir toplantıyla sana teslim edebilirdim," dedi.

Markus başını salladı. Annesi hâlâ yeterli oyu toplayabileceğinden emindi. Ama bu arada Sarapen ne yapacaktı?

"Kalix'i yakalamaya ya da öldürmeye, Baron MacPhee'yi etkilemeye ve muhtemelen Thrix'e itirazda bulunmaya çalışacak," dedi Verasa. "Eğer kendi yöntemlerini kullanmaya kalksaydı ona karşı çıkan herkesi öldürmeye çalışırdı. Ama iyi danışmanları var. Mesela Mirasen akıllı biri!"

Annesi, Markus'un kabile lideri olmasını ilk gündeme getirdiğinde küçük oğlu emin değildi. Bunun gerçekten olabileceğini düşünmüyordu. Ama şimdi inanıyordu. En sonunda kardeşine karşı egemenlik kazanma ihtimali çok cezbediciydi.

"Dominil gerçekten Londra'ya gidecek mi?"

"Evet."

Oxford'da geçici olarak kalmasının dışında, Markus, Dominil'in herhangi bir yere gittiğini hatırlamıyordu.

"Şaşırdım, anne! Ruhsuz Dominil'in güneye yolculuk yapmak için hazırlanacağı fikri çok şaşırtıcı! Üstelik ikizlere bakmak için!"

"Sıkılıyordu. Can sıkıntısı hayatındaki en güçlü faktör bence."

"Son altı yıldır ne yapıyordu?"

"Latin şiir çevirileri yapıyordu. Bilgisayarında çalışıyordu sanıyorum."

Verasa, Dominil'in özel hayatı hakkında Markus'tan daha fazlasını biliyordu. Ama bu bilgiyi paylaşmıyordu.

"Fakat şimdi bir şey yapmak istiyor. İkizlerin yardıma ihtiyacı var. Kim bilir, belki de bu görev Dominil'in hoşuna gider."

"Kendini nasıl bir işin içine soktuğunu biliyor mu?"

"Muhtemelen, hayır. Ama üstesinden geleceğini düşünüyorum."

"Müzik dünyası hakkında bir şey biliyor mu?" diye sordu Markus.

"Bilmediğini söylüyor. Ama ben ona güveniyorum. Butix ve Delix'in her neye ihtiyacı varsa, Dominil'in bunu karşılayabileceğinden eminim."

Markus yozlaşmış ikizlerin, annesi onlara ne rüşvet verirse versin ona oy vermek için MacRinnalch Kalesi'ne gelebileceklerini düşünmüyordu. Ama onları korumanın akıllıca olduğunu kabul ediyordu. Eğer öldürülürlerse, konseydeki yerleri Sarapen'e oy verecek kurt insanlar tarafından alınacaktı.

"Şimdi biraz Gawain'i düşünsem iyi olur sanırım."

Markus hırlayarak, "Neden geri döndü?" diye sordu.

"Kim bilir? Ama bunun sebebini bana söylemek için istekli olacağından eminim. Zindan konforlu bir yer değil. Bugünlerde nadiren kullanılıyor. Ahh, bunu söylemekten zevk alıyorum! Baron MacGregor'un en küçük kuzeni sarhoş olup, kalenin kuzey duvarına tırmanmaya çalıştığından beri orada hiç kimseyi misafir etmemiştik. Ve ben sadece Baron onun bir ders almasını istediği için hapsettim."

67

Kalix'in afyon ruhu bitmişti. Acilen daha fazlasına ihtiyacı vardı. Genç MacDoig'in Limehouse'da gizli olan yerine, yani Londra'nın doğu ucuna kadar gitmek zorunda kalacaktı. Afyon ruhu bugünlerde dünyada pek bilinmiyordu. Afyon ruhunun yerini, eroin ve kokain gibi başka maddeler almıştı. MacDoig'in bunu nereden bulduğu bilinmiyordu. Bu dünyadan değildi muhtemelen. Çünkü afyon ruhu için istedikleri fiyat çok yüksekti. Tüccar, İskoçya'da ona ilk şişeyi ucuza vermişti ve bunu iyilik olsun diye yaptığını söylemişti.

Avcıların cüzdanlarını almış olan Kalix'in şimdi yeterince parası vardı. Limehouse'a gitmenin en hızlı yolunun hangisi olduğunu merak ediyordu. Kalix sık sık şehri boydan boya yürürdü. Ama gerektiğinde otobüsü veya metroyu nasıl kullanacağını da biliyordu. Metro daha hızlı olacaktı. Duvardaki metro haritasına baktıktan sonra Limehouse için bilet aldığı Victoria'ya doğru hızlandı. Kalix tünel haritasını seviyordu. Her bir rota için farklı renklendirilmiş çizgileriyle, sınırlı okuma becerisi olan birisi için bile net ve takip etmesi kolay bir haritaydı. Tower Hill'e giden metroya bindi, sonra son iki durak için Docklands dar raylarına geçiş yaptı.

Nehrin kıyısındaki bu bölge, bir zamanlar afyon batakhaneleri için mesken olmuştu. Çok uzun zaman önceydi tabi. Ama eski günlerle iletişimini bütünüyle kaybetmemiş tek tük birkaç semt kalmıştı. Kalix nehir kenarından aşağıya, dar sokağa doğru yürüdü. Sonra küçük bir vadide kayboldu. Vadinin çok ilerisinde, karanlıkta neredeyse görünmez olan siyah bir kapı vardı. Kalix dört defa zili çaldı ve bekledi. Kapı açılır açılmaz çabucak içeriye girdi.

Girdiği oda, bazıları eski zamandan kalma, bazıları da tanınmayan insan eliyle yapılmış şeylerle tıka basa doldurulmuştu. Bunların bazılarının değeri belliydi, ama diğerleri işe yaramaz görünüyordu. Muhtemelen bir zamanlar işe yaramışlardı. Tüccar nasıl kâr edeceğini bilen, uyanık bir ticaretçiydi. Kalix zaman zaman çaldığı şeyleri ona satmıştı. Tüccar da bunların nereden geldiğine dair hiçbir zaman soru sormamıştı. Verasa'nın kendisi de bu tüccardan sanat eserleri satın almıştı. MacRinnalch Kalesi'ne geçiş yaparken yasal durumlardan bir sorun çıkmaması için rüşvet verip duruyordu tüccar.

Kalix genç Macdoig tarafından içeri alındı. Babası tüccar MacDoig zaten odadaydı. Tüccar Macdoig çok tıknaz bir adamdı. İriydi. Coşkuluydu. Çevresinde antika eşyaları biriktiren bu adam, on dokuzuncu yüzyılda modası geçmiş bir takım giyiyordu ve siyah bir şapka takıyordu. Favorileri vardı. Bir de baston taşıyordu. Metanetli bir havadan ziyade, güler yüzlü olmasına rağmen, Dicken'a benzer bir görünümü vardı. Oğlu biraz daha küçük olsa da, eski moda kıyafetleri seven, hatırı sayılır ölçüde kalıplı bir adamdı. Babasından farklı olarak, gür ve kırmızı saçları henüz griye dönmemişti. Kalixi gördükleri zaman gözleri parladı. Kalix ifadesiz bir bakışla onlara karşılık verdi. İkisine de güvenmiyordu.

Tüccar MacDoig eski bir arkadaşı selamlıyormuş gibi, "Genç Kalix MacRinnalch!" diye bağırdı. "Seni yeniden görmek ne güzel! Bugün bana bir şey getirdin mi?" Ya şaka yapıyor olduğu için ya da gerçekten Kalix'in değerli bir şeylere sahip olabileceğini düşündüğü için fesatça göz kırptı. Kalix olumsuz anlamda başını salladı.

"Geçenlerde sevgili annenle beraberdim," diye devam etti tüccar. Kuzeyli bir İskoç gibi kıvrak bir sese sahipti. Nairn'de doğmuştu. Ne kadar zaman önce doğduğunu hiç kimse tahmin edemezdi. Çünkü bütünüyle doğal olmayacak kadar uzun bir yaşam sürmüştü.

"Şu talihsiz Thane meselesi!" diyerek başını salladı. "Onun huzur içinde, ölü kurt insan ormanlarında dolaşıyor olması, onu tanıyan herkes için acı bir darbe oldu!"

Bir insanın bu ifadeyi kullanması tuhaftı. Ama tüccar, kurt insanların geleneklerine aşinaydı ve Kalix'in de bunu tahmin edeceğini düşünmüş olabilirdi. Ya da sadece onunla dalga geçiyor olabilirdi.

"Hâlâ," diye devam etti tüccar, "yapılacak çok ticaret var. Thane'in cenazesi için en iyisi yapılacak!"

Genç MacDoig sessizce geride duruyordu. Ticarethanesi Londra'daydı. Ama belli ki tüccarı ziyaret etmeyi tercih ettiği zamanlarda işi babasına bırakıyordu. Kalix işini halledip, mümkün oldukça kısa bir sürede oradan ayrılmak istiyordu. Ama tüccar MacDoig konuşmayı seven bir adamdı.

"Afyon ruhu için buradasın sanırım. Mükemmel, mükemmel! Bu sabah taze malımız var. Hem de en iyisinden! Bunun gibisini dünyanın başka hiçbir yerinde bulamazsın, Genç Kalix. Kardeşinle hiç görüştün mü? İlgi göstermemesine rağmen, Büyücü büyü işleri için benim hizmetimi kullansa çok iyi yapar diye sık sık düşünmüşümdür. Ama o, hoş ve genç bir kadın, bunu itiraf ediyorum ve söylediklerine göre, dünyada güç sahibi olmaya başlıyor."

Kalix sıkıntısını bastırmaya çalıştı. Tüccar ve oğlu ne kadar can sıkıcı olurlarsa olsunlar, kendini kaybetmeyi göze alamazdı. Afyon ruhundan mahrum kalması felaket olurdu. Ceplerinde para aramaya başladı.

"Ahh!" dedi tüccar, oğluna dönerek. "Genç kurdun yola çıkmak için acelesi var. Bildim bileli, ağzı sıkıdır onun."

"Evet, öyle." Genç MacDoig, sadece biraz daha az bir coşkuyla babasını onayladı. "Ama Kalix iyi bir müşteri! Bizi sık sık ziyaret eder."

"Bunu duyduğuma memnun oldum, oğlum," dedi oğlunun sırtına hafifçe vurarak. "Söyle bana Kalix, Londra'da mı oturuyorsun? Kalacak iyi bir yerin var mı?"

"Neden sordun?"

"Sebebi yok, sebebi yok! Sadece senin sıhhatinden endişe ediyorum!"

"Ben iyiyim," diye mırıldandı Kalix. Tüccara herhangi bir kişisel detay vermek istemiyordu. Genç MacDoig afyonu ruhunu getirdiğinde parayı uzattı. Daha sonra Tüccar MacDoig'in onu soğuktan koruması için önerdiği bir bardak viskiyi reddederek, olabildiğince hızlı bir şekilde yola koyuldu.

"Dönmek için acele ediyorsun!" dedi tüccar. "Seni burada görmekten her zaman memnun oluruz, Genç Kalix!"

Kalix aceleyle MacDoig'in yerinden uzaklaştı. Günün geri kalanını nehrin kıyısında geçirdi. Avcılarla karşılaştığı yerin kuzeyi olan Vauxhall Köprüsü'ne giden bütün yolu geri yürüdü. Ara sıra şişesinden afyon ruhu yudumluyordu. Kendisini sağlıklı hissediyordu şu anda. Çok fazla kimyasalın sakinleştirme yöntemine ihtiyaç duymuyordu. Burada, tam da Victoria'nın güneyinde, nehir kıyısı halka açık değildi. Büyük otlarla kaplanmıştı. Yukarıdaki yol görünmüyordu. Etrafı dolaştı. Ara sıra durarak, zahmetli bir şekilde günlüğüne kayıt tutuyordu. Avcılarla nasıl kavga ettiğini, Macdoigler'e olan ziyaretini ve Westminster köprüsü üzerinde durup, parlamento binasına nasıl baktığını yazdı. Aynı zamanda onu kandırıp, çok fazla yemek yediren Moonglow hakkında bazı sert kelimeler yazdı.

Nehirde turist botları ve kargoyla yüklü birkaç uzun düz mavna vardı. Kalix hatırlayabildiği kadarıyla daha önce bota hiç binmemişti. Nasıl bir şey olduğunu merak ediyordu. MacRinnalchların İskoçya'nın farklı adalarında mülkleri vardı. Ailesinin bazen ziyaret amaçlı denize açıldığını hatırlıyordu. Ama onu hiç yanlarında götürmemişlerdi. Ayağının üzerinden bir fare geçti. Kalix eğlence olsun diye onu kovaladı, gitmesine izin vermeden önce, onu yukarıya kaldırdı.

Kalix başka hiç kimseyle karşılaşmadı. Ona göre bugün güzel bir gündü. Ama akşam karanlığı çökerken tamamen yabancısı olduğu bir hisse kapıldı. Kendini sağlıklı hissediyordu, hatta uzun zamandır hiç olmadığı kadar sağlıklı. Kurt insana dönüşmek ona enerji vermişti. Şiddetli arzusunu tatmin etmek için yeterli afyon almıştı. Avcılarla yaptığı kavga cesaretini perçinlemişti. Evet, iyi hissediyordu, bir şey dışında ama ne?

Kalix yere oturdu ve suya baktı. Onu huzursuz eden bir şey vardı. Bu hep var olan Gawain'in özlemi değildi. Bazen onu boğan kalede büyümüş olmanın kötü hatıraları da değildi. Başka bir şeydi bu! Kalix kendisini yalnız hissettiğinin farkına vardı. Omzunu silkti. Zaten hep yalnız hissediyordu. Öyle miydi? Bu duyguyu sorgulamaya çalıştığında, her zaman yalnız mıydı, yoksa değil miydi, kesin olarak söyleyemedi. Genellikle hastaydı, ya koşuyordu ya da saklanıyordu. Şimdi kendini daha sağlıklı hissettiği bu günde, duygularının farkına varmak için biraz daha vakti olmuş gibi görünüyordu. Aslında yalnızlığını düşündü.

Kalix yeni kolyesine baktı. İlk defa onun için bunu bulmanın zor olmuş olabileceği aklına geldi. Kalix bu kolyenin ona verilmesinden kimin sorumlu olduğundan emin değildi. Thrix mi? Ya da Ateş Kraliçesi? Ya da Moonglow?

Moonglow'u düşündü ve sabah ona vurduğu için biraz pişman oldu. Kalix panik içindeydi. Ama o, insanların bunu anlamadıklarını biliyordu. Bu durum onun geri dönemeyeceği anlamına geliyordu. Kalix'in hayatı böyleydi işte! Nereye giderse gitsin, hoş karşılanmayacaktı. Eğer Moonglow'u tekrar görecek olursa ondan özür dileyecekti. Fakat sonra vazgeçti. Özellikle de iradesi zayıfken onun yemek yemesine neden olan birinden özür dilemeyecekti! Kalix şimdi daha da sinirlendi. Bu kız kim olduğunu sanıyordu ki, onun boğazına zorla yemek tıkıyordu? Hırladı. Moonglow da herkes kadar kötüydü. Fakat geceleyin sıcak tutsun diye Kalix'e sıcak su şişesi getirmişti. Aslında bu, ince bir davranıştı.

Kurt kız kaşlarını çattı. Daniel onunla Joan Jett hakkında konuşmuştu. Bu hoşuna gitmişti. Daha fazla Runaways plakları dinlemek de hoşuna gitmişti. En sevdiği Runaways şarkılarını dinlemeye çalıştı, ama müzik çalarının pilleri zayıflıyordu. Bu gece için olduğu yerde kalmaya karar verdi. Nehir kıyısı sessizdi. Hiç kimse onu rahatsız etmezdi.

68

Moonglow Sümer tarihi ve çivi yazısı çalışarak meşakkatli bir öğle sonrası geçirdi. Sonra da öğrenmeye çok hevesli olduğu, şimdiye kadar yazılmış kanun maddelerinin ilki olan Hamurrabi Kanunları üzerine bir seminere katıldı. Derslerden ve seminerden sonra Moonglow şimdi, Eski Sümer'de en büyük şehrin Ur olduğunu, Hamurrabi zamanında zina cezasının dört keçi olduğunu ve hiyeroglif ve bir alfabe arasında olan çivi yazısını öğrenmenin gerçekten çok zor olduğunu biliyordu.

Her zaman yaptığı gibi, derslerine yoğunlaştı, tabi birkaç sıra önündeki kızın sarı renkli bir bluz giydiğini fark ettiği bir an dışında. Bu ona Markus'un giydiği sarı bluzu hatırlattı. Ne kadar tuhaf bir durumdu bu. Moonglow hâlâ onun çok çekici göründüğünü düşünüyordu.

Moonglow eve giden metroya yetiştiğinde gün ışığı soluyordu. Kalix'in vurduğu omzu ağrıyordu. Moonglow bunu her düşündüğünde sinirleniyordu. Olumsuz düşünceleri kafasından atmaya çalıştı. Kalix daha küçüktü. Hayatı da zordu. On dokuz yaşındaki Moonglow, Kalix'ten sadece iki yaş büyüktü. Ama Moonglow her nedense onun çok daha küçük olduğunu düşünüyordu.

Daniel öğleden sonra kanepede uyuduktan sonra mutluydu. Her zaman yaptığı gibi Moonglow'a çay yapmayı önerdi. Moonglow çantasını masaya koydu ve sandalyeye çöktü.

"Çivi yazısı tek kelimeyle berbat!" dedi.

"Tabii ki öyle!" diye onayladı Daniel. "Sadece deliler onu öğrenmeyi hayal edebilir. Biraz bisküvi ister misin?"

Moonglow, "Evet," dedikten sonra Daniel mutfağa gitti. Birkaç dakika sonra geri döndü. Düşünceli görünüyordu.

"Arka avluda oynayan bir kurt kız var."

"Oynayan mı?"

"Evet. Aslında tam olarak oynamak denmez. Ama heyecanlı bir şekilde etrafta dolanıyor."

Moonglow aceleyle mutfağa gitti. Dikkatle pencereden dışarı baktı. Evleri bir dükkânın üzerindeydi ve arka avlu bir kat aşağıda, küçük ve kullanılmayan beton bir zemindi.

Orada, donuk akşam ışığında bir kurt kız bir şeyle oynarken görünüyordu. Muhtemelen bir tenis topu! Moonglow pencereyi açmaya çalıştı. Eski bir kiracının çerçeveyi boyadığı yerden tutturulmuştu. Biraz uğraştıktan sonra zorla çevirip açmayı başardı.

"Kalix!"

Kurt kız yukarı baktı.

"Merhaba," dedi Kalix. Sonra Moonglow ve Daniel'ın arka avlusunda olması onun için çok doğalmış gibi, tenis topuyla tekrar oynamaya başladı.

"Bizi ziyaret etmek için mi geri döndün?" diye sordu Moonglow.

"Hayır."

"O zaman neden buradasın?"

Kalix omuz silkti. Elbette Daniel ve Moonglow'u ziyaret etmek için geri gelmişti, ama bunu itiraf etmeye niyeti yoktu, bu, avluya tesadüfen gelmiş gibi tuhaf bir iddiayı sürdürmek anlamına gelse bile.

"Sadece etrafta dolaşıyorum!"

Moonglow, Kalix'in özellikle onları görmek için geri döndüğünü kabul etmek istemediğini sezdi ve sadece gülümsedi.

"Yukarı gelmek ister misin? Seni görmek hoşumuza gider."

Kalix bir süre düşünüyormuş gibi yaptı. "Şey... Olur!" dedi en sonunda.

Moonglow, Kalix'in ön kapıyı çalmadan önce, çitten sokağa geri tırmanmasını umuyordu. Ama Kalix basit bir şekilde çitlere tırmandı, sonra mutfak penceresine zıplayıp pencere kenarına tutundu. Hemen ardından da kendini içeri itti. Bu gerçekten etkileyici bir atletik başarıydı. Mutfağa girince farklı görünmeyi denedi, ancak bu yüz ifadesini kurt insanken başarmak zordu.

"Seni yeniden görmek ne güzel!" dedi, daha önceki kızgınlığını tamamen unutmuştu Moonglow.

"Öyle!" dedi Daniel. "Çay ister misin?"

69

Moonglow, Kalix'ten özür dilemesini beklememişti. Bu çok iyiydi. Kalix bu konudan bahsetmedi. Kurt kız avluda bulunmasının hâlâ bir rastlantı olduğu numarasını yapıyordu. Bir süre ne yapacağını bilmeden mutfakta dikildi, ama Moonglow'un ona öğüt vermeyeceğini veya özür dilemesini istemediğini görünce rahatlamaya başladı.

Ansızın, "Tekneleri gördüm," dedi.

"Tekneleri mi?"

"Nehirde!"

Kalix avcılarla karşılaşmasından bahsetmese de onlara nehir kıyısında geçen gününü anlattı.

"Nehirdeki su neden önce bir yöne, sonra da diğer yöne gider?"

"Gelgite bağlı bir durumdur bu," dedi Daniel. Thames nehrinin seviyesinin gelgit oldukça yükselip, alçaldığını ve nehrin yönünün değiştiğini açıkladı. Kalix gelgitler konusundan habersiz gibi görünüyordu. Moonglow bunu çok tuhaf buldu; gelgitler aydan etkileniyordu ve Kalix'in herhangi bir kurt insanın, ay ve onun etkileriyle ilgili her şeyi bileceğini var sayıyordu. Ama Kalix, bir süre sonra anlaşıldığı gibi, birçok şeyden habersizdi. Çay içtikleri masadaki sohbet sırasında Kalix'in çevresindeki hayatı pek iyi tanımadığı açıkça belli olmuştu. Başbakanın kim olduğunu bilmiyordu ya da nükleer enerjinin ne anlama geldiğini. İyi bir eğitim de almamıştı. En temel aritmetik dışında hiç matematik öğrenmemişti. Tarih bilgisi o kadar zayıftı ki, neredeyse duyduğu herkesin hâlâ yaşadığını sanıyordu. Örneğin Shakespeare'in, hâlâ film senaryoları yazmakta olduğunu düşünüyordu. Çünkü bir keresinde Romeo ve Julliet'i izlemek için gizlice sinemaya gitmişti.

MacRinnalch kabilesinin genç kurt insanları hayatlarının ilk yıllarında özel olarak eğitilirlerdi. Ama son yüz yıldan daha fazla bir süredir Verasa, onların eğitimlerini tamamlaması için normal okullara gönderilmeleri geleneğini getirmişti. Kurtların Hanımefendisi bunun, onların sosyal hayatı öğrenmeleri için daha iyi bir yol olduğunu düşünüyordu. Aile genç kurt çocuklarından birinin gerçek doğasını açık etmeyecek kadar sorumluluk sahibi olduğundan emin olur olmaz çocuklar okula yazılıyorlardı. Ama bu, Kalix'te hiç olmamıştı.

"Ben okula gönderilmedim hiç!" diye itirafta bulundu. "Öğretmenleri ısıracağımı söylediler. Bu yüzden kalede özel bir hocam olmasına karar verildi. Ama onu sevmiyordum. Bu yüzden hiç gitmedim. Ama bu sorun değil. İhtiyacım olan her şeyi öğrendim. Gawain bana nasıl dövüşeceğimi öğretti."

Moonglow, Kalix'in yırtık pırtık çantasından dışarı sarkan günlüğünün kapağına bir göz attı.

Kalix defter özl. Kalix günlk okuma

Genç kurt kızın yazma denemelerinde hazin bir şeyler vardı; özellikle de bir defter tutmaya bu kadar hevesli oluşunda. Bu konuda oldukça kötüydü. Moonglow onun el yazısını ilk gördüğünde, bunun bir tür şaka olduğunu düşünmüştü. İmlalar o kadar kötüydü ki, bir çocuğun imlasıyla dalga geçen bir yetişkin çizgi filmini hatırlatmıştı Moonglow'a. Harflerin aşırı titrekliğinden, bunun Kalix kurt halindeyken ve kalem tutmak onun için zorken yazılmış olup olamayacağını merak etti. Ama görünen o ki, onun en iyi gayreti buydu. Moonglow bu duruma üzüldü. Kalix'e daha iyi okuma ve yazma öğretmek istedi. Kalix'in kendini aşağılanmış hissedeceğinden şüphelenerek, bu durumdan bahsetmedi. Ama bunu yapmanın kurnazca bir yolunu bulabilirse muhakkak ona yardım edecekti.

"Bir pizza daha alabilir miyim?" diye sordu Kalix.

"Pekâlâ," dedi Daniel. "Onları arayacağım."

Kalix para konusuna aşinaydı. Çünkü nadiren parası olurdu. Bir anda yüzü düştü ve "Parasını ödeyemem," dedi.

"Bu konuda endişelenme, sen bizim misafirimizsin," dedi Daniel onu rahatlatarak. Geçen akşamı düşünüce, eğer Kalix onlarla sürekli kalacak olursa, yemek için çok fazla masraf olacağını düşündü. Kurt halindeyken kızın iştahı muazzamdı. Cömert bir insan olan Daniel teoride bunu umursamazdı, ama gel gör ki, çok az parası vardı.

Kalix pizzayı beklerken, "Ben televizyon izlemek istiyorum," dedi.

Daniel ve Moonglow nadiren televizyon izlerlerdi. Moonglow televizyon izlemeyi sevmezdi. Daniel severdi. Ama Moonglow'un, onun her zaman televizyon izlemek isteyen insanlardan biri olduğunu düşünmesini istemiyordu. Kalix buna hevesliydi. Televizyonu açar açmaz bir çocuk gibi ekranın tam önüne oturdu. Daniel ona uzaktan kumandanın nasıl çalıştığını gösterdi. Kalix büyük pençesiyle ve küçük tuşlarla biraz zorlandı, ama en sonunda üstesinden geldi. Moonglow ders kitaplarını götürmek için odadan çıktı. Daniel da onu takip etti.

"Televizyonu ve pizzayı seviyor," dedi Daniel. "Evlatlık bir çocuğumuz oldu."

"Sen de televizyonu ve pizzayı seviyorsun," diye belirtti Moonglow.

"Ben olgun olduğumu iddia etmedim. Yarın onun aynı olacağını düşünüyor musun?"

"Nasıl aynı?"

"Kusması ve bize saldırması!"

"Umarım olmaz," diye cevap verdi Moonglow şüpheli bir şekilde. "Bütün bu olanlara tekrar katlanamam!"

Moonglow şüphelerine rağmen, Kalix'in dönüşüne mutlu olmuştu.

"Bu sefer kalmasını gerçekten umut ediyorum."

Kalix'in pizzacıya kapıyı açmasına engel olmak için Daniel aşağı kata tam zamanında indi. Yiyeceğin parası ödenince Kalix büyük bir hevesle onu kaptı ve hızlı adımlarla televizyona geri döndü.

"Televizyonda ne var?"

"Gelmiş geçmiş en iyi program," dedi Kalix. "Böyle iyi bir program yaptıklarını bilmiyordum."

Televizyonun yakınına daha da sokuldu.

"Hangi program?" diye sordu Daniel.

"Genç Cadı Sabrina!"

Daniel kanepeye oturdu. "Benim de en sevdiklerimden biridir! Biraz çekil, önümü kapatıyorsun."

70

Gawain, cenazeden sonraki sabah Verasa'nın huzuruna getirildi. Verasa soğuk bakışlarla ona bakıyordu.

Bu genç kurt adam onun için çok fazla sıkıntıya sebep olmuştu. Aslında onun Kalix'le olan ilişkisinin, daha sonra Kalix'in, Thane'e saldırmasına doğrudan bir katkısı olduğu söylense, çok da abartılmış olunmazdı. Kalix'in deliliği, Gawain'in kovulmasından sonra gerçekten şiddetlenmişti.

Verasa, kendi aklında Gawain'in çok yakışıklı olduğu fikrinin dolaşıyor olduğunu fark edince şaşırdı. Normalde böyle bir düşünce onun aklına hiç gelmezdi. Bir sürü genç kurt adamın büyüyüp, dış görünüşlerine artık hiç dikkat etmediklerini görmüştü. Ama Gawain'de bir şey vardı. Derin bir şey! Küçük kızının neden ona kapıldığını anlayabiliyordu. Belki de Gawain'in çekiciliğini daha önce fark etmiş olsaydı, Kalix'in onunla yalnız kalmamasına özen gösterirdi, ancak ailesi çok saygın olduğu için, kaleyi ziyaret etmelerini engelleyemezdi. Kaleye Begravar Bıçağını getiren, Gawain'in büyük büyük babasıydı. Bu MacRinnalcların sahip olduğu en değerli şeylerden birisiydi ve bulunma hikâyesi de efsanevi kahramanlıkları arasındaydı.

"Seni öldürtebilirdim!"

Evet, doğruydu. Zaten bunun için de Gawain sessiz kaldı.

"Cezan gereği, kaleye dönmen yasak! Neden geldin?"

Gawain, Kurtların Hanımefendisi'nin gözlerinin içine baktı.

"Kalix'i görmek istedim," dedi.

"Çok romantik!" Verasa sert bir karşılık verdi. "Ne yazık ki kızım seni görmek istemiyor."

"Bunu kendisinden duymak istiyorum."

"Senin ne istediğinin bir önemi yok!" dedi Verasa sert bir şekilde. Sonra sandalyesinden kalktı. Kurtların Hanımefendisi'nin kızgınlığını açığa vurduğu anlar çok nadirdi, ama öyle olduğu zamanlarda çok ürkütücü bir kadın olurdu. Verasa öfkesini çabucak kontrol altına aldı. Gawain'le ilgilenmek için çok az zamanı vardı. Kaleden ayrılmadan önce görülecek bir sürü kurt insan ve Markus'un desteğini güçlendirmek için yapılacak çok şey vardı.

"Cezanın hafifletilmesini istediğin için mi buradasın? Davranışından ötürü pişman mısın?"

Gawain, Verasa'nın gözleriyle tekrar karşılaşarak ona doğru bir adım attı.

"Pişman olduğum tek şey, bu cezayı kabul etmiş olmam. Kalix'i kaleden alıp götürmeliydim. Onu bulduğum zaman beraberimde götüreceğim ve kimse de bunu durduramayacak."

"Böylesine bir meydan okuma!" dedi Verasa. "Seninle konuşmaya vaktim olsaydı etkilenebilirdim. Ama galiba yok!" Daha sonra muhafızlara işaret etti. "Onu benim odamın altındaki küçük hücreye koyun. Onu sonra sorgulayacağım."

Gawain hücreye götürüldü. Zindan kadar nemli ve kasvetli olmasa da konforlu bir yer değildi bu hücre. Anahtar kilidin içinde döndü ve Gawain bir kez daha hapsedildi.

71

Thrix özel görevdeki bir kadın gibi ofisine geri geldi. Yapılması gereken çok iş vardı ve bulacağı bir casus!

"Ann! Tasarımcılarımızı ve pazarlamacılarımızı görmeliyim. Otuz dakika içinde onları ofisime getir. Milan'ı telefona bağla ve sonra New York'taki ajansı ara. Yapılacak yeni bir gösterimiz var, ama hazırlanacak fazla vakit yok! Sonra da bana burada çalışan herkesin kişisel dosyalarını getir."

Ann başını salladı ve programı organize etmeye gitti. Thrix, casusun Ann olmamasını umdu. Ann şimdiye kadar sahip olduğu en iyi asistandı. Eğer hain o ise, bu, Thrix için ağır bir darbe olacaktı. Kalede işe odaklanması zor olmuştu. Büyük Konsey toplantıları gergin geçmişti ve sonrasında atmosfer daha da kötüleşmişti. Thrix bütün bu saçma işlere lanet etti ve bunlardan bir daha etkilenmemeyi diledi. Bu dileğin boşuna olduğunu biliyordu. Sarapen yılmayacaktı ve annelerinin onun elinden kabile liderliğini almasına izin vermeyecekti. Sorun çıkacaktı. Thrix, ailesiyle ilgili bütün düşünceleri kafasından atmaya çalışarak başını salladı.

Ateş Kraliçesi'nin son zamanlarda yaşadığı moda korsanlığını abartıp abartmadığını merak etti. Prenses Kabachetka, Malveria'nın kıskandığı kıyafetlerle davetlere katılıyor olabilir miydi? Bu mümkündü. Moda söz konusu olduğunda Malveria tutkulu ve kıskançtı, başkasının iyi kıyafet seçimini, kendi stilinin çalınmasıyla karıştırıyor olabilirdi.

Çekmecesinden küçük bir gümüş kâse aldı, içine birkaç bitki attı ve bitkilerin tutuşmasına neden olacak bir şekilde elini salladı. Malveria'nın krallığına bir mesaj gönderiyordu. Ateş Kraliçesi'nin cevap veremeyecek kadar meşgul olmamasını da umuyordu bir taraftan. Büyünün sözlerini mırıldanmaya başladı.

"Sana sesleniyorum Malver..."

"Geri geldin!" diye bağırdı Ateş Kraliçesi masanın önünde belirerek. "Şahane! Aramanı bekliyordum. Kasvetli kale maceran nasıldı?"

"Hiç olmadığı kadar kasvetli ve oldukça stresliydi! Annem, Sarapen'in seçimini engellemeyi başardı."

"Peki, yeni kabile lideri kim?"

"Karar henüz verilmedi. Sarapen ya da Markus!"

"Ahh! O zaman savaş çıkacak! Birliklerimi getirmemi ister misin?"

"Hayır, Malveria. Eğer savaş olursa savaşın dışında kalmam iyi olur!"

Malveria duvar aynasında kendini süzerek, zarif bir şekilde Thrix'in büyük masasının kenarına yerleşti. Diziyle ayak bileği arasında görünen eteğinin altındaki çorap bölgesinden memnun görünüyordu. Kadın çorabı çok yakın bir zamana kadar Hiyastalar arasında bilinmiyordu. Kraliçe çorapların birkaçını kendi krallığına götürmüştü, çoraplar burada element terzileri tarafından incelenmişti, onlar da keşiflerini peri dokumacılarıyla paylaşmışlardı. Sonuç, Londra'nın herhangi bir yerinde bulunabilecek olanlardan çok daha hoş olan, inanılmaz ölçüde şeffaf çoraplar!

"Moda için yeni fikirler edindin mi? Ama hayır! Onların hepsi, senin İskoç kalende ekose kumaşa sarınmış barbarlar, öyle değil mi? İskoç eteği giymeye mecbur bırakıldın mı?"

Aslında Ateş Kraliçesi kalenin böyle olmadığını çok iyi biliyordu. Ama Thrix'in, yolunu güneye düşürmeden önce, barbarların topraklarından kaçmış olduğu numarasını yapmayı seviyordu.

"Malveria, buraya gözyaşları içinde geldiğin şu son zamanki olaylarda..."

"Gözyaşları mı? Abartıyorsun. Gözlerim sadece nemliydi!"

"Evet. Peki, bana olayların iç yüzünü doğru mu anlatıyorsun? Gerçekten orada, benim tasarladığım kıyafetlerin birebir aynısını giyenler var mıydı?"

"Kesinlikle. Yüzde bir! Pardon, yüzde kaç kesin oluyor?"

"Yüzde yüz!"

"O zaman, yüzde yüz! Her biri kopyaydı. Mavi elbise, gümüş terlikler ve kendi nakışçından o gün geldiğine yemin ettiğin güzel işlenmiş, küçük ve sarı şal!"

"Evet, öyleydi. Malveria, bu çok ciddi bir konu! Eğer benim tasarımlarım, senin boyutuna götürebilecek kadar yeterli bağlantıları olan biri tarafından kopyalanıyorsa, benim bu dünyadaki şansım azalmıştır. Çok yakında kıyafetlerimi Milan ve NewYork'ta sergilemeye niyetliyim. Eğer bu durum devam ederse işim mahvolacak!"

"Ne yapacaksın?"

Thrix emin değildi. "Prenses Kabachetka'nın, kıyafetlerini nerden aldığını bilseydik iyi olurdu. Benim fikirlerimi çalan kişi, muhtemelen onun tasarımcısıdır. Onun tasarımcısıyla benim işletmemdeki casus arasında bir bağlantı bulabiliriz."

Malveria can kulağıyla dinliyordu. Planlama ve strateji konularında deneyim sahibiydi.

"Bunu öğrenmem zor olacak. Prenses hakkında bilgi edinmenin kolay yolu yok. Annesi imparatoriçe Asaratanti ile aramızdaki ilişkiler iyi değil."

"Bugünlerde senin krallığındaki her şeyin barış içinde olduğunu düşünmüştüm."

"Savaş yapmayacağız. Ama birbirimizi sevmiyoruz. İmparatoriçe, onun vücut yapısının doğallığından şüphelendiğimi duydu. Los Angeles'a gidip göğüslerini dikleştirdi. Sırf bunlar yüzünden aramız çok soğuk. Bu durum fark edilmeden, nasıl kurtulacağını düşündü. İmparatoriçe iki bin yaşında ve bir genç kızın göğüslerine sahip. Bu nasıl fark edilmez ki! Küçük sürtük kızı Kabachetka'ya gelince, son gün dönümünde buluşmayı planladığı beş aşığından üçünü çaldığım için beni hiçbir zaman affetmedi."

Thrix imalı bakışlarla Malveria'ya baktı.

"Neee? İkisini ona bıraktım. Zaten iki tane bile ona yeterince fazla! Hatta o ikisi büyük bir olasılıkla tatmin bile olamıyorlardır."

Büyücü gülümseyerek, "Yani, prensesin kıyafet tasarımcısı hakkında bir şey bulamazsın," ded.

"Zor olacak! Ama üç başlı kızıl bir dragonu, tek başına ve yardım almadan yenmiş bir kadın için hiçbir şey imkânsız değildir. Bu inanılmaz kahramanlığımın şarkılarını söylüyorlar hâlâ. Bu arada çoraplarımı sevdin mi?"

Thrix beğeniyle, "Çok güzel!" dedi.

"Her bir çift, beş parça altın ediyor. Periler boşa çalışmazlar. Ama bacaklarımın muhteşem görünmesi için beş parça altına değer. Genelde çorapları umursamayan Agrivex bile onları övdü."

"Agrivex mi? O kim?"

"Benim yeğenim. Ondan hiç bahsetmemiş miydim?"

"Bütün aileni ortadan kaldırdığını sanıyordum."

"Evet, öyle yaptım. Agrivex benimle akraba değil. Ama onu bir yeğen olarak kabul ettim. Hatta onu bir gün evlatlık bile edinebilirim. İnsan koşullarına göre on yedi yaşında. Ama senin de bildiğin gibi bizim yıllarımız biraz farklı."

Büyücü, Malveria'nın herhangi bir vatandaşından böyle içtenlikle bahsetmesine çok şaşırdı. Normalde kendi krallığından bahsettiği zaman ses tonu sıkıntılı olurdu.

"O bir yetim. Doğumda ölen bir ateş tapınağı fahişesinin gayri meşru kızı! On yıl kadar önce Agvirex normal yollarla kurban edilmek üzereydi. Ancak diğer çocuklar, küçük volkanın içine fırlatılmadan önce, düzenli bir biçimde sıraya girerken, o, kızgın bir biçimde etrafta yürüyüp, ayağını yere vurarak ve onu kurban edemeyeceğimizi, çünkü küçük bir prenses olduğunu tekrar tekrar söyleyerek dikkatimi çekti. Çok ısrarcıydı. Bana çok kötü isimlerle seslenerek ve beni çok kötü bir intikamla tehdit ederek, iş birliği yapmayı katiyen reddediyordu. Örneğin, eğer kurban edilirse, benimle bir daha hiç konuşmayacağını söyledi. Tabi ben de doğal olarak, böyle cesarete sahip bir çocuğa bayıldım ve onun hayatını kurtardım. O zamandan beri ben dahil herkesi bezdirdiği saraya taşındı. Bir gün benim hoş kıyafetlerimi çalmaya yeltenebileceğinden korkuyorum. Ama şimdi sadece yırtık pırtık kıyafetler giydiği bir dönem geçiriyor. Evet, onu son şölenimde, sökük kıyafetler giydiği için cezalandırmak zorunda kalsam da, herkesin bir sınırı var ne de olsa, genç Agrivex'in ruhuna hayranım."

Ateş Kraliçesi daha sonra hafif bir hareketle ayağa kalktı.

"Ben şimdi şu kötü prenses ve onun kirli casusu meselesini düşünmek için gidiyorum."

Gülümsedi. Elini salladı ve arkasında yasemin kokusu bırakarak gözden kayboldu. Thrix ona, Kalix'e ne olduğunu sormayı düşünüyordu. Ama unutmuştu. Düşünecek daha önemli şeyleri vardı. Telsizini kullandı ve Ann'e kişisel dosyaları sordu. Ann tam da şimdi onlarla ilgilendiğini söyledi.

72

Dominil ayak bileklerine kadar uzanan siyah renkli deri montunu giydi. Bir çantaya fazladan birkaç kıyafet, bir diğerine de Latin şiirlerini ve diz üstü bilgisayarını koydu ve Londra'ya uçtu. Görev: ailenin hakkında konuşmadığı kuzenleri korumak ve onlara yardım etmekti. Kendisini neyin beklediğinden emin değildi. Yirmi sekiz yaşında olan Dominil, ikizlerden sadece altı yaş büyüktü. Ama kuzenlerle pek bir ilgisi olmamıştı şimdiye kadar. Her zaman kulaklık takarak, müzik dinleyerek ve gitar çalarak dolaşan bir çift gürültücü kurt yavrusu olarak hatırlıyordu onları.

Verasa, Dominil aracılığıyla ikizlerin müzik kariyerlerine yardım ederse, bunun Markus'a oy vermeleri için onları ikna etmeye yeterli olabileceğine inanıyordu. Dominil bu görevi kabul etti, kısmen sıkıldığı için, kısmen de Sarapen'i engellemeye yardım etmek için.

Dominil Oxford'dan döndüğü yıl Sarapen'le tutkulu bir ilişki yaşadı. Etrafı öğrencilerle çevrelendikten sonra, bu iri ve kuvvetli kurt adamdan çok etkilenmişti. Onların gizli ilişkisi o kadar şiddetliydi ki, bir gece önce kendi kurtpençelerinin ilgisinden yaralanmış insan vücutlarıyla uyanmaları her ikisi için de sıra dışı değildi. Sonra Sarapen onun komşu kasabadan genç bir adamla ilişkisi olduğunu öğrenmişti. Genç adam daha sonra kayboldu. Sarapen bütün ilişkilendirmeleri reddetti, ama Dominil o genç adamı Sarapen'in öldürdüğüne emindi. İşte bu yüzden Sarapen'i hiç affetmeyecekti ve öcünü alacaktı.

Dominil birkaç yıldır, Verasa Courtauld Galerisi'nde bir Bizans sanatı sergisine sponsorluk ettiğinden beri, Londra'ya hiç gitmemişti. Dominil semt azizleriyle olan eski dini resimleri severdi, hatta bunların bir benzerini Tüccar MacDoig'den alıp, dairesine asacak kadar beğeniyordu. Bu onun sahip olduğu nadir dekoratif parçalardan biriydi. Dominil renkli ıvır zıvır şeyleri pek sevmiyordu. Siyah deri montunun altına siyah pantolon ve bir siyah gömlek giymişti ve hiç mücevher takmamıştı.

Rock müzik hakkında neredeyse hiçbir şey bilmiyordu. Girmek olduğu dünya hakkında bir fikir sahibi olmaya çalışarak, bazı müzik sitelerini araştırmıştı. Bunlardan etkilenmedi. 'Zayıf bir sayfa tasarımı, zayıf dil bir bilgisi ve zayıf bir dil kullanımı,' diye düşündü. Bu müziğin daha iyi olmasını bekliyordu.

Heathrow Havaalanı'ndan Londra'ya giden bir araba kiraladı. İlk olarak Regent Parkı'nın yakınlarında, Verasa'nın ona anahtarlarını verdiği aile mülklerinden biri olan bir apartmana uğradı. Apartman büyüktü ve güzel dayanıp döşenmişti. Dominil'in ihtiyaçları için yeterince tatmin ediciydi. Kız kardeşleri aradı, ama cevap veren olmadı. Bu yüzden Camden'e doğru yola koyuldu. Ailenin çökmüş tarafı ile karşılaşmaya hazırdı.

73

Sarapen kalesinin duvarlarından ileriye doğru bakıyordu. Aşağıda işçiler doğuya bakan eski duvarı yeniden inşa ediyorlardı. İşçiler insandı, ama şirket, MacRinnalchların tarihi müttefikleri olan MacAndris kabilesinden bir kurt insana aitti. Sarapen'in kalesi on dokuzuncu yüzyıla dayanıyordu. Orada en son oturan merhum Thane'in amcası, iyi bir onarım yaptırmamıştı. Sarapen kalenin on dördüncü yüzyıldaki orijinal haline mümkün olduğu kadar yakın kalabilmesi için restorasyona katılıyordu. Yavaş ve zahmetli bir işti bu, ama Sarapen kabilenin bütün tarihi binalarını koruması gerektiğine inanıyordu. Geriye döndü ve arkadaşlarına baktı.

"Kalix ölmek zorunda kalacak!"

Bundan emindi. Kalix'in ölümü, Dulupina'nın oyunu garanti altına alacaktı. Alternatif olarak onu kaleye getirmek zor olacaktı. Buraya gelince ne olacağını hiç kimse bilemezdi. Ondan kurtulmak en iyisiydi. Bu konuda Sarapen'in kendi çıkarları kusursuz bir şekilde duygularıyla uyuşuyordu. Kalix, Thane'e saldırmıştı. Babasını kurtarmaya gittiğinde de Sarapen'e de saldırmıştı. Bu yüzden ölmeyi hak ediyordu.

"Bu, Dulupina'dan bir oyun daha olacağı anlamına geliyor," dedi Mirasen. "Ve Büyük Konsey'in gelecek toplantısından önce yapılırsa, Kalix'in yerine, konseye Decembrius'u getirecek. Senin için bir oy daha! Toplamda sekiz oluyor!"

Sarapen'in siyah taşlı kalesi, MacRinnalch Kalesi'nin kırk

mil batısındaydı. Rahatlıktan ziyade, savunma için yapılmış soğuk ve dayanıklı bir yerdi. Sarapen'in şu anda dış duvarları tamir ettiriyor olması bir tesadüftü. Savaşa gidebileceğini öngörmemişti. İyi bir tesadüftü yine de! Böyle bir zamanda duvarlarının iyi bir bakım görmüş olması oldukça iyiydi.

Tamirat, yanına yaklaşılmayacak derecede pahalıydı. Her bir taş, geleneksel sanatlarda usta olan taşçılar tarafından kesilmeliydi. Temel yapısal onarımları daha az pahalıya yaptırabilirdi, ama Sarapen kalesini orijinal haliyle restore etmeyecek bir işi sürdürmekte bir yarar görmüyordu. Fakat faturalar dağ gibiydi ve bu, Sarapen için kızgınlık kaynağıydı. Masrafları kabilenin ödemesi gerektiğini düşünüyordu, ama Kurtların Hanımefendisi buna onay vermemişti. Kabilenin mali işlerini o kontrol ediyordu. Sarapen, annesinin yıllardır ona aile parasından hakkı olan payı verdiğine inanmıyordu. Fakat Veresa da bunu tam tersini iddia ediyordu.

Soğuk rüzgâr, surların üzerinde ıslık çalıyordu. Gökyüzü koyu griydi. Sarapen'in omuzlarında yönetici MacRinnalchların geleneksel kıyafeti olan, kabilenin topraklarında dokunan ekose kumaşla kaplanmış, kürk ile süslenmiş bir pelerin vardı. Sarapen'in kalesi dik bir tepenin en üstünde duruyordu. Tepenin çevresinde hepsi Sarapen'in destekleyicisi olan kurt insanların ektiği topraklar vardı. Sarapen gerekirse davası için pek çok kurt insan toplayabilirdi.

Eğer gelecek toplantıda dokuz oy alabilirse, herhangi bir savaş gerçekleşmeyecekti. Savaş ihtimali Sarapen'i tedirgin etmiyordu, ama şimdilik danışmanlarıyla aynı görüşte olmaya ve eğer yapılabilirse, daha barışçıl bir zafer için uğraşma niyetindeydi.

"Baron MacAllister?"

Sarapen hırladı. Baronun yalandan hastalık uydurarak hainlik etmesine çok kızmıştı

"Bu, geçen yüzyılda olmuş olsaydı, onu takip ederdim ve öldürürdüm!" diye homurdandı Sarapen. "Ve eğer gelecek toplantıda benim için oy vereceği garantisini vermezse, öyle yapacağım!"

Baron MacAllister ölecek olursa, konseydeki yerini oğlu alacaktı.

"Genç MacAllister, annemin planlarına alet olmayacaktır!" diye vurguladı Sarapen. "Benim için oy verecektir."

"Büyük ihtimalle!" diye onayladı Mirasen. "Ama çok sert bir şey yapmadan önce, Baron'u kendi hedefimiz için geri kazanmayı denememe izin ver. Unutma, altı oyumuz var zaten. Dulupina ve Decembrius'la sekiz edecek. Eğer gelecek toplantıda senin için oy verirse, Baron'u, bunun en iyisi olacağına ikna etmek mümkün olabilir."

Sarapen, Decembrius'a baktı. Decembrius 'Hayır,' anlamında başını salladı.

"Baron'un sana oy vereceğini düşünmüyorum. Ama Mirasen'in onunla konuşması gerektiği fikrine katılıyorum. Peki, diğer mevcut oylar? Thrix'i ikna edebilir miyiz?"

"Kardeşimin bana karşı büyük bir nefreti var."

"Markus için de güçlü bir nefreti var. Ona yeniden yaklaşmayı değerlendirebiliriz."

Sarapen yeniden hırladı. Bunların hiçbirisinden hoşlanmıyordu.

"Yeni kabile lideri oy için diz çökmemeli!" dedi yüksek sesle. "Bu pozisyon benim hakkım. Lanet olsun bu aileye! Hepsine lanet olsun! Özellikle de o kadınlara! Bunların sorunu ne?"

"Kalix'ten sonra, bir konsey üyesinin ölümünün, senin zaferini garanti altına alıyor olması ilginç," yorumunu yaptı

Mirasen. "Çünkü yerine kimin geçeceğini tayin etme yetkisi Dulupina'nın olacak ve kesinlikle sana oy verecek olan Kurian'ın çocuklarından birini seçecek."

74

Bay Mikulanec Guildlerin başkanı, Bay Carmichael ile telefonda konuştu.

"Üyelerinizden üçü öldü."

"İkisi öldü. Birisi iyileşebilir."

"Gün ışığında öldürüldüler. Anlıyorum."

"Gün ışığında, evet."

"Yani bu kurt insanların işiyse, insan halindeyken bile güçlüydüler," dedi Mikulanec.

"Kurt insanlar, insan halindeyken her zaman güçlüdürler," diye cevap verdi Bay Carmichael. Bunun beklenmedik olduğunu kabul etmek zorunda kaldı. Gün ışığında öldürülmek avcılar için olağan dışıydı.

"Avcıların rastgele devriye dolaşıyor olduklarını, herhangi bir hedef peşinde olmadıklarını mı söylüyorsunuz? Yani meydan okudukları insan halindeki bir grup kurt insanla karşılaşmış olduklarını varsayıyorsunuz ve kurt insanlar onları öldürdü."

"Evet. Thane'in cenazesi için Londra'dan geçen bir sürü kurt insan oldu," dedi Bay Carmichael.

"Ama anlıyorum ki, Kennigton, havaalanına doğru giderken geçeceğiniz bir yer değil."

Bu doğruydu. Bu, Bay Carmichael'nin hazır bir açıklamasının olmadığı tuhaf bir olaydı.

"Peki, ya şu kurt prenses?" diye sordu Bay Mikulanec. "Orası onun en son görüldüğü bölgeye yakın değil mi?"

"Evet. Ama onun kimsesiz olduğundan eminiz. Arkadaşlarıyla beraber seyahat ediyor olmadığından da eminiz."

"Evet, belki de etmiyordu," diye onayladı Bay Mikulanec. "Peki, ya tek başınaysa?"

"Tek başına üç avcıyı alt etmiş olamaz; özellikle de gün ışığında. Bütün raporlar onun yetersiz beslenmiş küçük bir kız olduğunu söylüyor."

"Belki de yetersiz beslenmiş küçük bir kurt kızın, şartlar gerektirdiğinde ne yapabileceğini görmemişsindir," diye bir öneride bulundu Bay Mikulanec.

Bay Carmichael sinirlendi. Ölümler, Guildlerin kendi işini bilmediğini ima eden, yabancı bir kurt insan avcısı olmaksızın da yeterince kötüydü.

"Onun sorumlu olduğunu sanmıyorum. Daha önce karşılaşmadığımız bir kurt insan çetesi olmalı. Bölgeyi dolaşmaları için daha fazla adam gönderiyoruz."

Guildler geçen hafta biraz başarı elde etmişlerdi. MacRinnalchların topraklarına gelip giderlerken, birkaç kurt insan öldürülmüştü. Kabileyi incitemeyecek kadar azdı tabi, ama Guildlerin işlerini başarıyla yapıyor olduğunu hissettirmeye yeterliydi. Londra'daki avcıların öldürülme meselesine gelene kadar. Bu, büyük bir darbeydi.

Bay Mikulanec, hâlâ onları kurt prensesin öldürmüş olabileceğini düşünüyordu.

"Onu bulacağım ve yok edeceğim."

Telefonu kapattı. Mikulanec küçük ve yetersiz beslenmiş bir kurt kızın neler yapabileceği konusunda hayal görmüyordu. On yıl önce, yalnız genç bir kurt insan, Hırvatistan'da Mikulanec'in birçok meslektaşını yok etmişti. Onlar da deneyimli kurt insan avcısıydılar. Ama kurt, dolunay doğumluydu. Orta Avrupa'daki en eski kurt insan ailesinin oğluydu. İnsan halindeyken bile vahşi bir rakip oluyordu. Mikulanec derin derin düşündü. 'Bu prenses de öyle olabilir, tabi eğer dolunayda kurt olarak doğduysa ve safkansa ve belki de Hırvatistan'da karşılaştığım aynı kurt çılgınlığına sahiptir.'

Mikulanec gümüş mermiyle olmasa da, Hırvat kurdu öldürmüştü. Bıçağını çıkardı ve sevgiyle baktı. Begravar Bıçağı! Bildiği kadarıyla, dünyada kalmış türünün son örneğiydi bu. İş, kurt adamaları doğramaya geldiğinde, bu çok büyük bir avantajdı. Ne kadar güçlü ve vahşi olurlarsa olsunlar hiçbiri ona karşı duramazdı.

75

Kalix hevesle, "Genç cadı Sabrina'yı biraz daha izlemek istiyorum," dedi.

Daniel ise üzgündü.

"Gelecek haftaya kadar devamı yok."

"Devamı yok mu?" Kalix kızdı. "Ama bu en iyi program! Daha fazla göstermeliler!"

Programın yeniden çıkmasını sağlayabilirmiş gibi, yalvarırcasına Daniel'a baktı. Kalix televizyonun zaman çizelgesinin yabancısıydı. Bu kadar sevdiği bir programın haftada bir defa gösterildiğine inanmakta zorlandı. Şu anda çok itici bulduğu bahçe işleri programını gösteren televizyona baktı. Çok şaşırmıştı.

"Başka bir kanalda mı?" diye sordu ve uzaktan kumandaya bakmaya başladı.

"Cumartesiye kadar yok!" diye tekrarladı Daniel.

"Ama o, bu programlardan daha iyi!" diye yakındı Kalix. "Neden tekrar göstermiyorlar?"

"Şey, bu televizyon…" dedi Daniel. "Programların çoğu kötü!"

"Onları arayıp, daha fazla göstermelerini isteyemez miyiz?"

Daniel gülmeye başladı. Bu ricası için Kalix'e, televizyon kanalına elektronik posta gönderebileceği önerisinde bulundu. Kalix üst kata fırladı Moonglow bilgisayarın başına oturmuş, Sümer çivi yazısı çeviriyordu.

"Daniel dedi ki, eğer televizyona elektronik posta gönderirsem, Sabrina'nın devamını gösterebilirlermiş," dedi hevesli bir şekilde.

"Şey… Ben meşgulüm!" diye söze başladı Moonglow. Ama Kalix'i daha önce herhangi bir şey hakkında bu kadar hevesli görmediğini fark ederek ve bunun belki de iyi bir şey olduğunu düşünerek durdu. İlgili kanalın sayfasını buldu ve küçük kurt kıza yardım etti. Kalix de onu izledi. Bu işlem ilgisini çekti.

"Sen yazmak ister misin?" diye sordu Moonglow.

"Pençelerim klavye için çok büyük!" dedi Kalix.

Moonglow mesajı yazdı. Kalix yazılanı okuyabiliyormuş gibi davransa da, kurt kızın aslında okuyamadığını bilen Moonglow, sesli bir şekilde yazdıklarını okumaya başladı.

Kalix her şeyden memnundu. Moonglow mesajı gönderdi. Kurt kız ona teşekkür etti. Sonra Daniel'a, çok yakında genç cadının maceralarının televizyonda daha fazla yayınlanacağını söylemek için tekrar aşağıya fırladı.

"Sence bu akşam gösterirler mi?" diye sordu.

"Şey... Mesajın idarecilere ulaşması biraz daha uzun zaman alabilir."

Kalix başını salladı. Bunun olabileceğini tahmin etmişti. Daniel'da, Kalix'in okumak istediği bir program listeleri dergisi vardı. Bir girişimde bulundu, ama zor geldi.

Daniel'ın da yapacak işleri vardı. Yarın Atinalıların Timon'u semineri'nde konuşma yapması gerekiyordu. Belki de daha sonra bir şeyler yazabileceğine karar vererek, bu düşünceyi kafasından attı. Çay ve tost yapmaya gitti. Kalix de mutfağa doğru onu takip etti.

"Et!" dedi. Buzdolabında Kalix için et vardı. Gerçi hem Daniel hem de Moonglow, eğer kurt kız bu akşam da kendisini tıka basa doldurursa yarın ne olabileceği hakkında tedirginlerdi. Bu daha fazla kusmaya ve histeriye sebep olur muydu? Olsun ya da olmasın, ona her ne istiyorsa vermek en doğrusuydu. Moonglow, Kalix'in uzun zamandır böyle yemek yemediğini anlayabiliyordu. Kurt kız şaşırtıcı bir iyileşme süreci göstermişti. Sadece iki gün önce, ara sokakta her yeri kırılmış ve kanlar içinde yatıyordu. Şimdi ise tıpkı bir atlet gibi etrafta zıplıyordu. Bu, Kalix'in içindeki muhteşem canlılığın bir kanıtıydı. Eğer kendisine doğru dürüst bakarsa, ne kadar dinç olabileceğini söylemeye gerek yoktu.

Daniel çay yaptı. Kalix hevesle Genç Cadı Sabrina hakkında konuşarak etrafta dolanıyordu. Daniel gülmek istiyordu. Kalix hevesli olduğu zamanlarda çok komikti. Endişelendirici derecedeki büyük dişleriyle kurt insan olması bile onun hevesli bir çocuk gibi görünmesine engel olamıyordu.

Daniel içinden gelerek, onun tüylü kafasını sıvazlamak için uzandı. Kalix şok olmuş gibi baktı ve hırladı. Daniel da elini çabucak geri çekti.

"Çok arkadaşça!" dedi.

"Sorun değil," dedi Kalix. Yeniden rahatlamıştı.

Et tabağını aldı ve başka iyi bir program olması umuduyla televizyonun karşısına oturmaya gitti. Daniel, biraz mola vermesi gerektiğini düşünerek üst kattaki Moonglow'a seslendi.

"Çok fazla çivi yazısı senin için iyi değil!"

Bu konuda hemfikir olan Moonglow alt kata indi ve memnun bir şekilde bir bardak çayı kabul etti.

"Seminerin nasıl gidiyor?"

"Harika!" diye cevap verdi Daniel.

"Henüz başlamadın, değil mi?"

Daniel henüz başlamadığını itiraf etti. "Ama yaklaştım. Ayrıca Kalix'le gerçekten ilerleme kaydediyorum. Onun ne kadar neşeli olduğunu görüyor musun?"

Vahşi bir hırlama sesi hızla arkalarına dönmelerine neden oldu.

"Bu programdan nefret ediyorum!" dedi Kalix. Pençelerini uzaktan kumandaya vurdu ve "Çizgi film istiyorum!" diye bağırdı.

76

Beauty ve Delicious, Camden'in merkezinden biraz uzaklıkta, sakin bir yerleşim bölgesinde yaşıyorlardı. Bir park alanı bulma ihtimalinin olmadığını bilen Dominil, arabasını bir otoparka bıraktı ve yolun geri kalanını yürüdü.

Camden metro istasyonundan uzun adımlarla yürürken, insanlar ona doğru döndü. Dominil'in aşırı derecedeki güzel yüzü ve buz beyazı saçları dikkat çekiyordu. Sokak haritasını ezberlediği için evi kolay bir şekilde buldu. Ev, umduğundan daha büyük ve daha iyi bir durumdaydı. Kapalı olan perdeler dışında, sokaktaki diğer evlerden ayırt edebilecek hiçbir şey yoktu. Dominil uzun bir süre zili çaldı. Keskin kulakları içerdeki gürültüyü duyabiliyordu. Buna rağmen kapıya hiç kimse cevap vermedi. Merdivenlerin oradan ileriye doğru uzandı ve yumruğunu hafifçe cama vurdu. Kapı en sonunda açıldı. Beauty ona bakıyordu, ama tam olarak ona odaklanamıyordu.

"Dominil?"

"Evet. Beni bekliyordun sanırım."

"Bekliyor muydum?"

"Sanırım Kurtların Hanımefendisi size bilgi..."

Beauty sert bir şekilde yere çarparak arkaya düştü. Dominil içeriye girdi. Ev içki kokuyordu. İkizler Verasa tarafından gönderilen MacRinnalch maltının zevkini çıkarmışlardı. Dominil kapıyı kapattı, Beauty'nin üzerinden geçti ve Delicious'u kendinden geçmiş bir halde yerde yatıyorken, yanında kendisi de bilinçsiz olan bir adamın olduğu ön odaya doğru yürüdü. Her yerde boş viski şişeleri vardı ve zemin her türden ıvır zıvırla o kadar doluydu ki, ayağını koyacak bir yer bulmak zordu. Dominil bu manzaraya ifadesizce baktı. Belli ki ikizlerin tutumlarıyla ilgili söylenenler abartılı değildi. Dominil, Delicious'ı kontrol etmek için yere eğildi. Uykudayken kusabilir diye onu yan tarafa doğru çevirdi. Sonra salona döndü, aynısını Beauty için de yaptı. Sonra kokmuş odaları havalandırmak için pencereleri açtı.

Dominil kahve yapma niyetiyle mutfağa bakındı. Gördüğü dağınıklık tarif edilemezdi. Tabaklar, masalar ve mutfak yüzeyi hiç temizlenmemiş gibi görünüyordu. Üzerine ne dökülürse dökülsün, hiç kimse yeri silmemişti ve yine hiç kimse çöpü dökmemişti. Isıtıcıyı doldurmak bile yıldırıcı bir görevdi. Lavaboda o kadar çok atık vardı ki, ısıtıcıyı musluğun altına yerleştirmek için yeterli alanı açmak biraz zaman aldı.

Dominil bunu dikkatle inceledi. Eğer onlara yardım edecekse, ikizlerin davranışlarını değiştirmesi gerekiyordu. Elinde kahve tepsisiyle oturma odasına döndüğünde, genç adam kıpırdadı ve gözlerini açtı.

"Burada mı yaşıyorsun?" diye sordu kurt kız.

"Hayır," diye mırıldandı adam ve yan tarafında, yerde duran çeyreği dolu viski şişesine doğru uzandı. Dominil adamın elini yakaladı ve onu sürükleyerek ayağa kaldırdı.

"O zaman gitme vakti!" dedi ve onu kapıya doğru itti. Adam karşı çıktı, ama Dominil'den birkaç santim uzun olmasına rağmen gücü onunkiyle karşılaştırılamazdı. Dominil bu adamı öndeki merdivenlere bıraktı, kapıyı kapattı, sonra Beauty'i koridordan kaldırdı ve onu odaya taşıdı. Kanepedeki dağınıklığı eliyle itti ve İkizleri oraya oturttu.

"Uyanın!" dedi. "Yapacak işlerimiz var!"

77

"Benim için iptal edemez misin?" diye sordu Thrix. Nerdeyse ağlayacak gibiydi.

"Kesinlikle, hayır!" dedi Ann. Sesi sertti.

"New York'tan tekrar arayabilirler. Orada hâlâ çalışma saati."

"Mesaj alabilirim."

"Mesaj almayacaksın," diye ısrar etti Thrix. "Telefonu restoranda bana bağla!"

İsteksiz de olsa Ann bunu kabul etti. Thrix'in flörtünün, akşam yemeklerinin bir iş konuşmasıyla bozulmasını iste-meyeceğini hissedebiliyordu. Ama Büyücü çok inatçıydı.

"Onlarla hemen konuşmam lazım. Akşam yemeğine çıkmamam gerekiyor!"

"Bahane üretmekten vazgeç!" dedi Ann. "Bu randevuya gidiyorsun!"

"Beni randevu için zorlamak ne zamandan beri işinin bir parçası?"

"Ofiste suratını asıp, hayatında bir erkeğin olmadığından yakınmaya başladığından beri!" diye cevap verdi Ann.

"Ben hiç suratımı asmadım. Belki de rastgele bir iki yorum yapmışımdır."

Thrix gitmemek için hâlâ bahane arıyordu. Ama bir yandan da gerçekten havasında değildi. Daha fazla bahane bulamadı.

"Restorana gider gitmez havanda olacaksın. Biriyle çık-mayalı neredeyse sekiz ay oldu. Şimdi dışarı çık ve iyi za-man geçir."

Ann diğer konularda bu kadar başarılı olan patronu-nun, flört etmekte neden zorlandığından emin değildi. Thrix kadar güzel, zeki ve başarılı birisi, uygun bir adam bulmakta bu kadar zorlanmamalıydı. Ne yazık ki bir dizi başarısız aşk maceraları ve talihsiz flörtlerden sonra, Thrix şimdi bütün güvenini kaybetmiş gibi görünüyordu.

"En son yemeğe çıktığım adam yeni boşanmış biri çıktı. Tek yaptığı, eski karısı hakkında konuşmaktı. Bir saat sonra adamın boşandığı eşini arayıp, bu adamdan kurtulduğu için onu tebrik etmek istedim."

Ann bunu duymazdan geldi.

"Donald Carver çok uygun! Ayrıca hiç evlenmemiş. Çekici de! Filmlerde çalışıyor. Dolayısıyla konuşacağın ilginç bir şey olacak."

"Peki, filmler hakkında konuşmak istemezsem ne olacak? Neden bana çıkma teklif etti bu adam? Talihsiz bir ilişkiden yeni mi çıktı? Bu elbisenin olduğuna emin misin?"

"On defa sordun ve on defa cevap verdim. Eminim. Ayrıca yeni bir ilişkiden çıkmadı. Uzun bir süredir kız arkadaşı yok!"

"Peki, sorunu nedir?" diye sordu Thrix. "Sıkıcı biri mi?"

"Taksin seni bekliyor!" dedi Ann. Ofisin çıkışına kadar Büyücü'ye eşlik etti. "İyi vakit geçir."

Thrix asansörle zemin kata indi. İsteksiz bir şekilde taksiye bindi. Donald Carver gerçekten yakışıklı bir adamdı. Oldukça çekiciydi. Ne yazık ki aşkta arka arkaya yaşadığı talihsizlikler Thrix'i karamsar yapmıştı. Bir şeylerin yine yanlış gideceğini düşünüyordu. Adamın kaç yaşında olduğunu merak ediyordu. 'Otuzlarındadır,' diye düşündü. Bu, Thrix'in insan koşullarına göre olduğu yaştı. Ama aslında neredeyse seksen yaşındaydı. Bu akşamki flörtü, eğer seksen yaşında bir kadınla yemeğe çıkmak üzere olduğunu bilseydi, onun nasıl bir tepki vereceğini Thrix merak ediyordu. Ya da daha doğrusu, seksen yaşında bir kurt insanla!

Kabile, kurt insanların normal insanlarla çıkmasını hoş karşılamıyordu. Gerçek doğalarının ortaya çıkmasından korkuyorlardı. Ama Thrix bunu umursamıyordu. Hiç kimse, deneyimli bir avcı bile, sarı saçlı moda tasarımcısının bir kurt insan olduğunu söyleyemezdi. Büyücü kendi büyüsüyle hiçbir zaman keşfedilemeyecek kadar iyi gizleniyordu, Malveria haricinde tabi. O hemen anlamıştı. Ateş Kraliçesi'nden büyüyü saklamak çok zordu. Sadece en güçlü büyüler ona karşı etkili olabilirdi.

O zamanlar insan dünyasının adetleri konusunda çok bilgisiz olan Malveria, bir gösteri sonrasındaki partide Thrix'in yanına gelip yüksek sesle, "Daha önce moda tasarımcısı olan bir kurt insanla tanışmamıştım," demişti. Thrix önce bunun bir avcı olabileceğini düşünerek telaşlanmıştı. Hisleri ona aksini söyleyene kadar tabi. Malveria'nın kulağına fısıldamak için eğildi. "Ben de daha önce bir moda şovunda, bir Hiyastayla tanışmamıştım. Ama herkes içinde benim bir kurt insan olduğumu bağırmayı kesersen, ben de bu konuda sessiz kalmaya hazırım."

"Bu bir sır mı?"

"Evet."

"O zaman bizim sırrımız olacak," dedi Malveria tatlı bir şekilde gülümseyerek. "Tabi biz Hiyastalar hiçbir zaman kurt insanlarla iyi bir arkadaşlık içinde değilizdir. Ama böyle güzel bir elbise koleksiyonu tasarlayan bir kurt insanı kim sevmez ki?"

Kaynaşıp arkadaş oldular hemen. Onların karşılıklı moda sevgileri, geçmişten gelen husumetlerini anlamsızlaştırmış gibi görünüyordu. Çünkü Ateş Kraliçesi'nin dediği gibi, bir kimsenin elbiselerinin ne kadar önemli olduğunu düşünüldüğü zaman, eğer dokuz yüzyıl önce Murdo Mac-Rinnalch, büyükannesi Kraliçe Malgravane'yi ağır bir şekilde aşağıladıysa, bu neden gerçekten sorun olsundu ki? Ve Thrix, eğer Kraliçe Malgravane sadece bir dil sürçmesine gereksiz yere kızdıysa, bunun gerçekten bugünlerde kendine sorun edilecek bir şey olmadığını söyleyerek onaylıyordu. Bundan hemen sonra Malveria, Büyücü'yü kendisinin moda danışmanı, tasarımcısı ve satıcısı olarak benimsedi. Bu, her ikisine de yarar sağlayan bir arkadaşlıktı.

Thrix, Malveria için yaptığı tasarımların nasıl çalındığını düşünmeye başladı. Restorana vardığında kafası hâlâ meşguldü. Kendisini karşılayan adama ifadesizce baktı.

"Evet."

"Ben senin flörtünüm"

"Tabii ki," dedi Thrix. Sorunlar aklını karıştırsa da karşısındaki adama bakarak gülümsedi. Masalarına geçer geçmez, garson menüleri getirdi.

"Sanırım ben..." diye söze başladı Donald.

Thrix'in telefonu çaldığında, "Özür dilerim," dedi. "Önemli bir iş konuşması. Uzun sürmeyecek."

Bu bir iş konuşması değildi. Annesiydi.

"Thrix," diye söze başladı Verasa. "Kalix'i yokladın mı? Sanırım Sarapen..."

"Anne şu anda bunu konuşamam."

"Neden konuşamazsın?"

"Restorandayım."

"Çok mu açsın? Yemeği bir saniyeliğine erteleyemez misin?"

"Tek başıma değilim."

"Ah!" dedi Kurtların Hanımefendisi. "Ann ile mi birliktesin?"

"Hayır."

"Biriyle mi çıkıyorsun? Bir insanla mı?"

"Evet."

"Sevgili kızım, bu mantıklı mı? Uygun bir kurt adamın ilgisini çekmeyi başaramadığını biliyorum. Ama zorlukları düşün. İnsanlar çok kısa ömürlü ve bir kurt kızla arkadaşlık ediyor olduklarını öğrendiklerinde iyi bir tepki vermezler."

"Anne gerçekten sırası değil."

"Ben sadece yardımcı olmaya çalışıyorum. Eğer biriyle tanışmaya çalıştığını bana söylemiş olsaydın, seni cenaze için kalede olan şu hoş Andrew MacRinnalch ile tanıştırırdım. Onun avukat olduğunu biliyorsundur."

Thrix içten içe sızlanıyordu. Uzaktan kuzeni olan Andrew MacRinnalch kabiledeki en sıkıcı kurt adamdı.

"Edinburg'da kendi işini yapıyor," diye devam etti Verasa.

"Gerçekten gitmeliyim," dedi Thrix sert bir şekilde. "Kalix için seni sonra arayacağım. Hoşça kal."

Thrix telefonunu bir kenara koydu ve masadaki arkadaşından özür diledi.

"Annem her zaman yanlış zamanlarda arar!"

Donald bunu oldukça sakin ve doğal karşıladı. Birkaç zamandır Thrix'e teklif etmeyi istiyordu ve en sonunda cesaretini toplamıştı. Bir telefon görüşmesine karşı çıkıp, her şeyi mahvetmeyecekti. O gün uğraştıkları işler hakkında küçük bir konuşma yaparken menülerini incelediler.

"Kore'den gelen birkaç kumaşım var…"

Thrix telefonu çaldığı için konuşmasını kesti. Bu, New York olmalıydı.

"Merhaba."

"Thrix, ben Markus. Londra'ya geliyorum. Konuşmamız gereken birçok şey var. Annem senden…"

"Meşgulüm," dedi Thrix. "Yemekteyim."

"İş mi?"

"Hayır."

"Randevun mu var?" Markus'un sesi bu durumdan eğleniyormuş gibi geliyordu. "O zaman kesinlikle seni oyalamamalıyım kardeşim. Ne de olsa biriyle çıkman pek sık gerçekleşen bir durum değil."

"Evet, değil!" dedi Thrix ve imalı bir şekilde. Hemen ardından telefonu kapattı. Donald'a mazeret beyan ederek, "Erkek kardeşim," dedi. "Her neyse, sipariş verelim mi?"

Dolunaydan sonraki akşamdı. Thrix haricinde, bütün MacRinnalchlar kurt insan halindeydi. O kendi tercihiyle insan olarak duruyordu. Değişimi büyü yoluyla engelleyebiliyordu. Bu biraz çaba gerektiriyordu, ama eğer randevu yolunda giderse buna değebilirdi.

78

Kişisel hayatlarını kabilenin istekleriyle birleştirmeye çalışan ailenin tek üyesi Thrix değildi. Markus, Talixia'yla telefondaydı. Kısa bir süre sonra Londra'da olacağını söylüyordu. Dominil ikizleri ayıltıyordu ve onlara yardım etmek için burada olduğunu anlatmaya çalışıyordu. Sarapen danışmanlarıyla görüşüyordu. Duvarlarını yeniden inşa ediyor ve askerlerini topluyordu. Kaledeki Lucia cenazeye katılmak için okyanusları aşıp gelmiş kurt insanları yolcu ediyordu. Kabile liderliği konusunun mümkün olduğunca çabuk halledeceğine dair onlara garanti verdi. Lurcia cana yakın bir kurt insandı ve oldukça güven vericiydi.

Tupan odasında oturuyordu. Her şeyin hesaba katıldığını düşünüyordu. Büyük Konsey'deki toplantılar oldukça iyi gitmişti. Eğer zayıf karakterli Markus kabile lideri olarak atanırsa, kabile muhakkak onu yetersiz bulacak ve başka birini arayacaktı.

Kurt insan halindeki Kalix, kucağında televizyon rehberi, çoğu ona Moonglow'un çivi yazısı kadar okunaksız olan yazı satırlarını okumaya çalışarak, Daniel ve Moonglow'la birlikte kanepede oturuyordu. Daniel onu, genç cadı Sabrina'nın ne zaman çıkacağı konusunda yanıltıyor olabilir mi diye merak ediyordu. Kalix onu yanıltan insanlara alışmıştı. 'Sabrina' kelimesini inceledi, tekrar tanıyabilmek için kelimeyi aklına yerleştirdi, sonra ismi arayarak, kurtpençesiyle tuhaf bir şekilde sayfaları çevirdi.

"Aha!" diye bağırdı birden.

Bir kurt kızın, "Aha!" diye bağırması o kadar tuhaftı ki, Daniel ve Moonglow gülmeye başladı.

Kalix utanarak, "Komik olan nedir?" diye sordu.

"Hiçbir şey!" dedi Moonglow. "O nedir?"

Kalix hevesle televizyon rehberindeki bir sırada, iki defa 'Sabrina' kelimesini içerdiğine emin olduğu sayfayı işaret etti. Diğer sayfada, bunun 'ertesi gün' anlamına geldiğini düşünüyordu. İki defa daha görünüyordu.

"Daha fazlası var!"

Daniel üzüntülü bir şekilde başını salladı. Listede incelediği kanalın Sabrina'yı daha fazla gösterdiği doğru olsa da, onlarda bu kanalın çekmediğini açıkladı.

"O kablolu yayın. Bizde sadece anten var."

Kalix şaşırmıştı. "Hemen alalım!" dedi hevesle.

"Korkarım bu çok pahalıya mal olur. Evet, o televizyon rehberinde doksan kanal var, ama bizde sadece beş tanesi var."

Kalix üzülmüştü. "Ama Sabrina'yı daha çok yayınlıyorlar," dedi. "Ve gün içindeki çizgi filmleri!"

"Biz doksan kanal istemeyiz," dedi Moonglow. "Televizyon gerçekten kötü! Bütün vaktini televizyon izleyerek boşa harcamak istemezsin."

"Anlamadım," dedi Kalix.

"Anlamayabilirsin tabi," dedi Daniel. "Kim daha fazla televizyon kanalı istemez ki? Ama Moonglow, televizyona karşı olan insanlardan. O kadar televizyon karşıtı ki, annesi doğum günü hediyesi olarak kablolu yayın almayı önerdiğinde onu reddetti."

Kalix şimdi de Moonglow'a baktı.

"Bu doğru mu?"

Moonglow bunun doğru olduğunu söyledi ve çok fazla televizyon izlemenin iyi olmadığını tekrar etti.

Kalix heyecanlanmıştı. Odanın içinde dolaşmaya başladı. Sonra Moonglow'un yanına oturdu ve yalvarırcasına ona baktı.

"Kablolu televizyon alabilir miyiz?"

Moonglow 'hayır' anlamında başını salladı.

"Doksan kanalı kim ne yapar! İnan bana Kalix, zaman kaybından başka bir şey değil!"

Kalix bunu çok tuhaf buldu. Moonglow onun yinelenen ricalarını geri çevirince suratını asmaya başladı. Ayağa kalktı ve gürültülü bir şekilde odayı terk etti.

"Onu sinirlendirdin," dedi Daniel.

"Tam olarak sinirlenmedi. Sadece surat yapıyor. Eğer bu evin bir üyesi olacaksa, bizimle geçinmeyi öğrenmek zorunda!" diye belirtti Moonglow.

"Bu kurt kızın toplum hayatına gerçekten alışabileceğinden emin değilim," dedi Daniel.

"Tabii ki alışacak. Şimdiden ne kadar yol aldığına bir baksana!"

Doğruydu. Kalix çılgın bir kurt kızdan ziyade, genç bir ev arkadaşı gibi davranmaya başlamıştı. Onların arkadaşlıklarından hoşlanıyor gibiydi. Çok yemek yemişti ve onlarla müzik dinlemişti. Daniel henüz çalmadığı yeni bir Runaways plağı bulana kadar yaklaşık otuz kere *Transvision Vamp'den I Want Your Love* adlı şarkıyı dinlemişti.

Moonglow, kurt insan hayatı ile ilgili detayları Kalix'e sormayı denedi. Ama Kalix pek konuşmuyordu. Bir kurt insana dönüştükten sonra ruh halinin nasıl olduğu sorusuna karşılık, omuzlarını silkmişti sadece.

Moonglow, Daniel'a, "Kurt insanlarla ilgili söyleyecek daha çok şeyi olmalı diye düşünüyorsun," dedi. "Yani doğayla bütünleşmek gibi ya da buna benzer şeyler."

"Belki bu durum sadece kitaplarda böyledir," diye cevap verdi Daniel.

"Kalix tam olarak bir kurda dönüşecek mi diye merak ediyorum," dedi Moonglow. "Onu bir kurt olarak görmek isterim."

Daniel onun bu isteğine karşı bir uyarıda bulundu. "Eğer ona bir kurt yavrusu gibi davranmaya çalıştığımızı düşünürse kızacaktır ve gidecektir."

"Haklısın."

Telefon çaldı. Moonglow'un erkek arkadaşı Jay! Gelecek

buluşmalarını kararlaştırmak için arıyordu. Daniel'ın suratı asıldı ve Kalix'e eşlik etmek için mutfağa gitti.

79

Telefonu tekrar çalmadan önce, Büyücü yemeğinden bir başlangıç ısırığı almıştı sadece. Utangaç bir şekilde telefona cevap verdi. Telefondaki Malveria idi.

"İlerleme kaydettim. Lanet olası çirkin, fahişe Prenses! Ha ha ha! Onun adıyla dalga geçiyorum. Fark ettin mi? O alçak prenses, Londra'dan kıyafet sevkiyatını henüz almış. Bunu onların sarayındaki Büyükelçi'nin kızından öğrendim. Prenses, İmparatoriçe Asaratanti'nin buz cücelerine karşı kazandığı zaferin yüzüncü yılı için bir parti düzenleyecek. Büyükelçi'nin kızı da bu partide prensesin kıyafetlerin üzerinde hangi etiketin olduğunu görmeye çalışacak. Oraya ben de davetliyim, ama gitmeyeceğim. Çünkü annem Kraliçe Malgabar'ın yardımı olmasaydı, İmparatoriçe Asaratanti'nin buz cücelerine karşı galibiyet sağlanamayacağı herkesçe biliniyor. Ama nankör İmparatoriçe bunu kabul etmiyor."

Thrix bu tarih dersini dinlemek istemese de Malveria'nın gelişme kaydediyor olması ilgisini çekmişti.

"Buz cüceleri kuzey buzullarından aşağıya doğru akın ettiklerinde, benim annem…"

Thrix araya girerek, "Fazla konuşamam, yemekteyim!"

dedi.

"Yemekte mi?" Ateş Kraliçesi şaşırmıştı. "Ama sen yemek için nadiren dışarıya çıkarsın. İş yemeği mi bu?"

Thrix duraksadı.

Malveria hemen, "Sen biriyle çıkıyorsun!" dedi. "Muhteşem! Senin karşı cinse olan ilgisizliğin beni endişelendiriyordu. Cinsel aktiviten olmaması gerçekten çok korkutucu!"

Thrix, eğer Malveria'yı telefondan uzaklaştırmazsa, karşı cinsle çok az bir ilişki şansı olduğunu düşündü.

"Şimdi kapatmalıyım. Bir gelişme olduğunda bana haber ver."

Thrix konuşmayı sonlandırdı ve yemeğini bitirmesi için onu beklemekte olan Donald Carver'a özür dilercesine baktı.

"Özür dilerim, bir iş telefonu yine!"

"İşinin çok yoğun olduğunu görebiliyorum," dedi şüpheli bir şekilde.

"Yaptığınız filmden bahsetsene!" dedi Thrix. Donald'ın dikkatini telefon görüşmelerinden uzaklaştırıp, sohbete geri dönme çabasındaydı. Donald sponsorlarla yaptığı bugünkü toplantıdan bahsetti ve ihtiyaçları olan milyonlarca sterlini toplama çabalarından. Bir filme sermaye bulmak Britanya'da zor bir işti. Kendisi gibi deneyimli bir film yapımcısı için bile para toplama işi kolay değildi.

"Onların ilgisini çektim. Çünkü Amerikalı bir aktristim var..."

Thrix'in telefonu tekrar çaldı. Yansıtmamaya çalışsa da Donald'ın yüzünde bir sıkıntı ifadesi belirdi. New York'tan iş telefonu bekleyen Thrix, akşam yemeğine çıktığı için pişmanlık duymaya başlamıştı bile.

"Merhaba."

"Ben Dominil."

Büyücü şaşırmıştı. Çünkü kuzeni Dominil onu hiç aramazdı.

"Londra'dayım. Telefonda tartışmayı tercih etmediğim bazı haberlerim var."

Thrix, kuzeni Dominil ile ertesi gün buluşmak için bir plan yaptı. Dominil telefonda kısa konuşmuştu. Ama Donald ile olan yemek çoktan mahvolmuştu bile. Ana yemekler soğumuştu. Donald Carver da Thrix'e sabırsızca bakıyordu.

"Kuzenimdi."

"Aile bağların çok sıkı!"

"Pek sayılmaz. Ama bilirsin, cenazeden sonraki aile işleri."

"Cenaze mi?"

"Babam. Ben bu yüzden dolayı İskoçya'daydım."

Donald çok şaşırmıştı. Thrix de bu olaydan bahsettiği için kendi kendine lanet etti.

"Babanın cenazesinde miydin? Haberim yoktu. Özür dilerim. Eğer daha önceden bilseydim, seni akşam yemeğine davet etmezdim."

"Hayır, sorun değil. Yani... O gitti artık! Hayat ise devam ediyor."

Thrix bunu uygun cümlelerle ifade edemediğini düşündü. Donald oldukça garip bakışlarla ona bakıyordu. Garsonun masada belirmesi Thrix'i bu durumdan kurtardı. İştahı kalmamıştı artık. Ama restoranın yiyeceklerine ya da flörtüne karşı isteksiz görünmek istemedi ve tatlılara bakmaya başladı. En azından şarap konusunda hevessiz görünmemişti. Kendisine bir bardak daha doldururken ve garsona bir şişe daha getirmesini söylerken bunu düşünüyordu.

Suratı asık bir şekilde menüye baktı. Büyücü, bir kurt insan olarak sağlıklı bir iştaha sahipti. Ama çok fazla yemek yemeyen mankenler ve tasarımcılarla çalışmaya o kadar alışmıştı ki, kaloriyle dolu bir tatlı yemesi oldukça nadir bir durumdu.

Thrix kendi kendine, "Bu konuda endişelenmek zorunda değilim," dedi. "Uzun yıllardan beri bir kilo bile almadım." Ama tatlılarda onu rahatsız eden bir şey vardı. Ya biraz kilo alırsa? Puding gibi bir görüntüyle New York'a uçmak istemiyordu. Dolayısıyla menüyü elinden bıraktı.

"Sadece kahve alacağım," dedi.

Sohbete odaklanmaya çalıştı, ama Malveria'nın düşünceleri, moda casusluğu, Dominil ve annesi kafasında dolaşıyorken bu çok zordu. 'Uygun bir kurt adamı kendisine çekmeyi başaramamak!' Annesi neyi ima etmeye çalışıyordu acaba ya da ne zamandan beri çetele tutuyordu? Thrix, Donald'ın bir şeyler söylediğini fark etti ve dikkatini ona vermeye çalıştı. Donald New York'taki gösteriyi soruyordu.

"Piyasaya girmem için çok iyi bir fırsat olacak..." diye söze başladı Thrix. Telefonu çaldı. New York! Thrix özür dilercesine flörtüne tekrar baktı. Yaklaşık otuz saniye sonra şovu organize eden kadınla derin bir konuşma içindeydi. Donald'ı tamamen unutmuştu. Thrix iş konuşurken dış dünyayı hiç umursamazdı. Bu konuşma çok uzun bir konuşmaydı. Bugünkü bütün konuşmaların toplamından daha uzundu. En sonunda telefonunu çantasına koyduğunda, Donald'ın çok sıkıldığını fark etti.

"Üzgünüm. Telefonda çok mu konuştum?"

"Fazlasıyla!" dedi Donald sert bir şekilde.

80

Büyücü, taksicinin parasını verdi ve apartman dairesinin merdivenlerinden yukarıya hızlıca çıktı. Kapıyı açan apartman kapıcısına kibarca teşekkür etti. Operadan geri dönmekte olan orta yaşlı bir çiftle beraber asansöre bindi. Bu çift birbirine yakın duruyordu. Sessiz ve sevgi dolu görünüyorlardı. Thrix kötü bir randevudan dönen kadın izlenimi vermek istemiyordu. Asansörden çıktı ve dairesine doğru yavaşça yürüdü. Anahtarını kapıya sokmak üzereydi ki, bir anda durdu.

"Malveria!"

Ateş Kraliçesi, Thrix'in yanında belirdi. Koyu tenine nefes kesen bir etki veren soluk eflatun renginde bir gece elbisesi giymişti.

"Merhaba, benim sevgili büyücüm."

"Seni buraya nedir, Malveria?"

"Hiçbir şey! Hiçbir şey!"

"Cinsel ilişkide bulunup bulunmadığımı görmek mi istedin?"

"Evet, o da var tabi! Adamın, merdivenleri hızla tırmanıp, seni yatağa veya belki de arzusunu kontrol edemiyorsa, koridorun zeminine atmadan önce arabasını mı park ediyor?"

"Benim gibi sıkıcı biriyle çıkmaktan pişman oldu ve evine gitti."

"Yaa!" Ateş Kraliçesi hayal kırıklığına uğramış gibiydi. "Bu benim beklediğim sonuç değil. Peki, sen neden kapıyı açamıyorsun?"

Thrix beceriksiz hareketlerle anahtarıyla uğraşıyordu. Çok fazla şarap içmişti ve çok az yemek yemişti. En sonunda kapıyı açmayı başardığında, Ateş Kraliçesi onun sallanmasını kesmek için omzuna elini koydu.

"Yanlış giden nedir?"

"Her şey. Çok fazla müdahale! Konuşamadı. Beşinci telefon görüşmesinde sıkılmış gibi görünüyordu. Zaten yedincisinde hesabı istedi. Daha önce böylesine bir hızla ortadan kaybolan birini hiç görmemiştim."

Büyücü, mutfağın olduğu tarafa doğru elini salladıktan sonra kahve makinesi çalışmaya başladı. Kahve içme isteği yoğun olarak hissedildiğinde büyücü olmak bir lütuftu.

"Belki de durum düzeltilebilirdi," diye bir öneride bulundu Malveria.

Thrix olumsuz bir cevap verir gibi başını salladı. "Bir adamı gece boyunca görmemezlikten gelemezsin. Bu onların gururlarını incitir."

"Sizin randevu dediğiniz ritüele katılmak zorunda olmadığım için mutluyum," dedi Malveria. "Kulağa çok yorucu gibi geliyor."

Kahve hazır olduğu zaman Malveria bardakları doldurup onları getirmeyi önerdi. Bu, onun Büyücü'yle olan samimiyetinin bir göstergesiydi. Çünkü Ateş Kraliçesi başkaları için tepsi taşımazdı.

"Sana aşık olması için büyü yapabiliriz," diye başka bir

öneride bulundu Malveria.

"Unut bunu! Ben bu fikri aklımdan tamamen çıkardım. Düşünmem gereken başka işlerim var."

"Evet, haklısın. Sen çok meşgulsün. Büyücü Livia'nın 500. doğum günü kutlamasına sadece iki ay var."

Malveria bu kutlamada giyeceği kıyafetler için Thrix'i görevlendirmişti. Bu, Hiyasta sosyal takvimindeki en önemli olaylardan birisiydi. Livia'nın 400. yaş günü kutlaması dillere destandı. Öyle ki, 500. yaş gününün daha da muhteşem olacağı vaadi veriliyordu. Beş gün boyunca sürecekti. Dolayısıyla Ateş Kraliçesi her gün için birkaç değişik elbiseye ihtiyaç duyacaktı. Ayrıca Thrix, Malveria'ya etkinlik boyunca eşlik edecek olan hizmetçiler ve komiler için de kıyafetler tasarlayacaktı.

"Yakın tarihte gerçekleşecek olan Milan ve New York'taki işlerinin ve aile içi kavgalarının araya girmesinden dolayı belki sen..." Malveria'nın dudakları titredi.

"Kıyafetlerin hazır olacak!" dedi Thrix vurgulu bir ses tonuyla. "Her şey plana uygun bir şekilde yapılacaktır!"

"Yarın prova yapacak mıyız?"

"Üzgünüm, yapamam. Sabah müsait değilim. Dominil ile buluşmalıyım. İkiz kuzenlerimin, Markus için oy vermelerini sağlayabileceğine dair annemin çılgın bir fikri var. Aslında imkânsız gibi görünüyor. Dominil'le hiç karşılaştın mı?"

"Beyaz saçlı olan mı? Hayır. Ama onunla ilgili bazı şeyler duydum. Çok güzelmiş mesela."

"Evet, çok güzel. Ama bir o kadar da soğuk! Annemin onu nasıl ikna ettiğine dair hiçbir fikrim yok. Bu arada Kalix'e de bakmam gerekiyor! Bunu yapmayı hiç istemiyorum."

Kurtların Hanımefendisi, Thrix'in, küçük kardeşi Kalix'i koruması gerektiğini düşünüyordu. Fakat Thrix böyle bir sorumluluk almak istemiyordu.

"Kalix, Sarapen'den dolayı tehlikede!" dedi Malveria. Kabile liderliği konusunda şimdi daha çok bilgisi vardı.

Thrix, "Zaten bu yüzden ona bir kolye verdim. Şimdi daha güvende olacaktır," dedi ve oldukça bitkin bir halde kahvesini yudumladı. "Sanırım onu korumak için biraz gayret etmeliyim. Ama biliyorsun, onu hiçbir zaman çok sevmedim. İlk kolyeyi de beni rahatsız etmesin diye verdim."

"Onu seviyor muyum, yoksa sevmiyor muyum, bilmiyorum açıkçası!" dedi Malveria. "Ama oldukça ilginç biri. İnsanlarla beraber aynı evde yaşarken daha fazla eğlenebilir diye düşünüyorum."

"Onun için bu kadar zahmete girmenin nedeni bu mu?" diye sordu Büyücü. Malveria'nın, Kalix'e sadece yeni bir kolye bulmadığı, aynı zamanda ölü kurt insanlar ormanına ulaşarak onu geri çağırdığı hikâyesini duyunca çok şaşırmıştı. Bunları yapmak için gerekli olan gücü ve riski çok iyi biliyordu. Ancak Malveria'nın bunların karşılığında Moonglow'dan nasıl bir bedel aldığından haberi yoktu. Gelecek bir eğlence için Malveria'nın sırrıydı bu!

"Dominil ziyarete geldiğinde yanınızda bulunmamın bir sakıncası var mı? Herkesin, önünde titrediği bu albinoyu merak ediyorum!"

Thrix, Malveria'ya bakarak, "Bugünlerde çok mu sıkıldın?" diye sordu.

"Çok sıkıldım! Bütün düşmanlarımın hakkından gelmiş olmaktan bazen üzüntü duyuyorum. Unutmuşum, yarın lanet İmparatoriçe Asaratanti'deki elçimin kızıyla buluşacağım. Bize işkence eden casusu öğrenebilirim belki. Suçlu her kimse, ona büyük acılar çektireceğim!"

Thrix'in başı düşüyordu. Bir şeyler mırıldandı ve dönüşmesine engel olan büyüyü bozdu. Tekrar kurt insana dönüştüğünde, uzun bir günün ve alışverişin ardından rahatsız edici ayakkabılardan kurtulan bir kadın gibi derin derin nefes aldı.

"Ahh, Thrix! İçtiğin şarabın etkisini görebiliyorsun, değil mi? Umarım sarhoşluğundan dolayı adamda itici bir izlenim bırakmamışsındır. Çünkü bir kadına hiç yakışmayan şeylerdir bunlar. Biraz daha kahve iç, ayılırsın. Bu gece, eğer hafızam bana acımasız oyunlar oynamıyorsa tabi, televizyon ekranlarında Japon modasına dair programlar var!"

Ateş Kraliçesi televizyonun düğmesine bastı. Teknolojinin çok basit olduğu bir krallıkta yaşamasına rağmen, muzaffer bir kadın edasıyla uzaktan kumandayı aldı ve kanalları değiştirdi. Genç Japon bir manken eflatun renkli bir kimono ile ekranda belirdiğinde heyecanlı bir şekilde çığlık attı Malveria. Kıyafet konusunda çok saplantılıydı. Hayatındaki hiçbir şey, Büyücü Livia'nın yaklaşmakta olan doğum günü kutlamasında bir moda galibiyetini garantiye almaktan daha önemli değildi.

81

Kalix uyandığında nerede olduğunu merak etti. Daha sonra Daniel ve Moonglow'un evinde olduğunu hatırladı. Televizyonu düşünerek gülümsedi. Önceki gece yediği bütün yiyecekleri anımsayınca da aniden bir rahatsızlık hissetti. Kusmaya başladı. Moonglow onun başını banyonun kapısından içeri soktu. Yeniden çarpılmamak için ihtiyatlı davranmak istedi ve Kalix'i kendi haline bıraktı. Kalix uzun bir süre midesindekileri çıkardı. Sonra Moonglow'un yanından geçip gitti. Bir kez daha pislik içindeydi. Terden dolayı saçları keçeleşmişti ve tişörtünün önü kusmuğundan lekelenmişti. Alt kata indi. Mutfaktan su aldı. Yerdeki yorganıyla kendini sarmalamaya gitti. Yeni afyon ruhu şişesinden bir yudum aldı. Kaygı nöbeti başlıyordu. Nöbet atağı önceki gün kadar şiddetli değildi. Ama Kalix terliyor ve titriyordu. Biraz daha afyon ruhu içti ve bir hap aldı. Daniel ve Moonglow'un arkada gezindiklerini sezebiliyordu. Kalix onların gitmelerini istiyordu. Çünkü niyetlerinden çok şüpheleniyordu ve burada kalmasında neden bu kadar ısrar ettiklerini merak ediyordu. Titremesi durunca ve gücü geri gelince buradan ayrılmaya ve bu yere bir daha geri dönmemeye karar verdi.

Daniel ve Moonglow bu durumu konuşmak için mutfağa çekildiler.

"Bu böyle devam edemez!" diye fısıldadı Moonglow.

"Kurt insana dönüştüğünde yemek yemeyi seviyor. Ama insana dönüştüğü zaman çılgına dönüyor."

"O içtiği şişede ne var?"

Bilmiyorlardı. Kurt insan ilacıydı belki de. Kalix o şişeyi gözü gibi koruyordu. Kimsenin dokunmasına izin vermiyordu.

"Bir şey yapmamız gerekiyor!" dedi Moonglow. "Belki de Thrix'i yeniden görmeliyiz."

Daniel buna pek istekli değildi. Thrix'i en son ziyaret ettiklerinde, sarı saçlı kurt kız onlarca düşmanca davranmıştı.

Aynı zamanda Moonglow ile birlikte diğer ürkütücü kurt insanlardan da saklanmak zorunda kalmışlardı.

"Bütün bu moda ve göz kamaştırıcı şeylerle çevrelenmiş olmaktan utanıyorum."

"Ben de utanıyorum," dedi Moonglow. "Kalix, Thrix ve Ateş Kraliçesi'nin arasında kendimi çok şişman hissediyorum. Onlar nasıl böyle incecik kalabiliyorlar?"

"Sen de incesin!" dedi Daniel. Evet, bu doğruydu, ama Büyücü ve Ateş Kraliçesi'nin olağanüstü cazibelerini ve Kalix'in vahşi ve genç güzelliğini gördükten sonra bazı insanların korkmaya hakları vardı.

Dışarıdan gelen bir ses konuşmalarını böldü. Kalix parçalanmış çantasını ve lime lime olmuş montunu omuzlarına almış bir şekilde ön kapıya doğru topallıyordu. Moonglow koştu ve Kalix'in yolunu keserek onun önünde durdu.

"Bu, sona ermeli!" dedi. "Sana gösterdiğimiz ilgiden ve uyuyacak bir yer verdikten sonra sakın bana vurma!"

Daniel, Kalix'in Moonglow'un üzerine atlaması ve ona saldırmaya başlaması durumunda silah olarak kullanabileceği bir şey aradı. Ama Kalix bu sabah oldukça uyuşuk görünüyordu.

"Burada kal! Problemlerini çözebiliriz!" dedi Moonglow.

"Aptal insan!" diye mırıldandı Kalix.

"Belki de öyleyimdir," diye karşılık verdi Moonglow. "Ama ben, senin sahip olduğun herhangi bir şeyden daha iyi bir alternatifim. Böyle sıcak ve konforlu olan bir yerde kalabilecekken neden gitmeyi ve bir ara sokakta yaşamayı yeniden istiyorsun?"

"Hem de genç cadı Sabrina'yı izleyebilecekken!" diye ekledi Daniel.

"Küçük odayı senin için boşaltacağız," diye devam etti Moonglow. "Orada kalabilirsin."

"Müziğini dinleyebilirsin," dedi Daniel. Herhangi bir cevap almamasına rağmen gülümsedi.

"Burada kalmalısın." Moonglow ısrar ediyordu hâlâ.

Kalix ayaklarının üzerinde sallandı ve aniden yere yığıldı. Birkaç dakika açık kalan gözleri sonra kapandı. Daniel ve Moonglow, Kalix'in yayılan saçlarına basmamaya özen göstererek, onu ön odaya taşıdılar.

"Komik!" dedi Daniel. "Bir kurt kızı yorgana sarıp, ona sıcak su şişesi vermeyi birkaç hafta öncesine kadar hayal bile edemezdim. Baksana, şimdi neredeyse bir alışkanlık haline geldi!"

82

Camden'deki nehrin kuzeyinde, MacRinnalch kurt insanları arkadaşça olmayan bir manzaraya daha karıştılar. Beauty ve Delicious dün geceki viski kutlamalarından sonra kendilerine geldiklerinde, aileye karşı hissettikleri aynı alay duygularıyla Dominil'i karşıladılar.

"Yani... Bence senin hoş saçların var," dedi Beauty. "İyi de bir deri montun. Peki, bize yardım etmeni neden isteyelim?"

"Çok gülünç!" diye ekledi Delicious. "Kurtların Hanımefendisi aklını kaybediyor olmalı! İskoçya'daki kaleden gelen bir köylünün, başarıyı yakalamak için grubumuza yardım edeceğini mi düşünüyor?"

"Ona teşekkür et!"

"Gönderdiği viskiden de çok hoşlandığımızı söyle!"

"Hatta daha fazlasını göndermesini söyle!"

Dominil, "kaleden gelen bir köylü" sıfatından herhangi bir rahatsızlık duymadı, ikizlerin içecek bir şeyler ikram etmemelerinden de! Bu sadece, MacRinnalch misafirperverliğinin bir ihlaliydi. Verasa'nın verdiği görevi kabul etmişti. İkizlerin bayağı davranışlarından dolayı bu görevden vazgeçmeye niyeti yoktu.

"MacRinnalchların hatırı sayılır ölçüde size yatırım yapacak kaynakları var," diye belirtti.

"Ne yani?" diye dalga geçti Beauty. "Bizim de hatırı sayılır ölçüde kendi kaynaklarımız var."

Doğru! Kardeşler varlıklıydılar, hatta Dominil'den daha çok. Dominil'in aile parasındaki payı, babası Tupan tarafından kontrol ediliyordu hâlâ. Babası istediği hiçbir şeyi reddetmemiş olsa da önemli bir miktarı da onun eline teslim etmemişti.

"Evet, maddi sıkıntılarınızın olmadığını biliyorum. Uzun zamandan beri burada yaşadığınızı ve bölgedeki birçok müzisyenle tanışmış olduğunuzu da biliyorum. Bu endüstrinin kayıt, idari ve yapım bölümündeki insanlarla da tanışmışsınızdır. Bu oda bile enstrümanlar konusunda oldukça büyük bir ilerleme kaydettiğinizin bir kanıtı. Sizin de iddia edebileceğiniz gibi, siz ikiniz muhteşem müzisyenler ve şarkıcılarsınız."

Dominil kahvesini yudumladıktan sonra yerden bir şişe viski aldı ve şişedeki kalıntıyı fincana boşalttı.

"O zaman," diye devam etti, "herhangi bir izlenim bırakmakta neden başarısız oldunuz? Bir grubunuz bile yok artık. Camden otoyolu ve burası arasında yaptığım kısa yürüyüşte, hemen hemen her yerde küçük mekânlardaki grupların reklamlarını yapan posterler gördüm. En azından bir başlangıç yapmanın zor olmadığı görülüyor. Siz şimdiye kadar bunu yapmamış gibi görünüyorsunuz."

Delicious, "Şey..." dedi ve durdu. Kardeşine baktı. "Bu biraz zaman alıyor!"

Dominil odanın çevresine, her yeri kaplayan pisliklere ve atıklara baktı. İkiz kardeşlerin neden hiç gelişme kaydetmediklerini çok açık bir şekilde görebiliyordu.

"Geçmişte defalarca sahnede çaldınız. Yok olmuş bir geçmişiniz var aslında. Bunun nedenleri oldukça açık. Hiçbir özeniniz yok! Dolayısıyla başarı ihtimaliniz çok az! Hiçbir menajer birkaç günden fazla size tolerans gösteremez. Kendi yöntemlerinizle baş başa bırakıldığınızda, daha da sarhoş olarak, gelecekte yapacağınız harika müzik hakkında konuşarak, tekrardan sahneye çıkmanın ötesine hiç gidemeyerek bu evde kalacaksınız. Kısa bir süre içinde yerel tavernalardaki övündüğünüz erkekler sizin boş laf dışında hiçbir şey olmadığınızı anlayınca alay konusu olacağınızı hayal edebiliyorum. Anlıyorum ki, boş laf dışında hiçbir işe yaramamak, müzisyenler arasında yaygın bir özellik. Sizin

271

arzuladığınız şey bu mu?"

Beauty ve Delicious huzursuz bakışlarla birbirlerine baktılar. Dominil'in soğuk ve otoriter ses tonundan geleceklerinin haritasını duymak hoş değildi.

"İskoçya'ya neden geri dönmüyorsun, seni fahişe?" diye hırladı Beauty.

Delicious da düşmanca ve bir kurt hırıltısıyla hırladı. Ama daha sonra ilgili bir ifade ile Dominil'e baktı. Delicious birkaç ay önce Dominil'in söylediklerine benzer şeyleri düşünmüştü. Ama bu düşünceleri bastırmıştı. Hatta neredeyse unutmuştu. Şimdi ise bir daha sahneye çıkmamakla ilgili olan kaygılarını hatırladı.

"Peki, ne yapacaksın?" diye sordu.

"Ne yapılması gerektiğini sizler bana açıklayacaksınız ve ben de onları uygulayacağım."

83

Thrix içkinin neden olduğu baş ağrısıyla rahatsız bir şekilde uyandı.

'Zavallı Donald!' diye düşündü. 'Hayatındaki en kötü randevuyu benimle yaşadı muhtemelen. Peki, ben bunu Anne nasıl açıklayacağım?'

"Gitmemeliydim," diye mırıldandı. Daha sonra sabahlığını giydi ve banyoya doğru yöneldi. Malveria misafir odasındaydı. Thrix duştan çıkarken Ateş Kraliçesi yüzündeki geniş bir gülümsemeyle ona günaydın diyerek ortaya çıktı.

"Geçen geceki felaketin hayal kırıklığını atlattık mı?"

"Hemen hemen!"

"Kahve yapacağım. Pop-tartın var mı?"

Büyücü 'hayır' anlamında başını salladı. Ateş Kraliçesi'nin böyle bir soru sormasına şaşırmıştı. O sırada kapı zili çaldı.

Thrix yüzünü buruşturarak, "Dominil! Onun geleceğini unuttum," dedi.

Dominil asansöre binerken Thrix hızlı bir şekilde giyinmeye başladı. Ateş Kraliçesi kapıyı açtı ve misafiri kibarca selamladı. Dominil odaya girerken, Malveria onun bileklerine kadar uzanan deri montunu kıskanır bakışlarla süzdü. Onda da birkaç tane deri mont vardı, kendi krallığında yapılmıştı, ama hiçbirinin Dominil'inki kadar hoş kesilmediğini görebiliyordu.

"Thrix birazdan gelecek. Çay ister misin?" Malveria iyi bir ev sahibi rolünü oynamaya karar vermişti.

Dominil 'evet' anlamında başını salladı. Bir sandalye aldı ve sessizce oturdu. Çok zarif bir oturuşu vardı, sırtı dikti. Malveria çayı getirirken, Dominil'in aurasını okumaya çalıştı. Hiyastalar kısa bir inceleme sayesinde çoğu zaman insanlar hakkında çok şey öğrenebilirlerdi. Dominil'in aurası, nedense, kendini pek açığa vurmuyordu. Beyaz saçlı kurt kızın duyguları çok derinlere gömülmüştü; Malveria gibi bir yorum ustasının meraklı bir incelemesine bile kendini açmayacak kadar derinlerdeydi duyguları.

Thrix ışıl ışıl bir görünümle odaya girdi.

'Ahh!' diye düşündü Malveria, 'kuzeninin güzelliği karşısında acı çekmek istemiyor!'

"Günaydın, Dominil! Erken bir ziyaret! Londra'ya yerleştin mi?"

"Kurtların Hanımefendisi benim için tatmin edici hazırlıkları yapmış," diye cevap verdi Dominil. "Kusuruma bakmazsan, burada uzun kalmayacağım. Bugün yapacak çok işim var."

"İkizlere yardım mı edeceksin?"

"Evet."

Tıpkı herkes gibi Büyücü de Dominil'in bu görevi kabul etmesine çok şaşırmıştı. Onun bu işi nasıl yapacağını merak ediyordu.

"Onları pop-star mı yapacaksın?"

"İstedikleri bu değil!" diye cevap verdi Dominil. "En azından şimdilik! Biraz başarılı olmayı ve yaşıtları arasında güven kazanmayı istiyorlar."

"Güven mi?"

Dominil başıyla onayladı.

"Başarı, her şey değildir. Başarılı bir müzik kariyerini satın alabilmek için MacRinnalch kasalarından yüksek miktarda para teklif ettim onlara, ama ilgilenmediler. Şaşırdım! Gerekli olan her şeyi satın almanın mümkün olacağını varsaymıştım. Şarkılar, müzisyenler, reklam, plak işleri, radyo programı ve buna benzer şeyler. Onlarla konuştuktan sonra anladım ki, bu yöntemlerle bir çeşit başarı elde etmek mümkün, ama onların asıl istedikleri şey bu değil!"

Kuzeninin oldukça resmi olan tavrı Thrix'in canını sıksa da konuşulanlar ilgisini çekmişti. Dominil, ikiz kardeşlerin Camden'de tanıdıkları insanların saygılarını kazanmayı istediklerini açıkladı.

"Onlar, mücadele içindeki müzisyenlerle dolu bir toplumda yaşıyorlar. Eğer başarıya giden yolu satın alırlarsa, mücadele veren diğer müzisyenler onlardan nefret edeceklerdir. Görünen o ki, bundan kaçınmak için işleri çok daha zor bir tutumla yapmak gerekli. Tanıdıkları insanların onları dinlemeye değer bulacakları küçük sahnelerde çalmalılar. Müzik gazetecilerinin ve plak şirketlerinin dikkatini, rüşvet vermek yerine, kendi meziyetleriyle çekmeliler. Kısacası, işlerini güvenle yapmalılar."

"Özellikle," diye devam etti Dominil, "onlardan çok uzakta olmayan bir alışveriş merkezinin üzerinde yaşayan dört tane oğlanın başarılarını geçmek istiyorlar. İkizler onlardan nefret ediyorlar. Bu dört oğlan bir keresinde, ikizlerin zenginlikleriyle alay etmişler. Başarıyı satın almayı reddetmelerinin bir diğer nedeni de bu. Oğlanların kendi grupları var ve ilgi çekmeye başlıyorlar. Beauty ve Delicious kıskançlık krizindeler! Onları, rakiplerinden az da olsa üstün olabilecekleri bir seviyeye getirebilirsem, Kurtların Hanımefendisi'nin dileğini yerine getirip, Markus'a oy vereceklerdir."

Büyücü çok etkilenmişti. Dominil neden bahsettiğini biliyor gibi görünüyordu.

"Gerçekten hızlı bir gelişme kaydediyorsun, Dominil."

Thrix bir şeyler ikram etmek istedi, içecek ya da yiyecek. Ama beyaz kurt kız hiçbir şey istemedi.

"Eğer ikizleri sahneye geri getirirsen, Verasa, onların avcılar tarafından görünür olabileceklerinden endişelenmeyecek mi?"

"Bu, Kurtların Hanımefendisi'ni ilgilendirir!" diye cevap verdi Dominil. "Ancak bu, sana yaptığım ziyaret ile bağlantılı! Bazı bilgilerim var. Kaledeki son gecemi geçirirken, Avenenis Guildlerin bilgisayarlarına girdim."

"Bunu yapabiliyor musun?" Thrix çok şaşırmıştı.

"Evet."

"O nedir?" diye sordu Malveria.

"Onların bilgisayar dosyalarını okumak için güvenlik sistemlerini kırdım."

Malveria'ya bunun açıklaması yapılırken küçük bir erteleme oldu. Thrix gerçekten çok etkilenmişti. Dominil'in ailenin zeki kızlarından biri olduğunu biliyordu, ama yüksek seviyede bilgisayar bilgisi olduğundan haberi yoktu.

"Guildlerin, Butix ve Delix hakkında hiçbir bilgileri olmadığını keşfettim. MacRinnalch ile ilgili olan dosyaları çok kapsamlı, ama bir o kadar da eksik. Babamın adı listelenmiş, buna rağmen benim hakkımda hiçbir şey bilmiyorlar."

"Benden bahsediyorlar mı?" diye sordu Malveria büyük bir hevesle.

"Hayır."

Malveria hayal kırıklığına uğramıştı.

"Onlar kurt insanlarla ilgileniyorlar sadece," diye bir açıklama yaptı Thrix. Daha sonra Dominil'e baktı. "Beni biliyorlar mı?"

"Biraz. Adın veya yerin bilinmiyor. Ama Londra'da bilinmeyen bir moda tasarımcısının, MacRinnalch kurt insanı olabileceğine dair bir rapor var. Bunun dışında hiçbir detaya sahip değiller. Seni uyarmanın iyi olacağını düşündüm. Ayrıca Kalix hakkında çok fazla bilgiye sahipler. Birkaç hafta öncesine kadar faal bir şekilde onu takip ediyorlarmış. Kalix'in çok doğru bir tasvirine sahipler. Onunla olan irtibatı şimdilik kaybetmişler. Ama onun, Thane'nin kızı olduğundan haberdarlar ve onu öldürmeye öncelik gösteriyorlar."

Konuşmasına ara verdi ve çayını yudumladı.

"Kurtların Hanımefendisi, Kalix hakkında edindiğim herhangi bir bilgiyi seninle paylaşmamı söyledi. Sanıyorum, onu korumak senin görevin."

"Hayır! Öyle değil!"

"Ben böyle olduğunu düşünüyordum."

"Evet, annem bunu önerdi," diye itirafta bulundu Büyücü.

Dominil imalı bir şekilde, "O zaman bunu yapman senin için mantıklı olur," dedi. Thrix, Dominil'in ona ne yapmasının mantıklı olduğunu söylediğini duymaktan hoşnut olmamıştı. Ama bu konuda tartışmaya girmek istemiyordu. Bilgileri paylaştığı için Dominil'e teşekkür etti.

"Bir şey daha var," dedi Dominil. "Guildler Orta Avrupa'da, kurt insan avcıları arasında büyük bir üne sahip olan Hırvatistan'dan gelen bir adamla bağlantı kurmuşlar. Adı da Mikulanec!"

"Hiçbir avcı bana sorun çıkaramaz!" diye belirtti Thrix.

"Ama Kalix'e sorun çıkarabilir."

"Peki, tamam! Onu kontrol edeceğim," diye karşılık verdi Thrix. Çok da samimi bir cevap değildi.

Telefon çaldı. Bunun Ann olduğunu düşünen Thrix telefonu açtı. Ama arayan, Kurtların Hanımefendisi'ydi. Birkaç dakika için annesini dinledi.

"Dominil burada. Ona söyleyeceğim," dedi ve telefonu kapattı. "Baron MacAllister ölmüş!"

"Ne çabuk? Sarapen'in bu kadar hızlı hareket edeceğini ummuyordum."

Verasa'nın, oyuyla çok yakından ilgilendiği Baron, şimdi ölüydü. Kabile liderliği savaşı ilk şehidini vermişti.

84

Gawain düşüncelere dalmış bir şekilde, bir gün ve bir gece küçük hücrede oturdu. Kalix'i bulmak için kaleye gelmişti. Ama o burada değildi ve nerede olduğu hakkında hiçbir bilgi edinememişti. Aşağıdaki misafirlerin boşaltmakta oldukları kalenin zeminini küçük demir parmaklıklı pencereden izledi. Kurt insanlar evlerine geri dönüyorlardı. MacRinnalchların atalarından kalma evine yaptıkları ziyaretten memnun kalmamışlardı. Hücre kapısı açıldı ve Marwanis içeri girdi. Marwanis, Thane'nin en küçük kardeşi olan Kurian'ın kızıydı. Kalix ve Thrix kadar göz alıcı olmasa da, elmacık kemikleri ve fazlasıyla geniş ağzıyla güzeldi.

"Merhaba, Gawain."

"Seni görmeyi ummuyordum," dedi Gawain şaşkın bir

ses tonuyla.

"Beni görmekten mutlu olduğun zamanlar çok çok zaman önceydi, Gawain."

"Seni gördüğüm için mutsuz olduğumu söylemedim."

Marwanis bir şey üzerinde düşünceye dalmış gibi birkaç dakika boyunca dikkatlice ona baktı. Gawain kendini huzursuz hissetti. Bunun için nedeni vardı.

"Kaleye neden döndün?"

"Kalix'i arıyorum."

"Hâlâ mı? Bunu için çok geç kaldın. Öyle, değil mi?"

"Kalix'i aramayı hiç bırakmadım."

"Shetland adalarında bir çiftlikte çalışıyor olduğunu duydum," dedi Marwanis soluk bir gülümsemeyle. "Onun burada, bu kömür bataklığında saklanıyor olmasını mı bekliyordun?"

Gawain cevap vermedi. Marwanis, onun Kalix'i aramak için yeterince çaba göstermediğini kastediyor gibi görünüyordu. Bunda biraz doğruluk payı vardı. Bir süre cesaretini kaybetmişti Gawain, ruhu uzun arayışa yenik düşmüştü.

"Tutkularını Thane'nin kızına aktarmak yerine, benimle kalmalıydın. O zaman her şey senin için daha iyi olabilirdi."

Nasıl cevap vereceğini bilemeyen Gawain sessiz kalmayı tercih etti.

"Ama bunların hepsi geçmişte kaldı. Kalix'in nerede olduğunu bilmek istiyor musun?"

"Bana onun yerini söyleyebilir misin?"

"Tam olarak değil! Ama doğru yolu sana işaret edebilirim."

"Bunu neden yapacaksın?"

Marwanis omuz silkerek, "Seni sevgiyle hatırlıyorum hâlâ. Eğlenceli gecelerdi, ta ki sen, benim yetersiz olduğuma karar verene kadar!"

"Benim hissettiğim bu değildi!" diye karşı çıktı Gawain. Kalix için terk ettiği aşığıyla karşılaşmaktan aşırı derecede huzursuz olmuştu.

"Seni neyin çektiğini anlayabiliyordum! O, vahşiydi! Evet, ben, ona nazaran daha donuktum."

"Marwanis, seni incittiysem eğer, bunun için gerçekten özür diliyorum!"

"Sen beni incitemezsin, Gawain! Senden daha değerli yüzlerce MacRinnalch var. Kalix'ten bahsetmemi ister misin?"

"Evet."

"Londra'da. Babasına saldırdıktan sonra oraya kaçtı. Nerede olduğunu hiç kimse tam olarak bilmiyor. Belki de Büyücü sana daha fazlasını söyleyebilir. Kalix'e, gizli kalmasını sağlayan bir tılsım verdi. Bu onu bulman için sana yeterli olacaktır, eğer gerçekten istiyorsan tabi."

Marwanis gitmek için döndü, ama sonra durdu.

"Eğer daha fazla yardıma ihtiyacın olursa, genç MacDoig'i deneyebilirsin."

"Tüccarın oğlunu mu? Neden?"

"Çünkü Kalix bugünlerde afyon ruhu kokuyor. Bunu bilmiyor muydun?"

Marwanis arkasından kapıyı kapatıp kilitleyerek hücreden dışarı çıktı. Gawain, Marwanis'in doğruyu söyleyip söylemediğini merak ediyordu. Bazı kurt insanlar geçmişte afyon ruhuna ilgi göstermişti. Ama bu çok nadir bir belaydı ve yoz bir davranıştı. Kalix'in buna bulaştığını düşünmek Gawain'in hoşuna gitmedi. Marwanis'in bu bilgi ona neden verdiğini düşünmekle pek vakit harcamadı. Kalix Londra'daydı. Gawain daha önce orayı araştırmıştı, iki yıl önceydi, ama başarılı olmamıştı. Çünkü o zamanlarda Büyücü, kardeşi Kalix hakkında hiçbir bilgisi olmadığına yemin etmişti.

'Burada öğrenebileceğimin en fazlası buydu,' diye düşündü. 'Yani, ayrılma zamanı geldi.'

Hücresini incelemeye başladı. Pencere, arasından geçilemeyecek kadar küçüktü. Duvarlar kalın taşlardan örülmüştü. Hücre kapısı da sağlam tahta katmanlarından yapılmış ve demirle güçlendirilmişti. Karanlığın çökmesine birkaç saat vardı. Gawain bu yüzden hücrenin bir köşesine oturdu ve öylece bekledi.

Gece oldu ve ay doğdu. Dolunaydan sonraki ikinci geceydi. Şimdi sadece safkan MacRinnalchlar isterlerse dönüşüme uğrayabilirlerdi. Büyük atalarından biri insan olduğu için Gawain bunu yapamıyordu. Fakat Gawain, istisnai bir odaklanma gücüyle, görülmemiş bir kararlılığın kurduydu. Kısa bir meditasyon yaptı. Sonra kurt halinin vücuduna gelmesine izin verdi. Kapıya doğru yürüdü ve devasa dişlerini kapı koluna geçirmek için eğildi. Öyle sert bir şekilde ısırdı ki, kapı kolu ve etrafındaki tahta, parçalara ayrıldılar. Gawain bir adım geriye gitti. Sonra bütün gücüyle kapıyı tekmelemeye başladı. Tahta kırıkları ve metaller koridorda uçuşurken kapı açıldı ve Gawain hücreden dışarıya atladı.

Dışarıdaki iki gardiyan da şaşkınlığa uğramışlardı. Gawain'in bu gece kurt insana dönüşmesini beklemiyorlardı. Gawain meşale ışığının büyük bir pencerede titrediği koridordan aşağı koşmadan önce, gardiyanları kenara itti. Hiç duraksamadan pencereden atladı. Kalın cama çarparak kalenin en yüksek seviyesinden, aşağıdaki su dolu hendeğe düştü. Korkunç bir güçle suya çarptı. Ama çabucak yüzeye çıktı ve ilerideki kıyıya yüzdü. Gardiyanlar tehlike çanlarını çalarlarken, Gawain uzaktaki kıyıya varmak üzereydi. Görevliler merdivenlerden aşağı inip, MacRinnalch Kalesi'nin büyük kapısına ellerinde meşalelerle akın ettiklerinde, Gawain karanlığın içinde çoktan kayboluştu.

Batı kanadında çok telaşlı bir hizmetçi Kurtların Hanımefendisi'nin odasına girdi.

"Hanımefendi, tutsak kaçtı!"

"Kaçtı mı? Nasıl?"

"Kurt insana dönüştü ve hücresinin kapısını parçaladı. Sonra da hendeğe atladı!"

"Gerçekten mi?"

Verasa bu durumu çok sakin bir şekilde karşıladı, ama onunla birlikte odada olan Markus aşırı derecede sinirlendi. Hizmetçiyi azarladı ve eldeki bütün kurt adamları toplayarak Gawain'i avlamaya çıkmaları talimatını verdi. Hizmetçi başını salladı ve mümkün olduğunca hızlı bir şekilde odayı terk etti. Markus'un gazabından kurtulduğu için mutluydu.

Kurtların Hanımefendisi hâlâ sakindi. "Markus, her şey yolunda. Kaçabilmesi oldukça normal! Bu yüzden onu zindan yerine hücreye koydum. İnsan kanına sahip olmasına rağmen gayretli genç bir kurt adam!"

"Onun kaçmasını neden istedin?"

"Şey..." dedi Verasa. "Burada hiçbir faydası yoktu. Onunla ne yapacaktım? İdam mı ettirecektim?"

"Onun hak ettiği bu!" diye cevap verdi Markus.

"Belki de. Ama Markus, bugünde ve bu çağda MacRinnalchları idam ediyor olmayı gerçekten ister miyiz? Bizler kabileyi modernleştirmeye çalışıyoruz!"

"Ya Kalix'i bulursa?"

"O zaman bizi ona yönlendirir. Thrix, Kalix'in nerede yaşadığını bilmediğini iddia ediyor. Dürüst davranıp davranmadığından emin değilim. Kalix'in nerde olduğunu bilmememiz hâlâ endişe verici! Eğer Gawain onu bulursa, o zaman onu Sarapen'e karşı korumaya çalışacaktır. Bence bu hiç de fena olmaz."

Markus bunu bütünüyle onaylamadı. Gawain'i hiçbir zaman sevmemişti.

"istediği zamanlarda onun kurt insana dönüşebileceğini bilmiyordum."

"Bilmiyor muydun? Gawain çok güçlü bir sülaleden geliyor. Onun büyük büyük babası Kara Douglas denizaşırı ülkelere gittiğinde Mezopotamya'dan bize Begravar Bıçağı'nı getirdi. Ayrıca Bannockburn'de Robert Bruce zaferine yardım eden MacRinnalchlardan biriydi kendisi, tabi senin büyük büyük baban gibi."

Kurtların Hanımefendisi, Marwanis'in Sarapen ile yapacağı telefon görüşmesinden haberdar olsaydı bu kadar sakin olmayabilirdi.

"İstediğin gibi, Gawain'e Kalix ile ilgili bilgi verdim. Kaçmayı başardı."

"Ne çabuk?" Sarapen'in sesi memnun olmuş gibi geliyordu. Beklediğinden daha hızlı sonuç alıyordu. Decembrius, Kalix'in yerini bulmakta başarısız olsa bile, Gawain onları Kalix'e kolay bir şekilde yönlendirebilirdi. Bu başarı için Marwanis'i tebrik etti. Marwanis içinden çok heyecanlansa da Sarapen'in övgüsünü sakince karşıladı. Bugünlerde kuzeni Sarapen'in cazibesine kapılabiliyordu.

Verasa'nın o sakin hâli çabucak dağıldı. Çünkü MacAllister Kalesi'nden bir haberci geldi.

"Baron öldü."

"Ne!" Bağıran, Markus idi. Hemen ayağa fırladı.

Verasa'nın gözleri küçüldü.

"Ne olduğunu anlat!" dedi. Baron'un ölümünden kimin sorumlu olduğunu zaten adı gibi biliyordu.

85

Pete sabahın dokuzunda yatağından kaldırılınca çok şaşırdı. Çünkü normalde öğleye kadar uyurdu. Kapı zilini böyle acımasızca çalmaktan sorumlu olan kişinin, şimdiye kadar gördüğü en güzel kadınlardan biri olduğunu görünce daha da şaşırdı. Öyle uzun ve beyaz saçları vardı ki, bunun gerçek olabilmesi mümkün mü diye merak etti.

"Sen Pete misin, gitar çalan?"

"Şey... Evet."

"İyi! Beauty ve Delicious kendi gruplarını yeniden kuruyorlar. Senin yardımına bir kez daha ihtiyaçları var. Prova için yarın saat üçte, Leyton Sokağı'ndaki Huge Sound Stüdyosu'na gel! Gitarını da getir! Geç kalma ve içki alma! Bilmen gereken başka bir şey var mı?"

"Beauty ve Delicious mu? Müziği bıraktıklarını düşünüyordum."

"Kariyerlerini yeniden harekete geçirdiler."

Dominil, Pete'nin gözlerine derinden baktı. Pete onun bu bakışlarından çekindi.

"Orada olacağına dair sana güvenebilir miyim?"

Pete 'evet' anlamında başını salladı. Biraz para kazanmak için yarın el ilanı dağıtmayı düşünüyordu. Ama bu kadın her kimse, tartışmak isteyeceği biri gibi görünmüyordu.

Dominil arkasını döndü ve bileklerinin çevresinde usulca dalgalanan uzun montuyla yola koyuldu. Camden'in çevresindeki çeşitli apartmanlarda bu manzarayı tekrar ederek, çiseleyen soğuk yağmurun altında ikizlerin evine doğru sakince yürüdü. İkizler erkenden kaldırılınca tıpkı Pete gibi şaşırdılar. Ama Dominil onların karşı çıkışlarını önemsemedi.

"Beraber çalmayı istediğiniz bütün müzisyenlerle bağlantı kurdum. Yarın saat üçte orada olacaklar."

Kardeşlerin ikisi de çok şaşırmışlardı. "Adam da mı?"

Adam onların son davulcusu olmuştu. Son sahnelerini berbat etmekten haksız yere onu suçladıklarından sonra, onlarla bir daha konuşmayacağına yemin etmişti Adam.

O geceki zamanlaması muhteşem olmamış olabilirdi, ama kendilerinin kırmızı şarap içmiş olmaları genel rezalete daha fazla katkıda bulunmuştu.

"İsteksizdi, ama onu ikna ettim," dedi Dominil, daha sonra oturma odasında göz gezdirdi.

"Bu dağınıklıktan neyi kurtarmak istiyorsanız, odalarınıza ve depolarınıza güvenli bir şekilde kaldırmanızı öneririm. Kısa bir süre sonra temizlikçiler burada olacak."

"Temizlikçiler mi?"

"Bu acınacak haldeki çöplükte yaşıyorken herhangi bir şeye odaklanamazsınız. Otuz dakika içinde burada olacaklar. Bu yüzden şimdiden işe girişmenizi öneririm."

Beauty ve Delicious var güçleriyle karşı çıktılar. Fakat Dominil yine umursamadı.

"Yirmi dakikanız kaldı. Bu evi temizlemenin, günün çoğunu alacağını tahmin ediyorum. Ama zamanı iyi kullanabiliriz. Çalmayı istediğiniz mekânlara beni götürebilirsiniz."

"Ama dışarıda yağmur yağıyor!"

"Siz, MacRinnalch Kalesi'nin kurt insanlarısınız. Ayrıca merhum Thane'in de yeğenleri. Biraz yağmura katlanabilirsiniz. Size sahne ayarlayabilmem için bana bu yerleri göstermeniz gerekiyor!"

"Sahne mi? Burada biraz hızlı gitmiyor musun?"

"Hayır," dedi Dominil. "İyi müzisyenler olduğunuza dair bana garanti verdiniz. Aşina olduğunuz diğer müzisyenlerle yarın prova yapıyor olacaksınız. Bana hayran olduğunuzu söylediğiniz gruplar hakkında bir şeyler okudum ve müziklerini sahnede sergilemeden önce, çok uzun bir süre için prova yapmadıkları yaygın bir düşünce tarzı gibi görünüyor. Bunu yapmanız, benim anladığım kadarıyla, belli bir bayatlığa neden olabiliyor. Dolayısıyla da bundan kaçınmak gerekiyor. John Lydon özellikle bu konuda ısrarcı. Hadi, temizlikçiler için hazırlanmanız gerekiyor şimdi!"

86

Birçok kurt insan ve avcı şimdi yalnız kurt kız için ava çıkmışlardı. Sarapen onun ölmesini istiyordu. Kalix'i bulması için, zeki ve ileri görüşlü Decembrius'u, Londra'ya gönderdi. Markus, Kalix'in nerede olduğunu bilmenin iyi olacağını hissederek, güvenilir bir adamı olan Gregor'u onu araması için görevlendirdi. Fakat bunu yaptığını annesine söylemedi. Bu sırada Avenaris Guildler bütün çabalarını ikiye katladılar. Bay Carmichael bunu en önemli önceliği yaptı. Organizasyonunun Bay Mikulanec tarafından alt edilmemesi gerektiğinde kararlıydı. Mikulanec cebinde Begravar bıçağı ile sokakları dolaşıyordu. Şu ana kadar Kalix ondan kurtulmayı başarabilmişti. Ama yakında olduğu zaman bıçak ona söyleyecekti. Mikulanec'in, kurt kızın şimdi dünyadan onun aşına olmadığı bir yöntemle saklandığına dair güçlü şüpheleri vardı. Yine de kendine güvenini sürdürüyordu. Bıçak onu hayal kırıklığına uğratmayacaktı.

Kalix'i düşmanlara karşı korumak için sadece Thrix vardı. Thrix ise gönülsüz bir gardiyandı. Kalix'in kaygıları bugün daha azdı. Ama Daniel ve Moonglow hakkında hâlâ oldukça şüpheliydi. Kapı önünde bayıldıktan sonra, kendini yine ateşin önünde yorgana sarılı buldu. Kalix bu insanların kendisinden ne istediklerini merak ediyordu. Onu yorganda sarılı tutup, sıcak su şişesi verme yöntemleri çok tuhaftı. Bunun arkasında ne olabileceğine dair çeşitli fikirler dolaştırıyordu aklında. Kaleye geri götürülene kadar takip edilmesi için annesi tarafından paraları ödeniyor olabilirdi! Nefret ettiği erkek kardeşlerinden birisinin emrinde de olabilirlerdi. Peki, ya onu ölüme götürmeden önce, sahte bir güvenlik hissi vermeleri için Guildlerden para alıyorlarsa?

Bütün bu düşünceleri reddetti, ama burada kalmanın kötü bir fikir olduğunu hissetmekten kendini alamadı. Burada ısınmıştı. Rahattı da. Zayıflığı için kendine lanet etse de öylece çıkıp gitmeyi tekrar göze alamazdı. Tek bir şey için çok fazla afyon ruhu almıştı. Duyuları oldukça bulanıktı. Kendisine doğru eğilen bir gölge gördü ve Daniel'ı elinde bir kupayla ayakta dururken buldu.

"Çay ister misin?"

Kalix 'hayır' anlamında başını salladı.

"Kendini nasıl hissediyorsun?"

Kalix cevap vermedi. Bu insanlara kendisi ile ilgili çok fazla bilgi vermişti. Daniel çayı yere koydu ve onun yanına oturdu. Müzik dinlemek isteyip istemediğini sordu. Kalix tekrar 'hayır' anlamında başını salladı.

"Daha iyi hissetmeni sağlamak için yapabileceğimiz bir şey var mı? Bir yastık daha ister misin?"

Kalix ona şüpheyle baktı. Daniel'ın seks için mi bu kadar ilgi gösterdiğini merak etti. Bu koşullarda erkeklerin misafirperverliği konusunda deneyim sahibiydi. Gardını aldı ve onunla savaşmak için hazırlandı.

Daniel, Kalix'in bu şüphelerinden habersizdi. Dün akşam çok arkadaşça davranmıştı ve Kalix'in ruh halinin bu kadar kısa süre içerisinde çok vahşice gidip gelebileceğinin farkında değildi. Bu yüzden onunla, onun yeniden hasta olması dışında hiçbir sorun yokmuş gibi konuştu.

"Ben ve Moonglow bu akşam küçük odayı boşaltacağız. Oraya taşınabilirsin. Verebileceğim küçük bir CD çalarım var. Ama ne yazık ki, başka televizyonumuz yok. Belki bir tane bulabiliriz. Çay istemediğinden emin misin?"

Kalix bir elinden destek alarak doğruldu ve Daniel'ın gözlerine baktı. "Bana neden yardım ediyorsunuz?" diye sordu.

Daniel şaşırmıştı. Bu sorunun çok zor bir cevabı varmış gibi görünüyordu. "Bilmiyorum," dedi ve omuz silkti. "Seni sevdiğimiz için sadece!"

"Birileri size para mı veriyor?"

Daniel gülerek cevap verdi: "Tabii ki, hayır! Bize kim para verecek ki?"

Kalix mutsuz görünüyordu. Daniel susmaya karar verdi. Ona yardım etmek için yaptıkları onca şeyden sonra bu kurt kızın çok nankör olduğunu düşünmesi oldukça normal karşılanabilirdi. Ama Daniel böyle düşünmüyordu. Bu sıska kızda öylesine hazin bir şey vardı ki, ona yardım etmekten kendini alamıyordu.

"Bizimle birlikte kalacak mısın?"

"Hayır."

"Ahh, çok yazık! Kablolu televizyon almak için Moonglow'u ikna etmek için bana yardım edebileceğini umuyordum."

"Ne?"

"Moonglow hemen hemen her yönüyle hoş bir kızdır. Ama televizyona karşı saçma bir antipatisi var. Annesinin hediyesini geri çevirmesi çok canice bir şeydi. Eğer kalırsan onu ikimiz birlikte ikna edebiliriz. O vazgeçene kadar da birlik oluruz. Sana burada gerçekten ihtiyacım var."

Birilerine yardım etme düşüncesi Kalix'e çok tuhaf geldi. Bunu yapmayalı uzun zaman olmuştu.

"Kalmıyorum!"

"Peki," dedi Daniel, "seni özleyeceğiz!"

"Hayır, özlemeyeceksiniz!"

"Haklısın, özlemeyeceğiz. Ne de olsa senin gibi etrafı darmadağın eden, özellikle de Runaways gibi kötü bir müzik zevki olan, pis ve hödük bir kızı kim ister?"

Kalix'in gözleri büyüdü. "Runaways hiç de..." Durdu. Daniel'ın onunla dalga geçtiğini fark etti. Onunla dalga geçen birinin olması çok tuhaf bir duyguydu. En son ne zaman böyle bir şey olduğunu hatırlayamıyordu. Gülümsedi, ama Daniel'ın görmemesi için bu ifadeyi çabucak yok etti ve yüzünü duvara karşı çevirdi. "Hemen gidiyorum," dedi, ama kalkmak için hiçbir girişimde bulunmadı.

87

Verasa, Markus, Rainal ve birkaç güvenilir danışman, Verasa'nın dairesinin dışındaki odada oturuyorlardı. Özel görüşmeler için kullandığı odaydı burası. Buna hürmeten, duvarda Velasquez'in *İki Elçi* resmi vardı. Velasquez'in en iyi resimlerinden birisiydi bu ve ressamın eserlerinin herhangi bir standart listesinde adı geçmiyordu.

"Sarapen'in bunu yapmasını beklemezdim. Bu kadar hızlı olacağını ummuyordum en azından!" diye itiraf etti Verasa.

"Öyle görünüyor ki, Sarapen, Baron MacAllister'i ortadan kaldırmadan önce görüşme girişiminde bile bulunmamış," dedi Rainal.

Raporlara göre, kurt adamlar geçen akşam Baron'un kalesinin duvarlarına tırmanıp, onun özel odasına girmişler ve onu öldürmüşlerdi. Bu, şok edici bir olaydı!

"Baron'un oğlu, Büyük Konsey'de yönetime geçecektir," dedi Rainal. "Ama babasını öldürmüş bir kurt adama, yani Sarapen'e oy vermeyecektir!"

Verasa yapmacık ve alaycı bir sesle, "Rainal, saf olma! Baron'un oğlu da bu suikastın içinde!"

"Bunu nasıl bilebiliyorsun?"

"Çünkü MacAllister Kalesi yüksek duvarlı, güçlü bir kale! Kurt adamlar içeriden yardım olmadan bu duvarları tırmanamazlar. Belli ki Genç MacAllister, çıkarları için en iyisinin Sarapen'in tarafını tutmak olduğuna karar vermiş. Liderliği devralma zamanının geldiğini düşünüyor."

Herkesin önünde viski sürahisi vardı. Danışmanlar onun sözlerini düşünürken, Verasa içkisini yavaşça yudumladı. Kurt insanlar şimdi bir savaşın başlamış olduğunun farkına varıyorlardı ve kalenin çevresinde bir şok havası vardı.

"Sarapen, meselelere hızlı bir şekilde bir son vermeye çalışıyor!" dedi Markus. "Bu cinayetle yeni Baron'un oyunu kazanıyor ve diğerlerinin gözünü korkutmayı umuyor."

"Göz korkutmaya ihtiyacı yok!" diye belirtti Rainal. "Eğer yeni Baron ona oy verirse, Sarapen'in yedi oyu olacak. Eğer Sarapen, Kalix'i öldürürse, Dulupina oyunu ona verecek ve Kalix'in ölümü, ona gereken dokuzuncu oyu verecek olan Decembrius'un yolunu açacak."

Verasa'nın danışmanlarının yüzlerinde dehşet ifadesi vardı. Sarapen'in tüm yapması gereken, Kalix'i ortadan kaldırmaktı. Sonuç: Kabile Reisliği! Bu düşünceden hoşlanmadılar. Çünkü onların da kaderleri Markus'la birdi. Herkes Verasa'ya bir yol göstermesi için baktı.

"Kalix'in korunmasını sağladım ve başka önlemler de aldım. Unutmayın ki, oyu hâlâ güvence altında olmayan tek kişi Kalix değil!"

"Butix ve Delix'i mi kastediyorsun?" diye sordu Rainal. "Onları kalede tekrar görmemizin pek de muhtemel olmadığını söylemeliyim."

"Bence göreceğiz!" diye karşılık verdi Verasa.

"Son toplantıda altı oyum vardı," dedi Markus. "Eğer bir şekilde ikizleri getirmeyi başarırsan, bu sayede sekiz oyum olacak, bunun anlamı…"

Markus durdu.

"Anlamı?" diye sordu Verasa.

"Anlamı şu: Eğer Kalix'le bizzat kendimiz ilgilenirsek, Dulupina bu sekiz oya kendi oyunu da ekleyerek Kabile Liderliği'ni bana verecektir!"

Verasa hiç memnun olmasa da Markus'un bu önerisini sakin bir şekilde karşıladı.

"En küçük kızıma suikast düzenlemek, bizim için gerekli olmayacaktır."

"Suikast yapmaktan bahsetmedim!" diye karşı çıktı Markus. "Kalix geri getirilip hapsedilirse, Dulupina tatmin olabilir."

"Ben bundan oldukça şüpheliyim!" dedi Verasa. "Dulupina kendi yöntemlerini uygular. Oy kazanma işini bana bırak, Markus! Unutma, bu kalede etkilemek için baskı kurmamız gereken başkaları da var."

"Kurian ve çocukları mı? Hiçbir şey onları fikirlerini değiştiremez!"

"Fikirlerini neyin değiştirtebileceğini kim bilebilir?" dedi Kurtların Hanımefendisi.

Verasa o gece kötü bir haber daha aldı. Kalenin Güney Minaresi'nin altında, kabilenin özel miraslarının muhafaza edildiği bir mahzen vardı. Bu miraslardan biri, Mac-Rinnalchların, Bannockburn Savaşı'nda taşımış oldukları bayraktı. Kabile bunun, 1314 yıllarında, İskoçya Kralı Robert Bruce'un, İngiltere Kralı 1. Edward'ı yendiği zamandan kalan tek sancak olduğuna inanıyordu. Diğer bir değerli miras da 1172'de Danimarka Vikingleriyle meydan savaşı yapmış ve onları aile topraklarından sürmüş olan MacDoig

MacRinnalch'a ait baltaydı. Vikingler ülkenin birçok bölgesine hükmetmişlerdi, ama hiçbir zaman kurt insanlara hükmetmemişlerdi.

Ayrıca bu mahzende, Kara Douglas'la denizaşırı ülkelere yaptığı seyahatlerin ardından, Şovalye Kurtadam Gerrand Gawain MacRinnalch tarafından geri getirilen Begravar Bıçağı da vardı. Douglas, Kudüs'te öldükten sonra, Gerrand Gawain MacRinnalch, dört bin yıldan daha fazla bir süre önce, düzlüklerinde eski Sümer şehirlerinin kurulduğu, İncil'de adı geçen Mezopotamya'nın uzak topraklarına gitti. Gerrand, Begravar Bıçağı'na orada rast geldi, tüm şekil değiştiren yaratıkların katili olarak ün yapmış bir Pers Şovalyesi'nden onu aldı. Eski Sümer'de şekil değiştiren yaratıkların nasıl olduğunu hiç kimse bilmiyordu. Ama MacRinnalchlar onların bazı yönlerden kendilerine benzer olduklarına ve hatta kendilerinin atası olabileceklerine inanıyorlardı. Begravar Bıçağı eski şekil değiştiren yaratıklara karşı olduğu kadar, kurt insanlara karşı da etkiliydi. Bir kurt insanı normal bir bıçakla öldürmek imkânsızdı. Fakat Begravar Bıçağı'nın bir kesiği bile ölümcüldü. Bıçağı her kim yaptıysa, ona bütün uzun tarihi boyunca keskin ve ölümcül kalmasını sağlayacak bir özellik vermişti. Verasa çok şaşırdı. Onun dışında hiç kimse mahzene giremezdi. Çünkü tek anahtar ondaydı. Kaybolmuş olduğuna bir süre gerçekten inanamadı ve yanlış bir yere koyulmuş olabileceği umuduyla küçük taş odanın etrafına bakındı. Orada değildi. Birisi almıştı. Kilidi kontrol etti. Zarar görmemişti. Eğer biri buraya girdiyse bu ancak bir kopya anahtarla mümkün olabilirdi. Verasa, boynunda muhafaza ettiği bir zincirde anahtarı taşıyordu. Hiç kimse ona fark ettirmeden anahtarı almış olamazdı. Kurtların Hanımefendisi şaşkına döndü. Bütün şüpheleri Sarapen'de toplanıyordu. Begravar Bıçağı'nın onda olduğunu düşünmek canını sıktı.

88

Thrix resepsiyon masasından *Elle* dergisinin en son nüshasını aldı. Asansörle ofisine çıkarken parmağını hafifçe şıklatarak dergiyi açtı. İş yerine geldiğinde kendini oldukça mutsuz hissediyordu. Asansör kapıları yavaşça açılırken, Thrix öfke içinde kalmıştı.

"Ann!" diye bağırdı. "Ofisime!"

Ann onun arkasından aceleyle geldi. Thrix dergiyi masasına doğru fırlattı ve bir insan boğazından gelmesi mümkün olmayacak bir hırıltı çıkardı. Dergideki hoş ve zarif olan beyaz bir yaz elbisesi giymiş genç bir mankenin fotoğrafının olduğu sayfayı işaret etti.

"Bunu ben tasarladım!" diye bağırdı. "Henüz sergilememiştim! İlk olarak Milan'daki şovda sergilenmesi amaçlanıyordu! Biri benim işimi çalmış!"

Ann şok oldu. Yeni koleksiyonun bir parçası olan elbiseyi tanıdı. Bu herhangi birini, hatta bu kişi MacRinnalch kabilesi üyelerinden biri olsa bile, şaşırtırdı. Thrix dışarıda gün ışığı olmasına rağmen, kurt insana dönüştü. Kafasını arkaya doğru dayayıp, öfke içinde uludu. Ann koşarak kapıyı kilitledi. Başka hiç kimse onun kurt insan olduğunu bilmiyordu. Bunu da dünyaya özgürce ilan etmek pek akıllıca bir iş gibi görünmüyordu. Büyücü birkaç defa daha uludu, sonra tekrardan insana dönüştü.

"Bunu gün ışığında yapabildiğini bilmiyordum!" dedi Ann.

"Eğer seni ürküttüysem, özür dilerim."

Ann omuz silkti. Bir yıl önce bir kurt insan için çalışıyor olduğunu öğrendikten sonra, hem de sihirli güçleri olan bir kurt insan, herhangi bir şeye kolay kolay şaşırmıyordu. Tam o sırada Malveria odada belirdi.

Thrix'de tuhaf bir şeyler olduğunu fark etmeden önce, "Sen bağırdın mı?" dedi tatlı bir dille. "Kurt insana mı dönüştün? Gün ışığında mı? Aman Tanrım! Thrix, bu nasıl bir öfke! Mankenlerinden biri madde bağımlılığından dolayı kliniğe mi kaldırıldı?"

"Hayır."

"Ahh!" Malveria ağır başlı bir edayla kafa salladı. "Kötü geçen romantik akşam yemeğine mi üzülüyorsun hâlâ?"

"Akşam yemeği kötü mü geçti?" diye sordu Ann.

"Son derece kötü!" diye cevap verdi Ateş Kraliçesi. "Tam bir felaketti! Adam onu ilk fırsatta terk ettiği zaman, zavallı Thrix oldukça perişandı!"

"Seni terk mi etti?"

"O terk etmedi! Eve gitmek için taksi çağırdım."

"Gerçekten çok kötü!" dedi Malveria. "Ama belki de bu Donald doğru adam değildi! Biliyorsun, Büyücü'yü memnun etmek zordur. Ben kendi krallığımda uygun birini araştırdım..."

"Önümüzdeki sorunla ilgilenebilir miyiz şimdi?" diye ricada bulundu Thrix. Sesini yükseltmişti. "Ben burada, bir kurda dönüşmüş randevum fela….. şey…. iyi geçmediği için ulumuyorum. Kızgınım! Çünkü tasarımlarım çalınmış!"

"Ahh," dedi Ateş Kraliçesi. "Şimdi anlıyorum. Tabii ki, böyle zalim hakaretlerden dolayı acı çeken Malveria iken büyük bir kriz yoktu ortada. Ama şimdi senin başına geldi. Bu ıstırapların bütün dehşetini görmeye başlıyorsun."

"Bundan kimin sorumlu olduğunu bulduğum zaman intikamım acı olacak!" diye feryat etti Thrix.

Bu krizin ortasında soğukkanlılığını muhafaza eden Ann, dergiyi aldı.

"Ama bu ileriye doğru bir adım değil mi?"

"Ne? Nasıl?"

"Şey... Daha önce sadece, Ateş Kraliçesi davetlere katılıp da kıyafetinin kendinden önce orada olduğunu gördüğü için bu hırsızlıktan haberimiz oluyordu. Ama şimdi elimizde bir dergide çıkmış olan elbiselerimizden birinin resmi var. Yani şimdi, bütün bu şeyin arkasında kimin olduğunu bilebiliriz."

"Tabii ki!" diye haykırdı Thrix, dergiyi kaparak. "Resmi görünce o kadar çok üzüldüm ki, başlığı bile okuyamadım. Tasarımcı kim?" Sayfayı gözden geçirdi, sonra da kaşlarını çattı.

"Sözüm ona..."

Elbise Alan Zatek tarafından tasarlanmıştı veya derginin

iddiası buydu. Şirketi moda dünyasında *Thrix Moda'*dan farklı olmayan bir yer işgal eden Zatek, onun başlıca rakiplerinden birisiydi.

"Alan Zatek, gelecek ay Milan'da yeni koleksiyonunu sergiliyor olacak." Büyücü dergiyi okuyordu. "Sergileyecek mi? Eğer onu yeryüzünden silersem bunu yapamayacaktır!"

"Yok edilmeyi hak ediyor," diye onayladı Ateş Kraliçesi.

Thrix, Alan Zatek'in moda evine gidip hemen saldırmamak için bir neden göremiyordu. Ama savaş sanatına daha alışkın olan Malveria, ihtiyatlı davranmasını önerdi.

"Düşmanının gücü hakkında net bir fikre sahip olmadan önce üzerine atlamanın bir yararı yok. Bu Alan Zatek, belli ki sıradan bir insan tasarımcı değil. Eğer öyle olsaydı, o alçak Prenses Kabachetka'ya kıyafet göndermezdi. Diğer boyutlarla bazı bağlantıları olan bir adam olmalı! Belki de bu adam senin gücünün farkına varmamıştır ve nasıl bir risk aldığının farkında değildir. Ama farkında olması da muhtemel. Senin bu bütün büyü işlerinden ve kurt insan oluşundan haberdar olabilir ve seni yenecek yeterli güce sahip olabilme ihtimali de olabilir. Bu dünyada başka büyücüler de var ve bunların bazıları hafife alınmamalı!"

Thrix, Malveria'nın söylediklerini onayladı. "Haklısın, Malveria. Gözü kapalı atlamak aptalca olacaktır. Zatek hakkında daha fazla şey öğrenmeliyim."

"Ayrıca kendi ofisimizdeki casusun kim olduğunu da bilmiyoruz hâlâ!" dedi Ann. "Benim olmadığım haricinde."

"Olmasan iyi olur!" dedi Thrix. "Seni kaybedemeyecek kadar sana çok güveniyorum. Malveria, sen kendi krallığından herhangi bir şey öğrendin mi?"

"Aslında öğrendim. Prenses Kabachetka canavarca iştahı yüzünden son aylarda birkaç kilo almış ve elbiselerini gizlice düzenletmek zorunda kalmış."

"Malveria!"

"Öğrendiklerim bu kadar değil tabii ki! Elbiseleri düzenleyen kişi, fırsat buldukça benim sarayımı ziyaret eden yetenekli bir element terzi. İmparatoriçe Asaratanti için gönderdiğim elçimin kızı, bu terziden Prensesin daha geçenlerde, her yönden iri olan, ilginç ve itici bir şapka giyen bir adam vasıtasıyla boyutlar arasında kıyafet nakli yaptığını öğrenmiş. Bu adam tüccar olarak biliniyor ve bizim krallığımızla iletişime geçmesini sağlayan bir tılsımı var."

Thrix onun dikkatle dinliyordu. "Tüccar mı? MacDoig mi?"

"Onu tanıyor musun?"

"Evet tanıyorum. Başka hiçbir yerden satın alamayacağın türden şeylerin satıcısıdır o. Bu çok ilginç bir haber Malveria, her ne kadar bize casusun kim olduğunu söylemese de."

Thrix ve Ann, şüpheli herhangi bir şeyle karşılaşmadan bütün çalışanların kişisel dosyalarını gözden geçirmişlerdi. Ne arıyor olabileceklerine dair pek bir fikirleri yoktu. Ann bir dedektif getirmeyi önermişti. Ama Thrix kendi işlerini çok yakından inceleyecek bir insanın olması konusunda isteksizdi.

"Eğer buraya bir dedektif getirirsek kim bilir, neler neler su yüzüne çıkabilir!"

"Kurt insan dedektifleri yok mu?" diye sordu Malveria.

"Hayır. Aslında var, ama... Bildiğim kadarıyla araştırma işiyle ilgilenen bir MacRinnalch var. Ama bu durum ailemi da işin içine katacaktır. Annemin benim özel işlerim hakkında daha fazla şey öğrenmesini istemiyorum."

"Zatek'in ofislerine gizlice bakmama izin verin. Belki sanık hakkında orada bir delil bulurum."

Büyücü bunun iyi bir fikir olduğunu düşündü. Alan Zatek'in çok gizli bir gücü olabilir, ama bu güçler Ateş Kraliçesi'ni kolay kolay etkilemezdi.

Ann kahve hazırlamaya gitti.

Thrix, Malveria'ya bakarak, "Zatek tarafından yapılmış bir pantolonu en son ne zaman aldın?" diye sordu.

"Yıllar önce. Ama onurun kırılmasın, Büyücü. Seninle tanışmadan çok çok önceydi. Pantolonun çok kötü bir kesimi vardı. Benden daha iri kalçaları olan nedimelerimden birine verdim onu. Ha, bu arada bana birkaç tane balçık yeşili renginde oje temin edebilir misin?"

Thrix telaşlandı; balçık yeşili bayıcı bir renk tonuydu. Malveria'yı modaya uygun bir kılığa ve makyaja sokmayı başardıktan sonra onun, eski alışkanlıklarına geri dönüyor olabileceğinden korktu.

"Endişelenme," dedi Malveria, Thrix'in düşüncelerini fark ederek. "Bunu benim için değil, Agrivex için sordum. Evlatlık edinilmiş benim küçük yeğenim beş gününü odasında surat asarak geçirdi ve en sonunda bunun bütün ojelerinden nefret ettiği için olduğunu öğrendim. Küçük Vex'in bütün kapris ve kuruntularına boyun eğmemeye kararlı olsam da itiraf etmeliyim ki, onun ruh halinden çok etkilendim. Beş günde bir odasında surat asması uzun bir süre! Sanırım yeni bir ojeyi hak ediyor!"

Ateş Kraliçesi kendi tırnaklarına bakarak kaşlarını çattı.

"Sana bir randevu ayarlayacağım," dedi Büyücü. "Ann'den, Agrivex için bize birkaç tane balçık yeşili oje getirmesini isteyeceğim."

"Surat asmak için on yedi normal bir yaş mıdır?"

"Muhtemelen. On yedi yaşında olan kişiye bağlı tabi. Sanırım, Agrivex ciddi düşüncelere sahip değil."

Malveria 'hayır' anlamında kafasını salladı. "Ciddi olan hiçbir düşünce ona yaklaşmadı bile. O, bir..." Malveria doğru kelimeyi bulmaya çalıştı.

"Havai mi?" diye önerdi Thrix.

"Aynen öyle!" Malveria memnun olmuştu. "Kafası havayla dolu! Ama bu o kadar kötü değil. Oje ve kıyafetler için beni öldürüyor olsa da hiçbir zaman tahtıma el koymaz. Akrabalar bu konuda çok kötüdürler, Büyücü. Akrabalar neden olmak zorunda diye düşünüyorum bazen!"

"Bunu ben de düşünüyorum."

89

Gregor, Decembrius, Sarapen ve Markus'un adamları, şimdiye kadar Kalix'ten herhangi bir iz bulamamışlardı. Ancak Decembrius, bir kurt insanın normaldeki keskin duyularından öteye giden keşif güçlerine sahipti. Şehirden geçerken Dominil'in varlığının farkına varmıştı. Yerini tespit ederek ikizlerin evine kadar onu gizlice izledi ve sonra bunu Sarapen'e bildirdi.

Thrix, küçük kardeşini ziyaret etmek için bir girişimde bulundu nihayet. Zamanının az oluşundan ve onu meşgul eden diğer meseleler yüzünden Thrix bu yolculuğu gönülsüzce yaptı. Büyücü eve geldiğinde, Kalix dairede tek başınaydı. Merdivenlerde birbirleriyle yüz yüze geldiklerinde ikisinin de yüzleri asıktı. Thrix, Kalix'in en son onu gördüğü zamandan çok daha iyi görünüyor olduğunu fark etti. Temizdi, saçları yıkanmıştı. Bu, Kalix'in çocukluğundan bu yana Thrix'in hatırlardığı çok nadir görüntülerinden birisiydi. Saçlarının bu kadar uzun ve sık olduğunu unutmuştu. Bunun için Kalix'e neredeyse iltifat edecekti, ama vazgeçti.

"Ne istiyorsun?" diye sordu Kalix.

"Yeni kolyeni almışsın."

Kalix yere bakarak, "Evet," diye mırıldandı.

"Bana değil de Ateş Kraliçesi'ne teşekkür etmelisin. Ben buradayım, çünkü annemiz, senin güvende olup olmadığını kontrol etmemi istedi."

Kalix dudaklarını büzdü.

"Bana böyle bakma!" dedi Thrix, sert bir şekilde. "Bensiz buraya kadar sürdüremezdin. Kalix sen gerçekten çok nankörsün. Dünyada hiç arkadaşının olmaması oldukça normal."

Kalix cevap vermedi. Arkasını döndü ve üst kata çıkarak kayboldu. Thrix de onu takip etti. Kalix, Daniel ve Moonglow'un onun için boşaltmış oldukları odaya gitmişti. Bir yatağı, bir CD çaları ve bir lambası vardı sadece. Çantası yatağın yanında duruyordu. Bir sandalyenin üzerine yığılmış birkaç kıyafet vardı. Bunları Daniel ve Moonglow vermişlerdi. Çoğu ona uymuyordu, ama gelecek hafta ne bulabileceklerine bakmak için yardım derneklerini ziyaret etmeyi amaçlıyorlardı. Moonglow'un, Kalix için çıkarmış olduğu üç Runaways resmi olan küçük ve boş odada göz gezdirdi Thrix. Kıyafetlerin görüntüsünün neden olduğu ürpertiyi bastırdı, bunları giymek mecburiyetinde kalmaktansa, ölmeyi tercih ettiği öğrenci kıyafetleriydi bunlar.

"Şey... Sanırım yeterince konforlu!"

"Seni içeriye davet etmedim," dedi Kalix. "Ne istiyorsun?"

"Ben hiçbir şey istemiyorum. Ama annem seni korumamı istiyor."

"Senin korumana ihtiyacım yok!"

Thrix bir iki adım öne yürüyerek, "Kalix, inan bana, burada olmamayı tercih ederim ben de. Bu yüzden sadece dinle ve yorumlarını söyle bana! Büyük Konsey'le ilgili herhangi bir haber duydun mu?" diye sordu.

"Hayır."

"Thane'in öldüğünü biliyor musun?"

Biliyordu. Duvara bakıyordu şimdi.

"Söyleyecek bir şeyin yok mu? O bizim babamızdı ne de olsa."

"Daha çabuk ölmüş olmasını dilerdim," dedi Kalix.

Thrix, babasının ölümünden dolayı çok üzüntülüymüş gibi davranamasa da bu kelimeleri duyunca çok şaşırdı. Son elli yılını babasından kaçmaya çalışarak geçirmişti ve cenazede hiçbir göz yaşı dökmemişti.

"Büyük Konsey yeni Kabile Lideri'ni seçemedi."

"Sarapen'in lider olacağını düşünüyordum."

"Annemiz haricinde herkes öyle düşünüyordu. Ama henüz hiç kimse seçilemedi. Sarapen ve Markus arasında bir bölünme var. Annem Markus'u destekliyor. Sarapen'in de bunu nasıl karşıladığını hayal edebiliyorsundur. Oyunu almak için seni öldürmek istiyor şimdi."

Kalix umursamaz bir tavır sergiliyordu. "O her zaman beni öldürmeyi istedi."

"Ama şimdi bunu yapacaktır. Seçimin bütün detaylarıyla ilgilenip ilgilenmeyeceğinden şüpheliyim, ama inan bana, Sarapen kendi çıkarları için senin mümkün olduğunca çabuk ölmenin hayati öneme sahip olduğunu düşünüyor. Seni uyarmak için buradayım. Her ne olursa olsun, o kolyeyi boynundan çıkarma! Burada kal! Burası senin için en güvenli yer."

Kalix karşı çıkarak, "Kendimi daha iyi hissettiğim zaman buradan ayrılacağım," dedi.

"Kalix, sen büyük bir aptalsın! Senin huysuzluğunu çekecek vaktim yok. Bu insanların sana neden bakmak istediklerini Tanrı bilir, ama öyle görünüyor ki, seni istiyorlar. Bunun farkına varmak zorundasın. Eğer yeniden uzaklaşıp gidersen, arkandan koşmak için vaktimi harcamayacağım."

Durdu. Yapmaya niyetli olduğu şey bu değildi. Kalix'i aşağılamak için gelmemişti. Ama zor bir durumun içindeydi. Kalix'in somurtkan ve düşmanca tavırları her zaman onu sinirlendirmişti. Sesine kardeşçe bir endişe katmaya çalıştı.

"Kalix, gerçekten kalmalısın. Hiçbir yerde olamayacağın kadar iyisin burada. Kolye seni saklayacak ve ben de ona kendi büyümü ekleyeceğim. Eğer bunların hiçbiri işe yaramazsa..." Kalix'e bir kart uzattı, "burada telefon numaralarım yazıyor. Bir şeye ihtiyacın olursa bana haber ver."

Thrix havayı kokladı. "Afyon ruhunu içiyor musun hâlâ?"

Kalix sabit bir şekilde gözlerini duvara dikti.

"Bu seni öldürecek!"

Gürültülü bir şekilde merdivenlerden yukarıya çıkıp, abartılı bir yorgunlukla kanepeye çöken Daniel ve Moonglow'un gelişiyle konuşmaları kesildi.

"Rönesans şiiri beni öldürecek, bundan eminim!" dedi Daniel. "Hey, Kalix! İçeride misin?"

Thrix, Kalix'in odasından çıktı. Üzerindeki kusursuz kıyafetleriyle, onların pis ve dağınık evleri için şaşırtıcı derecede uygunsuz görünüyordu. Thrix ile en son karşılaşmalarında gördükleri düşmanca tutumdan dolayı Daniel ve Moonglow epey tedirgin oldular.

"Kardeşimi kontrol etmeye geldim," dedi Thrix. "Ona yaşayacak bir yer verdiğiniz için teşekkür ederim."

İki de ona gergin bir şekilde baktılar. Büyücü bu durumun gerginliğini azaltmak için ne söyleyeceğini bilmiyordu. Öğrencilerle nasıl konuşulacağı konusunda bilgisizdi. Çılgın mankenlerle başa çıkabilirdi, ama iş başka türlü gençlere geldiğinde nasıl davranacağını bilemiyordu.

"Bir şeye ihtiyacınız var mı?"

"Ne gibi?" diye sordu Daniel.

"Daha iyi bir saç kesimi gibi!" Thrix sert bir karşılık vermişti. Asıl kızdığı, Daniel'ın ses tonuydu. "Ya da Kalix'e baktığınız için para!"

'Hayır' anlamında kafalarını salladılar. Paraya ihtiyaçları olabilirdi, ama ikisi de sevmedikleri birinin yardımını kabul etmeyeceklerdi.

"Peki," dedi Thrix, "Kalix'te telefon numaram var. İrtibat halinde olacağım."

Hızlı bir şekilde oradan ayrıldı. Ziyaretinin başarıyla sonuçlandığını hissetmiyordu, ama en azından annesinin isteğini yerine getirmişti. Bir süre için kendi hayatına yoğunlaşmakta özgürdü.

90

Gawain Londra'ya giden bir trene bindi. Bilet için ödediği paranın üstünü aldı. Onun ailesi hiçbir zaman zengin olmamıştı. Gawain sahip olduğu bütün parayı St Andrews Üniversitesi'nde öğrenci olan kız kardeşi için ayırıyordu.

Kız kardeşi hayatta olan tek akrabasıydı ve onu görmeyeli bir yıldan daha fazla bir zaman olmuştu. Kız kardeşinin kendine ait bir hayatı vardı ve rezillik içinde ordan oraya dolaşan bir ağabey için ayıracak pek vakti yoktu muhtemelen.

Parayı cüzdanından alırken bir kâğıt parçası buldu. Kâğıdın üzerinde tepelerde yalnız başına otururken Kalix için yazdığı bir şiir vardı. Paramparça etti ve onu çöp kutusuna attı. Şiir yazmaya son verip, Kalix'i bulmak için biraz ilerleme kaydetmenin zamanı gelmişti. Araştırmayı bırakmak, Gawain'in zayıflığının bir göstergesiydi. Londra'ya ulaştığı zaman Thrix'i ziyaret etmeyi amaçlıyordu. Thrix bu defa yalanlarıyla atlatamayacaktı onu.

Gawain, üç yıldan beri Kalix'i görmemişti. Değişmiş miydi acaba? Bu konuda şüpheliydi. Saçları daha fazla uzamış olmalıydı. Muhtemelen hâlâ sıskaydı. Ona çok sıska olduğunu söylemişti. Kalix de buna çok gülmüştü ve ona, eğer sıska kurt kızlardan hoşlanmıyorsa başka bir kurt kız bulmasının daha iyi olacağını söylemişti. İlk tanıştıklarında Kalix sessiz ve hüzünlüydü. İlişkileri başladıktan sonra sürekli gülüyordu. Onun hâlâ gülüp gülmediğini merak etti. Bu düşünce uzun süre aklını meşgul edemeyecek kadar sıkıntı vericiydi.

Gawain kendi ruhunun derinliklerinde, Kalix'in birini bulmuş olabileceğine gerçekten inanmıyordu. Kalix'in hayatında kendisinden başka kimse yoktu, tıpkı onun hayatındaki gibi.

Trendeki tek kurt adam kendisiydi. Gözetleniyor gibiydi. Sarapen, Gawain'in kaçtığını öğrendiği zaman, tren istasyonlarına bakmaları için adamlarını yollamıştı. Bir kurt insan tarafından olmasa da Gawain kolayca tanınmış ve takip edilmişti. Gawain kendisini takip eden herhangi bir kurt insanın kokusunu alırdı. Sarapen, onun için daha önce çalışmış ve güvenilir bir tarafı olan Madrigal adında bir adamı gönderdi. Onun görevi, Gawain'i takip edip, Kalix'in yerini bulup bulamayacaklarını görmekti.

İskoçya'daki görevlerini tamamladıktan sonra Londra'ya dönmekte olan Guildlerden iki kurt insan avcısı tarafından takip ediliyordu Gawain. Ondan şüphelenmişlerdi. Dış görüntüsü bir MacRinnalch'a benziyordu. Ayrıca bu deneyimli avcılara, onun bir kurt insan olduğu fikrini veren bir şey vardı hareketlerinde. Tren güneye doğru yol alırken gizlice onu izlemeyi sürdürdüler. Görünüşleri ve davranışlarındaki hiçbir şey onların Guildlerin üyeleri olduğunu ele vermiyordu, ama her birinin bavulunun içinde gümüş mermilerle dolu silahları vardı.

91

Kalix ,Thrix'in ziyaretinden sonra oldukça üzgün görünüyordu. Daniel'ın, Moonglow'a söylediği gibi, odasında oturarak suratını asıyor ve dışarı çıkmayı reddediyordu.

"Thrix'i bir daha içeriye almamamız gerektiğini, çünkü onun kötü bir cadı olduğunu ve eğer düşmanlarını buraya davet etmeyi sürdürürsek buradan derhal ayrılacağını söylüyor. Ayrıca yeterince televizyon kanalımız olmadığı için bizden nefret ediyor. Genç Cadı Sabrinayı izlemesine kasten engel olduğumuzdan da şüpheleniyor. Çünkü onun ne kadar muhteşem bir program olduğunu anlayamayacak kadar aptalız. Ayrıca saçlarımın böyle gözlerimin önüne düşmesinden iğreniyor ve eğer sen daha fazla makyaj yapmaya devam edersen bunun seni hasta edeceğini ve ara sıra siyah olmayan bir şey giymeyi deneyebileceğini söylüyor. Üstelik yatağı rahat değil ve ona verdiğim CD çalar doğru dürüst çalışmıyor. Duvarların renklerini de pek sevmiyor. Üstelik o..."

"Lütfen dur!" dedi Moonglow, elini kaldırarak. "Kendisi iyi, değil mi?"

"Oldukça iyi. Ailesiyle başa çıkmak ona zor geliyor sadece." Daniel ocağın üzerindeki aynaya bir göz attı. "Saçımın böyle gözlerimin önüne düşmesi gerçekten iğrendirici mi?"

"Kesinlikle!" dedi Moonglow. "Bunu hep söylemek istemişimdir."

Kalix, uzun şikâyet listesine rağmen, eşyalarını toplayıp ayrılmaya karar vermediği için Moonglow rahatlamıştı. Küçük kurt kız böyle huysuzlanarak, her şeyden yakınarak güzel bir şekilde yerleşik hayata geçiyordu. Moonglow, Kalix'in devamlı mızmızlanmasının onlarla iletişim kurma yolunda yapabildiği en iyi şey olduğunu söyledi.

"Onun başkalarıyla birlikte mutlu olma konusunda pek deneyimi olduğunu sanmıyorum. Buna alıştığı zaman her şey daha kolay olacak."

Daniel, Moonglow'un haklı olmasını umuyordu. En azından Kalix vahşice davranmamıştı. Son zamanlarda bir kaygı bunalımı geçiriyor gibi de görünmüyordu.

"Şişesini doldurttuğundan beri daha iyi görünüyor," dedi. "Onun içinde ne olduğunu merak ediyorum."

Kalix'e göre o şişe, bütün kurt insanların düşkün olduğu bir bitki içeceğiyle doluydu.

"Bütün MacRinnalclar bunu kullanır," demişti Kalix. Daniel'ın ve Moonglow'un o şişeye yaklaşmamalarından emin olmak istiyordu.

"Yarınki partiye geliyor musun?" diye sordu Moonglow.

"Gelecektim, ama saçlarım yüzünden kendimi kötü hissediyorum."

"Aptal olma! Çok güzel saçların var, yıkarsan tabi. Eğer Alicia orda olacaksa bunu yapmak zorundasın."

"Alicia'nın orda olup olmamasını umursamıyorum," diye cevap verdi Daniel. "Alicia'da orda olacak mı?"

"Evet."

"Onunla konuşmayacağım. O, benim aptal olduğumu düşünüyor."

"Hayır, öyle düşünmüyor. Seni seviyor."

"Nereden biliyorsun?" diye sordu Daniel. "Bunu söyledi mi gerçekten?"

"Şey... Hayır."

"O zaman beni sevmediğini söyledi."

"Hayır."

"Peki, benden bu kızı tanımamı nasıl bekliyorsun? Bu kızın bana karşı hiçbir ilgisi yok!"

Moonglow başını salladı. Daniel'ın bir kız arkadaş bulmasına yardımcı olmak için çaba sarf etmeye karar vermişti. Moonglow, Jay'i ziyarete gittiğinde, Daniel'ın suratını asması artık onu usandırıyordu. Surat asan bir ev arkadaşıyla ve bir kurt kızla aynı evi paylaşmak çok zordu. Moonglow, Daniel'ın biraz cesaretle kızlar için çekici olacağını görebiliyordu. Belki de müzik üzerine uzun konuşmalar yapmazsa ve kriket hakkında konuşmazsa bu süreç daha da hızlanabilir.

Daniel, Moonglow'un arkadaşının partisine gitme fikri konusunda biraz kuruntuluydu. Eğer Alicia orada olacaksa, düşebileceği utanç verici durumları tahmin edebiliyordu;

özellikle de Moonglow, Alicia ile konuşması için ona baskı yaparsa böyle bir tehlike ihtimali yüksekti. Jay, Moonglow ile konuşmak için aradığı zaman, Daniel'ın sinirleri daha çok bozuldu. Suratını asarak mutfağa gitti. Ama Kalix ondan önce davranmıştı. Öfkeli bir şekilde suratı asıktı. Odasına çekildi, bulabildiği en gürültülü Cd'yi seçti ve çalıştırdı.

92

Muhteşem sarayındaki taht odasında, görkemli tahtında oturmakta olan Ateş Kraliçesi memnun değildi. Neredeyse öğle yemeği zamanıydı ve yapacak hiçbir şeyi yoktu.

'Ne kadar üzücü bir durum!' diye düşündü. 'Olağanüstü yeteneklere sahibim. Düşmanlarımı tamamen ortadan kaldırmakla kalmadım, sonrasında krallığımı öylesine etkili bir şekilde organize ettim ki, devlet işleri artık bana sorun çıkarmadan pürüzsüzce ilerliyor.'

Krallığındaki bir sürü küçük volkanı sürekli gözetlemenin ilgisini çekmediğini anlayan ya da sadık vatandaşlarına kurban, kan ya da altın dağıtmaya aldırış etmeyen Ateş Kraliçesi, bu sıkıcı işlerle ilgilenmek üzere en iyi elementleri atamaya özen göstermişti. Bu işleri o kadar iyi yapıyorlardı ki, Kraliçe'nin ilgilenmesini gerektiren çok az şey oluyordu. Malveria parmaklarıyla tahtına vurarak tempo tuttu. Birinci vekili olan Xakthan'ı çağırdı. Vekil birkaç dakika sonra mavi bir ışık alevinin içinde geldi.

"Krallığımın huzurunu bozacak herhangi bir şey oldu mu?" diye sordu.

"Hayır, Kudretli Kraliçe!"

"Adalet divanında benim hükmümü gerektiren herhangi bir mesele var mı?"

"Olduğunu sanmıyorum, Kudretli Kraliçe!"

"Off!" Malveria hayal kırıklığına uğradı. "Sınırlarda herhangi bir isyan belirtisi var mı?"

"İsyankârların hepsi öldü, Kudretli Kraliçe! Liderliğiniz o kadar mükemmel ki, hiçbir isyankâr kalmadı."

Malveria iç çekerek, "Sadece kontrol ediyorum," dedi.

Birinci vekil çok sadık bir müttefikti. İlk destekçilerden birisiydi. Malveria'nın o günlere ait hoş anıları vardı. Eski kral öldüğünde ve ailenin bütün üyeleri güç için kapıştığında, başarı şansı en az olan Ateş Elementi'ydi. Malveria'nın neredeyse hiçbir desteği yokken, annesinin ve erkek kardeşlerinin emirlerinde büyük ordular vardı. Takipçilerinden kaçıp, uzun yıllarını krallığın sınırlarındaki çorak bölgelerde saklanarak geçirmişti. Ama Ateş Kraliçesi yeteneği, zekâsı, cesareti ve boyun eğmez ruhu sayesinde zayıf birliğini, her seferinde daha da güç kazanarak, başarıdan başarıya götürmüştü.

Nihayetinde kendi büyük ordusunu toplayan Kraliçe, Askalion Savaşı'nda bütün düşmanlarının birleşmiş ordularını yenmişti. Bu olay öyle benzersiz bir vahşete sahne olmuştu ki, komşu krallıkların birkaçında, tıpkı bir efsane gibi dilden dile dolaşmıştı. Malveria dört günlük bir savaşın sonunda en korkunç düşmanını, yani çaresizliğin Dragonu olarak bilinen amcasını yok etmek için, elinde kılıcıyla beraber bir kan gölünden yürüyüp geçmişti. Malveria onun başını kesip sonra da onu büyük volkanın içine fırlatmıştı. Bu, nihai bir zaferdi. Bunun devamını büyük kutlamalar takip etti ve işte o zamandan beri Malveria bu krallığı yönetmekteydi.

Derin bir iç çekti. 'Mutlu günler!' Destekçilerinin hepsini ödüllendirmişti ve ilk vekilinin güvenini hak ettiği anlaşılmıştı. Malveria onun sol kulağında yanan mavi alevleri hiç umursamamıştı. Bu vekil iyi bir savaşçı olduğu kadar, iyi bir idareciydi aynı zamanda.

"Suyum burada mı?" diye sordu.

"Kraliyet hamamlarına gönderildi," diye cevapladı Xakthan.

Malveria yıkanmak için kullandığı suyu krallığı dışından, hatta kendi boyutu dışından getirttiriyordu. Genç görünmesini sağlayan kristaller ekliyordu suya; suda tepkime yapan büyüyle işlenmiş kristaller. Bu su, tercihen bir Peri Kraliçesi tarafından kutsanmış, kirlenmemiş bir kaynağın en muhteşem saf suyu olmalıydı. Malveria'nın banyo suyu muhteşem bir kaynaktan geliyordu bugünlerde; MacRinnalch topraklarındaki Colburn Koruluğu'ndan akan, kirlenmemiş, sihirli bir kaynaktan.

"Suyumu getireceklere çok dikkatli olmaları gerektiğini hatırlat! Eğer sularını kullanıyor olduğumu fark ederlerse, kurt insanların koparacakları yaygara tahmin edilebilir."

Xakthan başıyla onay verdikten sonra Malveria ona gidebileceğini söyledi. Canı sıkılıyordu hâlâ. Bu çok kötü bir durumdu. Hiçbir isyankâr yoktu, dağıtılacak hiçbir adalet yoktu ve sosyal takviminde Büyücü Livia'nın beş yüzüncü doğum günü kutlamasına kadar gerçek bir önemi olan hiçbir şey yoktu.

Daniel ve Moonglow'u düşündü. Onlar çok farklıydılar. Hizmetçileri yoktu. Konfor yönünden çok azıyla idare etmek zorunda olsalar da kendi hallerinde eğlenebiliyorlardı. Kendisine tapan diğer insanlara benzemiyorlardı. Malveria kendisine tapan insanlara değer veriyordu, çünkü onlar Kraliçe için bir güç kaynağıydılar. Ama onları pek fazla sevmiyordu. Çünkü çok yağcıydılar. Onların bir elbise ya da bir çift ayakkabı konusundaki fikirlerinin dürüstlüğüne hiçbir zaman güvenemezdi. İnsanlara zulmettiği o eski günlere geri dönme isteği uyandırıyorlardı bazen. Ama Daniel ve Moonglow'u çok seviyordu. Dürüst ve misafirperverdiler. Ateş Kraliçesi, Moonglow'un bir gün Daniel'a aşık olacağından çok emindi. Bu durum çok eğlendirici olacaktı. Moonglow hiçbir zaman Daniel ile beraber olamayacağını kabul etmişti. Birisi aşık olduğunda, aşık olduğu insanla asla bir arada olamayacağını bildiğinde çok eğlenceli oluyordu, yani Malveria bundan zevk alıyordu. Çünkü bu durum çok ilginç şeylere yol açıyordu. Öfke, çılgınlık, ölüm! Malveria gülümsedi. Gereken tek şey, Moonglow'un, Daniel'ı sevdiğinin farkına varmasıydı. Eğer Daniel'ı başka bir kadınla görürse bunun farkına varacaktı ve içindeki kıskançlık büyüyecekti. Daniel yalnız olduğu için Moonglow onun hakkında hiçbir şey düşünmüyordu. Eğer Daniel'ın başka bir kadınla ilişkisi olursa, Moonglow yine bu kadar iyimser olabilecek miydi? Malveria bir sorun olduğunu görebiliyordu. Daniel'ın aşırı utangaçlığı onun bir kızla tanışabilme ihtimalini engeliyordu.

'Tek başına kaldığı sürece Moonglow ona hiçbir zaman aşık olmayacak,' diye düşündü. 'İşleri ilerletmek için ne yapabilirim?'

Aslında Kraliçe'nin, Moonglow ile yaptığı anlaşmanın

koşullarına göre, Malveria'nın işleri ilerletmek için herhangi bir şey yapması hilekârlıktı. Anlaşmanın ruhunu ihlal etmek uygun olmazdı. Ama bunu hiçbir zaman hiç kimse bilmeyecekti. Tam olarak evlatlık edinilmemiş yeğeni olan Agrivex'i çağırttı. Koyu bal rengindeki teni, inatçı sarı saçları ve uyumsuz kocaman botlarıyla oldukça güzel bir genç kız olan Vex, birkaç dakika sonra ortaya çıktı.

"Eğer bu özel bahçelerindeki kırık camlarla ilgiliyse benim bu işle hiçbir alakam yok," dedi Vex. "Devrilen bitkilerle ve saksılarla da alakam yok."

"Kırılan camları ve harap edilmiş saksıları boş ver şimdi. Zararı senin harçlığından kestim bile."

"Hey, ama bu..."

"Sessiz ol!" dedi Malveria, elini kaldırarak. "Sana bir görev vereceğim."

"Görev mi?"

Agrivex şaşırmıştı. Kraliçe daha önce ona hiç görev vermemişti.

"Eğlenceli olacak mı?"

"Eğlenceli olup olmadığının önemi yok. Senden..."

"Olacak mı?"

Malveria kaşlarını çatarak, "Evet, eğlenceli olabilir. Ama lütfen sözlerime kulak ver! Baştan sona siyah giyinmelisin ve..."

"Ne? Kurban mı edileceğim?" diye sordu Vex. "Bu çok acımasız bir yöntem! Yani... Alt tarafı birkaç saksı ve bir pencere! Bir kızı böyle önemsiz bir şeyden ötürü..."

"Sözümü kesmeye son verecek misin?" diye bağırdı Malveria. "Yersiz bir kelime daha edersen kıyafet harçlığını bir seneliğine keserim! Tabi başını da! Şimdi dinle! Kurban etmeye niyetim falan yok. Siyah kıyafetler bir tür moda göstergesi. Şu anda seni aralarına gönderecek olduğum insanlar arasında oldukça yaygın olan bir moda. Hatta senin şu saçma sapan hantal botların bile uygunsuz olmayacak. İnsanların dünyasında bir partiye katılman gerekiyor. Orada Daniel denilen genç bir adamla tanışmanı istiyorum."

93

Gawain, Euston İstasyonu'na vardı. Trenden indiğinde iki avcı tarafından takip ediliyordu. Bunların yanı sıra Sarapen'in adamı Madrigal da vardı. Saat beşti ve hava çoktan kararmıştı. Londra'da sıcaklık, İskoçya'dakinden birkaç derece daha fazlaydı. Ama yeni başlayan kışın akşamı, trenin sıcaklığından sonra insanı üşütüyordu.

Gawain, Thrix'in ofisinin şehir merkezinde olduğunu hatırlıyordu. Yürümeye başladı. Trende geçirdiği beş saatten sonra bacaklarını açmaya istekliydi. University Collage binalarını geçip, Holborn'a doğru yöneldi. Sonra sağa, Oxford Sokağı'na doğru dönerek güneye yürüdü. Başkentteki alışveriş merkezleri ve ofisler o gün kapalı olduğu için kaldırımlar insan kaynıyordu. İşçiler metro istasyonuna doğru yöneliyorlardı ve duraklarda toplanıyorlardı. Bu kadar kalabalığın arasında olmaya alışık olmayan Gawain, daha sakin bir rota olacağını umduğu Soho'ya doğru ilerlemek için ana yoldan ayrıldı. Guild'in avcıları onu gizlice takip ettiler. Yoluna çıkmak için onun sakin bir yere çıkmasını bekliyorlardı. Gawain'in işlek olan ana caddeden ayrıldığını gördükleri zaman, ona yetişip yolunu kesmeyi umarak, yan taraftaki sokağa doğru hızlandılar.

Avcılar hızla ilerlediler. Ellerinde silahları, koşarak köşeyi döndüler, hemen şimdi önlerinde belirmesi gereken kurt adamı karşılamak için hazırdılar. Ama Gawain burada değildi, onların arkasındaydı. Karanlık bir kapı aralığında saklanıyordu. Karanlık olmasına rağmen kurt adama dönüşmekte hiçbir sıkıntı yaşamadı. Gawain, avcıların her birine boyunlarının arkasından birer darbe indirdi. Avcıların hepsi de baygın bir halde yere devrildiler. Yere düşen silahları aldı ve onları cebine attı. Hemen ardından hızlı bir şekilde oradan ayrıldı. Aslında çok tuhaf olmuştu. Avcılar, onu gerçekten bu kadar kolay bir şekilde gafil avlayabileceklerini mi düşünüyorlardı? Gawain kafasını salladı. Bu şehirde savaşçıların icabına bakmaya alışık değillerdi herhalde. Silahları birkaç blok ötedeki sanayi çukuruna fırlattı ve Soho'ya doğru yoluna devam etti.

Avcılar kendilerine geldiklerinde ve yenildiklerinin farkına vardıklarında, neden hâlâ hayatta olduklarını merak ediyorlardı. Gawain gereksiz yere cinayet işlemeyi sevmiyordu. Kalix de dahil, kabilesinin birçoğundan farklı olarak Gawain kolay kolay can almazdı. Bu, bir kurt insan avcısının canı olsa bile! Zaten acelesi de vardı. Zamanını iyi değerlendirmeliydi. Daha iyi bir takipçi olan Madrigal, kurt insanlarla ilgilenmeye daha çok alışıktı. Ne olduğunu gördü ve Gawain'i fark ettirmeden takip etmeye devam etti.

94

Üçü iki dakika geçe, Huge Sound prova stüdyolarında, Londra Köprüsü'nün tam güneyindeki kemerlerin altında Dominil, yüzünde bir memnuniyetsizlik ifadesiyle kapının dışında duruyordu.

"Neredeler?" diye hırladı.

"Saat üçü iki dakika geçiyor." Beauty saatini işaret etti. "İnsanların dakik olmalarını bekleyemezsin!"

"Neden bekleyemem? Biz saat üçte buradaydık. Ben diğerlerinin de dakik olmasını bekliyorum."

Beauty ve Delicious da Dominil onları çok erken bir saatte yataklarından sürüklediği ve onları hazırlanmaya zorladığı için buraya zamanında gelmişlerdi. Beyaz saçlı kurt kızın kendilerine yardım etmesine izin vermeyi kabul ettiklerinden beri, ikiz kardeşlerin maruz kaldıkları bir dizi şoktan en sonuncusuydu bu. Ev temizleme işi onlar için son derce travmatik olmuştu. Uzun zaman almıştı ve evin sinir bozucu derecede temiz olmasıyla sonuçlanmıştı. Her yerde limon kokusu vardı. İkizler bütün o süreci şiddetle protesto ettiler, ama temizlikçiler onların aylardır kayıp olan en sevdikleri demo CD'lerini ortaya çıkarınca, belki de bunun hiç de kötü bir fikir olmadığını itiraf etmek zorunda kaldılar.

Beauty ve Delicious temizliğin yapıldığı gün, Dominil'i Camden'de sahne alabilecekleri bütün küçük mekânlara götürdüler. Bunlardan bir sürü yer vardı. Bir tanesinde, dışarıda rakipleri olan ve bir alışveriş merkezinin üzerinde yaşayan dört oğlanın aldığı sahnenin reklamını yapan bir poster vardı. Beauty ve Delicious kıskanç bir hava ile hırladılar.

"Kendinizi yemeyin!" dedi Dominil. "Onları gölgede bırakma fırsatınız olacak."

İkizler gülmeye başladılar. 'Kendizi yemeyin.' Dominil'in kelimeleri kullanış tarzı bazen çok komik olabiliyordu.

Ne yazık ki, ikizlere sahne ayarlamanın kolay olmadığı anlaşılmıştı. Bu, kısmen bazı mekânların gruplarını temsilci firmalar vasıtasıyla ayarlaması, kısmen de ikizlerin kötü ünü yüzündendi.

"En son burada çaldıkları zaman," dedi bir mekânın işletmecisi, "sahneyi ateşe verdiler ve müşterilerle kavga ettiler. Polisi, itfaiyeyi, ambulansı yani bunların hepsini çağırmak zorunda kalmıştık."

"Bu, müzik dünyasında kabul edilemez bir davranış mı?" diye sordu Dominil. "Belki de iyi bir tanıtımdır!"

"Sınırları var. Polis burayı neredeyse kapatıyordu. Ruhsatımın yenilenmesi gerektiği için, bir sürü açıklama yapmak zorunda kaldım. Üstelik birisi de depomdan birkaç viski kasası çaldı ve bunu kimin yapabilmiş olabileceği konusunda güçlü şüphelerim var."

Beauty ve Delicious bu zamana kadar gözden kaybolmuşlardı, dışarıda suçlu suçlu dolaşıyorlardı.

"Onlara bir şans daha veremez misin?" diye sordu Dominil. "Her şeye rağmen onlar muhteşem bir grup."

"Hayır, değiller! Sahneleri berbattı! Çalamayacak kadar içkiliydiler!"

Dominil başıyla onayladı ve düşünceli bir şekilde mekândan dışarıya, sokağa doğru yürüdü.

"Davranışlarınızın bir daha sizi hiç kabul etmeyecekleri kadar kötü olduğu konusunda beni bilgilendirmediniz."

"O kadar da kötü değildi!" diye karşı çıktı Beauty. "Bu adam bizim müziğimizden anlamıyor."

"Birkaç kasa viski çaldınız mı?"

"Biz eşyaları yangından kurtarmaya yardım ediyorduk. Eşyaların yanmalarına izin vermenin yararı yok, değil mi?"

Bu, bütün Camden'de tekrarlanan bir manzaraydı. Birkaç mekân onların kapıdan içeriye girmelerine bile izin vermedi. Dominil en sonunda onları eve gönderdi ve durumu değerlendirmek için bir kafeye gitti. Ertesi gün ikiz kardeşleri yataklarından sürükleyip, onları arabayla nehrin güneyine götürdüğünde hâlâ bu konuyu düşünüyordu. Londra'nın işlek sokakları, MacRinnalch Kalesi'nin çevresindeki sakin yollardan oldukça farklıydı. Dominil buraya tam olarak alışamamıştı. Arabayı çok dikkatli kullanıyordu. Hatta ikiz kardeşlerin hoşuna gitmeyecek kadar dikkatliydi. İkisi de arkaya oturmuşlardı ve onun araba kullanışını eleştiriyorlardı. Fakat Dominil onları duymazlıktan geliyordu.

Saat üçü altı dakika geçe Pete, kardeşlerin son davulcusu olan arkadaşı Adam, basçıları Simon ve klavye çalan ve örneklerini dinletmek için bilgisayarını sahneye getiren Hamil de yanında olmak üzere bir arabayla geldi. Dominil onlara sert bir bakış attı.

"Altı dakika geç kaldınız. Bu seferliğine gecikmenizi görmezlikten geleceğim. Ama bir daha olmasın!"

Çocuklar Dominil'in şaka yapıyor olduğunu düşünerek gülümsediler. Delici bakışlarla onlara bakan sert siyah gözleri fark ettikleri ve bunun şaka olmadığını anladıkları zaman aceleyle içeriye girdiler. Kız kardeşler prova odasındaydılar, gürültü yapıyorlardı.

"Kim bu cehennemden gelen donmuş kadın?" diye sordu Pete.

"Kuzenimiz Dominil. Tam bir kaçık! Bize çok çektiriyor."

Pete, Adam, Simon ve Hamil buna inanabilirlerdi. Altı dakika geç kalındı diye hangi varlık gereksiz yere öfkelenirdi ki?

"Ne kadar lanet bir kadın olduğuna inanamazsınız!" dedi Beauty.

"O zaman neden onunla birlikte çalışıyorsunuz?" diye sordu Pete.

Delicious omuz silkti.

"Müzik endüstrisiyle uğraşan biri mi? İyi bağlantıları mı var?"

"Hayır. Ama her şeyi halleder."

Bu doğruydu. Dominil geldikten sadece birkaç gün sonra işte hepsi burada, prova için hazırdı. Bu, gerçek bir başarıydı.

"Hiçbir yerde çalmayı başaramayacağımızı biliyorsun, değil mi?" dedi Simon. Kendisi hâlâ birkaç kurumda ikizlerle olan ilişkisinden dolayı hoş karşılanmıyordu.

Delicious yeniden omuzlarını silkti.

"Dominil her şeyi halleder!"

95

Markus annesini kalede yalnız bıraktığı için endişeliydi. Verasa tehlikede olabileceği düşüncesini hâlâ kabul etmiyordu.

"Sarapen MacRinnalch Kalesi'ne dönmeyecek. Zaten maiyetim tarafından çok iyi korunmaktayım, Markus. Londra'ya gitmelisin!"

"Neden? Kalix'i korumak için mi?"

"Kalix'in bir süre için güvende olacağını düşünüyorum. Ama Thrix ve Dominil orada. Ne onlar ne haklarında konuşmadığımız kuzenler benim sahip olduğum desteğe sahip değiller. Onları korumak için elimden gelen her şeyi yaptım. Ama Sarapen'in bir dahaki sefere ne yapmaya kalkışabileceğini kim bilebilir ki? Ayrıca Talixia'nın güvende olduğundan emin olmak istemiyor musun?"

"Onun tehlikede olduğunu düşünmüyorsun, değil mi?" dedi Markus endişeli bir şekilde.

"Tam olarak değil. Ama seninle ilişkisi var. Belki de birkaç günlüğüne de onunla olman iyi olacaktır, tabi kaleye gelip bizi ziyaret etmeyi umursamazsa."

Markus, Talixia'nın şu anda bir fotoğraf çekimiyle uğraştığı için Londra'dan ayrılamayacağını açıkladı.

"Eğer bu devam ederse onun için Kabile Lideri'nin karısı olmak tuhaf olacak, Markus?"

Markus kaşlarını çattı. Talixia'ya çok düşkündü, ama ona evlenme teklifi etmeyi henüz düşünmemişti.

Verasa bu konunun üstüne gitmedi. Yaklaşık olarak kırk yıl önce Kurtların Hanımefendisi içinde büyüdüğü dünyanın artık sonsuza dek gittiğinin farkına varmıştı. Ülkenin âdetlerinde köklü bir değişiklik olmuştu. Teknolojiyle birlikte refah da gelmişti. Kurt insanlardan da normal insanlar gibi, ailelerinin yaşadığı şekilde yaşamaları beklenmiyordu. Ailelerinin onayladığı uygun bir kurt insanla çabucak hayatlarını kurmasını bekleyemezdi. Bugünün genç kurt insanları, normal insanlar gibi, eskiden hiç olmadıkları kadar özgürdüler. Motorlu taşıtlardan, telefondan, hatta elektrikten önceki eski günleri hatırlayan Verasa, eski dünyada kaybolup giden birçok şeye üzülüyordu. Bir kurt insan yurt dışından MacRinnalch Kalesi'ne haber getirmek için bir daha asla Leith'deki limandan at sırtında yola çıkmayacaktı. 'Bir daha asla,' diye düşündü Verasa, 'Samuel Johnson gibi bir yazar dünyaya gelmeyecek.' Johnson, arkadaşı Boswell ile İskoçya'yı ziyaret ettiği zaman on sekiz yaşındaki Verasa ile tanışmıştı. MacRinnalch Kalesi'inde eski Kabile Lideri'nin misafirleri olmuşlardı. Kurtların Hanımefendisi, akşam yemeği masasındaki doktorun sohbetinin gücünü ve esprituelliğini hâlâ keyifle hatırlıyordu. Verasa her zamanki gibi modern dünyaya uyum sağladı. Eğer Markus bir gelinle hayatını kurmadan önce yirmi yaşını geçmeye ihtiyaç duyuyorsa ve tabi kız arkadaşları da, bu, olması gerektiği gibi yapılacaktı.

Annesini yalnız bıraktığı için endişeli olmasına rağmen Markus, Talixia'yı görmek için can atıyordu.

"Belki de annem haklıdır. Belki de onunla evlenmeliyim!" Bu, yeni bir düşünceydi. Bugün içerisinde Londra'da olacağını haber vermek için onu aradı. Haberi alan Talixia çok sevindi ve işinin iyi gittiğini belirtti.

"Ama endişeliyim!"

"Endişeli mi? Neden?"

"Birilerinin evime girdiğinden şüpheleniyorum."

Markus hemen telaşlandı. "Neden? Bir şey mi çalınmış?"

"Eve girildiğine dair bir işaret göremiyorum," dedi Talixia. "Ama kıyafetlerim karıştırılmış. Gardropta kırmızı bir elbisem vardı, yeri değiştirilmiş. Başka şeylerin de tabi!"

Markus kaşlarını çattı, omzunu silkti. Bunun, Talixia'ya onu bir daha görmek istemediğini söyletmek için uygun bir zaman olduğunu düşündü.

"Onların yerlerini ben değiştirdim," diye itiraf etti.

"Ne?"

"Onların yerlerini ben değiştirdim. Hepsini doğru yerlerine geri koyduğumu düşünmüştüm, ama belli ki koymamışım!"

Talixia'nın kafası karıştı.

"Kıyafetlerimin yerlerini neden değiştiriyordun?"

"Onları deniyordum," dedi Markus.

"Ne?"

"Onları deniyordum."

Uzun bir sessizlik oldu.

"Genelde yaptığın bir şey mi bu?" diye sordu Talixia en sonunda.

"Evet."

"Bana daha önce bundan bahsetmeliydin!" dedi.

"Gelmemi istiyor musun hâlâ?"

"Tabii ki gelmeni istiyorum hâlâ," dedi Talixia.

96

Trafalgar Meydanı'nda yürüyen iki Amerikalı kurt insan, tatillerinin son birkaç gününün tadını çıkarıyorlardı. Karı ve koca, geçen haftayı MacRinnalch Kabilesi'nin herhangi bir üyesinin ilgisini çekecek sayısız yerler gördükleri İskoçya'nın çevresinde dolaşarak geçirmişlerdi. Bunların arasında büyük babalarından biri olan Roy MacRinnalch'ın 1868'de yelkenli bir gemiyle Amerika'ya doğru yola çıkmış olduğu, Greenock'taki liman da vardı. Miraslarının çoğuna ev sahipliği yapan MacRinnalch Kalesi'ni ziyaret etmekten özellikle mutlu olmuşlardı. Yeni Kabile Reisi'nin seçimi beklenildiği üzere sorunsuz geçmemişti. Ama kabilenin geleneksel topraklarını, kuzeydeki dağları, güneydeki muhteşem genişlikteki bozkırları ve MacRinnalch tarihiyle dolu Colburn Koruluğu'nu görmek hoştu.

İskoç yerleşim yerlerine yaptıkları geziyi tamamladıktan sonra tatillerini Londra'da tamamlamak için güneye uçmuşlardı. Burada, 1745'te İskoç isyanının bastırılmasından sonra, William James MacRinalch'ın hapsedildiği kuleyi ziyaret etmişlerdi. William Macrinnalch şanslıydı ki, uzun süre zindanda tutulmamıştı ve kurt insan kimliği keşfedilmemişti. MacRinnalchlar, isyanının çok az başarı şansı olduğuna inandıkları Bonnie Prince Charlie'nin ateşli destekleyicileri olmamışlardı. William'ın çok az bir ilgisi olmuştu, ama Londra'nın kulesinde geçirdiği zamanla ilgili kabilede hâlâ çok iyi bilinen bir şiir yazmıştı. Trafalgar Meydanı'ndan Waterloo Köprüsü'nün kıyısına doğru yürüdüler, sonra güneye döndüler. Waterloo Köprüsü'yle South Bank Centre arasında, ziyaretçiler için biraz kafa karıştırıcı olan bir sürü yeraltı geçidi vardı. Tabelaları incelemek için durdular.

"Bence şu tünelden gitmemiz gerekiyor ve..."

Durdu, kafası karışmış gibi görünüyordu.

"Sorun nedir?" diye sordu eşi.

"Bir an için çok komik olduğunu hissettim sadece. Bu..."

Tekrar durdu. Bu sefer eşi de konuşmadı. Çünkü o da tuhaf hissediyordu. Çevresindeki dünya örtülmüş gibiydi. Kafasını netleştirmeye çalışarak silkeledi. Bu yaptığı en son şeydi. Bay Mikulanec arkadan onlara doğru bir adım attı ve Begravar Bıçağı'yla kadının omzunun arkasına derin bir yara açtı. Derin bir yara olmasına rağmen, bir kurt insan için öldürücü olmamalıydı. Ama kadın anında öldü ve yere yığıldı. Kocası kendisini savunmaya çalıştı, ama hareketleri aşırı derecede yavaştı. Bir şeyler onun hareket etmesini zorlaştırıyordu. Gördüğü en son şey, Bay Mikulanec'in bıçağının göğsüne doğru yönelişiydi. Sonra o da öldü ve yere yığıldı.

Bay Mikulanec arkasına döndü ve en yakındaki merdiven basamaklarından yukarıya doğru çıkarak gözden kayboldu. İki kurt insan tespit edildi ve ikisi de öldürüldü.

Tatmin olmuştu. Sokaklarda Kalix'i ararken onlarla şans eseri karşılaşmıştı. Dış görünüşlerinde onların kurt insan olduklarını ele veren hiçbir şey olmamasına rağmen, Bıçak Mikulanec'i yönlendirmişti. Bıçak, bir kurt insanın varlığını sezdiği zaman vızıldayıp titrerdi ve sahip olduğu güçle onların duyularını karmakarışık hale getirirdi. Doğaüstü bıçak ağzı onları rahat bir şekilde öldürürdü.

Bay Mikulanec bu başarısını Guildlere bildirdi ve Kalix'i avlamak için araştırmasına devam etti.

97

Kalix, Moonglow'un parti davetini kabul etmedi. Bir sürü insanın içine çıkmakla başa çıkabileceğini düşünmüyordu. Ayrıca keyifsiz de hissediyordu. Dolunaydan sonra yemek yemeyi kesmişti ve kaygı nöbetleri geçirmişti. Sokaklarda geçirdiği nöbetler kadar ciddi değildi, ama yeteri kadar tatsızdı. Onları diazepam ve afyon ruhuyla bastırdı ve Gawain'i gördüğü yarı baygın bir rüyaya daldı. Gece yarısına doğru afyon ruhunun etkisi geçince kendini biraz daha enerjik hissetti. Daniel ona küçük disk çaları nasıl programlayacağını göstermişti. Kalix, kendisine öğretilen herhangi bir şeyi çabucak kapardı. Şimdi de en sevdiği parçaları tekrar tekrar çalması için aleti nasıl ayarlayacağını biliyordu. Moonglow ve Daniel ona en sevdiği şarkılardan oluşan bir CD yapmışlardı. CD'yi açtı, sonra yatağına uzandı ve gözlerini tavana dikti. Nasıl hissettiğini anlamaya çalıştı. 'Daha iyi,' diye düşündü. Bu evde geçirdiği sekiz günden sonra daha sıcak ve temiz olmaya alışmıştı. Böyle olmayı seviyordu. İnsanlarla birlikte yaşamak ona göre garipti, ama Daniel ve Moonglow'a karşı şüpheleri tamamı ile yok olmamış olsa da gittikçe azalıyordu.

Kalix karşılıksız bir yardımın olabileceği fikrine hâlâ inanamıyordu. Gawain'i düşündü ve mutsuz oldu. Onu bir daha hiç görmeyeceğini biliyordu. Bu yüzden ne olursa olsun hayatının hiçbir önemi yoktu. Günlüğünü aldı ve bu cümleyi not etti. *Hayatımın hiçbir önemi yok.* Günlüğünü çantasına koyarken bıçağını fark etti ve kendini kesme fikrini aklından geçirdi. Hayatının hiçbir önemi olmadığını düşündüğü zaman genelde bunu yapardı. Runaways ve Transvision Vamp durmaksızın çalmaya devam ederken, bir süre daha bunu düşündü. En sonunda bunun iyi bir fikir olduğuna karar verdi. Bıçağı aldı ve kolunda uzun bir yara açarak kanamasını izledi. Ön kapının açıldığını duydu. Çok gürültülü bir şekilde merdivenleri çıkmakta olan Moonglow'du.

"Kalix, orada mısın?"

Moonglow odaya girerken, Kalix kolunu yorganın altına hızlıca sakladı.

"Partide ne oldu, tahmin et!"

Moonglow aldığı alkolün ya acısını çekiyordu ya da hazzını yaşıyordu. Kalix şaşırdı.

Moonglow yatağın kenarına oturarak, "Çok güzel bir kız Daniel'ı kaldırdı!" dedi.

"Ne demek istiyorsun?"

"Demek istediğim, hiç kimsenin tanımadığı bu çok güzel

kız, Daniel'a doğru yürüdü ve onu dansa kaldırdı! Kız çok tatlıydı. Yabancı bir aksanı vardı. Tuhaf bir makyaj yapmıştı, ama gerçekten çok güzeldi. Daniel'ı bırakmadı, onu dans pistine sürükledi ve sonra da içecek almak için mutfağa götürdü. Herkes ama herkes... Şey... Tek kelimeyle şaşkındı. Çünkü biliyorsun ki, Daniel'dan bahsediyorum. Bu kız neredeyse onun üzerine atlıyordu."

Kalix, Moonglow'un yatağının kenarında dedikodu yapıyor olmasına şaşırdı. Alışık olduğu bir şey değildi bu.

"Bu yüzden onları yalnız bıraktım." Moonglow coşkulu bir şekilde konuşmaya devam ediyordu. "Tek başıma taksiye bindim. Daniel'a gelmek isteyip istemediğini sormadım bile. Çünkü belli ki tam da iyi bir iş üzerindeyken başka bir kızın ortamı bozmasını istemeyecektir. Bu leke ne?"

Moonglow, Kalix'in kırmızıya dönmekte olan yorganına telaşla baktı.

"Hiçbir şey!"

"O ne?" diye ısrarla sordu Moonglow. Yorganı aşağıya doğru çekmek için uzandı. Kalix onu engelledi ve hırladı.

Moonglow, Kalix'in gözlerinin içine bakarak, "İzin ver, göreyim!" diye ısrar etti.

Kalix suratını astı, ama Moonglow'un elini bıraktı. Moonglow yorganı çekti. Kalix'in kolundaki uzun kesikten kan sızıyordu.

"Bunu sen mi yaptın?"

"Evet," dedi Kalix, meydan okurcasına. "Ne olmuş yani?"

Moonglow iç çekerek, "Yapmamalısın!" dedi ve üstüne düşmemeye çalışarak Kalix'e banyoya gidip, yaraya pansuman yapmayı önerdi.

98

Malveria bir ruh gibi dünyanın sınırlarına doğru sürüklendi. İnsanların boyutuna bütünüyle dahil olmadan, Londra'nın çatılarının üzerinden süzülerek geçti. Thrix'in kendi merkezine çok uzak olmayan Constitution Sokağı'ndaki Alan Zatek'in ofisini bulduğu zaman, üst kattaki bir depoda sessizce ortaya çıkarak çatıdan içeriye daldı. Kendisini çok dikkatli bir şekilde büyüyle gizlemişti ve fark edilemezdi. Koridorlardaki güvenlik kameraları onu görmeyecekti. Malveria, Zatek'in özel ofisini arıyordu. Oraya gider gitmez dosyalarını inceleyecekti. Hatta bilgisayarını da! Belki bu onun için problem olabilirdi. Fakat diskler varsa onları çalabilirdi ve incelemesi için Büyücü'ye götürebilirdi. Malveria durdu. Yakındaki bir odadan sesler geliyordu.

"Bu elbiseyi giymek için doğmuşsun!"

Birileri kıyafetleri değerlendiriyordu. Malveria, yaptığı gizlenme büyülerinin gücünü arttırdı ve içeriye süzüldü.

'Ben Gizliliğin Hanımefendisi'yim!' diye düşündü memnun bir şekilde. Odaya girer girmez aniden duruverdi. Prenses Kabachetka oradaydı! Siyah renkli bir tişört giymiş ve her iki kulağına küpe takmış, kafası tıraşlı küçük bir adamla konuşuyordu. Gizliliğin Hanımefendisi olmaya niyetli olduğunu unutan Ateş Kraliçesi gizlenme büyülerini hemen bozdu.

"Aha!" diye bağırdı. "İşte buradasın, seni rezil moda hırsızı! Korsanlık yaparken suç üstü yakaladım seni!"

"Malveria!" diye haykırdı Prenses. Çok şaşırmıştı. "Burada ne yapıyorsun?"

Kabathecka, *Vogue* dergisinin kapağından az önce çıkmış gibi görünüyordu. Çok güzel giydirilmiş, çok güzel makyaj yapılmıştı. Kalem gibi de inceydi. Fakat bunların hepsi Malveria'nın öfkesini arttırıyordu.

Ateş Kraliçesi tiksinir bakışlarla ona bakarak, "Yağlarını mı aldırdın?" diye sordu.

"Kesinlikle, hayır! Prenses Kabachetka'nın böyle yöntemlere başvurmaya ihtiyacı yok. Tekrar ediyorum, burada ne yapıyorsun?"

"Sürdürmekte olduğunuz rezil moda hırsızlığı konusunda sizinle yüzleşiyorum."

Malveria, Alan Zatek'i işaret etti, parmaklarında alevler titreşiyordu. "Thrix'in tasarımlarını çalıyor olduğunuzu inkâr edemezsiniz ve onları bu... Bu..." Malveria, Prenses Kabachetka'yı tanımlamaya yetecek kadar kötü kelimeler bulmak için çabaladı. Prenses, Zatek'e döndü ve özür diler gibi konuştu. "Kraliçe'yi mazur görmelisiniz. Sosyal takvimde onu gölgede bırakmaya başladığımdan beri çok üzgün."

"Beni gölgede bırakmak mı? Beni gölgede bıraktığın gün, ayın tersine doğduğu gün olacak!"

Prenses Kabachetka, farklı bir ırk olan Hainustalardan olmasına rağmen, o da Malveria gibi bir Ateş Elementiydi. Saçları altın sarısıydı. Krallıktaki tek sarışın oydu. Malveria onun her hafta saç köklerini boyattırmaya gittiğini biliyordu. Bu, itiraz edemeyeceği bir şeydi, ama Prenses, saçlarının doğal olduğunu hayranlarını inandırmaya çalışarak onları yanıltıyordu.

"İtiraf et, benim için hazırlanan kıyafetleri çalıyorsun!"

"Kabathecka, senin için hazırlanan kıyafetleri istemez! Kraliçe'nin cömert oranları düşünüldüğünde, o kıyafetlerin üzerime oturmalarını hayal etmek bile çok zor!"

"Benim oranlarıma cömert deme cesaretini mi gösteriyorsun? Seninle karşılaştırıldığında ben, içi doldurulmuş bir ejderhanın yanında ince bir söğüdüm. Ayrıca bir büyüyle inceleseydim, burnunun kenarında estetik ameliyatı izlerini bulunca hiç şaşırmazdım."

"Burnumla uğraşmayacaksın!"

Kendisi de güçten yoksun olmayan Prenses Kabachetka, Malveria'yla karşı karşıya gelmek için öne doğru adım attı. Alan Zatek ellerini kaldırıp, yüksek sesle acı acı bağırana kadar çirkin bir manzara kaçınılmaz gibi görünüyordu.

"Lütfen! Şuna bir son verin! Bu koşullarda benden nasıl çalışmam beklenebilir?"

Kraliçe Malveria ve Prenses Kabachetka geri çekildiler. İkisi de utanmışlardı. Bir moda tasarımcısının önünde rezalete meydan vermek yakışıksız bir davranıştı. İkisi de alınganlıklarıyla tanınıyorlardı ve çirkin karşılaşmalara karşı koyamıyorlardı. Bir düşman olan Alan Zatek gibi bir tasarımcının bile gereksiz yere keyfi kaçırılmamalıydı. Eğer bu dedikodu yayılırsa, Malveria kendini birkaç defilede misafir listesinden çıkarılmış bulabilirdi.

"Sanırım, bazı yanlış anlaşılmalar oldu," dedi tasarımcı.

"Yanlış anlaşılma yok!" diye cevap verdi Malveria. "Bu sözde prenses benim kıyafetlerimi çalıyor. Onları Thrix'ten kopya ediyor olduğunuzdan fazlasıyla şüpheleniyorum."

"Thrix'ten mi? Thrix Moda'dan mı?" Zatek gülmeye başladı. "Lütfen! Bunu yapmaya neden ihtiyaç duyayım ki?"

"Çünkü bu sürtük beni yenmek için diplere kadar alçalır."

"Ben hiçbir zaman senden bir tasarım çalmadım," diye belirtti Kabachetka vurgulu bir şekilde. "Senin için hazırlanan tasarımlar benim ince bedenime her yönüyle uygunsuz olurlar."

"Bir kez daha benim fazla kilolu olduğumu ima etme cüretini mi gösteriyorsun, sen, dev kızı? Sen Malveria kadar ince olmayı dilerdin!"

"Lütfen! Şu anda cüssenin geri kalanını başka bir boyuta saklamak için birkaç güçlü büyü kullanmıyormuş gibi davranmaya çalışma."

Malveria görevinin başarısızlıkla sonuçlandığının farkına vardı. Keşfini gizlilik içinde sürdürmeyi tasarlamıştı, ama bunun yerine, düşmanıyla birbirlerine hakaret yağdırıyorlardı.

"Pekâlâ, Kabachetka. Büyücü Livia'nın beş yüzüncü doğum günü kutlamasında kimin daha iyi giyindiğini göreceğiz!"

"Göreceğiz!" diye sert bir cevap verdi Kabachetka. "Kazanan ben olacağım."

"Ben olacağım!" dedi Malveria. Prenses cevap veremeden önce hızlı bir şekilde ortadan kayboldu.

Ateş Kraliçesi son derece kızgın bir ruh hali içerisinde kendi boyutuna uçtu. Kıyafet denediği bir sırada Prenses'le karşılaşmak dayanılmaz bir şeydi. Üstelik ona 'şişman' demişti. Malveria öcünü alacaktı. Taht odasına girdiği anda ilk vekili olan Xakhtan aceleyle içeri geldi.

"Kudretli Kraliçe, sizin dönmenizi bekliyordum. Bugün adalet divanında çok ilginç bir gelişme oldu. Öyle karışık bir husus ortaya çıktı ki, bu sorunu çözmek sizin muhteşem bilgeliğinizin tamamını alacak. Öyle görünüyor ki..."

"Bu ne?" diye bağırdı Ateş Kraliçesi. "Benden, önemsiz adalet konularıyla canımı sıkmamı mı bekliyorsun? Böyle şeyleri benim için halledecek adamlarım yok mu?"

"Şey, evet, Kudretli Kraliçe! Ama sizin bunu duymak isteyeceğinizi..."

"Yeter!" diye bağırdı Malveria. "Böyle önemsiz işlerle benim zamanımı boşa harcama! Kendin hallet! Sana bu yüzden para ödüyorum. Ayrıca şu bir kulağından çıkmakta olan alevlerle ilgili bir şey yapmayı hiç düşündün mü? Bunun ne kadar tuhaf olduğuyla ilgili bir fikrin var mı? Simetri eksikliği oldukça korkunç!"

Birinci vekil utanmış görünüyordu. "Özür dilerim Kudretli Kraliçe, ben farkında..."

"Git!" diye tersledi Malveria, elini sallayarak. "Gittiğin zaman, bana Agrivex'i gönder!"

Kısa bir süre sonra Vex taht odasında göründü.

"Merhaba!" dedi Vex.

"Merhaba!" dedi Ateş Kraliçesi. "Bu krallığın yöneticisine ve senin bağışlayıcına böyle mi selam veriyorsun?"

"Özür dilerim, Malvie Teyze."

"Bana 'Malvie Teyze' diye seslenme, sefil yeğenim! Kraliçe'ne biraz saygılı olmayı öğrenmenin zamanı geldi artık!"

Malveria'nın kızgın olduğunu gören Vex, uygun bir şekilde başını eğip reverans yapmaya başladı.

Malveria kızgın bir şekilde, "Lütfen, şunu keser misin?" dedi. "Komik görünüyorsun. İnsanların partisinde ne oldu?"

Vex özür diler gibi bakarak, "Pek iyi gitmedi," dedi.

"Pek iyi gitmedi mi? Ne demek pek iyi gitmedi?"

"Daniel ile tanıştım ve senin söylediğin gibi yaptım. Yani... Esasında, üzerine atıldım. Ama işe yaramadı işte."

Ateş Kraliçesi suratını astı.

"Açıklama bekliyorum, sefil yeğenim. Neden işe yaramadı?"

"Elimden gelenin en iyisini yaptım," dedi Vex. Kendini savunmaya çalışıyordu. "Senin söylediğin her şeyi yaptım. Partiye gerçekten çok iyi uyum sağlıyordum. İnsanların parlak ojeleri olduğunu fark etmiş miydin? Nasıl olur da bizde onlardan olmaz?"

"Oldukça çekici, değil mi?" diye onayladı Malveria. "Ne yazık ki, benim moda danışmanım hâlâ... Saçmalıklarınla benim dikkatimi dağıtma, çocuk! Üzücü başarısızlık hikâyeni anlatmaya devam et!"

"Her şey iyi gidiyor gibi görünüyordu. Daniel'ı dansa kaldırdım. Çok beceriksizdi. Sonra senin talimatlarını yakından takip ederek, onu mutfağa doğru yönlendirdim. İçkileri doldurdum ve sohbetini dinlemeye hazırlandım. Ama bu hiç kolay değildi. Sohbeti pek de iyi değil. Böylesine tuhaf bir sessizlik deneyimin oldu mu? Bu benim için yeni bir deneyimdi. Yani, susacak ne var ki? En sonunda müzik hakkında konuşmaya başladı. Başımı sık sık salladım, gülümsedim ve memnun olmuş gibi göründüm. Bir kız daha fazla ne yapabilir ki? Bir erkek en sevdiği konudan bahsediyorsa ve sen başını sallıyor ve gülümsüyorsan evde olmalı ve kurulanmalısın. En azından Cosmo Junior'da söylenen bu ve Cosmo Junior'a da güvenemezsen ne düşüneceğimi bilmiyorum."

Vex durdu, kafası karışmıştı. "Sanırım, çantadaydı. Şimdi her an beni eve davet eder ve görev başarılı olur ve Malvie Teyze bana yeni bir bot alır diye düşünüyordum. Bana yeni bir bot sözü verdiğini hatırlıyorsun, değil mi? Her neyse, hâlâ tereddüt ediyor gibi görünüyordu. Bu yüzden şimdiye kadar Daniel kadar hiç kimseyi sevmediğimi söyledim ve sonra ona ne kadar yakışıklı olduğunu belirttim. Hemen ardından gözlerinin içine baktım ve geceyi geçirebileceğim bir yer bilip bilmediğini sordum."

"Peki ne oldu?" diye sordu Malveria.

"Kaçtı."

"Ne demek istiyorsun?"

Agrivex şaşırmış gibi görünüyordu. Eğer teyzesi kaçmanın ne anlama geldiğini bilmiyorsa, anlatmaya nerden başlayacağını bilmek zordu.

"Şey... Yani, yürümek gibi, ama daha hızlı, ters yöne doğru..."

"Sus, geri zâkalı!" diye bağırdı Malveria. "Açıklamana gerek yok!" Ateş Kraliçesi kaşlarını çattı. "Parlak portakal rengi teninle partiye gitmeyecektin, değil mi?"

Agrivex 'hayır' anlamında başını salladı. "Kesinlikle, hayır! Normal çekici bal rengimdeydim. O, tam bir umutsuz vaka!"

Malveria afalladı. Bunu anlayamadı. Evet, Vex, kusursuz bir baştan çıkarıcı kadın değildi, ama Daniel gibi genç bir adam için kusursuz bir baştan çıkarıcı kadın gerçekten uygunsuz olurdu. Genç ve ışıltılıydı. Agrivex bu iş için ideal olmalıydı.

Vex, Ateş Kraliçesi'ne ışıl ışıl gülümsedi. Güzel bir gülümsemesi vardı. Diken diken sarı saçları ona erkeksi bir görünüş veriyordu.

"Peki, yeni botlarımı şimdi alabilir miyim? Partide şu şahane botlardan gördüm. Hantal olanlardan, ama şu gerçekten hoş gümüş kopçalarıyla..."

"Botlar başarı için bir ödüldü. Sen ise başarısız oldun."

"Ama yapabileceğim her şeyi yaptım!" diye karşı çıktı Vex.

"Sersem kız! Bu sefer bana külfet çıkarma!"

"Külfet değil," dedi Vex. Hâlâ ışıl ışıldı. "O botlara gerçekten ihtiyacım var."

"Defol!" diye bağırdı Ateş Kraliçesi.

Vex incinmiş gibi görünüyordu. "Ama o botları istiyorum."

"Muhafızları çağırmadan önce çık buradan, sefil yeğenim!" dedi Malveria.

"Senden nefret ediyorum!" diye bağırdı Vex. Sonra sekiz yaşındayken volkana fırlatılmış olsaydı hayatının daha iyi

337

olmuş olacağından yakınarak, bir hışımla taht odasından çıktı.

Malveria iç çekti. Bugün çok tatminsiz bir gün olmuştu.

99

Grup prova yaparken, Dominil dışarıda, stüdyonun ön tarafındaki küçük resepsiyon odasında oturuyordu. Rahat bir oda değildi, yırtılmış bir kanepesi ve yıllar önce bozulmuş bir kahve makinası vardı. Dominil bunları umursamadı. Cebinden bir defter çıkardı ve Latince birkaç cümle yazdı. Dominil bir zamanlar, milattan sonra birinci yüzyılda Romalı bir şair olan Tibulus'un şiirlerinin çevirisi üzerinde çalışıyordu. Önemsiz bir şairdi, ama Dominil onun basit stilini seviyordu. Metresler ve fahişelerle ilgili hikâyeleri onu eğlendiriyordu.

Sık sık gruba bakıyordu. Onların meşgul olduklarını görmekten memnundu. Dominil aslında ikizlerin boş laftan başka bir şey olmayabileceklerinden şüpheleniyordu, ama şimdi ellerinde gitarlar, önlerinde mikrofonlar ve arkalarında bir ritim bölümü, çok çalışıyorlardı. Dominil, kız kardeşlerin sert müziklerni ilgi çekici bulmadı, öyle olmasını da ummamıştı zaten. Bu önemli değildi. Önemli olan tek şey, bu müziği halkın önüne bir şekilde çıkarabilmesiydi. Sahne bulmak için ne yapacağını düşünüyordu. Camden'deki hiçbir yer veya çevresindeki bölgeler onların çalmasına izin vermeyecekti. Londra'nın çevresinde başka küçük mekânlar da vardı. Ama ikizler istekli değillerdi. "Nehrin güneyinde bize bir sahne ayarlamanın bir yararı yok!" demişti Beauty. "Nehrin güneyine gitmeyi kim ister ki?"

"Şehrin batı tarafında birkaç mekân var."

"Batı Londra'mı? Oraya kim gider? Bize ayda da sahne ayarlayabilirsin."

Dominil bu sorun üzerine uzun uzadıya düşündü. Kurtların Hanımefendisi'nin tahmin ettiği gibi, görevine dört elle sarılıyordu. Kırk yılını hiçbir şey yapmadan geçirmişti. Şimdi başaracağı bir şey varken ve zihni meşgulken bundan zevk alıyordu. İkizlerin grubunun adının ne olacağı konusuna yoğunlaştı. En son, sahnelerde *Urban Death Syndrome* adıyla çalmışlardı. Ama yeni projeleri için yeni bir şey istiyorlardı.

"Agresif bir şey istiyoruz," dedi Delicious. "İnsanların sert vakit geçirmek için orada olduklarını bilmelerini istiyoruz."

İkizlerin dört saatlik prova çalışmaları neredeyse bitmek üzereydi. Dominil defterine notlar alarak otururken, stüdyonun sahibi personellerle görüşmek için geldi. Dominil'in yanından geçerken merakla baktı, ama onunla konuşmadı. Saat yedide, gruba ayrılma zamanının geldiğini söylemek için Dominil kafasını ses yalıtımı olan kalın prova odasının kapısından içeriye soktu.

"İyi gitti mi?" diye sordu önce.

"Gerçekten iyi!" Beauty ve Delicious heyecanla karşılık verdiler. Dominil ilk defa ikizlere karşı saygı hissetti. Çok çalışmışlardı. Heyecanları da yüzlerinden okunuyordu. Burada, stüdyonun içinde parlak pembe ve mavi saçlarıyla ve ellerinde gitarlarıyla huzurlu görünüyorlardı. 'Mutlular, hem de oldukça,' diye düşündü Dominil.

Beauty şarkı sözleri defterini taşımak için kullandığı büyük, siyah çantasını aradı.

"Prova yorgunluğu. Beslenmeye ihtiyacım var."

"Benim de beslenmeye ihtiyacım var," dedi Delicious ve araştırmaya yardım etti.

Çantadan çikolata çıkarıp, paket kâğıdını yırtarak çocuklar gibi ağızlarını tıka basa doldurdular.

"Nefis!" dedi Beauty.

"Şekerli aperatifler!" dedi Delicious. Dominil, ağızlarına çikolata tıkıştıran ikizleri izledi. Kurt standartlarında bile kaba saba bir davranıştı bu.

"Bu tam da grubunuza vermeniz gereken isim," dedi.

"Ne?"

"Nefis Şekerli Aperatifler."

Delicious neredeyse tıkanıyordu. "Sen ciddi misin?"

"Agresif bir şeyler arıyorduk, hatırladın mı?" dedi Beauty. Azarlar gibi konuşuyordu.

"Zaten ölümle ilgili fazlasıyla agresif isim var!" diye cevap verdi Dominil. "Benim bu önerim hem ironik hem de ilgi çekici olacaktır."

"Ne hakkında konuştuğunla ilgili bir fikrin var mı?" diye sordu Delicious. Dominil hiç deneyimli olmadığı bir alanda yürümekte olduğunu itiraf etmeliydi. Ama bunun iyi bir öneri olduğunu hissediyordu. Bu isim ikiz kız kardeşlere de uyuyordu aslında. Fakat ikizler ikna olmadılar.

"Lütfen, Dominil! Bizi stüdyoya getirdiğin için teşekkürler. Ama başka bir isim önerisinde bulunma!"

Peter gitarını büyük, siyah renkli kılıfına dikkatlice koyuyordu. "Bence iyi bir isim," dedi.

"Böyle düşünüyorsun, çünkü sen eksik akıllısın!" dedi Beauty.

Enstrümanlarını dışarıya, arabaya taşıdılar. Dört genç adam bütün eşyaları taşıdılar, ama herhangi bir şikâyette bulunmadılar. Çünkü bugünden memnun kalmışlardı. Hiçbiri de adı çıkmış ikizlerle tekrardan prova yapacaklarını düşünmemişlerdi. Ama olmuştu işte! İyi de olmuştu. Kız kardeşlerin, Dominil hakkında haklı olduklarını görebiliyorlardı. Dominil çok eğlenceli bir insan değildi, ama işleri halledebiliyordu.

Onlar ayrıldıktan sonra, stüdyonun sahibi bir telefon görüşmesi yaptı. Telefon cevaplandığı zaman bir şifre söyledi ve Avenaris Guild'in telefonuna bağlandı.

"Bay Carmichael ile görüşmek istiyorum. Şekil değiştirebilen yaratıklarla ilgili bazı bilgilerim var, anladınız mı?"

100

Gawain, evrakları dağıtan bir motosikletli bir kuryeyle birlikte Thrix'in binasına aynı anda vardı. Kurye için kapı açıldığında, Gawain içeriye girdi ve merdivenlere doğru yöneldi. Resepsiyonist kızgın bir şekilde onun arkasından seslendi ve güvenlik görevlisi Gawain'in önünü kesmek için koştu. Gawain görevliyi görmezden geldi ve koşarak merdivenleri çıktı.

Thrix onu bekliyordu zaten. Güvenlik görevlisi tarafından davetsiz bir misafirin ona doğru yöneldiği konusunda uyarılmıştı. Bunun Sarapen olmamasını diledi. Eğer öyleyse, yanında çalışan personeli onun çok fazla güç sergilemesine tanık olacaklardı. Thrix bunun bilinmesini istemezdi. Davetsiz misafirin Sarapen değil de Gawain olması şaşırtıcıydı. Gawain onu görünce durdu.

"Randevu için arayamaz mıydın?"

"Benim işim çok acele!" dedi Gawain.

"Öyledir tabii ki!" diye sert bir cevap verdi Thrix. "Herkesin işi acil, benimki dışında! Bu taraftan!"

Büyücü döndü ve Gawain'i ofisine doğru yönlendirdi. Davetsiz bir kurt adam tarafından ofisinin işgal edilmesine oldukça canı sıkılmıştı.

"Tebrikler, hücreden kaçmışsın! Seni zindanda tutmalılardı."

Dolabına doğru gitti ve bir şişe MacRinnalch maltı aldı. Bu çok komikti. Daha doğrusu Thrix öyle hissediyordu. Gawain'i sıcak karşılamak için bir nedeni yoktu. Ona misafirperverlik göstermek için herhangi bir arzusu da yoktu. Ama o bir MacRinnalch'dı ve kabileden bir misafire içecek ikram etme geleneği koparıp atamayacağı kadar içine yerleşmişti Thrix'in. Gawain içkiyi kabul etti.

"Kalix'in nerede olduğunu bilmek istiyorum," dedi.

Thrix şişeyi masasına koydu ve oturdu. "Burada bir şeyi atlıyor olabilirim, Gawain. Ama sen sürgüne gönderilmemiş miydin? Ben sürgün edilmiş kurt adamlara bilgi vermem!"

Gawain'in onunla ağız dalaşı yapmaya niyeti yoktu.

"Kalix nerede?" diye sordu yeniden.

"Hiçbir fikrim yok!" dedi Thrix.

Gawain bir sonraki sözünü düşünüyormuş gibi birkaç dakika boyunca dikkatlice Thrix'e baktı.

"Thrix, bir keresinde yardım için sana başvurmuştum. O zaman kardeşinin nerede olduğunu bilmediğini söyledin. Doğrumuydu, bilmiyorum. Ama bu sefer Kalix'in Londra'da olduğunu biliyorum. Aileden güvenilir bir kaynaktan öğrendim."

"Marwanis'ten," dedi Thrix. Gawain şaşırmıştı. "Kaledeki başka hiç kimse sana herhangi bir şey söylemeyecektir. Marwanis'le birlikte kalmalıydın. O, benim reşit olmayan kardeşimden çok daha uygun bir eş olurdu."

Gawain ters ters baktı, ama bu iğneleyici sözlere karşılık vermedi.

"Eğer Kalix Londra'daysa onun nerede olduğunu biliyorsundur. Bir iyilik yap ve söyle lütfen!"

Gawain'in sesi biraz da olsa yükselmişti. Thrix onun kolayca atlatılamayacağını biliyordu. Bir süre için ne yapacağından emin olamadı. Onun Kalix'le olan ilişkisini kesinlikle onaylamamış olsa da ailesi kadar öfkelenmemişti. Aslında Kalix'i mutlu ettiği için, Thrix, onların devam etmelerine izin vermenin daha iyi olabileceğini düşünürdü bazen. Kalix'in nerede olduğunu söyleyip söylememeyi düşünüyordu. Onun nerede olduğunu söylerse Gawain ofisten gidebilirdi. Ama onun yerini söylemek doğru mu olacaktı? Verasa bundan hoşlanmayacaktı ve sonu gelmeyen suçlamalar başlayacaktı. Üstelik Gawain, Sarapen'in Kalix'e ulaşmasına neden bile olabilirdi.

"Londra'daydı, ama gitti," dedi Thrix soğuk bir şekilde. "Saklanabilmesi için bir kolye verdim ona. Sanırım, Fransa'ya gitmeye niyetliydi."

"Fransa'ya mı? Neden?"

"Kim bilir? Sen gittikten sonra onun için burada kalmanın pek bir anlamı yoktu."

"Yalanlarla beni atlatamayacaksın. Kalix'i bulacağım."

"İyi şanslar o zaman!" dedi Thrix.

"Eğer bana yalan söylüyorsan geri geleceğim!"

"Beni tehdit mi ediyorsun?"

"Evet, seni tehdit ediyorum," dedi Gawain gözdağı vererek. "Hiçbir şey beni Kalix'ten uzak tutamaz."

"Evet, sen romantik bir kahramansın!" dedi Thrix. "O zaman git de kadın kahramanını bul! Çıkarken kapıyı kapatır mısın?"

Gawain ayağa kalktı ve hızla çıkıp gitti. Büyücü onun arkasından düşünceye daldı. Düşünceli ve hoşnutsuzdu. Onu kendi ofisinde tehdit etmekte kendini özgür hisseden bir başka küstah kurt adam daha!

"Eğer yapmam gereken işlerim olmasaydı, hepsini cehenneme gönderirdim," diye mırıldandı. Kurtların Hanımefendisi'ni bu karşılaşmayla ilgili bilgilendirmek üzere telefona uzandı, ama tam o anda Ann aradı.

"Kimdi o yakışıklı yabancı?" diye sordu.

"Görmek istemediğim bir başka kurt adam daha!"

"Sevgili mi arıyor?"

"Üzgünüm, Ann!" dedi Thrix. "Onun bir takıntısı var zaten."

"Erkek kardeşin birinci hatta!"

"Hangisi?"

"Markus."

Thrix telefonu cevaplarken başını salladı. Öyle görünüyordu ki, ailesinin onun hayatına yaptığı müdahalelerin sonu gelmeyecekti.

"Markus, ne istiyorsun? Meşgulüm."

"Talixia öldü!"

"Ne?"

"O öldü! Öldürüldü!"

"Ne? Kim yaptı?"

"Bilmiyorum!"

"Hemen geliyorum!"

101

Thrix, Markus'u, şoktan donakalmış bir halde koridorda otururken buldu. Talixia yerde, ölü bir şekilde yatıyordu. Kaburgasında bir kesik vardı ve vücudunun çevresindeki kan pıhtılaşmıştı. Ciddi bir yaraydı, ama Thrix bu yaranın bir kurt insan için öldürücü olmaması gerektiğini hemen fark etti. Cesedin yanında diz çöktü.

"Ne olduğunu anlat!"

Markus zar zor konuşuyordu. Bir saat önce eve varmıştı. Eve vardığında karşılaştığı ilk şey, koridordaki sevgilisinin ölü bedeniydi. Şok geçiriyordu, doğru dürüst konuşamıyordu. Thrix, Markus'a, eve geldiği zaman kızın vücudunun soğuk olup olmadığını sordu. Markus 'evet' anlamında başını salladı ve gözleri yaşla doldu.

"Bu yara," dedi Thrix, "onu öldürmemeliydi!" Başka bir yara var mı diye vücudu kontrol etti, ama bulamadı. Havayı kokladı, sonra işin içine büyü karışmış olabilir mi diye anlamaya çalışarak birkaç dakika boyunca vücudun çevresindeki bölgeye odaklandı. Kesin olarak bir şey söyleyemiyordu, ama bütünüyle bu dünyaya ait olmayan bir şey sezebildiğini düşünüyordu.

"Begravar Bıçağı'yla öldürülmüş!" dedi Markus.

Thrix başını salladı. Mümkün değildi bu! Begravar Bıçağı, MacRinnalch Kalesi'nin mahzenlerinde kilitliydi.

"Hayır, değil!" dedi Markus. "Bıçak kayıp!"

"Kayıp mı? Ne zamandan beri?"

"Annem onun kaybolduğunu birkaç gün önce fark etti. Onu Sarapen'in aldığını düşünüyor."

Thrix kaşlarını çatarak, "Sarapen bunu yapmış olamaz!" dedi.

"Neden olamaz?"

Büyücü bir cevap bulmak için çabaladı. Bu mümkün

müydü? Sarapen, kardeşinin kız arkadaşını öldürecek kadar ileri gitmiş olabilir miydi? Üstelik Kabile Liderliği mücadelesiyle alakası olmayan bir kurt insanı?

"Onun sorumlu olduğuna inanmıyorum," dedi. Fakat ses tonunda bir tereddüt vardı.

"Onun yapmadığını mı düşünüyorsun?" Markus birden canlandı. "Başka kim yapmış olabilir? Begravar Bıçağı ile öldürülmüş! Bıçak Sarapen'de! Kardeşim, sırf bana bulaşmak için onu öldürdü! Sarapen'i öldüreceğim!"

Markus ayağa kalktı ve dehşetli bir uluma sesi çıkardı. Yüzünde öfke ve nefret vardı.

"Markus, ne olduğunu tam olarak bilmiyoruz. Annemi aramalıyız ve..."

Markus onu dinlemiyordu. Ön kapıya koştu ve binadan hızla çıktı. Thrix iç çekti. Markus'un peşinden gitmenin bir yararı yoktu. Şu anda onunla konuşmak mümkün olmayacaktı. Markus durdurulmalı mıydı, Thrix emin olamıyordu. Eğer şimdi öcünü almak isterse MacRinnalch Kabilesi'nin hangi üyesi onun bunu yapmaya hakkı olmadığını söyleyebilirdi ki? Thrix'in burada olması iyiydi. Birisi etrafı temizlemeliydi. Bu cinayet polise bildirilemezdi. MacRinnalchların kan davasına dahil olmamalıydılar. Ceset, kabilenin ve Talixia'nın ailesinin ilgilenmesi için gizlice İskoçya'ya götürülmeliydi. Yapılması gereken de buydu. Büyücü, güçleriyle, bunun dıştan bir müdahale olmadan yapıldığını görecekti.

Telefonunu aldı ve Kurtların Hanımefendisi'ni aradı. Verasa'nın telefona çıkmasını beklerken Thrix, Talixia'nın kabile viskisinin kokusunu aldı ve kendine büyük bir bardak doldurdu. Kabile Liderliği savaşı kontrolden çıkmaya başlıyordu bile. Nasıl sonuçlanacağı hakkında da söyleyecek bir şey yoktu.

102

Moonglow yeni evlerindeki küçük banyoyu hoş bir alana dönüştürmüştü. Raflar doğal güzellik ürünleriyle doluydu, yerde güzel bir halı ve duvarda neşeli yunusların bir posteri vardı. Moonglow kurt kızın yarasını yıkarken Kalix küvetin kıyısına eğildi.

"Bunu neden yaptın?" diye sordu.

"Kendimi daha iyi hissettiriyor."

"Neden?"

"Bilmiyorum. Öyle hissettiriyor işte."

Moonglow bu konunun üzerine gitmedi. Yara temizlendiğinde ve kuruduğunda Kalix'i oturma odasına götürdü ve ona çay yapmayı teklif etti. Kalix de bu teklifi kabul etti.

"Ama süt ve şeker olmasın."

Isıtıcının kaynamasını beklerken Kalix'in kendini kesmesiyle ilgili ne yapması gerektiğini düşündü. Bu, birkaç sözle onu caydırabileceği bir şey değildi. Eğer çevresinde kendini daha güvende hissetmeye başlarsa Kalix'in ruh hali iyileşebilir mi diye merak ediyordu Moonglow.

"İşte, çayın! Yiyecek bir şey istiyor musun?"

"Hayır."

"Ama yemelisin. Bütün gün hiçbir şey yemedin."

"Bana nasihat verme!" diye hırladı Kalix.

"Peki."

Kalix televizyon izlemek istedi. Bu yüzden bir süre için ekranın karşısında sessizce oturdular.

"Daniel'ın o kızla eve gidip gitmediğini merak ediyorum," dedi Moonglow reklam sırasında. "Kız, Daniel'ı tek kelimeyle gözüne kestirdi. Böylesine anlık bir çekimi hiç görmemiştim daha önce!"

Daniel'ın bir kadınla birlikte olması tuhaf bir düşünceydi. Moonglow bunu kafasında tam olarak canlandıramıyordu.

"Geceleri neden iyi programlar yok?" diye söylendi Kalix. "Sanırım, daha fazla kanala ihtiyacımız var. Daha fazla televizyon kanalı alamaz mıyız?"

"Kesinlikle, hayır!" dedi Moonglow.

"Eğer daha fazla televizyon kanalımız olursa kendimi kesmeyeceğim."

"Bu doğru mu gerçekten?" diye sordu Moonglow.

"Hayır," diye itiraf etti Kalix. Bunun üzerine Moonglow gülmeye başladı. Saat dörtte ön kapının açıldığını duydular. Daniel eve dönmüştü. Odaya girer girmez Moonglow ve Kalix olağan dışı bir merakla ona bakıyorlardı. Bu durum Daniel'ı rahatsız etti.

"Ne işin var burada?" diye sordu Moonglow. "Şu siyahlar içindeki gizemli ve yabancı kadınla gideceğini düşünüyordum."

Daniel hiçbir şey yokmuş gibi davranmaya çalıştı. "Şey, bunu düşündüm, ama yani…"

"Ne?"

"Sonra gitmemeye karar verdim."

"Neden?"

"Hey, sorguya mı çekiliyorum?" dedi Daniel. Sesi oldukça bitkin bir şekilde çıkmıştı.

"Özel hayatımın bütün detaylarını anlatmak zorunda mıyım? Burada mahremiyet hakkı tanınmıyor mu insanlara?"

Daniel mutfağa gitti ve buzdolabını karıştırdı. Köşedeki küçük süpermarketten aldıkları büyük bir plastik şişedeki ucuz alman birasıyla geri döndü. Daha sonra hepsi beraber içki içip, televizyon izlemeye başladılar.

"Televizyonda iyi bir şey yok," dedi Kalix. Daniel'ın desteğini almaya çalışıyordu.

"Moonglow, eğer Daniel sana şu kızla ilgili bütün başarısızlığını anlatırsa, kablolu televizyon alabilir miyiz?"

"Ben başarısız olmadım!" diye tepki verdi Daniel.

"Hayır, kablolu televizyon alamayız," dedi Moonglow. "Ama şu başarısızlığı duymak isterim."

"Başarısızlık yok! Ben eve yalnız gelmeye karar verdim sadece. Benimle gelmek isteyen her çekici kızı eve getirmem gerektiğini söyleyen bir kural mı var?"

"Cesaretini kaybettin, değil mi?" diye sordu Moonglow.

"Tamamıyla. Yani… Çok, çok garipti!" Daniel mutsuz görünüyordu.

"Boş ver!" dedi Moonglow onu rahatlatarak. "Yine de etkileyici görünüyordu. Parti boyunca seni takip eden o egzotik kızdan sonra Alicia senin hakkında farklı düşünüyordur artık."

"Öylemi düşünüyorsun?"

"Elbette!"

Belki de bu doğruydu. Egzotik bir kızın bütün bir parti boyunca onu takip ettiği inkâr edilemezdi. Daniel şimdi biraz daha az mutsuz görünüyordu. Ertesi gün yataklarından kalktıklarında saat epey geç olmuştu. Kalix öğlene doğru oturma odasına geldiğinde Moonglow'u günün ilk çayını içerken buldu. Çay hazırlamak Moonglow için bir ritüel gibiydi; çaydanlığı, küçük süt sürahisini ve fincanı bir tepsiye güzelce yerleştirdi.

"Çay?"

"Daha önce hiç bu kadar çay içmemiştim," dedi Kalix.

Bir süre sessizce oturdular. Kalix hızmasıyla oynuyordu. Parlayan altın parçası onun sahip olduğu tek takıydı. Genç kurt kız uzun süredir hiç olmadığı kadar iyi görünüyordu. Nadir görülen bir uzunluğa sahip olan saçları, cömert Moonglow'un saç bakım ürünleri sayesinde şimdi gür ve bakımlıydı. Moonglow, Kalix'in ne kadar iyi göründüğünü fark etti ve bunun böyle devam etmesini diledi. Kalix'e söylemek istediği bir şey vardı, ama bu biraz tuhaf kaçacaktı. Onu incitmek istemiyordu, ama söylemeliydi.

"Kalix, erkek arkadaşımı bu akşam davet edeceğim. Son zamanlarda neden onu davet etmediğimi merak ediyordu ve bu biraz tuhaf görünmeye başladı. Ama bir şey var!"

"Evet?" dedi Kalix.

"Şey... Onu buraya davet etmek yerine, benim oraya

gidiyor olmamın nedeni, senin burada olman. Seni erkek arkadaşımla tanıştırmak istemediğimden değil tabii ki! Ama..." Moonglow durdu. Garip hissediyordu.

"Tuhaf bir şey yapmamdan mı korkuyorsun?"

"Evet. Eğer Jay buradayken kurt insana dönüşürsen, bunun açıklaması gerçekten zor olacak. Başka birinin senin kurt insan olduğunu bilmemesi daha iyi olur. Jay'e güvenmediğimden değil tabi, ama..."

"Pekâlâ, kurt insana dönüşmeyeceğim," dedi Kalix.

"Ve lütfen çiğ et yeme!"

"Niye? Bu tuhaf mı?"

"Olağan dışı!" diye cevap Verdi Moonglow. "Ve büyük ihtimalle onu rahatsız eder. Jay bir vejeteryan."

"Peki. Yemeyeceğim."

"Ayrıca kendini kesersen, yere fırlatırsan veya bir kaygı bunalımına girip hakaret edersen de tuhaf olur."

"Hey! Ben her zaman böyle davranmıyorum, belki bir ya da iki kere oldu." Kalix somurtmaya başladı.

"Ve lütfen somurtma!" dedi Moonglow. "Evde suratı asık birinin olmasının olağan dışı olacağından değil. Daniel her zaman bunu yapıyor zaten. Ama Jay ziyarete geldiğinde kendisini rahat hissetmesini istiyorum. Çünkü ben onu gerçekten seviyorum."

Kalix biraz düşündü. Birisini gerçekten sevmenin ne demek olduğunu anlayabiliyordu. Gülümsedi.

"Tuhaf bir şey yapmayacağıma dair söz veriyorum. Ben de erkek arkadaşının rahatsız olmasını istemiyorum."

"Anlayışlı olduğun için teşekkürler."

Moonglow, makyajını yapmaya ve uzun zaman alan saçlarını düzeltmeye başlamak için yatak odasına gitti. Keyifsiz olan Daniel kısa bir süre sonra oturma odasında göründü.

"Moonglow'un, Jay'i buraya davet edip durması sinir bozucu, değil mi?" dedi. "Bir kere arkanı dönmeye gör, Jay evi işgal ediyor."

"Buraya daha önce hiç gelmedi," diye belirtti Kalix.

"Gelmedi mi? Şey… Eski evimizdeyken sürekli bizdeydi. Moonglow'un onu buraya davet etmesi tam bir düşüncesizlik!"

"Neden?"

"Neden mi? Bir sürü nedeni var! Seni düşünmesi gerekiyor! Hasta bir kurt kızın böyle bir şeye katlanmak zorunda olması doğru mu? Evi sinir bozucu ziyaretçilerle doldurmasındansa Moonglow'un daha düşünceli olmasını beklerdim doğrusu!"

Kalix gülmeye başladı. "Moonglow benimle konuştu."

Fakat Daniel ikna olmamıştı. Gözlerinde kurnaz bir bakış vardı. "Onu korkutup kaçırabilir misin?"

"Ne? Nasıl?"

"Mesela o buradayken kurt insana dönüşebilirsin ve ona hırlayabilirsin, olmaz mı? Belki bu biraz fazla olacaktır. Hey, sadece kaygı nöbeti geçirip, etrafta koşarak herkese saldırmaya ne dersin? Kendini kesersen daha gerçekçi görünür belki de ya da sadece her yere kusabilirsin! Bu Jay'in ziyaretini berbat edecektir!"

"Hayır!" dedi Kalix. "Bunları yapmayacağım."

Daniel hayal kırıklığına uğradı. Bu kurt kızın hayatını kurtardıktan sonra, ondan bunları beklemesi oldukça normaldi.

"Peki, çiğ et getirip kurt gibi yemeye ne dersin? Jay bundan nefret edecektir."

"Hayır!" dedi ve Daniel'ı, Jay'in çöküşünü kendi başına planlaması için yalnız bırakarak odadan çıktı.

Moonglow alışveriş yapmaya gidiyordu. Kalix'e bir şey isteyip istemediğini sordu.

"Bira ya da viski veya elma şarabı!" dedi Kalix.

"Teknik olarak alkol içecek kadar büyük olmadığını biliyor musun?" dedi Moonglow.

"Ben bir kurt insan olarak çok zor bir hayat yaşadım," dedi Kalix.

Moonglow güldü. Son zamanlarda kaygı bunalımı geçirmediğinde ya da takipçilerinden kaçmadığında Kalix'in aslında çok komik olabildiğini fark etmişti.

"Bilgisayarını ve internetini kullanabilir miyim?" diye sordu Kalix.

Moonglow, Kalix'in bilgisayarı tek başına kullanmasından yana tedirgindi. Ama onun bu isteğini geri çevirmedi.

"Dikkatli olacağım," dedi Kalix.

Moonglow bilgisayarını açtı.

"Daniel, Jay'i gerçekten sevmiyor, değil mi?"

"Hayır, sevmiyor."

"Neden sevmiyor?"

"Bilmiyorum," dedi Moonglow. Aslında bunun sebebini çok iyi biliyordu.

Bu defa, "Daniel ile yattın mı?" diye sordu Kalix.

"Hayır! Biz sadece arkadaşız!"

Kalix başını salladı. "Benim annem, Gawain'den nefret ediyordu," dedi ansızın. "Babam da öyle. Onu kaleden sürdüler."

Kalix üzgün görünüyordu.

"Benim için geri geleceğini düşünüyordum, ama gelmedi."

Moonglow bu durum karşısında ne söyleyeceğini bilemedi. "Kurt insan kabilesi tarafından sürgün edilmek ciddi bir şey olmalı. Geri dönmek onun için tehlikeli mi olacaktı?"

"Evet. Ama yine de geri geleceğini düşünmüştüm. Sence beni düşünüyor mudur?"

"Tabii ki! Seni her gün düşünüyordur."

"Beni hatırladığını sanmıyorum," dedi Kalix.

Kalix'in bu konuda söyleyecek başka bir şeyi yok gibi görünüyordu. Derin bir hüzne dalmasını engellemek için Moonglow ona birkaç *Transvision Vamp* ve *Runaways* hayran sitesi buldu. Sayfadan nasıl müzik yükleyeceğini gösterdiğinde de Kalix'in dikkati buna çevrildi. Daha sonra onu kendi başına bıraktı ve alışverişe gitti.

Moonglow dışarıya çıktığında hava kararmaya başlamıştı bile. Pazar günü, bu saatte, yakınlardaki tek alışveriş merkezi çok küçük bir süpermarketti. Ucuz değildi, ama ürün çeşidi çoktu. Moonglow yemek yapmak için ihtiyacı olan sebzeleri ve baharatları aldı. Kasiyer gülümseyerek onu selamladı. Moonglow bu personelle hemen tanıştı. Bunu hep yapardı, Londra gibi hiç kimsenin hiç kimseyi tanımadığı bir şehirde bile! Eve döndü, yiyecekleri mutfağa bıraktı ve üstünü değiştirmek için üst kata gitti. Burada, kurt insana dönüşmüş, bilgisayarını yemeye çalışan Kalix'i gördü.

"Hey!" diye bağırdı Moonglow ve Kalix'in büyük pençeleri arasında yok olmadan önce bilgisayarını kurtarmak için atladı. "Neler oluyor?"

Kalix öfkeli bir şekilde ona bakıyordu.

"Açıkla bunu!" dedi Moonglow.

Kalix yavaşça insana dönüştü ve gözleri yere dönük bir şekilde öylece ayakta durdu.

"Pekâlâ! Bilgisayarımı neden yemeye çalışıyordun?"

"Çalışmıyordu," diye mırıldandı Kalix.

"Sen de bu yüzden onu yiyebileceğini düşündün."

"Evet."

"Kalix, bu benim için çok değerli. Dikkatli olacağına dair söz vermiştin. Eğer otuz saniye daha geç gelmiş olsaydım onu parçalamış olacaktın." Moonglow bilgisayarını çabucak kontrol etti. Bilgisayara bir şey olmamıştı.

"Bu kadar öfkelendirici olan neydi?"

"Doğru düzgün okuyamadım!" diye itiraf etti Kalix. "Yazıda bir sorun vardı."

"Yazıda hiçbir sorun yoktu, Kalix! Gerçek şu ki, sen iyi okuyamıyorsun."

"Okuyabiliyorum!"

"Hayır, okuyamıyorsun!"

Kalix hırlayarak, "Bana her konuda öğüt vermene gerek yok!" dedi ve odadan hızla ayrıldı.

Moonglow derin bir nefes aldı. Bunun hassas bir konu olduğunu anlamıştı. Ama belki de bu konuda bir şey yapabileceğini belirtebilirdi. Bilgisayarını aldı ve aşağıya, Kalix'in odasına doğru yürüdü.

"Defol git!" dedi Kalix.

"Bak, bilgisayarımı yok etmeye çalışmak yerine neden onu daha iyi okumayı öğrenmek için kullanmıyorsun?"

Kalix inatla, "Ben iyi okuyabiliyorum!" dedi.

Moonglow geçenlerde bulduğu ve yardımcı olabileceğini düşündüğü bir sayfayı açmaya çalışıyordu.

"İyi okuyamadığın için utanmamalısın," dedi Moonglow. "Bu senin zeki olmadığın anlamına gelmez. Ben senin akıllı olduğunu zaten biliyorum. Okula çok fazla gidemediğin için okuyamıyorsun. Şuna bak!"

Moonglow okumayı öğrenme sitesi açmıştı. Çok eğlendiriciydi ve bir sürü renkli hayvan ve çiçek resimleri içeriyordu. Küçük çocukların basit okuma kitapları gibiydi, ışıl ışıl renklendirilmişti. Doğruyu bildiğiniz zaman, hayvanlar ekranın çevresinde dans ediyorlardı ve sergilediği performanstan dolayı kullanıcıyı tebrik ediyorlardı. Yanlış yapıldığında ise renkli hayvanlar yeni bir deneme için kullanıcıyı cesaretlendiriyorlardı.

"Bu siteyi kullanmaya başla! Böylece kısa bir sürede okuyup yazabileceksin!"

"Yardıma ihtiyacım yok!" dedi Kalix.

"Peki. Ama yine de bir bakmalısın," dedi Moonglow. "Şimdi Jay için yemek yapmaya başlamalıyım. Bilgisayarımı burada bırakırsam zarar vermeyeceğine söz veriyor musun?"

"Tamam."

Moonglow bilgisayarına bir zarar gelmemesi dileğiyle mutfağa doğru yürüdü.

103

Öfkeden deliye dönen Markus, Londra sokaklarını bir uçtan bir uca koştu. Çılgına dönmüş olan kurt adam kuzeydeki Hyde Park'a doğru süratle koşarken, önüne çıkacak kadar şansız olan insanları sert bir şekilde kenara fırlattı. Sarapen'in kasaba evi parka bakıyordu. Markus'un aklında tek bir şey vardı: Sarapen'i öldürmek. Sarapen Londra'da olmalıydı. Begravar Bıçağı'nı çalmış ve Talixia'yı öldürmüştü. Şimdi de Markus onu öldürecekti. Kabile Liderliği'ni düşünmüyordu, bu işin kabile üzerinde nasıl bir etkisi olabileceğini de düşünmüyordu ve hatta Verasa'nın ne diyeceği de umurunda değildi. Büyük kardeşi ölmeliydi. Sadece bunu önemsiyordu!

Markus ay doğduğu anda Hyde Park'a vardı. Kurda dönüştü ve herhangi bir adamın gücünü aşan bir sıçrayışla uzun çitten atladı. O sırada parkta olan birkaç kişi gözlerini ovalayıp başlarını salladılar ve bir kurt canavarın çiti aştığını görmüş olmaya inanmayı istemeyerek hızlı bir şekilde oradan uzaklaştılar. Akşam karanlığında park kapalıydı. Dolayısıyla çimlerde deli gibi koşan Markus'u hiç kimse görmedi. Sarapen'in yaşadığı apartman şimdi daha net görünüyordu. Markus başını havaya kaldırdı ve berbat bir uluma sesi çıkardı. Savaşa giden bir MacRinnalch kurdunun ulumasıydı bu. Çimenleri ötedeki evlerden ayıran çitin üzerinden sıçradı, sonra da çalılıkların arasından, Sarapen'in kapısına doğru hızlıca koştu. İçerideki kurt adamların kokusunu alabiliyordu. Davetsiz misafir eve doğru daha fazla yaklaşırken alarmlar çalmaya başladı. Birkaç saniye sonra arka kapı menteşelerinden parçalara ayrıldı ve Markus, Sarapen'in gelip kendisiyle yüzleşmesi için bağırdı ve tıpkı bir fırtına gibi içeriye girdi.

İki kurt adam Markus'u karşılamak için acele ettiler. Onu tutmaya çalıştılar, ama Markus çok güçlüydü. Muhaliflerinden birinin boynuna dişlerini geçirdi ve onu öldürdü, sonra diğer kurt adamı duvara doğru sertçe itti; adam bilinçsizce yere devirdi.

"Sarapen nerede?" diye bağırdıktan sonra koridora doğru koştu.

"Markus!"

Markus arkasına döndü, kendisini Decembrius ve Mirasen ile karşı karşıya buldu.

"Bu ne demek oluyor?" diye sordu Mirasen.

"Sarapen'i öldüreceğim!" diye bağırdı Markus.

Mirasen cevap vermeye çalıştı, ama Markus onu dinleyemeyecek kadar çılgına dönmüştü. Sarapen'in danışmanının üzerine atladı. Decembrius, Markus'un arkasından atladı ve üç kurt adam birbirine girerek boğuşmaya başladılar. Boğuşma şiddetliydi, ama kısa sürdü. Çok geçmeden Markus ayağa fırladı. Mirasen ölü bir şekilde yatıyordu. Decembrius ise ölmek üzereydi. Koridorun fayansı kan gölüne dönmüştü. Markus, Sarapen'in gelip, kendisiye yüzleşmesi için bağırarak bütün evi dolaştı. Kardeşini bulamayınca karşısına çıkan her şeyi devirmeye başladı; eşyaları fırlattı, rafları ve kitaplıkları devirdi, yumruğuyla ve kudretli pençesiyle her şeyi yıktı. Ayak bastığı her yeri harabeye çevirdi, ama Sarapen'i bulamadı. En sonunda kardeşinin burada olmadığını anlayınca koridora tekrar koştu. Decembrius ayağa kalkmaya çalışıyordu. Markus onu sert bir şekilde boynundan kavrayıp ayağa kaldırdı.

"Sarapen'e söyle, bir dahaki sefere onu öldüreceğim!" diye hırladı Markus. Sonra Decembrius'u fırlattı. Decembrius mermer bir heykele çarparak yere düştü. Markus dışarıya doğru yürüdü. Çitin ötesinde, karanlıkta gözden kayboldu. Hâlâ öfkeliydi, hâlâ uluyordu.

104

Thrix eve çok geç geldi. Talixia'nın evindeki dağınıklığı toplayıp, cesedi gömülmesi için İskoçya'ya, eve göndermişti. Bu süreç çeşitli büyüleri ve annesiyle birkaç uzun telefon görüşmesini gerektirmişti. Thrix kendi işleriyle ilgilenememişti ve eve vardığında da canı oldukça sıkkındı. Bütün gece çalışabilmeyi ve kaybettiği zamanın bir kısmını telafi etmeyi umuyordu.

Ölümcül kavganın Londra'ya ulaşması çok zaman almamıştı. Thrix, Sarapen'in Talixia'yı öldürmüş olduğuna inanmakta hâlâ güçlük çekiyordu, ama bunun başka nasıl bir açıklaması vardı ki? Kurtların Hanımefendisi, Sarapen'in Begravar Bıçağı'nı kaleden çaldığından oldukça emindi. Bunun yanı sıra başka hiçbir silah Talixia'nın ölümüne sebep olamazdı.

Verasa, Thrix'ten küçük oğlu Markus'u bulmasını istedi. Küçük oğlunun Sarapen'le karşılaşmasını istemiyordu; onun hayatı içi endişeleniyordu. Thrix, bakmayı kabul etti, ama bunu yapmadı. Kalix'i ziyaret etmişti ve Talixia'nın apartmanında zaman harcamıştı. Şehrin çevresinde Markus'u arayarak daha fazla zaman harcamayı göze alamazdı. Giriş kapısını açarken dairesinin boş olmadığını fark etti. Malveria içerideydi. Çevresinde dergiler, önünde de televizyon vardı. Havada asılı olan ve kolayca ulaşabileceği bir şişe şarapla tembel tembel oturuyordu.

"Kendi evindeymişsin gibi hisset!" dedi Thrix.

Ateş Kraliçesi mutlu bir ruh haliyle, "Thrix!" dedi, "seni görmek için sabırsızlanıyordum. Eve çok geç geldin. Çalışıyor muydun, yoksa şu kasabanın nitelikli genç adamıyla başka bir randevun mu vardı?

"Ne randevu ne de iş!"

Thrix kanepeye çöktü ve Ateş Kraliçesi'ni son olaylardan haberdar etti. Malveria anlayışla başını salladı. Thrix'in bundan nefret ettiğini biliyordu.

"Söylediğin gibi. Senin kıyafet tasarlamak gibi yapman

gereken çok daha önemli bir işlerin var. Biraz şarap?"

Malveria şarap şişesine bakarak bir baş işareti yaptı. Şişe sabit bir doğrultuda havada ilerledi ve bardağı doldurdu. Thrix bu içkiyi memnuniyetle kabul etti.

"Daha güçlü bir şey ister misin?" diye bir öneride bulundu Malveria. En yakın dolaptaki bir MacRinnalch içkisini havaya kaldırdı.

Thrix 'hayır' anlamında başını salladı. "Bütün gece ayakta kalıp, çalışmam gerekiyor."

"Büyücü Livia'nın doğum günü kutlaması için bana güzel elbiseler yapıyorsun, değil mi?" dedi Malveria.

Kafasını salladı, oldukça yorgundu.

"Muhteşem!" dedi Malvera. "Ama unutuyorum! Hain Zatek'in ofisinde casusluk yaparken fahişe Prenses Kabachetka ile karşılaştım."

"Öyle mi? Ne öğrendin?"

"Saçlarında kesinlikle boya var. O da inatla inkâr ediyor. Uzun zamandan beri bundan şüpheleniyordum. Ama şu anda saç diplerinin rengi eşit değil. Bu, hilekâr prensesin en iyi kuaförlere para veremeyecek kadar cimri olmasından kaynaklanıyor. Zaten Prensesin karakteri böyle, doğuştan ucuz bir Element!" Kaşlarını çatarak devam etti: "Prensesi öldürmeyi çok isterdim. Benim cömert oranlara sahip olduğumu ima etme küstahlığını gösterdiğini biliyor musun? Beni aşırı kilolarımı saklamakla suçladı. Bu çok tuhaf! Ama tabii ki bu yapılabilir. Annesi İmparatoriçe Asaratanti'nin uzun zamandır birkaç yüz kiloluk çirkin yağlarını başka bir boyutta gizlediğine inanıyorum. Ama bu taktikler son derece ince olan Kraliçe Malveria için gerekli değil! Hayranlarım geçen yıl benim var olan isimlerime 'Kraliçelerin en incesi'ni eklediler. Ama Kraliçeyi öldüremem ben," diye iç çekti Malveria. "Eğer yaparsam, onun üstün moda zevkini kıskandığım için yaptığım düşünülecektir. Benim krallığımda ne kadar zalim olabildiklerine inanamazsın, canım Thrixciğim! Büyücü Livia'nın çevresinde toplanan o canavar kadınlar sadece dedikodu için yaşıyorlar."

Malveria'nın huyuna artık iyice alışmış olan Büyücü, onun asıl konuya gelmesini sabırla bekledi.

"Ama casusluğumda küçük bir başarısızlık olduğunu itiraf etmek zorundayım. O fahişe Kabachetka'yı görünce öfkemi gizlemeyi başaramadım! Bir moda tasarımcısının gözü önünde şiddete başvurmaya isteksiz olmasaydım, büyük bir kavgaya dönüşebilecek bir tartışma yaşayacaktık. Eğer *Vogue* moda ödülleri için ön sıra biletlerim geri alınsaydı, yaşamaya devam edemezdim."

"Herhangi bir şey öğrenmedin?"

"Lütfen, Büyücü! Beni küçümsüyorsun. Bir şey öğrenmediğimi söylemedim. Zatek'in binasında çok özel bir büyü sezdim, böyle bir yerde bulmayı ummayacağım türden bir büyü! 'Asiex'in Gözleri' diye adlandırılıyor. Bunu kullanan bir büyücü çok uzağı görebilir. Hatta güçlü bir sihirli bariyerin arkasını bile!"

"Teşkilatımda bir casus olmadığını mı söylemeye çalışıyorsun? Zatek beni gözetlemek için sadece büyü mü kullanıyor?"

"Öyle olduğuna inanıyorum."

Thrix bardağını bitirdikten sonra biraz daha şarap doldurdu.

"Asiex'in Gözleri'ni daha önce hiç duymamıştım."

"Çok karanlık bir büyüdür. Kabachetka'nın bu büyüyü Zatek'e temin etmiş olabileceğini sanmıyorum. Bazı büyüleri bu boyuta ulaştırmak oldukça zordur."

"Belki de Tüccar MacDoig'in bir parmağı vardır bu işte!" dedi Thrix. "O, bu işi nasıl yapacağını biliyordur."

Zatex de bir büyücüydü ve Prenses Kabachetka da karanlık büyüleri getirmesi için tüccarı ona kiralamaya hazırdı.

"Bu büyüyü engellememe yardım edebilir misin?"

"Tabii ki! Etkilerinin nasıl yok edileceğini biliyorum."

"Harika! Bütün gün boyunca aldığım en iyi haber bu! Zatek casusluk yapamayacak artık ve Kabachetka da tasarımlarımı çalamayacak!"

"Gerçekten muhteşem, sevgili Büyücü! Ama bazı endişelerim var. Bu büyüyü kullanabilen birinin elinde başka kaynakları da vardır. Bir sonraki hareketi için hazırlıklı olmalıyız."

Malveria, Tatler'in sayfalarındaki sarı renkli bir kokteyl elbisesine bakarak, "Bu elbiseyi isterdim, ama biliyorsun, sarı renk bana hiç uymuyor. Hayatımdaki en büyük talihsizliklerden birisidir bu!" dedi.

"Evet," diye onayladı Thrix. "Büyük bir talihsizlik!"

"Geçen sene şu sarı renkli ayakkabıları çok istemiştim," dedi Malveria. Çok üzgün görünüyordu. Sayfayı çevirip aynı mankenin küçük, ama zarif bir sarı şapka giymiş olduğu resmi görünce gözünden bir damla yaş süzüldü.

"Ah! Baksana! Sarı şapkasıyla ne kadar güzel görünüyor! Çok şanslı!"

"Bu mankeni tanıyorum. Eroin bağımlısıdır. Sürekli psikiyatriste gider!"

"Ama sarı şapka çok yakışmış!" diye belirtti Malveria. "Çok şanslı bir kadın."

Kablolu televizyonda Japon moda şovu zamanıydı. Şovu izlemek için televizyonun karşısına yerleştiler. Thrix bu geceyi çalışarak geçirmeye karar vermiş olsa da Ateş Kraliçesi şov bitmeden oradan ayrılmayacaktı. Bir saatlik dinlenme ona iyi gelecekti. Viski şişesine doğru başıyla bir işaret yaptı ve şişeyi kendilerine doğru sürükleyerek getirdi.

"Şu genç adam, Daniel!" dedi Malveria.

"Ne olmuş ona?"

"Sence o... Kelimeyi hatırlayamıyorum. Moda evinde senin erkek elemanlarını tanımlayan kelime nedir?"

"Homoseksüel mi?"

"Evet, o! Bu kelime Daniel için kullanılabilir mi?"

"Bilmiyorum. Neden?"

"Nedeni yok. Kadınlara olan ilgisizliğini merak ediyordum sadece. Çok güzel yeğenimi ona gönderdim, ama Daniel ondan kaçtı. İtiraf etmeliyim ki, çok şaşırdım."

Thrix'in kafası karışmıştı: "Onu neden Daniel'a gönderdin?"

"Daniel'ın ödüllendirilmeyi hak ettiğini hissettim," diye açıkladı Malveria. Dürüst davranmıyordu aslında.

"Benim güzel olduğumu söylemişti. Bu arada, Daniel bir bakıma küçük Kalix'in koruyucusu."

Thrix iç çekerek, "Kalix konusunu unutmaya çalışıyorum. Annem ona göz kulak olmamı isteyip duruyor," dedi.

Malveria, Kurtların Hanımefendisi'nin bu görev için neden başka birini seçmediğini merak etti. Thrix, annesine, Kalix'in tam olarak nerede olduğunu bilmediğini söylemişti.

"Annem, Markus'a söyleyecektir. Ama ben Markus'a güvenmiyorum."

"Belki de Kalix'i birlikte ziyaret etmeliyiz," diye bir öneride bulundu Malveria. Daniel'ı tekrar görmek için can atıyordu. Böylece onun neden Agrivex'ten kaçtığına kendisi karar verebilecekti.

105

Kalix uzun bir süre boyunca Moonglow'un bilgisayarıyla oynadı. Okumayı öğrenme sitesine kızmak bir yana, çok sevmişti. Sitenin her bir sayfası oyun gibiydi. Kalix doğru kelimeleri seçerek kurbağaları küçük gölden atlatıyor ve keçileri güvenli bir şekilde dağdan geçiriyordu. Küçük kurt kız daha önce hiç bilgisayar oyunu oynamamıştı. Bu site oldukça basit olmasına rağmen Kalix bundan büyülenmişti. Farkına varmasa da okuma becerileri gelişmeye başlıyordu. Diğer sayfa, yavru bir kedinin sepetine geri girmesine yardım etmeyi gerektiriyordu. *Kedi-yedi-pati.* Bütün kelimeleri doğru bir şekilde heceleyerek başarılı bir şekilde yavru kediyi güvenli yerine götürdü.

Kalix şimdi Moonglow'un erkek arkadaşının evde olduğunun hayal meyal farkındaydı. Aşağıya inerek selam verip vermemeyi düşünüyordu. O sırada Daniel kapıya vurdu. Kalix utandığını hissetti birden. Bu sitede tek başına oyun oynarken oldukça mutluydu. Şimdi Daniel onun çocuk oyunları oynadığını ve çok basit kelimeler öğrenmeye çalıştığını görecekti. Eğer Kalix'i *kedi- yedi-pati* yazarken görürse kesin onun aptal olduğunu düşünecekti.

"Ne yapıyorsun?"

"Hiçbir şey,"diye mırıldandı Kalix.

Daniel ona doğru yürüdü. Kalix zayıf bilgisayar becerisiyle oyun sitesini kapatamadı. Dolayısıyla Daniel onun ne yapmakta olduğunu gördü.

"Bu nedir?"

"Hiçbir şey." Kalix utandığını hissediyordu.

"Kedi yavrusunu sepetine götürmen mi gerekiyor?" diye sordu Daniel. Bilgisayar ekranına bakar bakmaz her şeyi anlamıştı. "İzin ver, deneyeyim."

Daniel onun yanına oturdu ve doğru kelimeleri yazarak yavru kediyi güvenli bir şekilde evine göndermeyi başardı.

"Sırada ne var?"

Diğer sayfaya geçmek için linki tıkladılar. Dört harfli kelimeleri içeren bu sayfa, Kalix'e çok karmaşık göründü.

"Hadi, şu bufaloyu güvenli bir şekilde ovadan geçirelim," dedi Daniel.

"Zor görünüyor," dedi Kalix. Tereddüt ediyordu.

"Zor mu? Senin gibi zeki bir kurt kız için mi? Kesinlikle, hayır! Bir başlangıç yapsan iyi edersin, bufalo kaygılı görünüyor."

Kalix gülümsedi ve yazmaya başladı.

Alt kattaki Moonglow kendini mutlu hissediyordu. Stresli günler geçirmişti, ama şimdi yeni evine yerleşiyordu ve erkek arkadaşı ilk defa onun ziyaretine geliyordu. Yemek pişirmişti ve Jay de her zaman yaptığı gibi onun minnettarlıkla yemişti. Kate Bush dinleyerek kanepenin üzerinde oturuyorlardı. Jay, bir arkadaşı için çizmiş olduğu birkaç ilginç anlamı olan astroloji grafiğinden bahsediyordu. Moonglow da dikkatlice onu dinliyor ve parmaklarını Jay'in uzun siyah saçlarında gezdiriyordu.

Bu sırada Kalix, biraz da Daniel'ın yardımıyla, bufaloyu güvenli bir şekilde ovadan geçirmişti. Buna ek olarak, bebek bir kangurunun, annesinin kesesine ve bir aslan yavrusunun, mağarasına geri dönmesine de yardımcı olmuştu. Bu süreçte birkaç yeni kelimeyi hecelemeyi öğrenmişti. Kalix kendini daha mutlu hissediyordu şimdi. Daniel böyle şeylerde iyi bir arkadaştı. En basitinden en karmaşığına kadar bütün bilgisayar oyunlarını seviyordu. Kalix 'Aslan' kelimesini hecelemekte zorlanırken kendini Daniel'ın yanında aptal gibi hissetmiyordu.

Aslan yavrusu macerasından sonra yorulduğunu hissetti.

"Daha fazla devam edemem."

Daniel başıyla onayladı. "Bir seferde çok fazla oynamamalısın! Bu çok kötü bir fikir. Ben üniversitede hemen hemen aynı felsefeyi takip ediyorum."

"Jay burada mı?"

"Şu anda evdeki bütün yiyecek kırıntılarını yiyor ve Whitby'de Dracula Festivali'ne gittiği zamanla ilgili vızıldayıp duruyor," dedi Daniel, suratını asarak.

"Moonglow'un daha zevkli olmasını beklerdim!"

"Selam vermeli miyim sence?"

"Muhtemelen. Moonglow ona, senin Londra'yı gezmeye gelen benim küçük kuzenim olduğunu söyledi."

Daniel müzik dinlemek için odasına gitti; Jay ve Moonglow'dan dolayı canı sıkkındı. Yatağına uzandı. Kalix de bilgisayarı kapattı. Daniel'ın söylediği gibi Jay'e selam vermeliydi. Bu durumda yapılacak en doğru şey buydu. Kalix yapmaması gereken her şeyi hatırladı. Şimdi kendini gergin hissediyordu. Tuhaf bir şey yapıp, Jay'in canını sıkarsa ne olacaktı? Moonglow sinirlenecekti tabii ki. Alt kata inmeyi düşünmek bile onu endişelendiriyordu. Tuhaf bir şey yapacağı kesindi.

"Ne yaparsam yapayım," dedi Kalix, "yanlış olacak. Herkes benden nefret edecek."

Güvende olduğu odasında kalmaya karar verdi. Ama Daniel ona, selam vermesi gerektiğini söylemişti. Hırladı. İnsanlarla yaşamak çok stresliydi. Artan panik duygusunu bastırmak için çantasından afyon ruhu şişesini çıkardı. Büyük bir yudum aldı ve sinirlerinin yatışmasını bekledi. MacRinnalch Kalesi'ndeki bir anısını hatırladı. Bir keresinde, on iki yaşlarındayken, şölen masasının etrafında misafirler toplanmıştı. Kalix o zamanlar yiyeceklerden tiksinmeye başlamıştı ve hiçbir şey yememişti. Verasa daha sonra Kalix'i, misafirlerin önünde onu utandırdığı için azarlamıştı. Kalix o gün utanç içinde odasına gönderilmişti. Şimdi bunu düşününce Kalix'in kafasında, eğer aşağıya inerse Moonglow'un ondan yemek yemesini isteyeceği ve sonra eğer Jay'in önünde bunu reddederse azarlanacağına dair karmaşık bir fikir vardı. Bu düşünce onu kaygılandırdı ve bu yüzden biraz daha afyon ruhu içti.

Moonglow ve Jay oturma odasındaki astroloji grafiğini inceliyorlardı. Kapı açıldı ve Kalix içeri girdi.

"Merhaba!" dedi Moonglow neşeli bir ses tonuyla. "Jay, bu Kalix."

Kalix yüzünde bir gülümsemeyle onlara doğru ilerledi. Ne yazık ki, yüksek dozda afyon ruhunun etkisi altında olduğu için yerinde duramıyordu. Jay'in uzatmış olduğu bacaklarına doğru tökezledi, kanepeye çarptı ve yere düştü.

"Sorun yok, ben iyiyim!" dedi Kalix. Cesur bir şekilde ayağa kalkmaya çalışıyordu. Bacakları çözüldü ve yeniden düştü. Bu sefer iki bardak, bir şişe şarap ve birkaç tabakla birlikte astroloji grafiğinin yarısını parçaladı ve masanın üzerine düştü. Jay çok şaşırmıştı. Tam o sırada kapı zili çaldı. Moonglow, kapıya bakması için Daniel'a seslendi. Ama o, odasında müzik dinliyordu ve Moonglow'un sesini duymuyordu.

"Bir dakika içinde burada olacağım," dedi Moonglow ve hızlı bir şekilde kapıya bakmaya gitti.

Kapıda Ateş Kraliçesi ve Thrix'i, kolları birbirlerinin omuzlarında beklerlerken buldu.

"Aaa... Merhaba!" dedi Moonglow.

"Biz şey için..." diye söze başladı Büyücü, sonra durdu ve Malveria'ya döndü. "Buraya neden gelmiştik?"

"Kalix'in sağlığı yerinde mi diye bakmaya!"

"Evet, biz Kalix'in sağlığı yerinde mi diye bakmaya geldik."

"Bu gerçekten hiç iyi bir…" diye söze başladı Moonglow, ama Ateş Kraliçesi ve Büyücü onu kenara itip merdivenleri tırmanmaya başlamışlardı bile. Moonglow keskin bir viski kokusu aldı. Onların merdivenlerden sallanarak yukarıya ilerleyişlerini izlerken ikisinin de alkolün etkisi altında olduklarının farkına vardı. Moonglow dişlerini gıcırdattı ve onları takip etmeye koyuldu. Akşamki programları beklenmedik bir şekilde ve kötü yönde değişmişti. Ateş Kraliçesi merdivenlerden çıkarken parmaklarını şıklattı ve ışığın yanmasını sağladı.

"Misafirim var," dedi Moonglow hemen. "Lütfen sihir kullanmayın, bu…"

Oturma odasına girince sözü yarıda kesildi. Thrix ve Malveria, yerde büyük bir tabak, çatal, bıçak ve bardak yığınının ortasında sere serpe uzanan Kalix'i görünce afalladılar.

"Ona bakmak için elinizden gelenin en iyisi bu mu?" diye sordu Thrix.

"Burada kavga mı oldu?" diye sordu Ateş kraliçesi.

"Hayır. Kalix sadece…" Moonglow durdu. Kalix'e ne olduğundan emin değildi. İçkili miydi? Yemek yemediği için mi güçsüz düşmüştü.

Ateş Kraliçesi havayı koklayarak, "Ahh!" dedi, "Afyon ruhu!"

Afyon ruhu mu?" Şu ana kadar üzerine bulaşan yiyecek kırıntılarını temizlemekle misafirlere dikkat edemeyecek kadar meşgul olan Jay konuşmaya başlamıştı. "Artık afyon ruhu diye bir şey yok!"

"Afyon ruhu diye bir şey yok mu?" dedi Ateş Kraliçesi. Aksinin iddia edilmesinden memnun olmadı. "Bu ne tuhaf bir şey!"

"Neredeyse bir asırdan beri yapılmıyor," dedi Jay bilgili bir edayla. "Ya da morfin ve eroin geldiğinden beri öyle diyelim."

"Yanılıyorsun!" dedi Malveria.

Kargaşayı duyan Daniel, ne olduğunu görmek için odaya geldi.

"Daniel!" diye bağırdı Malveria. "Çok iyi görünüyorsun! Kızları kendine hayran bırakan genç bir adam gibisin. Sen kızları kendine hayran bırakmak isteyen genç bir adamsın, değil mi?"

Kalix ayağa kalkmaya çalıştı. Daha sonra çabalamaktan vazgeçti ve ağır bir şekilde kanepeye düştü. Ateş Kraliçesi tost makinesinde hazır yenilmeyi bekleyen pop –tart olup olmadığını sordu. Thrix onlara huzursuzluk verdiği için özür diledi, ama kendisini çok yorgun hissettiği için bir fincan kahve almasının mümkün olup olamayacağını sordu. Malveria yerdeki televizyon rehberini fark edince Japon moda şovuna abone olup olmadıklarını öğrenmek istedi ve olumsuz bir cevap alınca çok şaşırdı.

"Kablolu televizyonunuz yok mu? Canlarım, nasıl idare ediyorsunuz ki?"

106

Sarapen, Markus'un vahşi saldırısını duyar duymaz Londra'ya geçti. Eşyalarının harap edilmesi ve danışmanı Mirasen'in öldürülmesi onu çileden çıkarmıştı. Londra'daki evine bu şekilde, elini kolunu sallayarak saldırmış olmasına çok öfkelenmişti. Orada bulunan dört kurt adamdan ikisi şimdi ölüydü ve Decembrius ağır yaralıydı. Andris MacAndris'in o sırada evde olmaması büyük talihsizlikti. Sarapen'in ev işlerinin yöneticisi olan Andris, azılı bir savaşçıydı ve neredeyse Baron'un oğlu, Kudretli Wallace MacGregor kadar güçlüydü. Eğer Andris orada olsaydı Markus'u temelli olarak temizlemiş olabilirdi. Verasa da Sarapen'i bundan sorumlu tutamazdı ve bu mükemmel olurdu.

Markus'un nedenleri ile ilgili olarak Sarapen'in kafası karışıktı. Küçük kardeşi hiç ummadığı kadar gözü pek davranmıştı. Sarapen öfkesine rağmen bu durumu kendi lehine çevirebileceğinin farkına vardı. Markus, Sarapen'in danışmanını öldürmüştü. Dolayısıyla Sarapen, Markus'u öldürmekte özgürdü artık. Kabile buna karşı çıkamazdı. Çünkü bu intikam haklı görülecekti. Sarapen şimdi Markus'u aramakta özgür olduğuna göre, Kalix'i avlamak için daha az vakti olacağını biliyordu. Onu bulmak için asıl umudu olan Decembrius yaralıydı. Bu yüzden Douglas MacPheeleri çağırma talimatını vermek için, Andris MacAndris'i aradı.

MacRinnalch Kalesi'ndeki Verasa altüst olmuştu. Sarapen'in evinde olan olayları habercilerinden henüz öğrenmişti. Öfkeyle uçup gittiği için Markus'a lanet etti. Evet, Talixia'nın ölümü ağır bir sarsıntı olmuştu. Ama duygularının kontrolünü kaybetme zamanı değildi. Markus'un çarpışmada Sarapen'i yenebileceğini düşünmüyordu. Ayrıca

Markus saldırdığı sırada Sarapen evde olmadığı için min-nettardı. Markus'u bulup, güvenli bir yere götürmesi için Thrix'i zorladı. Ama Thrix'e tam olarak güvenmediği için kurt adamlarını Londra'ya gönderdi.

Odasındayken, "Bunların hepsi çok kötü!" dedi Rainal'a. "Özellikle de Decembrius'a saldırması!"

Rainal başıyla onayladı. Verasa'nın kız kardeşi Lucia bu durumdan memnun olmayacaktı. Lucia, Markus için oy vermişti. Bunun arkasından Markus'un oğluna saldırmış ol-ması onu öfkelendirecekti.

"Decembrius'un ölmemesi büyük şans, ama öyle olsa bile bu, Markus için Lucia'nın oyuna mal olabilir."

"Bu vahşetin patlak vermesinde suçlu olan Sarapen'dir!" diye belirtti Rainal. "Baron MacPhee'nin öldürülmesinin ar-kasında o vardı ve Talixia'nın ölümünden de o sorumlu gibi görünüyor."

Kurtların Hanımefendisi, Talixia'nın ölümünden Sarapen'in sorumlu olduğundan emin değildi.

"Markus düşüncesizce hareket etmiş olsa da bu önemli değil."

Verasa yumruklarını sıktı. Markus'un bütün yapması ge-reken, yeterli oy toplanıncaya kadar bir kenarda durmasıy-dı. Şimdi kendisini tehlikeye atmıştı ve büyük bir ihtimalle Lucia'yı kendinden soğutmuştu. Bunların hepsi yeterince sinir bozucuydu.

"Çok sinir bozucu!" diye onayladı Rainal. "Özellikle de Dominil iyi bir ilerleme kaydediyorken. Kalix'ten haberimiz var mı?"

"Thrix'e göre, Kalix güvende. Ancak Thrix'in onu korumak için gerektiği kadar çaba sarf ettiğine inanmıyorum ve onun tam olarak nerede olduğunu bilmediğine de inanmıyorum."

107

Sarapen'in kurt adamları dağınıklığı temizlemek için ellerinden geleni yapmışlardı. Ama Sarapen kan kokusunu hâlâ alabiliyordu. Decembrius'un durumunu sordu. Yakındaki başka bir dairede gözetim altında olduğu söylendi. Durumu tehlikeli değildi. Yaraları ciddiydi, ama içindeki kurt adamın dayanma gücü yaşamasını sağlayacaktı. Sarapen, Markus'u aramak ve öcünü almak için sabırsızlanıyordu. Ama öncelikle ilgilenilmesi gereken başka bir konu vardı.

"Douglas MacPheeleri içeri getirin!"

Kapı açıldı ve asık suratlı üç kurt insan içeriye getirildi. Duncan, Rhona, iri ve hantal olan Fergus. Duncan en büyükleriydi. Kırklarındaydı. Diğerleri ondan birkaç yaş küçüklerdi. Hırsızdılar ve büyük ihtimalle de katildiler. Baron MacPhee onları, kendi kalesinden ve çevresindeki topraklardan sürmüştü. İskoçya'dan kaçtıktan sonra Londra'ya yerleşmişlerdi. Kanun dışı işlerle meşguldüler. Asık suratlarıyla Sarapen'e bakıyorlardı şimdi. Yönetici aileden olsun ya da olmasın, hiçbir kurt insana saygıları yoktu. Duncan, Rhona ve Fergus'un kabile geleneklerine çok az itibarları vardı, insanlara ise hiç!

Sarapen de nefret dolu bakışlarla onlara bakıyordu. Üçü de ailenin haklarında konuşmadıkları kuzenler kadar tatsızdılar. Douglas MacPheeler koyu ve kalın kaşlıydılar. Sürekli siyah giyiniyorlardı. Markus kadar iyi giyimli değildiler ya da Sarapen gibi resmi giyinmiyorlardı. Deri ceketleri, bandanaları ve dövmeleriyle, hırpani ve agresif giyiniyorlardı.

"Sizi Kalix MacRinnalch'ı yakalamanız için gönderdim. Başaramadınız!"

Duncan omuzlarını silkti. "Ertesi gün onun için tekrar gittik. Ama insanlar oradan taşınmışlardı."

"Onu tekrar bulmanızı istiyorum."

"Meşgulüz!"

"Benim için bunu yapacaksınız."

"Yapacak başka işlerimiz var."

Sarapen ileriye doğru bir adım attı ve Duncan'ı boğazından tutup havaya kaldırdı. Duncan herhangi bir korku belirtisi göstermeyi reddederek, doğrudan onun gözlerinin içine baktı. Sarapen burnunu kırıştırdı. Douglas MacPhee yaşlılık, kan ve ölüm kokan deri bir ceket giyiyordu.

"Başka hiçbir işiniz yok!" dedi Sarapen. Sesini yükseltmişti. "Sizler ahlaksız, küçük bir çetesiniz ve eğer yardımınızı istemeseydim, boyunlarınızı kırabilirdim. Baron MacPhee de bana teşekkür ederdi. Ama yardımınızı istiyorum. Kalix MacRinnalch'ı bulun!"

Rhona ona meydan okuyarak, "Ya bulmak istemezsek?" diye sordu.

"O zaman sizi Londra'dan kovarım ve beni daha fazla kızdırırsanız sizi öldürürüm!" dedi Sarapen ve Duncan'ı bıraktı hemen. "Andris MacAndris ödeme işini halledecek. Gözümün önünden kaybolun şimdi!"

Onlar gittikten sonra Andris, Sarapen'e şüpheli bakışlarla baktı. "Onlar ahlaksız bir üçlü, Sarapen! Güvenilir değiller!"

"Biliyorum, ama benden korkuyorlar ve söylediğimi yapacaklar."

Andris başıyla onayladı. Bu mantıklıydı, ama Sarapen'in kız kardeşini takip etmeleri için böyle bir çeteyi görevlendirme düşüncesi onu ürpertti. Onlar merhamet gösterecek türden kurt insanlar değildiler.

Sarapen çevresinden güçlü dört MacAdris kurt adamı seçti.

"Ve şimdi!" dedi, "Markus'la ilgilenmenin zamanı geldi!"

108

Dominil, ikiz kız kardeşleri prova stüdyosuna götürmek için hazırlıklarını yaptı. Kızları yataklarından kaldırmak öncekinden daha kolay değildi. Öğlen saat üç olmadan önce yataklarından kalkma konusunda büyük bir isteksizlik gösteriyorlardı. Bu, Dominil'in sinir bozucu bulduğu bir şeydi. Kurt insanların gece hayatı eğilimleri vardı. Ama bunu gülünç bir şekilde abartmaya gerek yoktu. Özellikle de yapılacak işler varken! Dominil karşı çıkışlara kulak asmadan onları yataklarından sürükledi.

"Hemen hazırlanın! Çıkmamız gerekiyor."

"Hemen çıkamayız!" diye mırıldandı Delix. "Saçlarımız darmadağın."

"Şapka takın!"

Delix'e göre bu fikir tam bir skandaldı.

"Saçlarım tam olarak düzeltmeden bu evden çıkmamın imkânı yok! Sen beyaz saçlı fahişe, istediğin her şeye sinirlenebilirsin, ama bu hiçbir şeyi değiştirmez!"

Beauty ve Delicious saçlarıyla ilgilenmek için banyoya doğru yöneldiler. Kardeşlerin aşırı gösteriş merakları sinir bozucuydu. İkisi de aynanın önünde saatlerce kendilerine çeki düzen vermeden sokağa adımlarını atamazlardı. Yarım litre süt almak için alışveriş merkezlerine yaptıkları bir gezi bile öncesinde makyaj çantalarıyla uzun bir hazırlık gerektiriyordu.

Dominil kız kardeşlerin hazırlanmasını beklerken, bilgisayarını açtı. Birkaç şifre kırma programı indirmişti; onları çeşitlendirmeye çalışıyordu. Birkaç gün önce Dominil, Guildlerin bilgisayarına girmeye çalışmıştı, ama başarısız olmuştu. Son siber casusluğundan sonra Guildler tedbirlerini arttırmışlardı. Dominil şimdi Guildlerin yeni güvenlik şifrelerine sızabilmek için kendi programını güncelliyordu.

Yirmi dakika sonra banyonun kapısını sert bir şekilde çaldı.

"Gitme zamanı geldi! Saçlarınızı bitirin! Prova stüdyosuna gidiyoruz. Grubunuza bir isim bulma meselesini düşündünüz mü? Size sahne ayarlayabilmem için grup ismine ihtiyacımız var."

Dominil tanıdık bir koku aldı. "Viski mi içiyorsunuz orada?"

"Evet. Saçlarımızı neredeyse bitirdik. Bir isim düşünmedik henüz. Senin önerdiğin şu salak isim neydi?"

"Nefis Şekerli Aperatifler. Bu ismi hâlâ seviyorum. İçinde ironi ve ses yinelemesi var. Ses yinelemesi uzun zaman güçlü bir şiirsel yöntem olmuştur. Anglo Sakson şairler..."

"Çeneni kapatacak mısın?"

"Sen şu lanet Anglo Sakson şairlerden bir daha bahsetmediğin sürece gruba ne isim olursa vereceğiz!" diye ekledi Delicious.

İkizler en sonunda hazır olduklarında, Dominil onları ve gitarlarını alarak yola koyuldu. Geç kalmışlardı. Fakat bu, büyük bir sorun olmayacaktı. Diğerleri de geç kalacaktı. Herkes Dominil'den ne kadar korkarsa korksun, dünyadaki hiçbir güç müzisyenleri herhangi bir yere zamanında getiremezdi.

Dominil aklında bir sürü şeyle Londra Köprüsü'nden aşağıya doğru arabayı kullandı. Daha önce Guildlerle olan bağlantısı yüzünden onların kurt insan olduğunu anlamış olan stüdyonun sahibinin Bay Carmihael'i çoktan uyarmış olduğunu bilseydi, aklında çok daha fazlası olurdu. Avcılar, Nefis Şekerli Aperatifleri bekliyorlardı.

109

Gawain'in bir sonraki istikameti, Tüccar MacDoig'in yeriydi. Eğer Kalix afyon ruhu kullanıyorsa, onu ancak MacDoigler'den alırdı. Başka bir kaynak yoktu. Gece soğuktu ve Gawain, Limehouse'taki dar geçide vardığında çok şiddetli bir yağmur yağıyordu.

"Kimsin?"

"Gawain MacRinnalch. Küçük MacDoig'i görmek için buradayım."

"Küçük MacDoig burada değil!" diye bir cevap geldi.

Gawain sesini yükselterek tekrar seslendi. "Aç şu kapıyı, yoksa kırarım!"

Bir sessizlik oldu. Gawain kurda dönüşmeye hazırlanıyordu, ama kapı yavaşça açıldı ve kendisini küçük MacDoig'in değil, babasının karşısında buldu. Tüccar gülümseyerek onu karşıladı.

"Gawain MacRinnach! Bu ne büyük şeref! İçeriye gel oğlum! Bir kadeh içki al!"

Gawain dükkâna girdi. El yapımı eşya yığını dikkatini çekmedi. İçki teklifini de başını sallayarak reddetti.

"Seni buralara hangi rüzgâr attı?" diye sordu Tüccar. Gawain'in bu ziyaretinden dolayı oldukça keyifli görünüyordu. Evde olmasına rağmen siyah şapkası hâlâ kafasındaydı. Gawain'in aklında bir sürü düşünce olmasına rağmen, MacDoig'in favorileri ve bastonuyla onun çok ilginç bir şahsiyet olduğunu fark etti. Micawber onda hayat bulmuştu belki de ya da Bay Pickwick.

"Kalix'i arıyorum."

"Kalix MacRinnalch'ı mı? Korkarım yanlış yere geldin, genç Gawain. Kalix'i bir yıldır görmüyorum. Sana yardımcı olamadığım için üzgünüm."

Tüccar neşeli ve kırmızı yüzünde iyiliksever bir ifadeyle Gawain'e baktı. MacDoig, Gawain'in Kurtların Hanımefendisi tarafından sürgüne gönderildiğini çok iyi biliyordu. Dolayısıyla kabilenin keyfini kaçıracak bir şey yapmaya niyeti yoktu. Bilgi satmaya ikna edilebilirdi. Ama Gawain'in verecek parası olmadığından da oldukça emindi.

"Onun hakkında biraz bilgi sahibi olmanız gerektiğini düşünüyorum," dedi Gawain. "Onun afyon ruhu kullandığını duydum. Bugünlerde sen ve oğlundan başka hiç kimse afyon ruhu satmaz."

"Afyon ruhu mu? İyi bir üründür. Sana ondan vereyim. Şair ruhlu adamların ve tabi şair ruhlu kurtların mizacı için uygundur. Ben şahsen kullanmadım tabi! Ama birçok sanatçının hayal gücünü harekete geçirdiğine inanıyorum. Benimle bir bardak viski içmeyeceğinden emin misin?"

"Viskiyi boş ver!" diye hırladı Gawain. "Kalix nerede?"

Tüccar kıkırdadı ve başparmaklarını desenli yeleğinin cebine koydu.

"Buraya gelmedi, Gawain! Buraya hiç gelmedi."

"Yalan söylüyorsun! Bu odada kokusu var!"

Tüccar yeniden kıkırdadı. "Bu odada herhangi bir kurt insanın kokusu yok, seninkinin bile!"

Tüccar MacDoig doğruyu söylüyordu. Büyücü olmasa da MacDoig'in büyü hakkında çok bilgisi vardı. Farklı boyutlardan bir sürü büyünün ticaretini yapmıştı. Yakın bir zamanda burayı kimin ziyaret etmiş olabileceğini sezmesini engelleyen bir büyü vardı. Gawain blöf yapıyordu. Kalix'in kokusunu almamıştı. Uzun, ama alçak bir seste hırladı ve kurda dönüştü.

"Sana kibar bir şekilde sormayacağım artık," dedi. Kalix hakkında bana bilgi ver!"

"Gawain, sen iyi bir kurt adamsın! Hatta en iyilerinden, bunu her zaman söylemişimdir. Babanı da iyi bilirdim. Ne savaşçıydı ama! Babanın babasını da bilirdim. Kabileyle başının belaya girmesine her zaman üzüldüm. Benim tavsiyem…"

Gawain onun üzerine doğru fırlayınca konuşması yarıda kesildi. Fakat tüccara ulaşamadan büyük bir güçle arkaya doğru savruldu. Duvara çarptı. MacDoig ise oldukça sıcakkanlı bir şekilde gülümsüyordu.

"Gawain, Gawain!" dedi. Yüzü üzgün bir ifade aldı ve başını sallayarak devam etti: " Sende her zaman böyle anlık bir sabırsızlık vardı. Biliyorsun ki genç adam, MacDoiglerin birçok yerde değerli ticari ortakları var ve bir adam bu yerlerden birine gittiğinde iki şeyden birini alır. Ben, beni herhangi bir kurt insandan koruyacak bir tılsıma sahibim. Herhangi bir kurt insanın bana saldırmasını beklediğimden değil. Nihayetinde ben de MacRinnalchların iyi bir arkadaşıyım." Daha sonra yanındaki masadan bir şişe ve bir bardak aldı. "İçki içmeyeceğinden emin misin?"

Gawain hırladı ve 'hayır' anlamında başını salladı.

"Sanırım gitme zamanın geldi," dedi Tüccar sıcakkanlılıkla, hemen ardından kapıyı açtı. Bir süre sonra kıkırdamaya başladı. "Gawain! Tez canlı kurt!" Onun kötü bir sona doğru gittiğinden emindi. Gawain ile ilgili haberleri kime verse daha kârlı çıkardı acaba? Kurtların Hanımefendisine mi? Yoksa oğlu Sarapen'e mi? Belki ikisine de. MacDoig de her iyi iş adamı gibi müşterileriyle iyi geçinmeye çalışıyordu ve bunu yaparak kârlı çıkabiliyordu. Herkes için de en iyisi bu idi.

110

Ertesi gün Kalix, önceki akşam ne olduğu hakkında kafası biraz bulanık bir şekilde uyandı. Susamıştı. Çabucak giyindi ve alt kata indi. Oturma odasından geçerken Moonglow ve Jay'i, yerdeki bir yorganın altında sarmaş dolaş görünce çok şaşırdı. Hâlâ uyuyorlardı, ama her nedense rahat görünmüyorlardı. Kurt kız ses çıkarmadan ağır ağır ilerledi. Mutfaktan su aldı ve üst kata çıktı. Odasına girerken yandaki yatak odasının kapısı açıldı ve Daniel dışarıyı gözetlemeye başladı.

"Uyandılar mı?"diye fısıldadı.

"Hayır."

Daniel ayak parmaklarının ucunda yürüyerek koridordan geçti ve Kalix'in küçük odasına girdi.

"İyi," dedi. "Moonglow uyanmadan evden çıkacağım."

"Neden?" diye sordu Kalix.

"Dün geceki faciadan sonra birkaç saatlik bir dinlenmeye ihtiyacı olabileceğini tahmin ediyorum."

"Facia ne demek?"

"Her şeyin kötüye gittiği büyük bir felaket. Hatırlamıyor musun?"

"Hayır. Yanlış giden neydi?"

"Şey... Bir tanesi, Jay'in üzerine düşmendi."

Daniel, Kalix'in çantasına imalı imalı baktı. "Sonra şu kurt insanların gizemli bitkisel karışımlarının afyon ruhu olduğu ortaya çıktı. Söylentilere göre çok güçlü bir uyuşturucuymuş. Evet, Moonglow'un özene bezene hazırlanmış olduğu masayı devirip, yere nasıl düştüğünü hayal ederek utançtan yerin dibine girebilirsin Kalix."

Kalix'i üzdüğünü fark eden Daniel onu rahatlatmaya çalıştı.

"Endişelenme! Senin düşüşün, benim performansımla karşılaştırılamaz bile!"

"Sen ne yaptın?"

Utanma sırası şimdi Daniel'daydı. "Jay ile tartışmaya başladım ve neredeyse kavga çıkaracaktım!"

"Kavga mı çıkaracaktın?" Kalix çok şaşırdı. Çünkü Daniel'ın birileriyle kavga ettiğini hayal edemiyordu.

"Ciddi anlamda kışkırtıldım. Jay, Motorhead'i eleştirdi. Bu evde bunu yapamazsın, özellikle de ben elma şarabı içerken! Onunla kavga etmeye gerçekten niyetim yoktu. Sadece bir süre sözlü olarak ona sataştım..."

Kalix anlayışlı bakışlarla Daniel'e baktı. "Bunların hepsi Moonglow'a aşık olduğun için mi?"

"Bunu nasıl anladın?" diye bağırdı Daniel. Heyecanlanmıştı.

"Her şey apaçık ortada!"

"Öyle mi? Galiba öyle. Belki de gerçek nedeni budur. Ama Jay'i sevmeyen sadece ben değilim. Malveria da onu sevmiyor. Astroloji ile ilgili tartıştılar. Jay daha sonra Stonehenge hakkında saçma sapan konuşmaya cüret ettiğinde, Malveria adam akıllı ona dersini verdi. Malveria'yla Stonehenge hakkında tartışamazsın. Çünkü onun annesi orayı inşa eden insanları tanıyor." Daniel durdu. Huzursuz görünüyordu. "O sırada bunların hepsi çok komik görünüyordu. Ama Moonglow'un pek hoşuna gittiğini sanmıyorum. Hiçbir kadın, erkek arkadaşına her yönden saldırıldığını görmek istemez."

"Neden alt katta uyuyorlar?"

"Çünkü Malveria, Moonglow'un odasında yatmayı kabul etti. Orada yatma teklifini Moonglow yapmadı. Malveria sadece yorgun olduğunu, Moonglow'un misafirperverliğini çok takdir ettiğini söyledi ve Moonglow'un odasına gitti. Jay de çok şaşırdı." Daniel daha sonra ayağa kalktı. "Üniversiteye iki saat erken gitmeyi planlıyorum aslında. Moonglow'u şu anda görmek istemememi takdir edersin."

Daniel odadan yavaş yavaş çıktı. Kalix, Daniel'ın elinden geldiğince sessiz bir şekilde merdivenlerden aşağı inip evden çıktığını duydu. Gülümsedi. Bir önceki akşam çok eğlenceli geçmiş gibi görünüyordu. Olayları tam olarak hatırlayamadığı için üzüldü.

'Ama şimdi afyon ruhu kullandığımı biliyorlar,' diye düşündü ve endişelenmeye başladı. 'Ayrıca Moonglow, Jay'in üzerine düştüğüm için bana kızacak. Daniel gibi yapıp bir süre için evden uzaklaşmalı mıyım acaba?' Bunun iyi bir fikir olduğuna karar verip, yırtık pırtık olmuş montunu giydi, çantasını omzuna astı ve evden sessizce çıktı. Gidecek hiçbir yeri yoktu, ama kayıklara bakarken ne kadar eğlendiğini hatırlayıp nehre doğru gitmeye karar verdi.

Kalix kuzeye doğru hızla yürürken etrafındakilerin ilgisini çekti, ama bu ilgi son zamanlardakinden çok farklıydı. İnsanlar hasta ve titremekte olan kızın kim olabileceğini merak ediyorlardı daha önce. Şimdi ise ona hayranlıkla bakıyorlardı. Hâlâ çok solgundu ama daha sağlıklıydı ve temizdi. İri siyah gözleri, muhteşem elmacık kemikleri ve inanılmaz uzunluktaki koyu renkli parlak saçlarıyla hırpani kent kıyafetlerinin yeni koleksiyonunu sergilemek için podyumda yürüyen genç bir model gibi görünüyordu. Kalix son derece güzeldi. Herkesin kabul ettiği ve bildiği gibi güzel bir aile olan MacRinnalch yönetici ailesinin en güzeliydi.

111

Avenaris Guildlerin onunla aynı bölgede dolaşma olasılığına karşı ihtiyatlı davranan Kalix, nehre doğru farklı bir yol izledi. Kuzeydoğuya döndü, kayboldu ve Londra Köprüsü'ne doğru yöneldi. Şimdi vakit öğleni geçiyordu. Şiddetli bir yağmur başladı. Montunu üzerine iyice çekti ve güneş gözlüklerini taktı. Uygunsuz zamanlarda gözlük takmayı her zaman sevmişti.

Nehirden yüz metre uzaklıkta durdu ve havayı kokladı. Kurt insanların kokusunu alabiliyordu. Bu kimdi? Uzun süredir kokusunu almadığı birisiydi. Havayı yeniden kokladı. Birden fazla kurt insan vardı. Sokaklar çok kalabalıktı. Doğru dürüst ayırt edemeyeceği kadar fazla koku vardı. Saklanarak yürümeye çalıştı. Londra Köprüsü'ne yaklaşınca ve kokular belirginleşmeye başlayınca şaşkınlık içinde algıladığı kokunun kuzeni Dominil'e ait olduğunu fark etti. Kuzeni burada ne yapıyor olabilirdi?

Kalix olduğu yerde durdu ve geri dönüp dönmemeyi düşünmeye başladı. Dominil daha önce onu hiç takip etmemişti. Ama başka hangi sebepten dolayı burada olabilirdi ki? Onu Kalix'in annesi göndermiş olabilirdi. Sinirlendi, tam dönmek üzereydi ki, diğer kurt insanların kokusunu da tanıdı. Butix ve Delix. Kalix onları sevgiyle hatırlıyordu. Onlar da kalede her zaman sorun yaratmışlardı. Kalix'e viskiyi ilk tattıran onlardı. Kalix, Beauty ve Delicious'ın onu takip etmeyeceğinden emindi. 'Belki de,' diye düşündü, 'kabileden kaçmışlardır ve şu korkunç beyaz kurt Dominil de onlara saldırmak için buraya gelmiştir.' Dominil, Kalix'i her zaman aşağılamıştı. Kalix onun hakkında kötü olan her şeye inanabilirdi. Hızla yürüdü. Beauty ve Delicious'ı, Dominil'in uğursuz pençelerinden kurtarmaya hazırlandı.

Kalix yıkık dökük binalarla dolu küçük bir arka sokak buldu. Bir müteahhidin şantiyesi, tahta duvarlardan yapılmış bir kafe ve bakımsız birkaç boş dükkân vardı. Beyaz bir karavanın arkasına saklandı ve yakınında eşya taşımakta olan birkaç genç adamın binadan çıkışını merakla izledi. Adamlar eşyaları arabaya yüklediler. Kalix onların konuşmalarının birazını duymayı başardı.

"Şu beyaz saçlı manyak bize hiç nefes aldırmıyor!"

"Tam bir deli! Onu tımarhaneye kapatmalı!"

"Hey, söylenme!" dedi üçüncü adam. "Bizi stüdyoya geri

getiren o, değil mi?"

Arabada giderlerken konuşmalarının geri kalanı duyulmadı. Müzisyenlerdi ve Dominil onlara yardım ediyordu. Kalix yağmurun altında, kaldırımın üzerinde durarak içeriye girip girmemeyi düşünüyordu. Belki de Beauty ve Delicious'ı görmek iyi olurdu. Kalix' kaledeyken ona viski vermiş olsalar da onların gerçekten çok iyi arkadaşlar olmadıklarını hatırladı aniden. Şu anda ona ilgi gösteremeyecek kadar kendi işlerine dalmışlardı. Eskiden haylazlık yapacaklarında ve Kalix onlarla beraber bir yere gitmek istediğinde, onun çok küçük olduğunu söyleyip onu kovarlardı.

Hava kararmaya başlıyordu. Kalix yıkık dökük binaları olan bu kasvetli sokağı sevmedi. Onunla konuşmak istemeyen bu üç kurt insanla karşılaşmak istemediğine karar verdi ve oradan ayrılmak için arkasını döndü. Fakat daha sonra peş peşe birkaç şey oldu. Kalix ilk önce Sarapen'in kokusunu aldı. Çatıların tepesinden dolaşarak gelmiş olan Sarapen Kalix'in önüne atladı. Şaşırmış görünüyordu.

"Kalix? Senin kokunu takip etmiyordum. Hatta kokunu hiç almadım bile!" Karanlık çökmeye başlarken Sarapen ona doğru bir adım attı. "Ama seninle karşılaşmak için bundan daha uygun bir yer olamazdı!"

Kalix kendini savunmaya hazırlandı, ama birkaç kamyonetin sokağa hızla girmelerinin yarattığı karmaşayla Kalix'in de Sarapen'in de dikkatleri dağıldı. Bir sürü adam, köpekleriyle birlikte bu araçlardan indi ve prova stüdyosuna yöneldi.

"Dominil," diye mırıldandı Sarapen. Dev bir kurda dönüştü ve prova stüdyosuna doğru hızlıca koştu. Kalix de kabilenin üyelerinin tehlikede olduklarını görünce, kurt insana dönüştü ve Sarapen'in yanında olduğunu unutarak onlara yardım etmek için hızla koştu.

O hengâmede iki kurt insan ön kapıda birbirleriyle çarpıştılar. Prova odalarına giden koridor, hırlayan köpekleriyle birlikte en uçtaki odaya doğru yönelen adamlarla doluydu. Korkunç bir kurda dönüşmüş olan kudretli Sarapen onların üzerine öfkeli bir şekilde atladı. Birini alıp havaya fırlatmadan önce, diğerini yakalayıp tıpkı bir çocuğun oyuncağı gibi önündeki iki adamın kafalarına çarptı. Arkalarından gelen bu saldırıya şaşıran avcılar, yüzlerini saldırganlara çevirirlerken çığlık attılar. Kalix dişlerini bir avcının boynuna geçirerek onun boğazını parçaladı. Yine aynı adamı bir kenara fırlattı ve diğerinin üzerine atladı. Savaş çılgınlığı üzerine çökmüştü. Koridorda ilerlerken önüne çıkan bütün avcıları vahşi bir öfkeyle ısırdı, pençeledi, tekmeledi ve yumrukladı. Parçalanmış bir yığın kanlı cesedi arkasında bırakarak prova odasının kapısına vardı.

Sarapen ordaydı. Dominil'in, saldırganların ağırlığı altında kaybolduğu prova odasına daldı. Vahşice direnen kurt kızı vurmaya çalışan silahlı adamlar ve bacaklarına asılıp hırlayan ve havlayan köpekler vardı odada. Kurda dönüşmemiş olan Beauty ve Delicious, gitarlarıyla saldırganlara vurmaya çalışıyorlardı. Boşuna uğraşıyorlardı. İkiz kardeşler geriye doğru sürüklendiler. Avcılar onları yakalamak için üstlerine atladılar. Kalix de prova stüdyosuna atladı. Bir avcının elindeki silahı parçaladı. Daha sonra pençeli ayaklarıyla bir diğer avcının suratını ezdi. Köpeklerden biri dişlerini onun bacağına geçirmeye çalıştı. Fakat Kalix onu çiğneyerek boynunu kırdı.

Sarapen, Dominil'in çevresindeki kalabalığı dağıtarak adamları duvara çarptı. O sırda iki el ateş edildi. Sarapen dişlerini ateş eden adamın boynuna geçirmeden önce, hafifçe eğildi. Onu öyle güçlü bir şekilde ısırdı ki, adamın başını neredeyse koparıyordu. Bu fırsatı değerlendiren Dominil ayağa kalktı. Beyaz renkli postu kanla lekelenmişti, ama Guildin adamlarını parçalayarak kendini yeniden kavganın içine attı. Adamlar geri çekilmeye başladılar; hiç beklemedikleri bir kurt saldırısıyla karşılaşmışlardı. Kalix, Sarapen ve Dominil'in vahşi ve hayvani öfkelerini tahmin etmemişlerdi. Kalix ikizlere saldıran avcıların işini bitirip, Sarapen ve Dominil ile çarpışan adamlara yöneldiğinde kavga çoktan sona ermişti.

Büyük odadaki manzara korkunçtu. Her yerde parçalanmış cesetler ve kan vardı. Dağılmış stüdyo eşyalarının arasındaki adamlar ve köpekler acı içinde inliyorlardı. Harap olmuş hoparlörler etrafa dağılmıştı. Dominil savaşın sonucunu incelemekle zaman kaybetmedi.

"Dışarı!" dedi. "Arabama!"

Beauty ve Delicious bu olaylardan dolayı şok olmuş gibi görünüyorlardı. Çünkü savaşa alışkın değillerdi. Dominil onları tuttu ve binadan dışarıya sürükledi.

"Hadi, sür!" dedi, ön koltuktaki Delicious'u dürterek. Delicious kontaktaki anahtarı çevirdi. Araba tıpkı bir yarış arabası gibi hareket etti. Guildlerin takviye güçlerinin yolda olabileceklerine dair herhangi bir belirti yoktu. Arabanın arkasında oturan Kalix kendini büyük ağabeyinden sadece Dominil'in ayırdığı uygunsuz bir pozisyonda buldu. Kurt insan olarak kalmıştı. Kavga etmeye hazırdı. Dominil beyaz kafasını ona doğru çevirdi

"Zamanında bir müdahale!" dedi sakin bir ses tonuyla. Daha sonra Sarapen'e döndü. "Seninki de zamanında bir müdahale, kuzen!"

Dominil, Kalix'i ve Sarapen'i birlikte görünce şaşırmış olsa da bunu belli etmedi ve Delicious'a stüdyodan en hızlı şekilde uzaklaşmak için sert talimatlar vermeye odaklandı. Nehrin güneyindeki bir yola geldiklerinde, Delicious'a yandaki bir sokağa dönmesini ve arabayı durdurmasını söyledi.

"Bizimle yolculuğun bu kadar, Sarapen."

Sarapen'in gümüş bir merminin sıyırıp geçtiği kolundan kan sızıyordu. Ciddi bir yara değildi, ama yine de acı veriyordu. Gümüşün neden olduğu bir yara, bir kurt insan için her zaman acı verici olurdu. Sarapen bunu önemsemedi, tekrar insana dönüştü ve Kalix'i inceledi.

"İyi dövüş, kardeşim! Tıpkı bir MacRinnalch gibi!"

'Bu savaş tuhaf bir tesadüftü,' diye düşünüyordu Sarapen. Kalix'i bulması için daha birkaç gün önce Douglas MacPheeleri göndermişti. Şimdiye kadar onu yakalamayı başaramamışlardı. Fakat Sarapen onunla karşılaşmıştı. Ama hissetmekte olduğu saygı Kalix'i bir tutsak olarak almasını engelliyordu. Kalix'le beraber karşı tarafla dövüştükten kısa bir süre sonra husumetini yeniden başlatamazdı. Ama kokusunu alamaması çok ilginçti. Bu bilgiyi MacPheeler'e bildirecekti. Sarapen, Dominil'e döndü. Uzun bir süre birbirlerinin gözlerinin içine baktılar, daha sonra Sarapen kapıyı açtı ve dışarıya çıktı. Dominil de umulmadık bir şekilde onun arkasından indi.

Arabadakiler duymasın diye, "Kuzen," dedi sessizce, "neden oradaydın?"

Sarapen cevap vermedi. Yağmur çok şiddetli yağıyordu, ama Dominil ve Sarapen'in arasındaki gerginliği yıkayıp silememişti.

"Beni mi takip ediyordun?" diye sordu Dominil.

"Hayır. Marcus'u arıyordum. Ama seni uyarıyorum, durum şimdi daha da kötüleşti, eğer Markus'u desteklemeye devam edersen sen de zarar görebilirsin."

Dominil'in yüzünde sert ve duygusuz bir ifade vardı.

"Benim için endişelenmene gerek yok. Durum neden daha da kötüleşti?"

"Markus danışmanım Mirasen'i öldürdü. Bunu ona ödeteceğim."

Sarapen eski sevgilisinin karanlık gözlerine baktı. Dominil'i savunmasız bırakacak kadar derin derin bakıyordu. İleriye doğru bir adım attı. Dominil geri çekilmedi. Üç kurt insan onların sadece birkaç adım ötelerindeydi. Bu şekilde birkaç dakika durdular. Sarapen daha sonra arkasına aniden dönüp, yağmurun içinde gözden kayboldu. Dominil de arabaya yeniden bindi.

"Sür!" diye emretti. "Çabuk ol! Bizi takip edebilir, ona güvenmiyorum!"

112

Thrix kaybettiği zamanın telafisi için uğraşıyordu. Milan ve New York'ta gerçekleşecek olan önemli gösteriler için asistanı Ann, Malveria'ya ait elbiselerin birkaçının tasarımını başka tasarımcılara vermeyi önerdi. Ama Thrix bunu reddetti.

"Malveria'nın işlerini başkasına veremem. Bu tam bir çılgınlık olur. Üstelik geçen seneden bu yana Malveria'nın parası beni ayakta tutuyor. Eğer o olmasaydı, ben buralara kadar gelemezdim. Her şeyi ona borçluyum."

Livia'nın beş yüzüncü doğum günü partisi için Ateş Kraliçesi'nin elbiseleri kusursuz olmalıydı. Bu parti, sosyal takvimin en önemli olayı olacaktı. Dört yüzüncü doğum günü kutlaması dillere destan olmuştu ve bu seferkinin ondan daha üstün olması için büyük bir çaba sarf ediliyordu. Bütün önemli kişiler orada olacaktı; demir elementlerinin sarayındaki kadınlar bile bu partiye katılacaklardı. Geçen akşam Prenses Kabachetka'nın yeniden üstünlük kuracağı düşüncesiyle Malveria'nın gözleri dolmuştu.

"O gün eğer benden daha iyi giyindiğine karar verilirse ben kesinlikle ölürüm!" demişti Malveria. Gözlerini küçük bir mendille kurulamıştı. "Benim muhteşem tarzımı kıskanan bir sürü kıskanç element var. Hiyasta Krallığı'nda moda öncüsü olmak kolay değil, sevgili Thrix. Çünkü kıskançlık her köşede pusuya yatmış. Eğer kıyafetlerim kötü olursa Zalim Apthalia benim zayıf kıyafetlerim hakkında dedikodu yapmaktan büyük bir mutluluk duyacaktır."

"Zalim Apthalia bütün zamanını sessiz yollardaki yalnız yolcuları tuzağa düşürmeye çalışarak geçirmiyor mu?" diye sormuştu Thrix.

"Artık eskisi kadar değil," diye cevap vermişti Malveria. "Bugünlerde modayla daha çok ilgileniyor. Siğillerini temizletip, burnunu düzelttirdiğinden ve kurbanlarının cesetlerini soymak yerine *Dior*'dan kıyafet almaya başladığından beri itiraf etmeliyim ki, o kadar da kötü görünmüyor. Ama berbat bir dedikoducudur. Alevlerin yok edici Leydisi Düşes Gargamond, iki ayrı kurban töreninde, uygun ayakkabılar ve çantayla birlikte aynı turkuaz renkli elbiseyi giydiğinde, Zalim Apthalia daha gün bitmeden bunu bütün krallığa yaymıştı. Zavallı Düşes Gargamond! Utanç içinde kalesine kapanmak zorunda kaldı ve o zamandan beri bir daha eskisi gibi olmadı."

"Anlıyorum," demişti Thrix. "Bu durum son zamanlardaki davetlere neden karşılık vermediğini açıklıyor. Hayranlarının nasıl üzüldüklerini anlayabiliyorum."

"Kesinlikle öyle!" diye onaylamıştı Malveria. "Ama Düşesi kim suçlayabilir ki! Elbiseleri milletin dilinde dalga konusu olmuşken, yok edici alevlerle ilgilenmesi için gönderilen davetlere cevap veremezdi. Bu çok normal."

Thrix en son yaptığı çizimleri Anne gösterdi. "Malveria için bu elbiseye ne dersin? Yani at arabasında giderken giymesi için bunun gibi koyu mavi renkli ve resmi bir mont, gecenin başlangıcı için de böyle bir elbise?"

"Bu çok güzel bir elbise, ama Malveria daha cesur bir şey isteyecektir."

Thrix başıyla onayladı. Thrix'in zevkiyle Ateş Kraliçesi'nin dramatik dekolte beğenisini birleştirmek her zaman büyük bir problem olmuştu.

"Onu ikna edebileceğimi düşünüyorum. Gece boyu sürecek olan karnaval için bunların üzerinde çalışıyorum."

Büyücü Livia'nın doğum günü partisi beş gün sürecekti. Büyücü'nün doğum süreci beş gün sürdüğü için bu uygun görülmüştü. Dolayısıyla Malveria'nın bir sürü elbiseye ihtiyacı olacaktı. Ann, Thrix'in karnaval gecesi için olan tasarımlarını beğendi. *MTV Ödül* programına çıkan genç bir pop star tarafından giyilebilecek altın renkli kısa bir etek ve boyundan bağlamalı bir bluz.

"Bunu sevecek!"

"Ben de öyle düşünüyorum. Malveria son üç aydır plates yapıyor. Düz karın kaslarını göstermeye çok hevesli. Heidi Klum'ın rejim kitabını okuduğundan beri çok sıkı çalışıyor."

Malveria'nın yaklaşık yirmi ayrı elbiseye ihtiyacı olacaktı. Thrix'in başlıca görevi buydu. Kendi programın gerisinde kalmıştı. İş gününün sonunda Ann ile birlikte kaçırmayı göze alamayacağı bir defileye önce, sadece birkaç dakikalığına sandviç yemeye vakti olmuştu. Koltuğuna yerleştikten sonra etrafına bakınırken Donald Carver'ın da seyirciler arasında olduğunu fark etti.

"Sonuncu berbat flörtüm," diye fısıldadı Ann'in kulağına. Thrix şüphelenmişti. "Aramızı yeniden yapmaya mı çalışıyorsun?"

"Hayır. İstesem de yapamam zaten. Yüzüne gözüne bulaştırmışsın."

Defileden sonraki içecek partisinde Thrix, Donald Calver'la iletişim kurmaktan kaçınmaya çalıştı. Ama her dönüşünde onunla yüz yüze geliyordu. Utandığını hissetti birden; Donald'ın *Cosmopolitan*'ın yeni editörüyle kurduğu yakınlık durumu daha da kötüleştirdi. Thrix, Ann'le birlikte barın yanına toplanmış bir grup Japon müşterinin arkasına sığındı.

"Ne zaman bir adım atsam onunla karşılaşıyorum."

"Endişelenme," dedi Ann. "Zaten onu çok sevmemiştin."

"Ne alakası var? Donald beni hiç aramadı. Araması gerekirdi. Kötü bir akşam yemeği yaşamış olsa da her kadın en azından bir kere aranmayı hak eder. Beni hiç aramayan bu adam şimdi yeni flörtüyle etrafta gezerken, ben burada tek başıma duruyorum. Ben, *Thrix MacRinnalch ile çıkmayın! O tam bir zaman israfıdır* yazan bir pankart taşısam tam yeridir."

Thrix önünden geçen bir garsonun elindeki tepsiden bir bardak şarap aldı ve hızlı bir şekilde onu içti. Daha sonra ne tür viskiler var diye bakmak için bara doğru yürüdü.

"Bu yerlerde iyi viski bulamazsın!" diyerek asistanına yakındı.

"Sanırım, bu çevrede içki servisi isteyen İskoç kurt insanlarından fazla katılımcı yok," dedi Ann.

Eve gitmek için taksiye bindiğinde, Thrix'in keyfi kaçmıştı. Yoğun bir şekilde çalışmanın gerginliği, ailesiyle uğraşmanın siniri ve Donald ile karşılaşmasının utancı... Bunların hepsi birleşti ve alkol almasıyla şiddetlenen sinir bozukluğuna büyük bir katkıda bulundu. Defiledeki koltuğu rahatsızdı. Thrix defileye gittiği için de pişman oldu. Parmaklarıyla dizinin üzerinde tempo tuttu. Milan ve New York'ta başarı kazanacaktı. Belki de bundan sonra hak ettiği saygıyı görebilecekti.

Thrix nerede olduklarının farkına vardı ve şoföre taksiyi durdurmasını söyledi. Parayı ödedi ve taksiden indi. Yüzünde beliren kindar bir ifadeyle çevresine bakındı. Hava soğuktu ve bardaktan boşalırcasına yağmur yağıyordu. Ama

Thrix havanın durumuna aldırış etmedi. Oxford Sokağı'nın tam güneyindeki bu küçük sokak, Zatek'in ofisinin olduğu yerdi. Saat gecenin ikisiydi. Sokakta, altında bir kartonla kirli bir battaniyeye sarılmış, kapının önünde uyuyan bir serseriden başka hiç kimse yoktu. Thrix çevresindeki karanlık binalara bir göz attı. Aradığı yeri hemen buldu. Binaların bir tanesinden büyü yayılıyordu. Gözlerini kıstı, yüksek topukları kaldırımda tıkırdaya tıkırdaya binaya doğru ilerledi. Demek Zatek, Büyücü'nün tasarımlarını çalabileceğini düşünüyordu. Ne büyük bir hata!

Thrix binanın önünde durdu. Bina bir büyüyle korunuyordu. 'Çok küçük bir büyü,' diye düşündü Thrix. Kendi büyüsüyle onu incelemeye çalışıyordu. Zatek'i Thrix MacRinnalch'ın gazabından tam anlamıyla koruyacak kadar yeterli bir büyü değildi. Sonuç olarak Thrix bir kurt insandı, aynı zamanda da bir büyücü ve şu anda sinirleri gerçekten çok bozuktu. Zatek gerçek bir büyücünün gücünü öğrenecekti. Thrix ıslak saçlarını arkaya attı. Sonra Zatek'in büyülü bariyerini kırmak için bir büyü mırıldandı. Thrix'in kullandığı büyü güçlü bir büyüydü ve bu büyü Zatek'in ofisinde öyle bir yıkıma yol açtı ki, Zatek bir daha Büyücü'nün işlerine burnunu sokmaya cesaret edemeyecekti. Parmak uçlarından çıkan bir enerji dalgası binaya doğru ışık saçarak yayıldı. Thrix kahkaha atmaya başladı. Bu, Thrix'in kendini iyi hissetmesini sağladı. Bunu daha önce yapmalıydı.

Enerji dalgası ani bir şekilde duvardan sekti ve Thrix'e çarptı. Thrix bütün bir yol boyunca savrulmaya başladı ve karşıdaki kaldırıma düştü. Bayılmıştı. Vücudunda mavi renkli kıvılcımlar titreşiyordu. Altın sarısı saçları çevresine yayılmış, hareketsiz bir şekilde yağmurun altında yatıyordu şimdi. Bir sonraki sokakta, gecenin bu saatinde dışarıda olanlar, yayılmakta olan ışığı görünce şimşek çaktığını düşündüler. Montlarını üzerlerine iyice çekerek ellerinden geldiği kadar hızlı adımlarla evlerine koştular.

113

Daniel'ın da tahmin ettiği gibi Moonglow'un keyfi yerinde değildi. Oturma odasının zemininde Jay'in yanında uyandığında her yeri tutulmuştu, üşümüştü ve dünkü olaylardan dolayı çok üzülmüştü. Gece çok iyi başlamıştı, ama Kalix'in tökezleyerek Jay'e çarptığı andan itibaren her şey berbat bir şekilde ters gitmeye başlamıştı. Ayakta duramayan uyuşturucu bağımlısı bir kızın evde olması yeterince kötüyken, Daniel neden Motorhead hakkında aptalca bir tartışma başlatmakta ısrar etmişti ki? Daniel'ı müzik takıntısı oldukça komikti, ama bunu Jay'e saldırmak için kullanmasının bağışlanacak bir tarafı yoktu. Ayrıca neden Malveria ve Thrix gelmek için o anı seçmişlerdi? Ateş Kraliçesi, Jay'i pek sevmemiş gibi görünüyordu. 'Ama bu, onun Stonehenge teorileriyle dalga geçmesi için bir neden değil,' diye düşündü Moonglow. Çok kızgındı. Hepsinden de kötüsü, Malveria'nın beklenmedik bir şekilde geceyi Moonglow'un yatağında geçirmek istemeye karar vermesiydi. Jay'in sorgulayan bakışlarına karşılık Moonglow, bu durumu, arkadaşı Jane'in biraz tuhaf olduğu ve kaprislerinin hoş görülmesi gerektiği şeklinde açıklayabilmişti.

"Onları başka bir zaman hoş göremez misin?" diye sormuştu Jay.

"Üzgünüm, ama yerde rahat edeceğimizden eminim."

Hayır, edememişlerdi. Moonglow elinden gelenin en iyisini yapmaya çalışmıştı; bunun çok romantik olacağını bile söylemişti. Ama Jay olaya bu açıdan bakmamıştı. Moonglow ona yaklaşmaya çalıştığında çok yorgun olduğunu söylemiş ve arkasını dönmüştü. Moonglow'un kızgınlığı çok uzun sürmedi. Çünkü bunu sürdüremeyecek kadar iyi huyluydu. Üniversitenin önünde otobüsten indiğinde neredeyse normal haline dönmüştü. Sümer metinlerinin çevirisi konusunda küçük bir öğrenci grubuna öncülük ederek seminerini verdi. Metin ilgi çekici değildi; temelde Ur Kralına ait olan topraklarda yetiştirilen ürünlerin bir listesiyd. Ama zor bir görev olmuştu. Öğretmeni tarafından tebrik edilince çok sevindi. King Koleji'nin bitişiğinde birkaç yıl önce onarılmış büyük bir Georgian binası olan Brettenham House vardı. Kıyıdaki küçük bir antrenin arkasına gizleniyordu, ama ziyaretçiler antreyi geçer geçmez çeşmelerle dolu muazzam bir avluya varıyorlardı. Bugün hava nemli ve soğuktu; mimari yapıları seyretmenin zamanı değildi. Fakat Moonglow, öğleden sonraki derslerinden önce biraz temiz hava almak isteyerek, seminerinden sonra oraya bir yürüyüş yaptı. Büyük avluda çok az insan vardı. Soğuktan titremeye başladı ve oturmamaya karar verdi. Geri dönmeden önce etrafta biraz yürüdü.

Avludaki sandalyelerin birinde bir serseri oturuyordu. Yaşlı değildi, ama kayıp ve umutsuz gibi görünüyordu. Kirli ve tıraşsızdı. Önündeki taşlı kaldırıma umutsuzca bakıyordu. 'Omzunda dünyanın yükünü taşıyan zavallı bir genç adam!' Evet, bakışlarından bu anlaşılıyordu. Moonglow onun için üzüldü. Eskimiş küçük cüzdanında para aradı.

Moonglow bu serserinin şu anda oldukça hırpani olsa da bir zamanlar oldukça şık olan bir takım giyiyor olduğunu fark etti. Saçları çok uzundu, birbirine dolaşmıştı ve kan lekesi olmuş gibi görünüyordu.

"Biraz para..." diye söze başladı Moonglow. Elindeki parayı verebilmek için onun ilgisini çekmeye çalışıyordu.

Serseri ona bakınca Moonglow bir adım geri çekildi. Neredeyse kaçacaktı, ama onun o kadar perişan bir hali vardı ki, kaçamadı.

"Markus?" dedi.

Markus doğrudan ona baktı, ama tanımadı. Moonglow ne yapacağını bilemeden orada öylece durdu. Gitmeliydi. Bu, Kalix'e vahşice saldırmış olan kurt adamdı. Ona güvenilemezdi, ama çok perişan görünüyordu.

"Markus? Ne oldu?"

Cevap vermedi. Moonglow onu orada bırakmalı mıydı, yoksa yardım mı etmeliydi, emin değildi. Çünkü ona neden yardım edeceğini de bilmiyordu. Kalix'in düşmanlarına bulaşmak aptallıktı. Yağmur şiddetlendi. Moonglow öylece geçip gidemeyecek kadar duygulandı. Güzel yüzü yara bere içinde kalmış, boşluğa umutsuzca bakarak tek başına bankta oturmakta olan Markus'un hali onun görmezden gelemeyeceği kadar acıklıydı.

"Yardıma ihtiyacın var mı?"

Cevap vermedi yine. Moonglow onun şokta olduğunu görebiliyordu. "Markus!" dedi bağırarak. "Sorun nedir?"

"Talixia!" Çekmekte olduğu acı, Markus'un yüz hatlarından anlaşılabiliyordu.

Moonglow, Talixia'nın ne anlama geldiğini bilmiyordu. Gördüğü kadarıyla da Markus'un yaraları çok ciddi değildi. Eğer onu evine götürebilirse Markus dinlenebilir ve iyileşebilirdi. Moonglow kurt insanların iyileşebilme gücünü daha önce görmüştü zaten.

"Nerede yaşıyorsun?"

Markus cevap vermedi. Moonglow yağmurun altında yeterince kalmıştı. Bu yüzden Markus'un elinden tuttu ve onu kibar bir şekilde ayağa kaldırdı. Markus ona karşı çıkmadı. King Koleji'ne, alt kattaki erkek tuvaletlerinden birine gittiler. Moonglow, Markus'u eve götürmek zorunda kalacaktı muhtemelen. Ama Londralı bir taksi sürücüsünün, yüzünde kan olan bir yolcuyu arabaya almayı reddedeceğini biliyordu.

"Yüzünü yıka!" dedi, "sonra eve gidebilirsin."

Markus lavabonun önünde dilini yutmuş gibi duruyordu. Moonglow iç çekti ve çantasından bir mendil çıkardı. Başka bir kurt insanı yıkıyordu yine. Bu çok garipti. Markus'un yüzündeki pisliği ve kanı temizledi. Kurt adam hiçbir şekilde tepki vermiyordu. Ama şimdi daha iyi görünüyordu. Üzerindeki yırtılmış takımla çok hoş değildi tabi, ama bir taksi şoförünün almayı reddedeceği kadar da kötü değildi.

"Şimdi," dedi Moonglow, "cüzdanını kontrol edeceğim. Çılgınca bir şey yapma!"

Markus'un ceketini yokladıktan sonra onun cüzdanını buldu.

"Yaşadığın yer burası mı?"

Markus başıyla onayladı.

"O zaman hadi, gidelim."

Yoğun Londra trafiğinde yavaş yavaş yol alırlarken, Moonglow bunu neden yaptığını düşündü. Ama nedenin tam olarak açıklayamıyordu. Taksi onları Bayswater'da indirdi. Moonglow, Markus'u apartmanının alt katındaki kapıya doğru götürdü. Anahtarlar için ceplerini karıştırmaya başladığı anda iki adamla karşı karşıya geldi. İkisinin de saçları koyu renkliydi ve ikisi de MacRinnalchlara benziyordu. Şimdi de Moonglow'a şüpheli şüpheli bakıyorlardı.

"Sen kimsin?"

"Onu bir bankta otururken buldum," diye cevap verdi Moonglow. Adını vermek istemiyordu.

"Onu buradan götüreceğiz!"

Moonglow koruma içgüdüsüyle Markus'un önüne geçti.

"Neden? Sen kimsin?"

"Gregor MacRinnalch," dedi adamlardan biri. "Markus için çalışıyorum."

Markus yavaş yavaş kendine gelerek bitkin bir şekilde konuşmaya başladı: "Her şey yolunda! Gregor'u tanıyorum. Bana göz kulak olacaktır. Yardımın için teşekkürler."

Sözlerini bitirdi ve Gregor'un eşliğinde oradan ayrıldı.

Moonglow onun içeriye götürülüşünü izledi. Koleje geri dönmek için taksi parası kalmadı. Bu yüzden en yakındaki metro istasyonuna yöneldi. Öğleden sonraki ilk İngilizce dersini kaçırmıştı, ama eğer acele ederse diğerine yetişebilirdi.

114

Thrix ofisinde uyandı. Gawain onun yanı başında duruyordu.

Thrix şaşırdı ve ayağa fırladı. "Ne oldu?"

"Seni sokakta baygın bir hâlde buldum ve buraya getirdim."

Thrix yaptığı o büyüyü hatırladı. Büyünün Zatek'in binasından sektiğini ve korkunç bir güçle kendisine geri döndüğünü çok iyi hatırlıyordu. Sihirli koruyucu gücü olmasaydı ölebilirdi. Zatek'in gücünü hafife almıştı. Bu, daha sonra endişelenmesi gereken bir şeydi. Şimdi Gawain'e odaklanması gerekiyordu.

Thrix'in elbisesi mahvolmuş, saçları da çamura bulaşmıştı. Birkaç küçük yara bere dışında ciddi bir şeyi yoktu. Ama Gawain'in onu bu şekilde görmesi aşağılayıcıydı.

"Beni takip mi ediyordun?"

"Hayır. Zor durumda olan bir kurt insanın kokusunu aldığımda şehirde dolaşıyorum. O da sana denk geldi."

"Tuhaf bir rastlantı!" dedi Thrix. Şüpheleri vardı.

"Belki de gerçekten tuhaf!"

Thrix nankörce davrandığının farkına vardı. Gawain'in onu sokaktan alması ve güvenli bir yere taşıması çok nazik bir davranıştı. Soğuk bir ses tonuyla teşekkür etti ve dolabındaki MacRinnalch viskisini getirdi. Büyük bir bardağa viski doldurdu ve Gawain'e içip içmeyeceğini sordu. Gawain içki teklifini kabul etti. Büyücü'ye ne olduğunu sormadı; bu onu ilgilendirmiyordu. İmalı bakışlarla Thrix'e bakıyordu sadece.

"Seni yeniden ziyaret etmeyi amaçlıyordum."

"Kalix ile ilgili sanırım."

Thrix bu akşam yaşadıklarından sonra sorguya çekilmekten memnun olmamıştı. Büyü yapıp yapmamayı düşünüyordu. Eğer büyü yaparsa Gawain bir kere daha soru sorma cesaretinde bulunmayabilirdi. Vazgeçti. Yorgundu çünkü. 'Cehenneme kadar yolun var,' diye düşündü. 'Kalix'in nerede olduğunu bilsin ya da bilmesin, umurumda değil. Annem bunu halledebilir. Çünkü bütün bunlar onun ilgi alanına giriyor.' Viskisini bitirdikten sonra bir bardak daha doldurdu. Elindeki MacRinnalch viskisi son zamanlarda yaşamakta olduğu stresten dolayı azalıyordu. Bu kadar stresli olmayı bırakacaktı ya da daha muhtemel olanı, annesinden bir kasa daha göndermesini isteyecekti.

"Gawain, benden bilgi almanın imkânı yok, belki beni öldürene kadar usandırman gerekecek. İstersem seni küçük bir kül yığınına dönüştürüp odamdan gönderebilirim. Ama doğru söylemek gerekirse, ben bununla uğraşamam. Sanırım beni kurtardığın için sana borçluyum. Eğer Kalix'i görmek istiyorsan, ki bu çok güzel, git ve onu gör. Bunun sonucu felaket olacak, ama zaten bu benim problemim değil."

Konuşmasını bitirdikten sonra Gawain'e Kennington'daki adresi söyledi. "İki öğrenciyle birlikte yaşıyor. Onlara zarar verme sakın. Çünkü Kalix'e çok iyi bakıyorlar."

Gawain başıyla onayladı. Ofisten çıkarken bir anda durdu ve masanın üstündeki çizimlere baktı.

"Sen çok iyi bir sanatçısın, Thrix MacRinnalch!" dedi, hemen ardından da gözden kayboldu.

'İltifat için uygunsuz bir zaman,' diye düşündü Thrix.

Belki de bu, yardım için Gawain'in teşekkür etme yöntemiydi. Hâlâ çok genç ve biraz daha yontulmaya ihtiyacı olsa da onun içinde bir centilmen vardı.

Thrix kendi evine gidemeyecek kadar yorgundu. Islak elbiselerini çıkardı ve askıdan bir mont aldı. Montu bir battaniye gibi kullandı ve katlanmış bir ceketi de yastık yaptı. Ofisinde geçirdiği ilk gece değildi bu. Uykuya dalmadan önce eski öğretmeni Minerva MacRinnalch'ın bu yaşananlar için nasıl bir yorumu olurdu diye merak etti. Thrix büyü işini ilk olarak Minerva'dan öğrenmişti. Neredeyse altı sene kadar onunla çalışmıştı. O günden bugüne çok şey öğrenmişti. Ama bildiği her şeyin temeli Minerva'dan geliyordu. Thrix büyü yoluyla hiçbir zaman önemsiz intikamlar almaması tavsiyesini hatırladı. Bu tavsiye, "Eğer önemsiz bir intikam almaya karşı koyamıyorsanız, o zaman doğru yaptığınızdan emin olun," diye devam ediyordu. Thrix , Minerva'nın öğrencisinin bir su birikintisi içinde baygın yatmasına ne diyeceğini düşününce ürperdi. Neyse ki, Minerva çok uzak bir dağ başına gitmişti ve bugünlerde dünyaya nadiren iniyordu.

Büyücü, kurda dönüştü. Gücünü yenileyecekti ve sabaha kadar iyi olacaktı. Ailenin diğer üyelerinden çok daha fazla sevdiği öğretmeninin düşüncelerini hatırlayarak uykuya daldı.

115

Evlerine dönen ikizlerin keyfi yerindeydi. Tehlikeli bir gün atlatmışlardı. Şimdi güvendeydiler. Hiçbir kurt insan uzun süre Avenaris Guldlerin saldırısı üzerinde durmayacaktı. Dominil düşünceliydi. Bütün yol boyunca konuşmadı. Kalix gergin olsa da hepsiyle karşılaşmaktan memnun olmuştu. Onu İskoçya'ya geri sürüklemeye çalışmayan ailesinin fertleriyle karşılaşmak tuhaftı aslında. Dominil'in ikizlerle ilgileniyor olması da şaşırtıcıydı. İkizler aileden kovulmuşlardı. Muhtemelen onlardan nefret etmiyorlardı ve Kalix gibi aranmıyorlardı. Ama kovulmuşlardı işte. Arada geçen konuşmalardan onların bir grup kurduklarını anladı. Gitar çalıyorlardı ve şarkı söylüyorlardı ve yakında star olacaklardı. Neşeli ve ataktılar. Kalix onlara karşı hayranlık duyduğunu hissetti. Biraz da kıskandı. Onlar özgürdüler ve ne isterlerse onu yapıyorlardı. Aile onları kovalamıyordu ve yaşamak için kendi evleri vardı. Hiçbir zaman dar sokaklarda saklanmak zorunda değildiler. Dışarıya çıkıp arkadaşlarıyla birlikte içmekten bahsediyorlardı. Kalix parlak renkli saçlara bakarak onların iyi bir hayatları olduğunu söyleyebilirdi. Kendini onlardan çok küçük ve çok değersiz hissetti birden. Kurdukları grubun ismini sorarken sesi şaşırtıcı derecede zayıf çıktı. Zaten trafikten dolayı hiç kimse onu. Kalix cevap alamayınca kendini aptal gibi hissetti. Sorusunu tekrar edemeyecek kadar utangaçtı. Onlarla birlikte Camden'e geldiği için pişmanlık duyuyordu. Kendisine ne ile uğraşmakta olduğunu sormalarından ödü kopuyordu. Bir saat önce onları korumak için vahşice savaşmış olduğu gerçeğini unuttu. Çünkü ikiz kardeşler, kurt insanların kavgası hakkında hiçbir şey konuşmuyorlardı. Şarkı sözleri, hoparlörler ve sahnede giyecekleri yeni parlak kıyafetler hakkında konuşuyorlardı ve rakipleri olan erkek grubunu nasıl alt edeceklerinden bahsediyorlardı. Bunların hepsi Kalix'in hayatından daha da ilginç görünüyordu. Beauty ve Delicious evlerine vardıkları zaman arabadan indiler ve evlerine doğru yöneldiler. Kalix ise olduğu yerde kaldı.

"İçeriye gelmek ister misin?" diye sordu Dominil.

"Bilmiyorum," diye mırıldandı Kalix.

"Bilmiyorum da ne demek?"

"Pekâlâ," dedi Kalix ve onu takip etti.

Dominil kavgadan hiç bahsetmemişti. Kız kardeşlerin saldırıya uğradıklarında kurda dönüşmedikleri tuhaf durumdan da bahsetmemişti. Kalix bunu merak ediyordu. Kardeşlerin, avcılarla neden insan olarak yüzleşmeyi tercih etmiş olduklarını anlayamıyordu. Onlar çok daha güçlü kurt insanlar olmalıydılar.

Ev temizdi. Temizlikçiler iyi bir iş çıkarmışlardı. Beauty ve Delicious evi yeniden dağıtmamak için şaşırtıcı bir şekilde dikkatli davranıyorlardı. Eğer evi dağıtacak olurlarsa Dominil dırdır edecekti. Bu, Dominil ile olan ilişkilerinin dezavantajlarından birsiydi. İntikam almak için onunla ilgili şarkılar yazıyorlardı. Beyaz saçlı aksi sürtük çoktan tamamlanmıştı ve aptal kurt fahişe ona eşlik ediyordu.

"Grubunuzun adı ne?" diye sordu Kalix yeniden.

"Nefis Şekerli Aperatifler."

"Güzel bir isim. Size yakışıyor."

İkizler onun fikirleriyle ilgilenmiyor gibi görünüyorlardı. Kalix sessizce oturdu ve düzenli bir şekilde askılara sıralanmış olan gitarlara, raflardaki dev CD koleksiyonuna, müzik dergilerine ve gazetelere baktı. Dominil kendi işine dönmüştü bile.

"Başka bir prova stüdyosu bulacağım. Tercih ettiğiniz bir yer var mı?"

Beauty ve Delicious daha önce bulundukları bütün prova stüdyolarını, hangilerini sevdiklerini ve hangilerine girmelerinin yasak olduğu hakkında uzun bir sohbete başladılar. Hemen ardından mekânlar hakkında tartıştılar. Dominl onlara bir sahne bulmaya çalışıyordu hâlâ. Onların örnekleri için Dominil'in indirmekte olduğu yeni yazılımı tartışmaya başladıklarında, Kalix kendini tamamen dışlanmış hissetti. O da kurt insandı ve ailenin bir üyesiydi. Fakat müzisyenlerin ve menejerlerinin ona ayıracak vakitleri yokmuş gibi görünüyordu. Kalix söyleyecek ilginç bir şeyi olmayan, küçük ve sıkıcı bir kurt insan gibi hissediyordu kendini. Oradan gitmek istiyordu, ama bir "Hoşça kal" diyebilecek bir fırsatı bile bulamayacakmış gibi görünüyordu. Beauty ve Delicious biraz daha kahve yapmak için mutfağa gittiler. Dominil de onları takip etti. Bunu fırsat bilen Kalix evden çabucak çıktı ve kendi evine doğru yöneldi.

Morali bozulmuştu. İkizlerle karşılaşmak pek de eğlenceli olmamıştı. Dominil'i de hiç sevmiyordu zaten.

116

Verasa yeni Perugino'sunu keyifsizce inceledi. Onu geçen ay satın almıştı; İskoçya Ulusal Galerisi'ne orijinalini vermeden önce, bunun bir kopyasını almaya niyetliydi. Normalde bu, Verasa'yı tatmin etmeye yeterdi. İskoçya Sanat Konseyi, İskoçya sanatına yaptığı katkılarının onuruna iki yıl önce onun için bir yemek düzenlemişti ve bu da çok hoş bir anı olarak kalmıştı. Ne yazık ki, İngiltere'den gelen haberler, şu anda kendisini sanatsal zevklere veremeyeceği kadar kötüydü. Kız kardeşi Lucia, Markus'un oğluna saldırmasından dolayı çok öfkeliydi. Verasa, Talixia'nın ölümünden sonra Markus'un çılgına döndüğünü belirtmişti. Ama bu, Lucia'yı yumuşatmamıştı. Çünkü Lucia oğluna çok düşkündü ve Kurtların Hanımefendisi'ne kızgınlıkla belirttiği gibi, Talixia'nın ölümünden Decembrius sorumlu değildi.

Verasa saldırıdan sonra Markus'un kaybolmasıyla oldukça endişelenmişti. Yabancı genç bir kadın tarafından eve getirilmiş olduğu haberi gelinceye kadar kaygılı günler geçirmişti. Küçük oğluna karşı hâlâ öfkeliydi. Annesini habersiz bırakmaması gerekiyordu. Markus'un Talixia için çok üzgün olduğunu anlayabiliyordu, ama bu, kontrolünü kaybetmesi için bir neden değildi.

Dominil prova stüdyosunda olanları anlatmıştı. Tuhaf bir hikâye! Kalix ve Sarapen ile üstesinden gelinen bir saldırı! Dominil onların stüdyo dışında şans eseri karşılaşmış olduğuna inanıyordu. Kalix'le karşılaşmış olan Sarapen şimdi onu takip edecekti, Verasa bundan çok emindi. Rainal'a danıştı. Viskisini yudumladı ve o gün öldürülmüş olan bir erkek geyiğin etinden yiyerek, gecenin geç saatlerine kadar onunla beraber oturdu.

"Markus, Misasen'i öldürdüğüne göre, Sarapen ne yapacak?" diye sordu Rainal.

"Markus'u öldürmeye çalışacak. Sarapen bunu adil bir intikam olarak görecektir ve kabile geleneklerine göre haklı çıkacaktır."

"Talixia'nın ölümünden o sorumluysa haklı olamaz."

"Doğru. Ama bunu kanıtlayamayız."

Verasa kendi topraklarındaki kurt adamları Markus'un yanında kalmaları için Londra'ya göndermişti.

"Büyük Konsey'in bir sonraki toplantısına sadece iki hafta kaldı," dedi Ranial. "Muhtemelen çok ilginç bir toplantı gerçekleşecek!"

"Seninle aynı fikirdeyim. Toplantıyı ertelemeyi düşünüyorum."

Rainal karşı çıktı. "Toplantı ertelenemez!"

"Kabileye vekâlet eden lider benim. Kabile Lideri istisnai durumlarda toplantıyı erteleyebilir. Bunun örnekleri var."

"Ama sadece savaş zamanlarında."

"Bir savaşın içine girdik zaten."

Rainal bundan hoşlanmasa da Kurtların Hanımefendisi ısrarcıydı.

"Daha fazla zamana ihtiyacım var. Dominil'in de daha fazla zamana ihtiyacı var. Lucia'nın oyunu değiştirmesi riskini göze almak istemiyorum. Decembrius'a yapılan saldırının kızgınlığını unutmasını beklemek çok daha iyi olur."

117

Kalix yağmurun altında yorgun argın bir şekilde eve yürüdü. Hiç parası yoktu. Bu yüzden Camden'den Kennington'a kadar nehirden kasabaya doğru giden bütün yolu yürümek zorunda kaldı. Bir ara biletsiz bir şekilde metroya binmeyi denemeyi düşündü, ama bundan vazgeçti. Biletleri kontrol edecek memurdan kaçacak gücü kendinde bulamıyordu.

Kavgadan sonra biraz gururlanmıştı. Ama şimdi bu gurur yok olmuştu ve morali bozuktu. Beauty, Delicious ve Dominil ile karşılaşmak duygularını incitmişti. Eve varmak için can atmıyordu. Jay'e çarptığı için Moonglow'un ondan nefret ettiğini düşünüyordu. Evden atılacaktı büyük bir olasılıkla. Eğer defteri ve kasetçaları olmasaydı eve dönme gereği duymazdı. Moonglow'a bu kadar mantıksız olduğu için ve kendine de insanlarla arkadaşlık kurduğu için lanet etti. Ama kurt insanlarla da daha iyi geçindiği söylenemezdi. Dominil onunla neredeyse hiç konuşmamıştı. İkizler onun bir aptal olduğunu düşünüyorlardı muhtemelen.

Kalix bir daha hiç yemek yemeyebileceği düşüncesiyle kendisini neşelendirmeye çalıştı. Bu, bir süre işe yaradı, ama nehre ulaştığında depresyonu kaygıya dönüşmeye başlıyordu. Afyon ruhunun yanında olmasını diledi. Yağmurun altında yavaş yavaş yürüdü. Nihayet Kennington'a vardığında, Daniel'ın onun için yaptırdığı yeni parlak anahtarını aldı ve elinden geldiğince sessiz bir şekilde kapıyı açtı. Moonglow içeride değildi. Daniel ise televizyonun önündeki kanepede oturuyordu.

"Hey, Kalix! Eve geldiğine sevindim."

Kalix şaşırdı. "Öyle mi?'

"Evet, öyle. Çok berbat bir gün geçirdim."

"Moonglow beni evden atacak mı?"

"Ne?" Daniel gülmeye başladı. "Tabii ki hayır. O kadar delirmedi henüz. Moonglow'un siniri çabuk geçer. Daha iyi bir akşam geçirmek için Jay'in evine gitti. Bu, onu neşelendirecektir."

"Ohh!"

"Saçlarını kurulasan iyi edersin," dedi Daniel.

Kalix odasına çıktı ve biraz afyon ruhu içti. Alt kata inmeden önce sırf Daniel söylediği için saçlarını bir havluyla kuruladı.

"Moonglow'un benim gitmemi istemediğine emin misin?" diye sordu.

Daniel tekrar gülecekti, ama Kalix'in bu yüzden çok endişelendiğini görünce onu rahatlatmaya çalıştı.

"Kafana takma! Moonglow seni seviyor."

"Gerçekten mi?"

"Tabii ki! Seni sevmediğini nasıl düşünebildin?"

"Beni kimse sevmez ki!"

"Biz seni çok seviyoruz."

Kalix buna inanmakta zorlandı.

"Neden?"

Daniel omuz silkti.

"Senin gibi canlı, küçük bir kurt kızı kim, niye sevmesin?"

"Canlı" kelimesi o kadar beklenmedik ve uygunsuzdu ki, Kalix gülmeye başladı. Daniel'a onu sevdiğini söylemek istedi, ama böyle bir şey söylemek çok tuhaftı.

"Bugün üniversitede iyi vakit geçirdin mi?" Söyleyebileceği en iyi şey buydu.

Daniel'ın suratı asıldı ve kanepeye çöktü.

"Hayır. Kötü bir gündü."

"Dersler zor muydu?"

"Dersler mi? Dürüst olmak gerekirse, gerçekten fark etmedim. Bugünü özellikle kötü yapan şey, Moonglow beni zorladıktan sonra gidip Alicia ile konuşmamdı ve onunla konuşurken Alicia sıkılmış gibi görünüyordu. Gitmesi gerektiğini, işleri olduğunu falan söyledi."

"Ne işleri varmış?"

"Söylemedi."

Daniel iç çekti.

"Doğruyu söylemek gerekirse, kızlarla konuşma konusunda hiç başarılı değilim."

"Kızların çoğu seni seviyor olmalı," dedi Kalix. Daniel'ı böyle üzgün görmek hoşuna gitmemişti.

"Pek sayılmaz. Çok azı beni seviyor. Belki de hiçbir kız beni sevmiyor. Ne Moonglow ne Alicia ne de King Koleji'nde her gün dolaşan yüzlerce kız!"

"Peki, şu partideki kız?"

Bu üzücü deneyimini hatırlayan Daniel daha fazla üzüldü.

"Dolaptaki her şeyi yiyeceğim, sonra son kalan şarabımı içeceğim."

Daniel mutfağa doğru yöneldi, üzgün görünüyordu. Kalix şaşkın halde bir süre öylece oturdu. Daniel'ın üzgün olması hoşuna gitmiyordu. Çünkü Daniel ona karşı her zaman iyi davranmıştı. Kızların neden onu sevmediğini anlayamıyordu. Onu neşelendirebilmeyi dilerdi, ama bunu nasıl yapacağını bilmiyordu. Genelde depresyonda olan kendisiydi. Herhangi birini eğlendirmek konusunda deneyimi yoktu.

Kalix sandalyeden sallanarak doğruldu. Bugün ondan çok şey götürmüştü. Kavga çok şiddetli olmuştu. Kurda dönüşmek ona enerji vermiş olsa da bu enerji şimdi yok olmuştu. Birkaç gündür bir şey yemiyordu. Eve geldiğinde içtiği afyon ruhu bünyesinde dolaşıyordu. Afyon ruhu onu önce uyuşturuyor sonra neşelendiriyordu. Mutfağa doğru Daniel'ı takip etti.

"Ben seni seviyorum," dedi ve onu sıkıca kucaklayıp öptü.

Daniel şaşırdı. Şaşkınlığından hareket bile edemedi. Küçük kurt kızı öpebileceğini gerçekten düşünmüyordu, ama o kadar şaşırmıştı ki, geri çekilemedi. Üstelik Kalix'in kucaklayışı çok güçlüydü. Ayrıca birisi Daniel'ı öpmeyeli o kadar uzun süre olmuştu ki, bu ona hiç de kötü gelmedi.

"Şey… Merhaba…" diye bir ses geldi birkaç adım öteden.

Daniel canını yakacak lavaboya çarptı ve geri sıçradı. Moonglow dehşete düşmüş bakışlarla onlara bakıyordu.

"Merhaba!" dedi Daniel. Telaşsız görünmeye çalışarak sırıttı. Şu anda bu dünyada olmak istemezdi.

"Ne oluyor?"diye sordu Moonglow.

"Odama gitsem iyi olacak!" dedi Kalix ve hızla yürüdü.

Moonglow o gidene kadar bekledi, sonra da Daniel'a döndü.

"Onu öpüyor muydun?"

"Kesinlikle hayır!"

"Nasıl yani?"

"O beni yakaladı ve öptü, çok şaşırdım."

Moonglow kaşlarını çattı.

"Ona karşı çıkmamış gibiydin."

"Kasıtlı olarak yapmadım," dedi Daniel. "Sadece bu oldu."

Moonglow alışveriş çantasının içindekileri buzdolabına boşalttı. Daniel'ın, Kalix'i öpmesi hakkında ne düşüneceğini bilemiyordu. Beklenmedik bir gelişmeydi bu! O kadar çok şaşırmıştı ki, dışarıda gezinen şüpheli genç adamı unutmuştu. Ön kapıya gelip, onu kontrol etmek için baktığında adam ortadan kaybolmuştu.

"Onun hasta olduğunu belirtmek isterim," dedi Moonglow. "Ve o henüz on yedi yaşında."

"Kurt insanların yıllarına göre daha yaşlı olmuyor mu?" diye sordu Daniel. "Biliyorsun, aynı kediler gibi."

Daniel bütün bu olanlardan çok utandı. Öyle yapmış gibi davransa da bundan kaçınmak için tam olarak mücadele etmediğinin farkındaydı.

"Öylece geldi ve beni kucakladı. Tam müdahale edecekken sen geldin. Tam onu geri itmek..."

"Bahane uydurmayı bırak!" dedi Moonglow. Daha sonra gülümsedi. "Hey, ikiniz de yetişkinsiniz, yani yaklaşık olarak."

Gawain, mutfağa bakan küçük avludan evi izliyordu. Mutfak penceresinden her şeyi görmüştü. Kalix'in başka bir adamı öptüğünü görmüştü. Kurt adam uzun bir süre sessizce durdu. Üç yıldan beri Kalix'i görmenin özlemini duyuyordu.

"Onu gördüm," diye söylendi acı içinde. Daha sonra çitten atladı ve hızlı bir şekilde evden uzaklaştı. Nereye gideceğini bilmiyordu, ama Kalix'i başkasının kollarında gördüğü dayanılmaz manzaradan mümkün olduğu kadar uzaklaşmayı arzuluyordu.

SON